國家古籍整理出版專項經費資助項目

二〇一一年『十二五』國家重點出版規劃四百種精品項目

回文集

丁勝源 周漢芳 輯

國家圖書館出版社

回文集第二册　目錄

回文集卷十　目録

同心錦

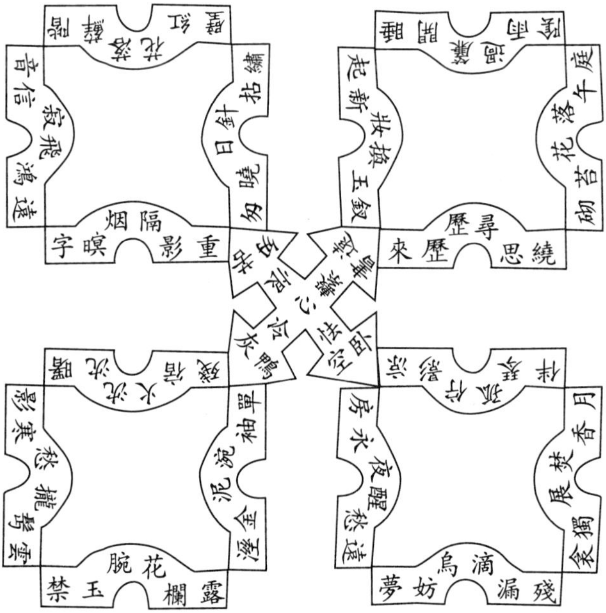

字暝影重
烟隔
音信寂飛鴻遠
起新妝換玉釵
尋歷來歷思繞
午庭花落砌苔
影寒愁攏髻雲
腕花禁玉欄露
房永夜醒愁遠
鳥滴夢妨漏殘
月香焚展獨衾

同心錦 四出冰文

讀法　回文詞四闋，調寄南鄉子，皆從心字起。心繫遠書來讀至玉釵止，成半調，回讀即成全闋。餘倣此。

南鄉子

心繫遠書來，歷歷尋思繞砌苔。花落午庭陰雨過，簾開，睡起新妝換玉釵。　釵玉換
妝新，起睡開簾過雨陰。庭午落花苔砌繞，思尋，歷歷來書遠繫心。
心恨苦匆匆，曉日針拈繡璧紅。花落蘚階音信寂，飛鴻，遠字暝烟隔影重。　重影隔
烟暝，字遠鴻飛寂信音。階蘚落花紅璧繡，拈針，日曉匆匆苦恨心。
心冷鴨灰殘，宿火沈沈曙影寒。愁攏鬢雲禁玉腕，花欄，露溼金泥涴袖單。　單袖涴
泥金，溼露欄花腕玉禁。雲鬢攏愁寒影曙，沈沈，火宿殘灰鴨冷心。
心怯卧空房，永夜醒愁遠夢妨。烏滴漏殘衾獨展，焚香，月伴琴孤佇影涼。　涼影佇
孤琴，伴月香焚展獨衾。殘漏滴烏妨夢遠，愁醒，夜永房空卧怯心。

八門陣法

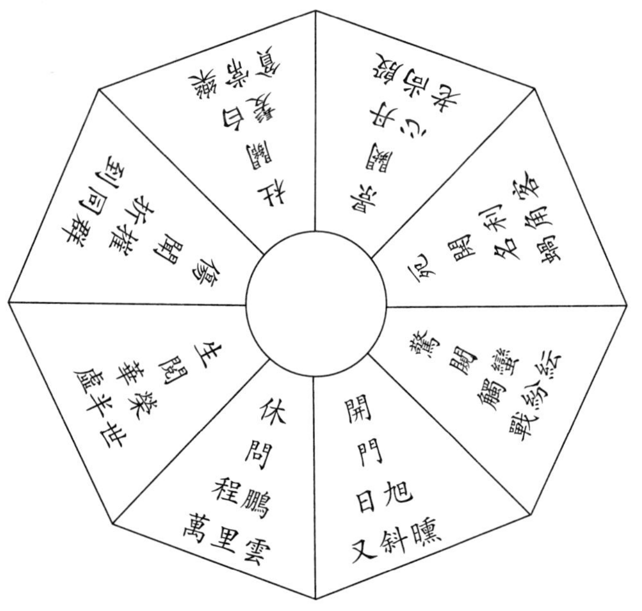
休問鵬程萬里雲
開門旭日又斜曛
驚聞蠻觸戰紛紜
死閑名利蝸角客
景關心丹老尚般
杜關白髮樂常貧
傷聞摧折羣同到
生閱榮華世半虛

八門陣法　閒居感懷

讀法　七律一首八句，以開休生傷杜景死驚八字起，第二字自門字外，皆用門字偏旁成句。

七律

開門旭日又斜曛，休問鵬程萬里雲。生閱榮華虛半世，傷聞摧折到同群。杜關白髮貧常樂，景闕丹心老尚殷。死閧利名蝸角客，驚鬩蠻觸戰紛紜。

銀錠

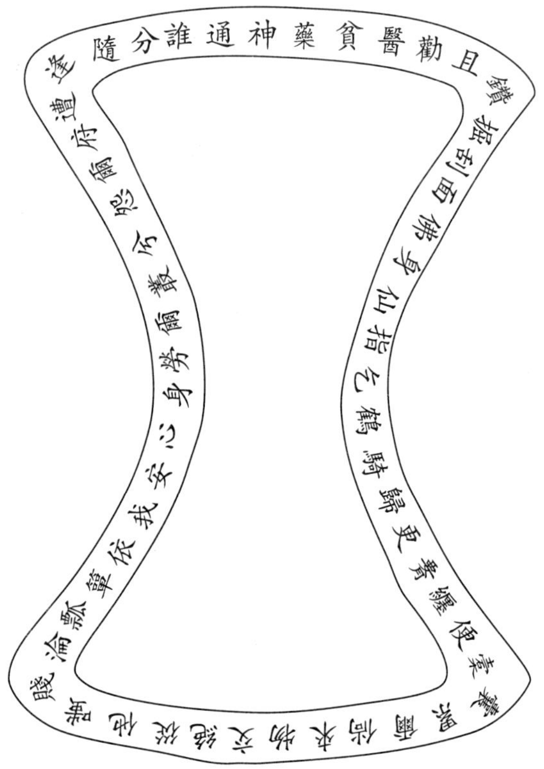
逢隨分誰通神藥貧醫勸且
鑽捱刮面佛身仙指乞鶴騎歸更膏纏便
囊累爾尚來物交絕從他嗤
賤淪瓢簞依我安心身勞爾養兮恩爾府遭

銀錠　貧居戲成

讀法　七古回文一首，神通起，藥字止。

七古

神通誰分隨逢遭，府爾怨兮叢爾勞。身心安我依簞瓢，淪賤嗤他從絶交。物來倘爾累囊橐，便纚胥更歸騎鶴。乞指仙身佛面刮，掘鑽且勸醫貧藥。鶴騎歸更胥纚便，橐囊累爾倘來物。交絶從他嗤賤淪，瓢簞依我安心身。勞爾叢兮怨爾府，遭逢隨分誰通神。

牟尼珠

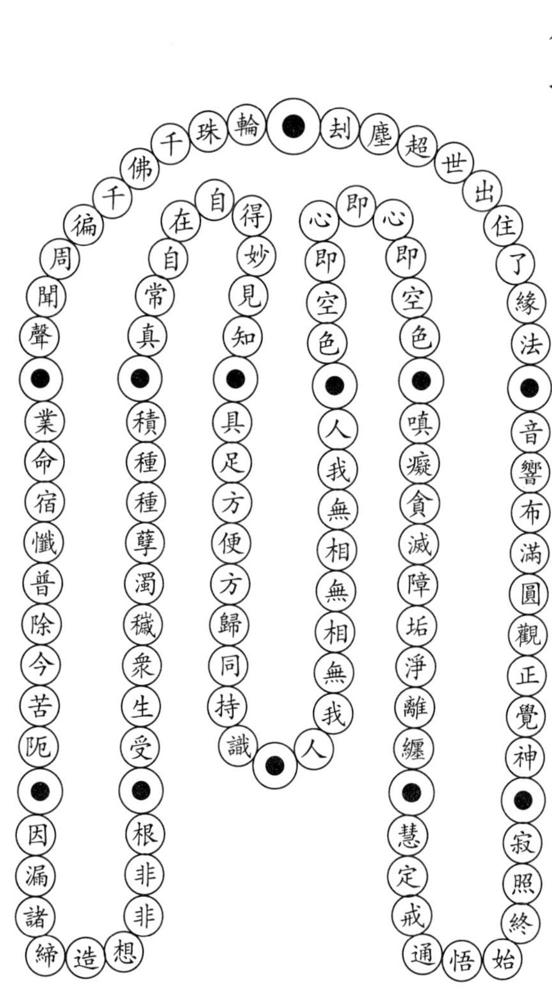
刹塵超世出住了緣法
音響布滿圓觀正覺神
寂照終始悟通戒定慧
纏離淨垢障滅貪癡嗔
色空即心即心即空色
人我無相無相無我人
識持同歸方便方足具
知見妙得自在自常真
積種種孽濁穢衆生受
根非非想造締諸漏因
阨苦今除普懺宿命業
聲聞周徧千佛千珠輪

牟尼珠

讀法　九言回文一首，刦塵起，珠輪止。

九言

刦塵超世出住了緣法，音響布滿圓觀正覺神。寂照終始悟通戒定慧，纏離淨垢障滅貪癡嗔。色空即心即心即空色，人我無相無相無我人。識持同歸方便方足具，知見妙得自在自常真。積種種孽濁穢衆生受，根非非想造締諸漏因。阨苦今除普懺宿命業，聲聞周徧千佛千珠輪。輪珠千佛千徧周聞聲，業命宿懺普除今苦阨。因漏諸締造想非非根，受生衆穢濁孽種種積。真常自在自得妙見知，具足方便方歸同持識。人我無相無相無我人，色空即心即心即空色。嗔癡貪滅障垢淨離纏，慧定戒通悟始終照寂。神覺正觀圓滿布響音，法緣了住出世超塵刦。

四出天香

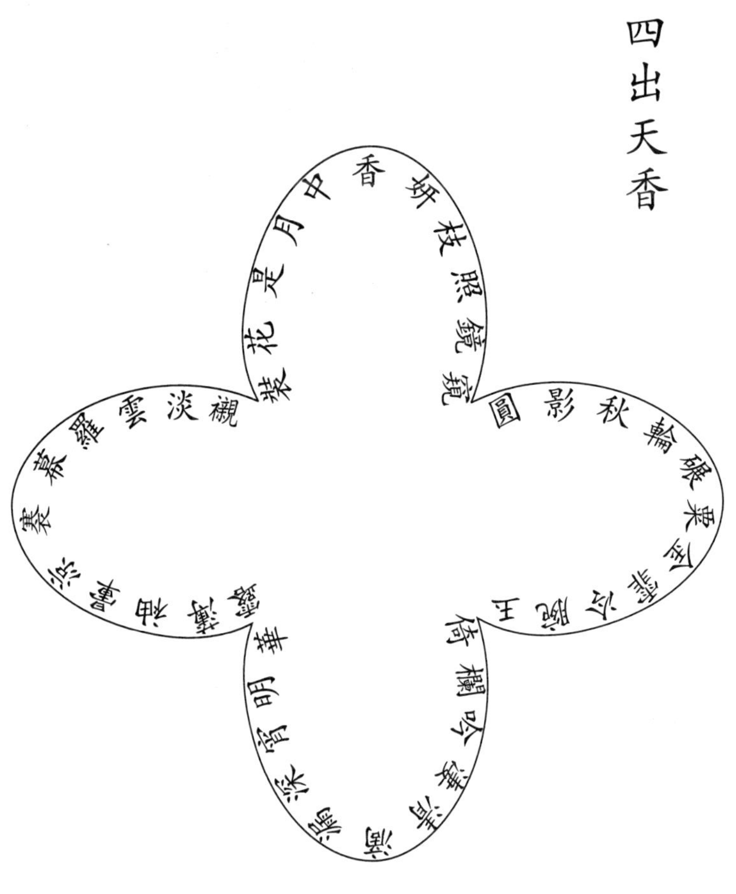

四出天香　詠桂

讀法　調寄菩薩蠻，回文效邱仲深體，從香字起，回讀妍字起。

菩薩蠻

香中月是花裝襯，淡雲羅幕褰涼暈。袖薄露華明，宵深漏滴清。淒吟欄倚玉，腕冷霏金粟。碾輪秋影圓，窺鏡照枝妍。

妍枝照鏡窺圓影，秋輪碾粟金霏冷。腕玉倚欄吟，淒清滴漏深。宵明華露薄，袖暈涼褰幕。羅雲淡襯裝，花是月中香。

品字環

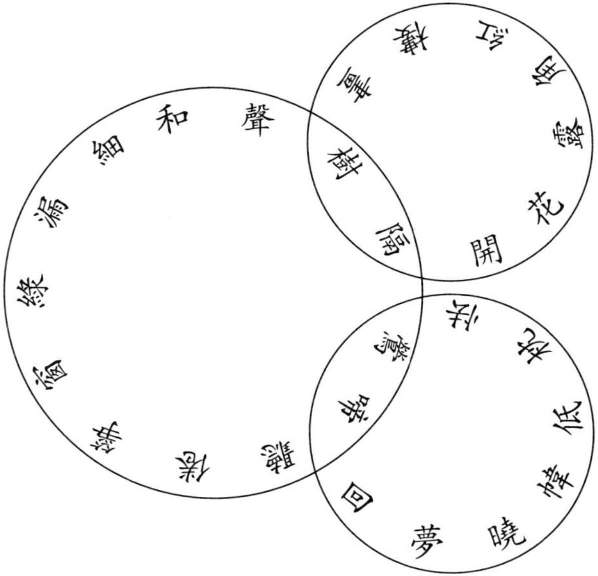

窗 綠 漏 細 和 聲 樹 隔 鶯 啼 聽 倦 箏

回 夢 曉 幃 低 枕 怯

畫 樓 紅 角 露 花 開

品字環

讀法　上環七絶一首，綠字起，次句退三字讀。下兩環五絶二首，右從隔字起，左從鶯字起，次句各退兩字讀。

七絶

綠窗筝倦聽啼鶯，倦聽啼鶯隔樹聲。鶯隔樹聲和細漏，聲和細漏綠窗筝。

五絶

隔樹畫樓紅，畫樓紅角露。紅角露花開，露花開隔樹。

鶯啼回夢曉，回夢曉幃低。曉幃低枕怯，低枕怯鶯啼。

玉如意

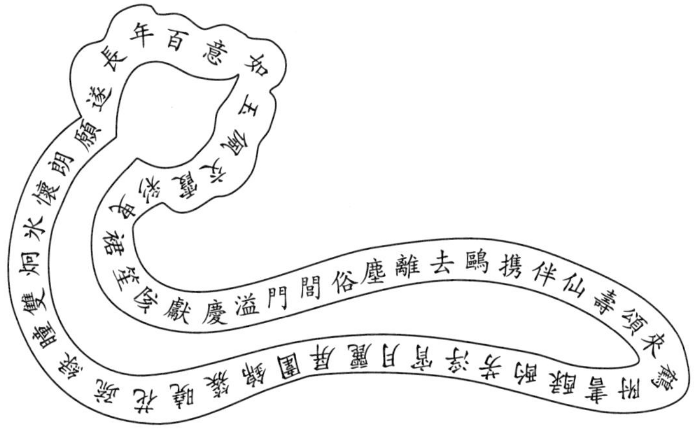
如意百年長遂願朗懷冰炯雙瞳綠疏花曉簇錦圍屏麗月宵浮芳酌醁書附鶴來須壽仙伴攜鷗去離塵俗間門溢慶獻珍笙裙曳彩霞交佩玉

玉如意　獻壽詩

讀法　七言回文八句，如意起，玉字止。

七言

如意百年長遂願，朗懷氷炯雙瞳綠。疏花曉簇錦圍屏，麗月宵浮芳酌醁。書附鶴來頌
壽仙，伴攜鷗去離塵俗。閭門溢慶獻陔笙，裾曳彩霞交佩玉。
玉佩交霞彩曳裾，笙陔獻慶溢門閭。俗塵離去鷗攜伴，仙壽頌來鶴附書。醁酌芳浮宵
月麗，屏圍錦簇曉花疏。綠瞳雙炯氷懷朗，願遂長年百意如。

瑪瑙珠串

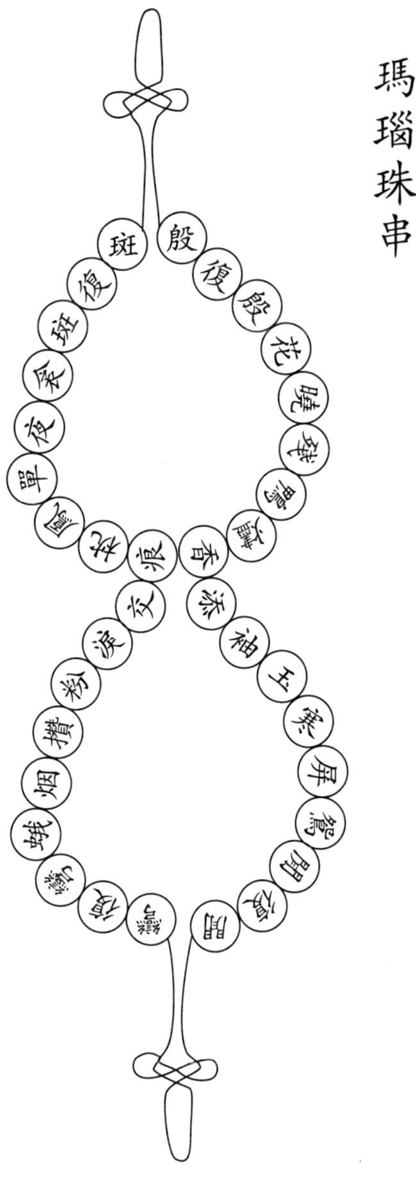

瑪瑙珠串

讀法　長相思詞兩首，左右讀。第一首殷字起，閒字止，回讀即成全闋。第二首倣此。

長相思

殷復殷，花曉殘。鴨爐香添袖玉寒，屏鴛閒復閒。　閒復閒，鴛屏寒。玉袖添香爐鴨

殘，曉花殷復殷。

斑復斑，衾夜單。鳳枕痕交淚粉攢，烟蛾彎復彎。　彎復彎，蛾烟攢。粉淚交痕枕鳳

單，夜衾斑復斑。

斜紋錦段

露	沾	綫	一	簾	人	挈	人
蘋	亞	疊	鬢	一	人	道	珍
葉	添	鬟	繡	淚	天	坊	遠
霜	鬓	鏡	憂	札	孤	長	鬢
鬖	辛	珍	月	恩	寄	袖	巾
意	翠	酸	囊	夢	朵	纖	衾
枝	寓	似	織	姮	斷	甲	瑤
行	縷	斜	鬖	錦	舊	箔	簇

斜紋錦段

讀法　人人道遠一首，詠雁。黏花繡羽一首，詠燕。又回文各一首，取燕去雁來之象。

詠雁四言

人人道遠，一一天長。巾沾疊繡，札寄緘瑫。頻添鏡月，夢斷笳霜。辛酸織錦，意寓行斜寓意，錦織酸辛。霜笳斷夢，月鏡添頻。瑫緘寄札，繡疊沾巾。長天一一，遠道人人。

詠燕四言

黏花繡羽，眩綠慵眸。簾低語絮，巷曲香留。奩憎並影，枕怯孤愁。緤機隱字，仄翦紅抽。
抽紅翦仄，字隱機緤。愁孤怯枕，影並憎奩。留香曲巷，絮語低簾。眸慵綠眩，羽繡花黏。

福字

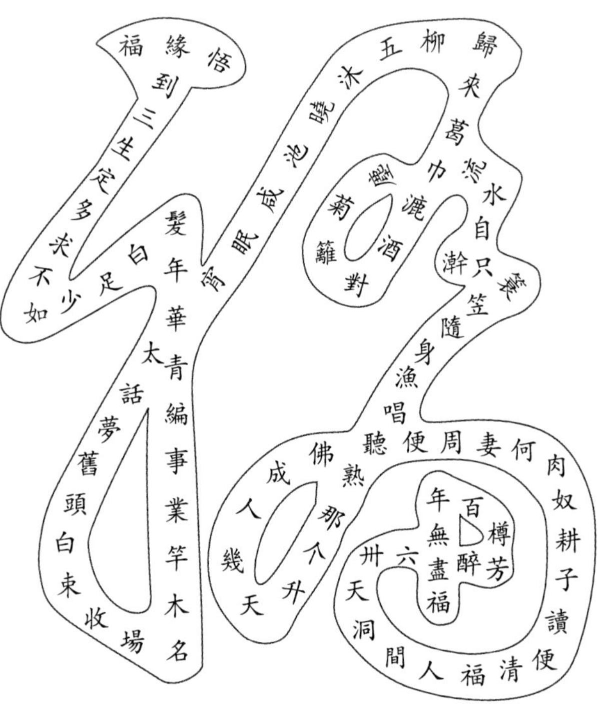
福緣悟到三生定多求不如少足白髮年華青編事業竿木名
太話夢舊頭白束收場
宵眠成池曉沐五柳歸來葛流水自濘只笠簑隨身漁唱
巾漉酒對籬菊塵
聽便周妻何肉奴耕子讀便清福人間洞天卅六
年百樽芳醉無盡福
佛熟成人那个幾升天

福字　辭官日戲作

讀法　調寄五福降中天

五福降中天

福緣悟到三生定，多求不如少足。白髮年華，青編事業，竿木名場收束。白頭舊夢，話太華宵眠，咸池曉沐。五柳歸來，葛巾漉酒對籬菊。塵巾流水自瀞，只蓑笠隨身，漁唱聽熟。那个升天，幾人成佛，聽便周妻何肉。奴耕子讀，便清福人間，洞天卅六。盡醉芳樽，百年無盡福。

百六延年

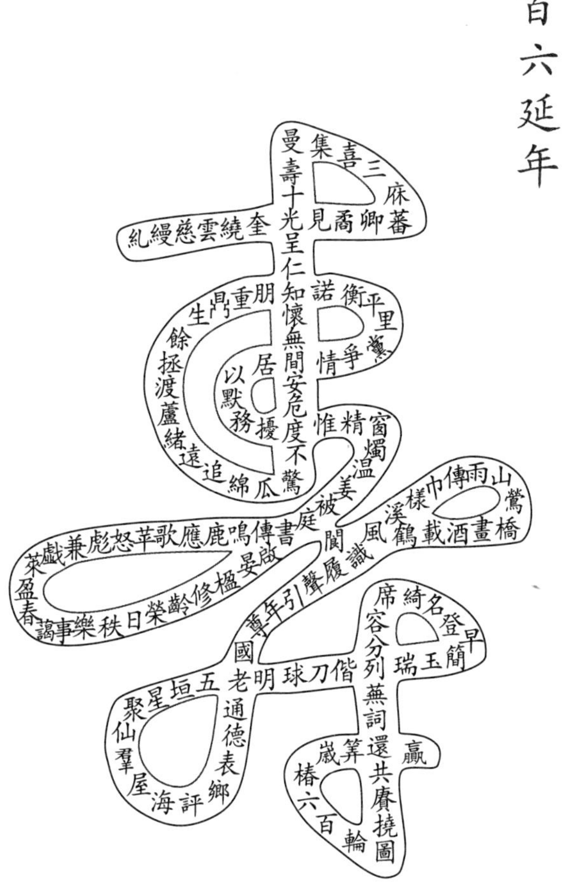
曼壽十光呈仁知懷無間安危度不驚
集喜三麻蓄卿喬見
紇縵慈雲繞奎
諾衡平里黨爭情
朋重湣生餘拯渡蘆緒遠追綿瓜
居以默務擾
窗燭溫姜被庭書傳鳴鹿應歌苹怒彪兼戲萊盈春謳事樂秩日榮齡修楹晏啟
山雨傳巾樣溪風鶴載酒畫橋鶯
閬識履聲引年尊
國老明球刀偕
五垣星聚仙羣屋海評鄉表德通
席綺名登早簡玉瑞容分列蕪詞還共賡撓圖輪百六椿歲筭贏

百六延年　壽詞

讀法　五言十六韻，紇縵起，羸字止。

五言

紇縵慈雲繞，奎光見喬卿。蕃庥三喜集，曼壽十光呈。仁知懷無間，安危度不驚。瓜綿追遠緒，蘆渡拯餘生。朂重朋知諾，衡平里黨爭。情間居以默，務擾度惟精。窗燭溫姜被，庭書啟晏楹。修齡榮日秩，樂事藹春盈。萊戲兼彪怒，苹歌應鹿鳴。傳書閬風鶴，載酒畫橋鶯。山雨傳巾樣，溪風識履聲。引年尊國老，通德表鄉評。海屋羣仙聚，星垣五老明。球刀偕列瑞，玉簡早登名。綺席容分列，蕪詞還共賡。撓圖輪百六，椿歲筭還羸。

二十四喜

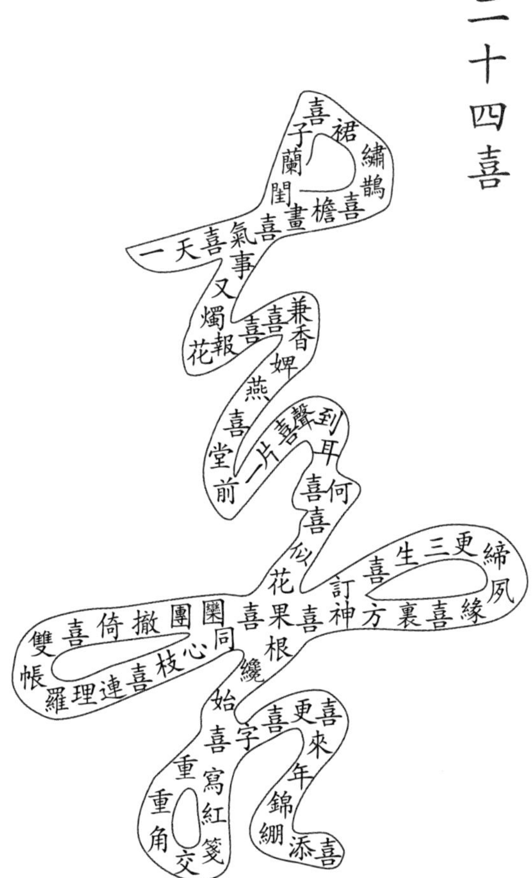

一天喜氣喜畫檐喜鵲繡裙喜子蘭閨
事又燭花報喜喜兼香娉燕喜堂前一片喜聲到耳喜何喜似花
訂喜生三更締夙緣喜裏方神喜果喜團圞撤倚喜雙帳
羅理連喜枝心同根纏始喜字喜更喜來年錦綳添喜
重寫紅箋交角重

二十四喜　賀新婚

一天喜氣，喜畫檐喜鵲，繡裙喜子，蘭閨喜事。又燭花報喜，喜兼香婢，燕喜堂前，一片喜聲到耳。喜何喜，似花喜同心，枝喜連理。羅帳雙喜倚，撤圑圝喜果，喜神方裏，喜緣夙締。更三生喜訂，喜根纔始，喜寫紅箋，交角重重喜字。喜更喜，來年錦繃添喜。

案：鈔句原失調名

霹靂符

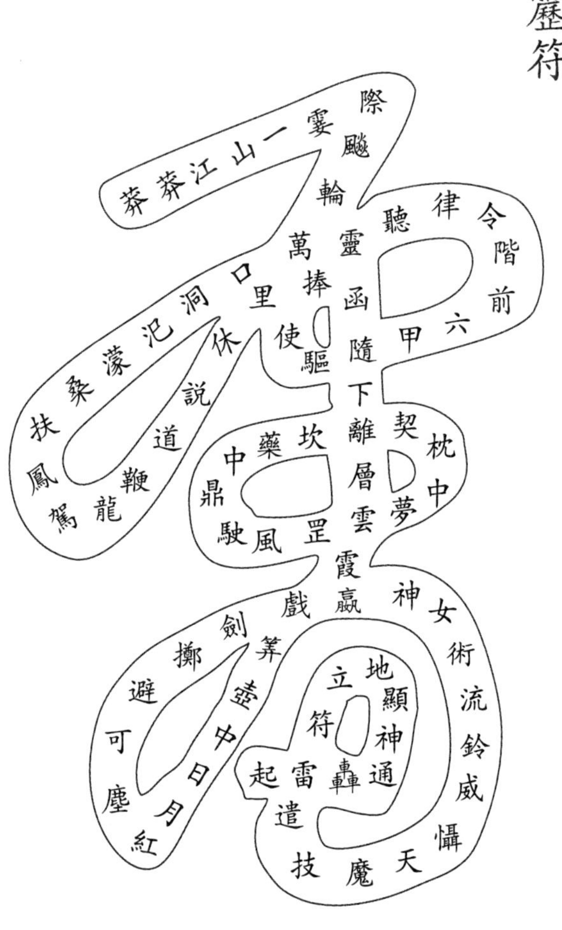

霹靂符　游仙詞

讀法　調寄滿江紅一闋，離字平仄兩讀。

滿江紅

莽莽江山，一霎際，飆輪萬里。休説道，鞭龍駕鳳，扶桑濛汜。洞口萬靈聽律令，階前六甲隨驅使。捧靈函，隨下離層雲，罡風駛。鼎中藥，坎離契。枕中夢，雲霞戲。笄壺中日月，紅塵可避。擲劍戲贏神女術，流鈴威懾天魔技。遺雷符，立地顯神通，轟雷起。

九九消寒圖

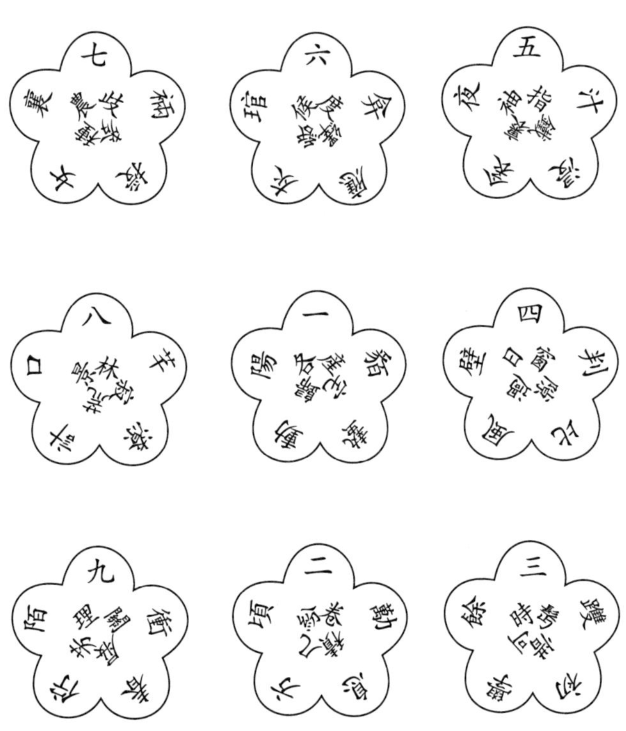

九九消寒圖　寒牕雜詠

讀法　五古一首，依一二三次序讀，每句第五字第六字，一字兩分。如一陽動蟄豸，百産各歸宅是已。下首同。

五古

一陽動蟄豸，百産各歸宅。二頃方息力，萬卷紛几積。三餘學初足，雙髩時可惜。四壁風比刀，半窗日過隙。五夜衾浸水，十指袖裹鐵。六琯灰應合，廿度候絡繹。七襄女授衣，兩歧農種麥。八口計潦艸，千林景荒寂。九陌佇春行，重闢理芳屐。

九九消寒圖

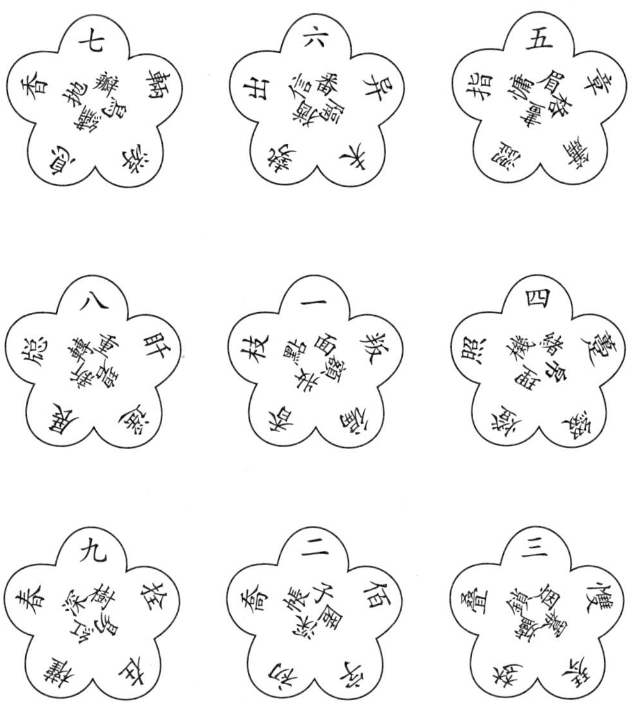

九九消寒圖　寒閨雜詠

五古

一枝香偏反，半面點妝額。二喬初字人，百子帳深匿。三叠梦琴心，雙烟鎖爐幂。四照燈綴足，萬緒機理帛。五指澀簫音，十眉慵畫格。六出勢未已，廿番信猶隔。七香息游車，兩瓣拋繡舄。八牕展遥目，千重轉新碧。九春權在手，全樹深紅易。

竹葉

竹葉　詠竹

讀法　十二韻，從上節自高而下順序讀之，樓高偏種竹，竹盛半遮樓，句法迴環讀至休厭頻來此，此生應少休止。

五言

樓高偏種竹，竹盛半遮樓。周帀叢篁傍，傍通曲水周。秋烟常合曉，曉雨若先秋。幽嘯籟方靜，靜居陰更幽。脩飾枝芰横，横縱筍矗脩。流雲涼影宿，宿鳥好音流。鈎簾風到枕，枕石月穿鈎。游宜佳士欵，欵待故人游。浮以落紅映，映之遥碧浮。留句呼龍解，解衣邀鶴留。酬吟賓主對，對酌聖賢酬。休厭頻來此，此生應少休。

石榴

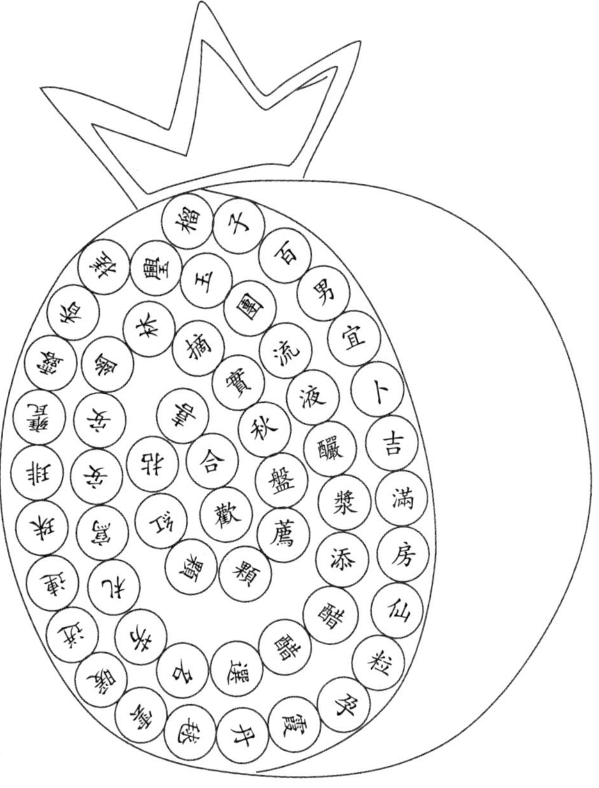

石榴　詠石榴

讀法　七律回文一首，榴子起，合歡止。

七律

榴子百男宜卜吉，滿房仙粒孕霞丹。毬雲暖迸連珠琲，甕露香搓壘玉團。流液釀漿添醋醋，選名芳札寫安安。幽林摘實秋盤薦，顆顆紅拈喜合歡。歡合喜拈紅顆顆，薦盤秋實摘林幽。安安寫札芳名選，醋醋添漿釀液流。團玉壘搓香露甕，琲珠連迸暖雲毬。丹霞孕粒仙房滿，吉卜宜男百子榴。

卅六鴛鴦錦

卅六鴛鴦錦

讀法　鴛鴦詞六首，調寄羅敷媚。

羅敷媚

宛央湖漢儂家住，湖外宛央，湖裏宛央，隔著銀河一道牆。宛央來往湖邊路，花稱宛央，波稱宛央，只莫分飛近綠楊。

宛央繡帶交枝結，扣是宛央，佩是宛央，著體春衣著意防。宛央機上裁成匹，翦碎宛央，揉碎宛央，骨裏絲絲較短長。

宛央樓上人如玉，坐穩宛央，睡穩宛央，惹得燈花蒂也雙。宛央夢境前宵熟，釵顫宛央，衾顫宛央，羞倚妝臺漫忖量。

宛央窗格雙雙凭，葉底宛央，水底宛央，不是花香是影香。宛央日晚眠初定，喚起宛央，打起宛央，休把春心逗玉郎。

宛央紘索翻新曲，愁也宛央，歡也宛央，但是春人合斷腸。宛央名字生来獨，唱到宛央，聽到宛央，字字心心總不忘。

宛央牋子隨心摺，句寫宛央，畫寫宛央，無數相思个裏藏。宛央情緒誰傳得，押篆宛央，印篆宛央，分付東風好寄將。

交格方檽

房房鎖鳳户户棲鶯梁文斲杏砌霧交桯藏
笙　　　　　　　　　　　翠　　　嬌
調　　　　　　　　　　　拂　　　築
換　　　　　　　　　　　蘅　　　屋
拍慢歇箏涼鏗敲葉墜映蔭林芳　　　列
鏡　　　風　　　　　　　情　　　疊
拭　　　促　　　　　　　移　　　分
添　　　繡　　　　　　　久　　　櫃
妝　　　暖　　　　　　　倚　　　方
枰　　　日　　　　　　　信　　　匣
拈　　　消　　　　　　　佇　　　納
几　　　醒　　　　　　　遥　　　景
靜　　　光依帙啓晷刻詩成理明闢牖曲
燭　　　橫　　　　　　　　　　　深
護　　　雲　　　　　　　　　　　涵
廊　　　度　　　　　　　　　　　清
長縈煙寫影裊篆留香輕紗麗月薄紙凝霜

交格方櫺　詠窓

讀法　四言回文。外方房字起，笙字止，四言八韻。四角各方從房藏霜長四字起，四言各四韻。中央亦成四言四韻一首。共成回文詩十二首。

四言八韻

房房鎖鳳，户户棲鶯。梁文斲杏，砌霧交樫。藏嬌築屋，列黜分楹。方匡納景，曲涤涵清。霜凝紙薄，月麗紗輕。香留篆裊，影寫煙縈。長廊護燭，靜几拈枰。妝添拭鏡，拍換調笙。笙調換拍，鏡拭添妝。枰拈几靜，燭護廊長。縈煙寫影，裊篆留香。輕紗麗月，薄紙凝霜。清涵涤曲，景納匡方。楹分黜列，屋築嬌藏。樫交霧砌，杏斲文梁。鶯棲户户，鳳鎖房房。

四言四韻

房房鎖鳳，户户棲鶯。梁文斲杏，砌翠拂蘅。芳林蔭映，墜葉敲鏗。涼箏歇慢，拍換調笙。

笙調換拍，慢歇筝涼。鏗敲葉墜，映蔭林芳。蘅拂翠砌，杳斲文梁。鶯棲户户，鳳鎖房房。

藏嬌築屋，列豔分楹。方匡納景，曲牖闢明。望遥佇信，倚久移情。芳蘅拂翠，砌霧交樫。

樫交霧砌，翠拂蘅芳。情移久倚，信佇遥望。明闢牖曲，景納匡方。楹分豔列，屋築嬌藏。

霜凝紙薄，月麗紗輕。香留篆裊，影度雲横。光依帙啟，晷刻詩成。望明闢牖，曲滌涵清。

清涵滌曲，牖闢明望。成詩刻晷，啟帙依光。横雲度影，裊篆留香。輕紗麗月，薄紙凝霜。

長廊護燭，静几拈枰。妝添拭鏡，拍慢歇筝。涼風促繡，暖日消酲。光横雲度，影寫煙縈。

縈煙寫影，度雲横光。酲消日暖，繡促風涼。筝歇慢拍，鏡拭添妝。枰拈几静，燭護廊長。

涼風促繡，暖日消酲。光依帙啟，晷刻詩成。望遥佇信，倚久移情。芳林蔭映，墜葉敲鏗。

鏗敲葉墜，映蔭林芳。情移久倚，信佇遥望。成詩刻晷，啟帙依光。醒消日暖，繡促風涼。

小浮圖

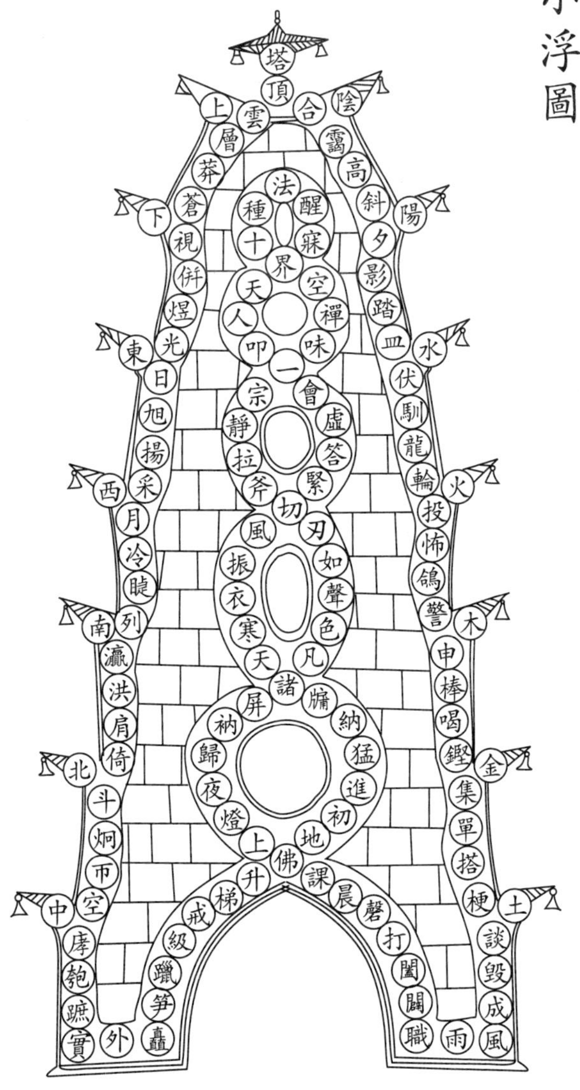
塔
頂
雲 合
上 陰
層 莽 蒼 視 併 煌 光 日 旭 揚 采 月 冷 睍 列 瀛 洪 肩 倚 斗 炯 帀 空 庨 窌 蹠 實
下 東 西 南 北 中
靄 高 斜 夕 影 踏 皿 伏 馴 龍 輪 投 怖 鴿 警 申 棒 喝 鏗 集 單 搭 梗 談 毀 成 風
陽 水 火 木 金 土
外 雨
矗 笋 躐 級 戒 梯 升 佛 課 晨 磬 打 闔 闢 職
法 醒 寐 界 空 禪 味 一 會 虛 答 緊 切 刃 如 聲 色 凡 諸 牖 納 猛 進 初 地
上 燈 夜 歸 衲 屏 天 寒 衣 振 風 斧 拉 靜 宗 叩 人 天 十 種

小浮圖　登天封塔

讀法　五古回文十四韻，頂字起，循環讀至塔字止。回讀仍至頂字止。中間一行爲法界一切諸佛六字，東西爲陰陽水火木金土上下東西南北中十四字皆交互讀。

五古

頂合陰靄高，斜陽夕影踏。皿水伏馴龍，輪火投怖鴿。警木申棒喝，鏗金集單搭。
梗土談毀成，風雨職闢闔。打磬晨課佛，上燈夜歸衲。屏諸凡色聲，如乃切斧拉。
靜宗一味禪，空界十種法。醒寐界天人，叩一會虛答。緊切風振衣，寒天諸牖納。
猛進初地佛，升梯戒級躐。笋矗外實蹠，匏庨中空帀。炯斗北倚肩，洪瀛南列睫。
冷月西采揚，旭日東光煜。併視下蒼莽，層上雲頂塔。
塔頂雲上層，莽蒼下視併。煜光東日旭，揚采西月冷。睫列南瀛洪，肩倚北斗炯。
帀空中庨匏，蹠實外矗笋。躐級戒梯升，佛地初進猛。納牖諸天寒，衣振風切緊。
答虛會一叩，人天界寐醒。法種十界空，禪味一宗靜。拉斧切乃如，聲色凡諸屏。
衲歸夜燈上，佛課晨磬打。闔闢職雨風，成毀談土梗。搭單集金鏗，喝棒申木警。
鴿怖投火輪，龍馴伏水皿。踏影夕陽斜，高靄陰合頂。

一簾花影

迎牛渡梅接薇郎合歡茗冷鈴消榴紅十
桃李爭向日瓊花玉蕊纏枝密瀛洲玉雨夜来香一現優曇麗春質洛陽
春妻没鬟水紫覆紗茶玉鶯玉宜石鐵八
性心蘭蕙絲纖工甲露脂胭勝都貌中妹姊十西水溝春長隔家兒女好
芙夕利謝仙嘗杯蝶簾来哥草男點樹香
面牡丹泣露珍珠泫杏腮梅額艷菱花鬢邊嬌貼玫瑰鈿洗手薔薇玉木
蓉七三菊款說薄胡酒鶯啄身鄭血花金
瓔小蓮金蝶簇裙畫腸斷空合百子梔繡紅刺藥芍夷辛裳麝縫夜燭燈
洛轉春閨冬鼻命團澀子儂合躑鵑開溫
絲裝七寶羞寒錦帶百結多含笑金錢萬連好玉簪倒挂桐花鳳錦被堆
垂將思鬟凝凌楊紛紫燕紅門孤杜美睡
剪麗剪羅春花棣到情紅月月共盞金春醉桃櫻嬌棠海合夜雲梨夢香
秋紗婦家笑靨花麦羅欄豆殘燈曉人老

一簾花影

讀法　七言古詩一首。迎春桃李爭向日起，先依直行隨順逆讀，至春羅剪罷剪秋紗，將離七夕牽牛渡，轉依横行穿梭讀至鐵樹花開美人老止，内集花名百種。

七古

迎春桃李爭向日，瓊花玉蕊纏枝密。瀛洲玉雨夜来香，一現優曇麗春質。洛陽十八好女兒，家隔長春溝水西。十姊妹中貌都勝，胭脂露甲工纍絲。蕙蘭心性芙蓉面，牡丹泣露珍珠泫。杏腮梅額艷菱花，髩邊嬌貼玫瑰鈿。洗手薔薇玉木香，金燈燭夜縫麝裳。辛夷芍藥刺紅繡，梔子百合空斷腸。畫裙簇蝶金蓮小，瓔珞垂絲裝七寶。羞寒錦帶百結多，含笑金錢萬連好。玉簪倒挂桐花鳳，錦被堆温睡香夢。梨雲夜合海棠嬌，櫻桃醉春金盞共。月月紅情到楝花，春羅剪罷剪秋紗。將離七夕牽牛渡，没利三春思婦家。蓮凋菊謝蠟梅接，水仙欸冬凝笑靨。凌霄得意紫薇郎，覆杯薄命楊花妾。粉團胡蝶紛合歡，荼䕷酒滏紫羅欄。燕子歸来玉茗冷，鷃哥啄倦紅豆殘。門合昏黄玉鈴悄，宜男躑躅孤燈曉。杜鵑血點石榴紅，鐵樹花開美人老。天一閣藏鈔本回文詩

萬斯同（一六三八—一七〇二）字季野，號石園，浙江鄞縣人，清康熙十七年，薦博學鴻詞，

不就。少師事黄宗羲，精史學，尤熟悉明代掌故。以布衣參預史局，前後十九年，不署銜、不受俸。明史稿五百卷，皆其手定。四十一年四月初八日，遽卒于京師王鴻緒館邸。著有石園詩文集、璇璣圖、回文詩。

藏頭拆字詩

東皋心越

連霧雲峨嵯勢天更五到洗昏
來騎往沐湯泉解此湯利人廣
岳高傾耳貫聲旂猶意者達逢
色盈眸遶檻前等個人宜剖露
浴下橋從人下傳共難音知是
中水向澗中滇須道與知音易
疾除能事底知詮堪銘感常心
卻多生病可痊体佐明欣自得

藏頭拆字詩　温泉浴次偶吟藏頭藏尾詩一章亦綴其後

七言

大勢嵯峨雲霧連，車來騎往沐湯泉。水聲貫耳傾高岳，山色盈眸遶檻前。月下人從橋下浴，谷中水向澗中滇。真知底事能除疾，矢卻多生病可痊。全体佐明欣自得，寸心常感銘堪詮。言須道與知音易，勿是知音難共傳。專等個人宜剖露，路逢達者意猶旃。方解此湯利人廣，黄昏洗到五更天。東皋心越詩文集卷六

連環疊字詩

喜喜　回回　春春　甦甦　萬萬
民民　皆皆　感感　德德　如如
春春　遍遍　布布　奇奇　方方
度度　世世　人人　蒙蒙　濟濟
頤頤　生生　不不　用用　醇醇
寶寶　非非　金金　石石　是是
芝芝　术术　久久　服服　長長
生生　返返　元元　神神

連環疊字詩

神農至聖嘗藥濟世贊成疊一字詩一章以彰其盛德也

喜回春，喜回春甦甦萬民，萬民皆感德如春。皆感德如春遍布，遍布奇方度世人。奇方度世人蒙濟，蒙濟頤生不用醇。頤生不用醇寶非，寶非金石是芝术。金石是芝术久服，久服長生返元神，長生返元神。

東皋心越詩文集卷七

同心栀子圖

吴宗愛

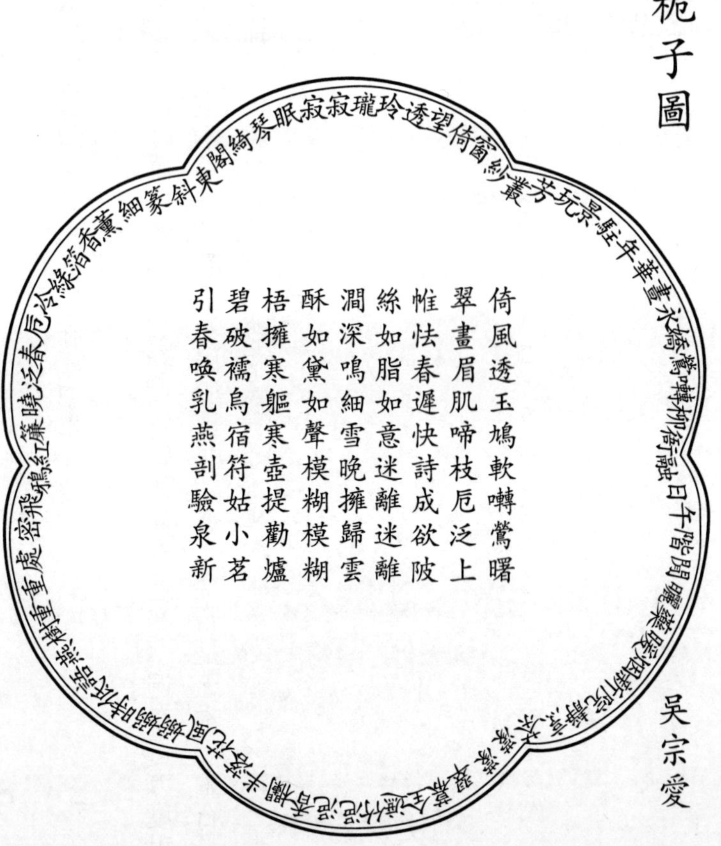
倚風透玉鳩軟囀鶯曙
翠畫眉肌啼枝卮泛上
帷怯春遲快詩成欲陂
絲如脂如意迷離迷離
澗深鳴細雪晚擁歸雲
酥如黛如聲模糊模糊
梧擁寒軀寒壺提勸爐
碧破襦烏宿符姑小茗
引春喚乳燕剖驗泉新

同心梔子圖

〔一〕原圖讀法

外圜從右角紗字左旋，順讀至叢字，得七言律詩六韻。又從叢字右旋，倒讀至紗字，得七言律詩六韻。

圜内方圖，先將中央雪字拆作雨山二字，中縫直一行，從雪上半字倒上讀，爲雨細鳴深澗一句；從雪下半字順下讀，爲山晚擁歸雲一句。又上下鬭歸中心讀，爲澗深鳴細雨，雲歸擁晚山二句。中縫横一行，從雪上半字向左讀，爲雨聲寒宿燕一句；從雪下半字向右讀，爲山意快啼鳩一句。又左右兜歸中心讀，爲燕宿寒聲雨，鳩啼快意山二句。又從中心讀出四角，爲長相思二闋。

〔二〕王氏冰壺山館本讀法

右回文共一百六十五字，外圜七言詩六聯，所以象梔花之六出。内以一雪字居中，順逆循環，縱横交錯，俱以此字爲貫串，所以象梔子之同心，故名曰同心梔子圖，今摘可意會者，聊記讀法於後。

第一，先將方圖中雪字，拆作雨山二字，從中縱豎一行順讀，成澗深鳴細雨，山晚擁歸雲一聯，倒讀成雲歸擁晚山，雨細鳴深澗一聯。又顛倒讀之，成燕宿寒聲雨，鳩啼快意山，二句爲一聯。

第二，亦拆雪字作雨山二字，左讀成雨聲寒宿燕句，右讀成山意快啼鳩句，爲一聯。

第三，從第四行第四位如字倒讀而上，乃如脂如絲四字。嵌入山雨二字，讀作山如脂，雨如絲二句，即從帷字右旋至玉肌遲，轉至中心眉字止。其文云，山如脂，雨如絲，帷翠倚風透玉肌，遲春怯畫眉。

第四，將迷離迷離嵌入雨山二字，讀云，雨迷離，山迷離，陂上曙鶯囀軟枝，詩成欲泛巵。

第五，從第六行第四位如字起，亦倒讀嵌入雨山二字，左旋至中心襦字云，山如黛，雨如酥，梧碧引春喚乳烏，軀寒擁破襦。

第六，將模糊模糊亦嵌入雨山二字，讀云，雨模糊，山模糊，爐茗新泉驗剖符，壺提勸小姑。合上節又成長相思一闋。

合上節，乃長相思詞一闋也。

第七，就右偏上下節，隨意讀成長短句，上節云，肌玉透風倚翠帷，怯畫眉春遲，或讀作怯春遲畫眉，亦可俱眉與遲叶。下節云，枝軟囀鶯曙上陂，欲泛巵成詩，巵與詩叶，或讀作欲成詩泛巵，亦相叶。上節或更讀帷翠倚風透玉肌，眉畫怯春遲。下節讀陂上曙鶯囀軟枝，巵泛欲成詩，各七字五字句。

第八，左偏讀法與右同，上節云，烏乳喚春引碧梧，擁破襦寒軀，襦與軀叶，或讀作擁寒軀破襦。下節云，符剖驗泉新茗爐，勸小姑提壺，姑與壺叶，或讀作勸提壺小姑。上節又可讀梧碧引春喚乳烏，襦破擁寒軀。下節讀爐茗新泉驗剖符，姑小勸提壺。

外六出圖，從紗字左旋至叢字，得七言六聯，從叢字右旋如之。

以上讀法，照王氏冰壺山館本。惟王本方圖，右偏上節眉畫怯春遲，與下節卮泛欲成詩平仄一例，左偏上節梧字碧字兩行，作梧擁破襦碧寒軀烏讀爲軀寒擁破襦，與下節姑小勸提壺，平仄兩歧，疑傳鈔之誤，余爲訂正，作梧擁寒軀碧破襦烏永康應君聖階推廣讀法，層出不窮，遂成續編讀法一集。

〔三〕應瑩同心梔子圖讀法

五言絶句圖

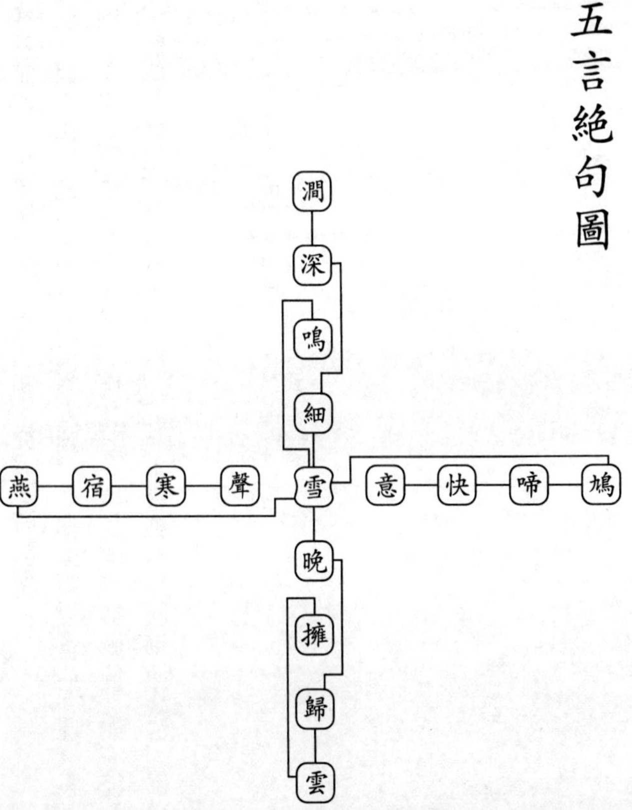

五言絶句圖

右圖將雪字拆作雨山二字，直行從雪下半字順下讀起，間第三字，至末掉轉。次從澗字起，亦間第三字，至雪上半字掉轉。横行從雪上半字跳出右角，一順讀歸，左角從雪下半字跳出，讀法同。

五言絶句一首

山晚歸雲擁，澗深細雨鳴。雨鳩啼快意，山燕宿寒聲。

五言絶句圖

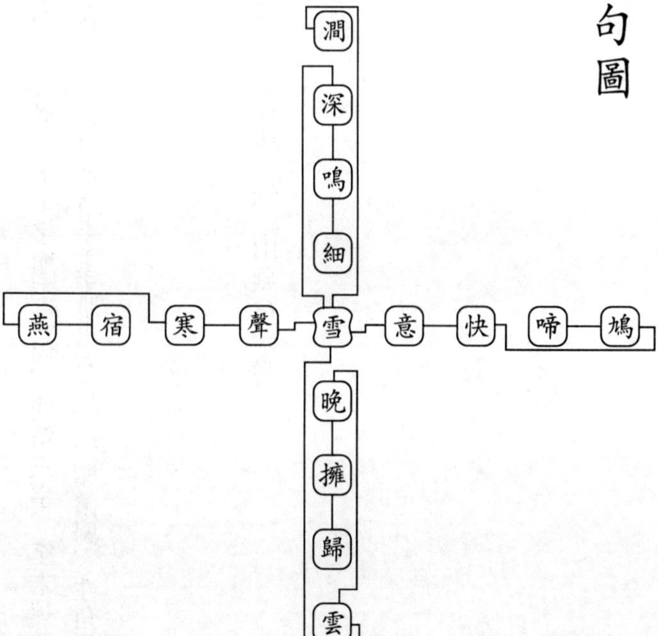

澗
深
鳴
細
燕 宿 寒 聲 雪 意 快 啼 鳩
晚
擁
歸
雲

五言絶句圖

右圖先讀横行，從雪上半字向左，至第三字，一折，從外兜歸，右從雪下半字起，讀法同。直行上從澗字跳歸雪上半字，掉轉第二字順下，下從雪下半字跳至末，掉轉處，與上同。

五言絶句一首〇微齊古通用

雨聲寒燕宿，山意快鳩啼。澗雨深鳴細，山雲晚擁歸。

六言四句圖

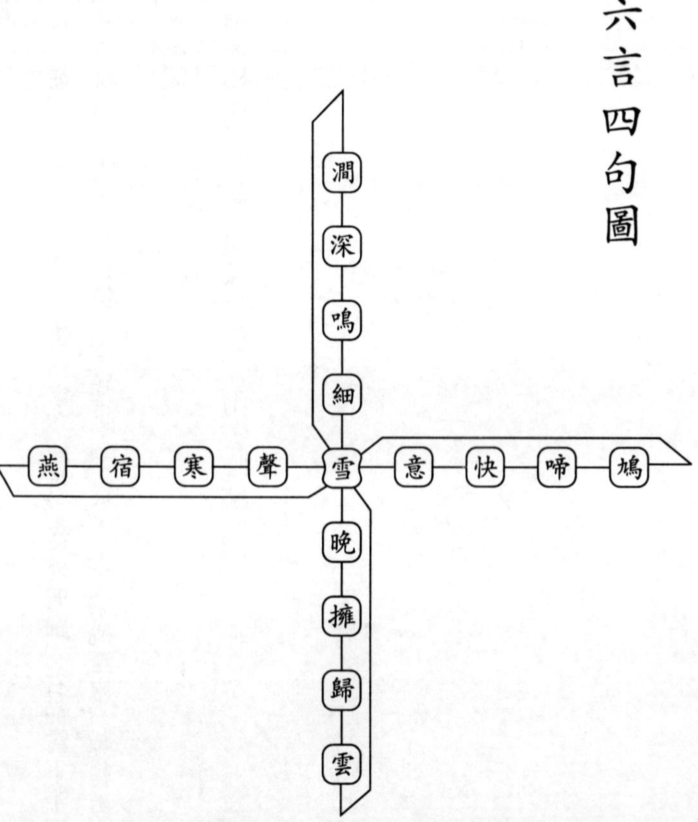

六言四句圖

右圖從上一字跳歸雪上半字讀出左，從下一字跳歸雪下半字讀出右，從右一字跳歸雪上半字逆上讀，從左一字跳歸雪下半字順下讀。

六言四句

澗雨聲寒宿燕
雲山意快啼鳩
鳩雨細鳴深澗
燕山晚擁歸雲

六言四句圖

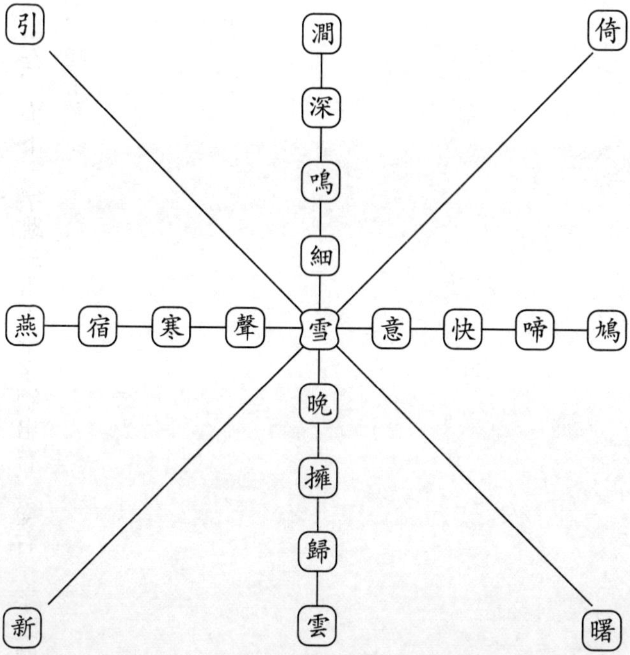

引　　澗　　倚

深

鳴

細

燕　宿　寒　聲　雪　意　快　啼　鳩

晚

擁

歸

新　　雲　　曙

六言四句圖

右圖從四角斸歸中心，又從中心讀出上下左右。

六言四句

引雨細鳴深澗
倚山晚擁歸雲
新雨聲寒宿燕
曙山意快啼鳩

五言四絶圖

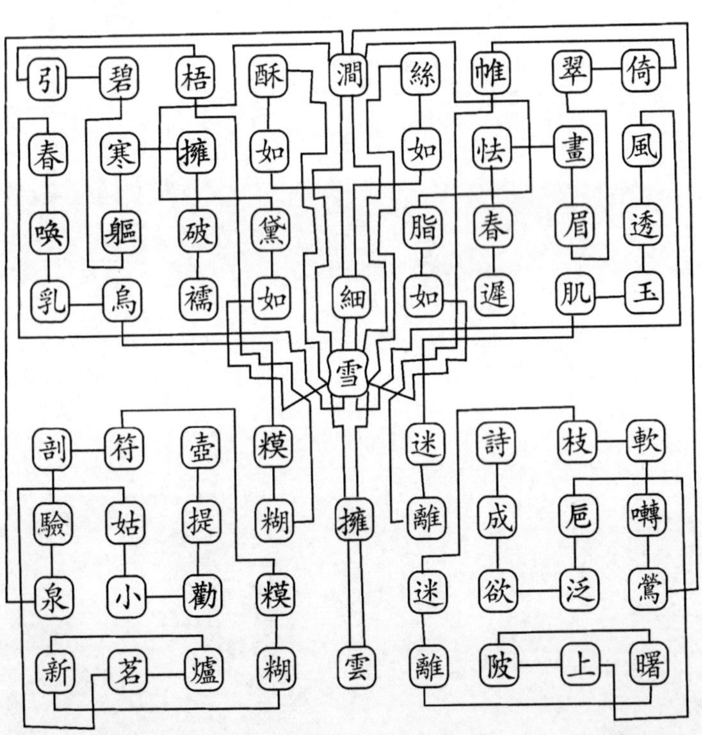

引 碧 梧 酥 澗 絲 帷 翠 倚
春 寒 擁 如 如 怯 畫 風
喚 軀 破 黛 脂 春 眉 透
乳 烏 襦 如 細 如 遲 肌 玉
雪
剖 符 壺 糢 迷 詩 枝 軟
驗 姑 提 糊 擁 離 成 巵 囀
泉 小 勸 糢 迷 欲 泛 鶯
新 茗 爐 糊 雲 離 陂 上 曙

五言四絶圖

右圖中縫直行空四字横空八字，上截鉤下截四字，從中縫上一字跳歸雪上半字讀起。下截鉤上截五字，從中縫下一字跳歸雪下半字讀起。

五言絶句四首

澗雨細如絲，山風透玉肌。迷離帷倚翠，眉畫怯春遲。

其二

澗雨細如酥，山春喚乳烏。模糊梧引碧，軀寒擁破襦。

其三

雲擁山如脂，澗鶯囀軟枝。迷離曙陂上，卮泛欲成詩。

其四

雲擁山如黛，澗泉驗剖符。模糊新爐茗，姑小勸提壺。

七絶四首圖

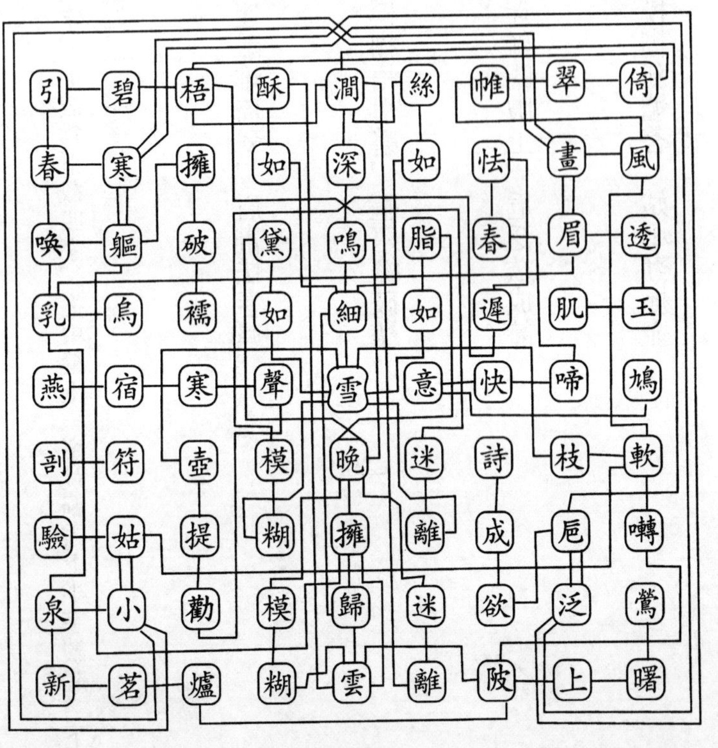
倚風透玉鳩軟囀鶯曙
翠畫眉肌啼枝戹泛上
帷怯春遲快詩成欲陂
絲如脂如意迷離迷離
澗深鳴細雪晚擁歸雲
酥如黛如聲模糊模糊
梧擁破穤寒壺提勸爐
碧寒軀烏宿符姑小茗
引春喚乳燕剖驗泉新

七絶四首圖

右圖從鳩鷥烏燕四字讀起，四角鈎連迴互各赴本位而止。

七言絶句四首

鳩意快啼春怯遲，模糊山雨細如絲。澗梧倚翠帷風軟，姑小畫眉透玉肌。

鷥曙上陂囀軟枝，雨山如黛晚迷離。澗深鳴細歸雲擁，軀寒泛卮欲成詩。

烏乳喚春引碧梧，迷離山雨細如酥。雲歸擁晚鳴深澗，卮泛寒軀擁破襦。

燕宿寒聲勸提壺，雨山如脂晚模糊。雲陂爐茗新泉乳，眉畫小姑驗剖符。

長相思圖

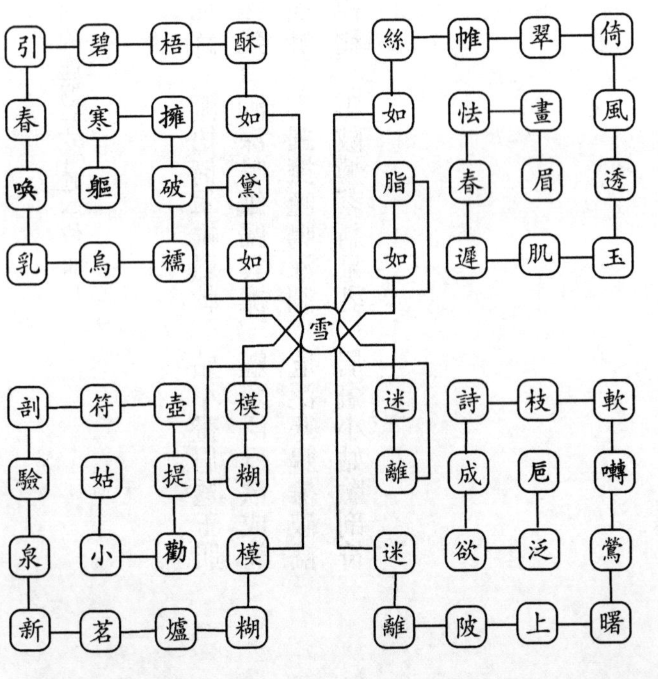

引 碧 梧 酥 絲 帷 翠 倚
春 寒 擁 如 如 怯 畫 風
喚 軀 破 黛 脂 春 眉 透
乳 烏 襦 如 如 遲 肌 玉
雪
剖 符 壺 模 迷 詩 枝 軟
驗 姑 提 糊 離 成 巵 囀
泉 小 勸 模 迷 欲 泛 鶯
新 茗 爐 糊 離 陂 上 曙

長相思圖

右圖讀法，已詳原稿。

長相思二闋

山如脂，雨如絲。帷翠倚風透玉肌，遲春怯畫眉。雨迷離，山迷離。陂上曙鶯囀軟枝，詩成欲泛卮。

山如黛，雨如酥。梧碧引春喚乳烏，襦破擁寒軀。雨糢糊，山糢糊。爐茗新泉驗剖符，壺提勸小姑。

長相思圖

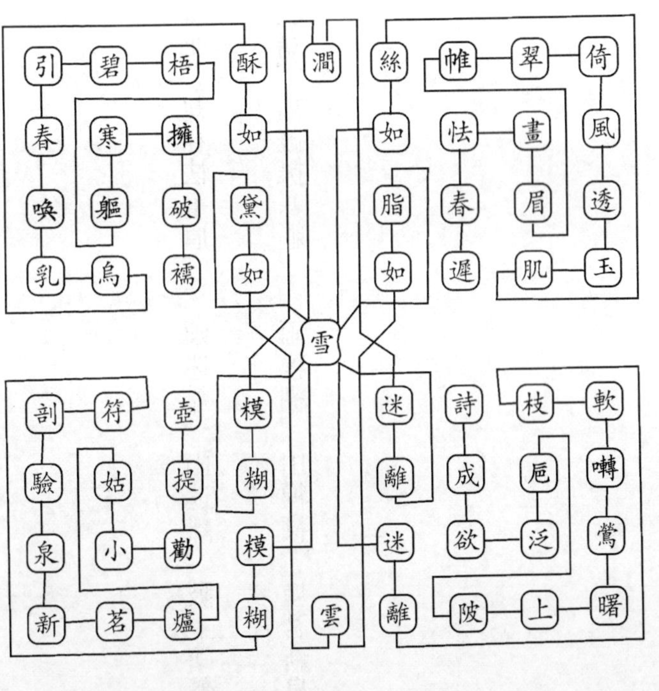
引 碧 梧 酥 澗 絲 帷 翠 倚
春 寒 擁 如 如 怯 畫 風
喚 軀 破 黛 脂 春 眉 透
乳 烏 襦 如 如 遲 肌 玉
雪
剖 符 壺 模 迷 詩 枝 軟
驗 姑 提 糊 離 成 巵 囀
泉 小 勸 模 迷 欲 泛 鶯
新 茗 爐 糊 雲 離 陂 上 曙

長相思圖

右圖中縫竪一行空六字，横一行空八字，右邊上角從雲雨二字和如脂如絲四字讀起。右邊下角從澗山二字和迷離迷離四字讀起，餘是前圖迴文。左邊同。

長相思 二闋擬馮延己春閨

雲如脂，雨如絲。肌玉透風倚翠帷，眉畫怯春遲。澗迷離，山迷離。枝軟囀鶯曙上陂，卮泛欲成詩。

雲如黛，雨如酥。烏乳喚春引碧梧，軀寒擁破襦。澗模糊，山模糊。符剖驗泉新茗爐，姑小勸提壺。

『閨』：原作『閏』

採桑子圖

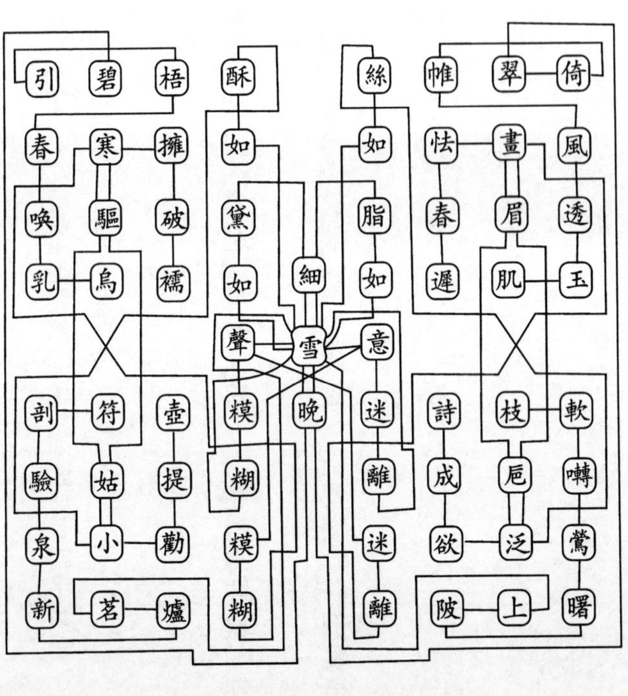
引 碧 梧 酥 絲 帷 翠 倚
春 寒 擁 如 如 怯 畫 風
喚 驅 破 黛 脂 春 眉 透
乳 烏 穤 如 細 如 遲 肌 玉
聲 雪 意
剖 符 壺 糢 晚 迷 詩 枝 軟
驗 姑 提 糊 離 成 卮 囀
泉 小 勸 糢 迷 欲 泛 鶯
新 茗 爐 糊 離 陂 上 曙

採桑子圖

右圖中縫橫直二行空十二字，上下交互四字，右傍從肌枝二字旋繞入心，又從中心顛倒讀出。

左傍從烏符二字起，讀法同。

採桑子 二闋

肌玉透風帷倚翠，晚山如脂，細雨如絲，泛卮眉畫怯春遲。枝軟囀鶯曙陂上，山意迷離，雨聲迷離，畫眉卮泛欲成詩。

烏乳喚春梧引碧，晚山如黛，細雨如酥，小姑軀寒擁破襦。符剖驗泉新爐茗，雨聲模糊，山意模糊，寒軀姑小勸提壺。

南鄉子圖

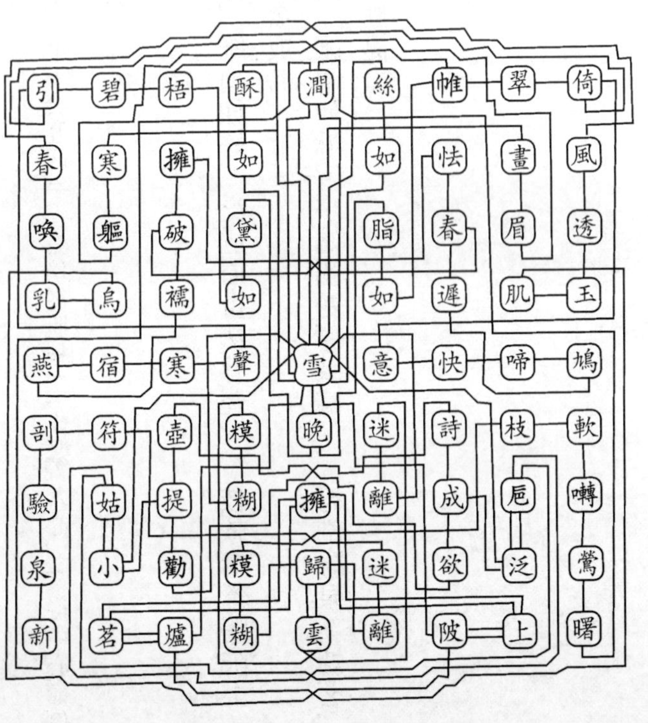
引 碧 梧 酥 澗 絲 帷 翠 倚
春 寒 擁 如 如 怯 畫 風
喚 軀 破 黛 脂 春 眉 透
乳 烏 穤 如 如 遲 肌 玉
燕 宿 寒 聲 雪 意 快 啼 鳩
剖 符 壺 糢 晚 迷 詩 枝 軟
驗 姑 提 糊 擁 離 成 巵 囀
泉 小 勸 糢 歸 迷 欲 泛 鶯
新 茗 爐 糊 雲 離 陂 上 曙

南鄉子圖

右圖中縫直行空三字，上一字屬下截，從下數上第四字屬上截，左右交互十字，右傍從左讀起，左傍從右讀起。

南鄉子 二闋擬孫夫人閨情

襦破怯春遲，鳩啼快意倚翠帷。如脂晚山如絲雨，畫眉，梧碧引風透玉肌。爐茗擁上陂，山澗曙鶯囀軟枝。糢糊歸雲迷離雨，泛卮，姑小提壺欲成詩。

遲春擁破襦，燕宿寒聲引碧梧。如黛晚山如酥雨，寒軀，帷翠倚春喚乳烏。陂上擁茗爐，山澗新泉驗剖符。迷離歸雲糢糊雨，小姑，卮泛成詩勸提壺。

浣溪沙圖

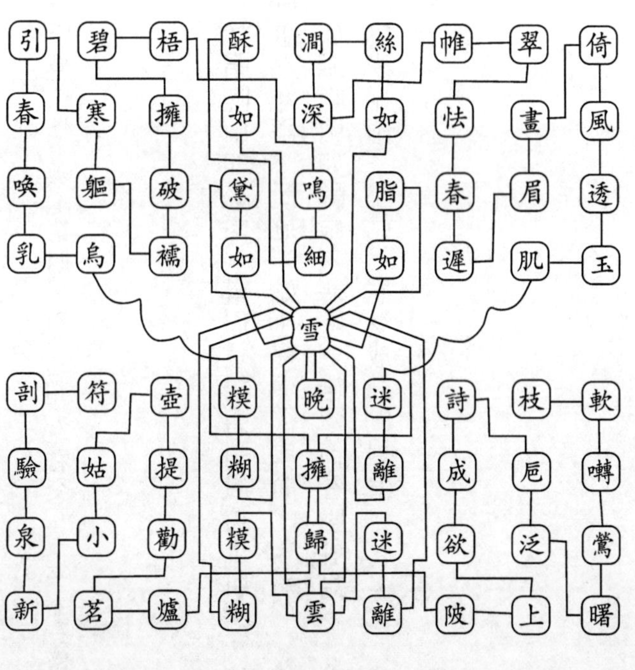

引 碧 梧 酥 澗 絲 帷 翠 倚
春 寒 擁 如 深 如 怯 畫 風
喚 軀 破 黛 鳴 脂 春 眉 透
乳 烏 襦 如 細 如 遲 肌 玉
雪
剖 符 壺 糢 晚 迷 詩 枝 軟
驗 姑 提 糊 擁 離 成 巵 囀
泉 小 勸 糢 歸 迷 欲 泛 鶯
新 茗 爐 糊 雲 離 陂 上 曙

浣溪沙圖

右圖空中縫橫八字，從中縫直行晚字讀起。

浣溪沙 二闋

晚山如脂雨如絲，澗深帷翠怯春遲，眉畫倚風透玉肌。迷離山雲迷離雨，擁歸陂上欲成詩，卮泛曙鶯囀軟枝。

晚山如黛雨如酥，細鳴梧碧擁破襦，軀寒引春喚乳烏。糢糊山雲糢糊雨，擁歸爐茗勸提壺，姑小新泉驗剖符。

浣溪沙圖

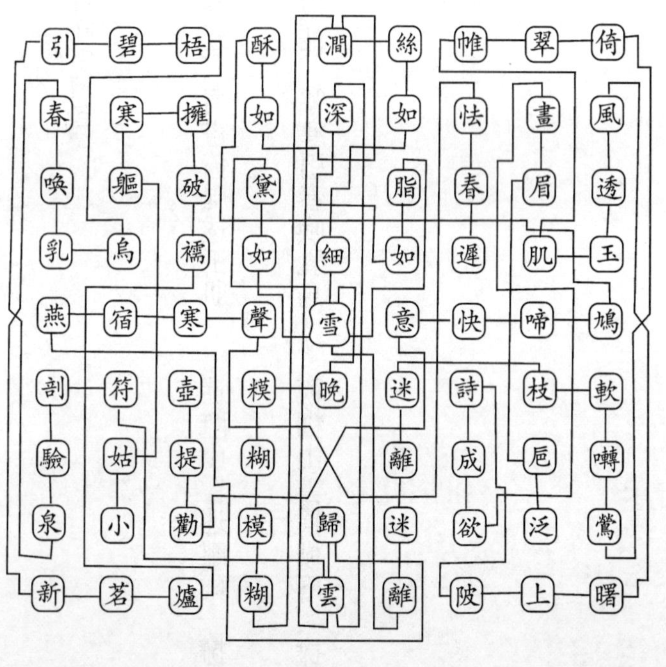
引 碧 梧 酥 澗 絲 帷 翠 倚
春 寒 擁 如 深 如 怯 晝 風
喚 軀 破 黛 脂 春 眉 透
乳 烏 襦 如 細 如 遲 肌 玉
燕 宿 寒 聲 雪 意 快 啼 鳩
剖 符 壺 糢 晚 迷 詩 枝 軟
驗 姑 提 糊 離 成 戹 囀
泉 小 勸 糢 歸 迷 欲 泛 鶯
新 茗 爐 糊 雲 離 陂 上 曙

浣溪沙圖

右圖中縫直行空二字，上下交錯讀，中縫橫行左四字屬右，右四字屬左，中縫直文上三字及雪上半字屬左，下三字及雪下半字屬右，俱從下截讀起。

浣溪沙 二闋擬秦少游春閨

泛卮眉畫欲成詩，陂上曙風透玉肌，帷翠倚鶯囀軟枝。迷離迷離山雨晚，模糊模糊
潤雲歸，燕宿寒聲怯春遲。

小姑軀寒擁破襦，爐茗新春喚乳烏，梧碧引泉驗剖符。雲深如脂山如黛，雨細如絲
潤如酥，鳩啼快意勸提壺。

浪淘沙圖

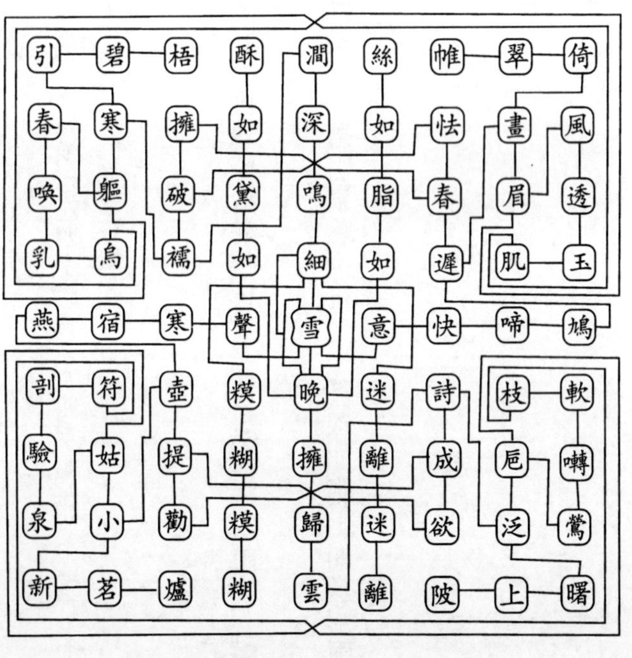
引 碧 梧 酥 澗 絲 帷 翠 倚
春 寒 擁 如 深 如 怯 畫 風
喚 軀 破 黛 鳴 脂 春 眉 透
乳 烏 襦 如 細 如 遲 肌 玉
燕 宿 寒 聲 雪 意 快 啼 鳩
剖 符 壺 糢 晚 迷 詩 枝 軟
驗 姑 提 糊 擁 離 成 扈 囀
泉 小 勸 糢 歸 迷 欲 泛 鶯
新 茗 爐 糊 雲 離 陂 上 曙

浪淘沙圖

右圖兩旁交互八字，中縫從下逆上至細字屬右，從上順下至晚字屬左。

浪淘沙 二闋擬康伯可春閨

帷翠倚畫眉，風透玉肌，軀寒襦破怯春遲。鳩啼快意山雨晚，如脂如絲。陂上曙泛卮，鶯囀軟枝，姑小壺提欲成詩。雲歸擁晚山雨細，迷離迷離。

梧碧引寒軀，春喚乳烏，眉畫遲春擁破襦。澗深鳴細山雨晚，如黛如酥。爐茗新小姑，泉驗剖符，卮泛詩成勸提壺。燕宿寒聲山雨細，糢糊糢糊。

『姑小壺提欲成詩』：原作『姑小提壺欲成詩』，據讀法改。

阮郎歸圖

引 碧 梧 酥 潤 絲 帷 翠 倚
春 寒 擁 如 深 如 怯 畫 風
喚 軀 破 黛 脂 春 眉 透
乳 烏 襦 如 如 遲 肌 玉

雪

剖 符 壺 糢 迷 詩 枝 軟
驗 姑 提 糊 離 成 卮 囀
泉 小 勸 模 歸 迷 欲 泛 鶯
新 茗 爐 糊 雲 離 陂 上 曙

阮郎歸圖

右圖中縫直行空四字，横空八字，左右交互十四字，先讀下截，右傍從中縫上二字順下讀起，左傍從下二字逆上讀起。

阮郎歸 二闋擬歐陽永春景

澗深糢糊雲迷離，曙鶯囀軟枝。姑小壺提勸成詩，陂上欲泛卮。山如黛，雨如絲，

梧碧引翠帷。軀寒眉畫怯春遲，倚風透玉肌。

雲歸迷離澗糢糊，新泉驗剖符。卮泛詩成欲提壺，爐茗勸小姑。山如脂，雨如酥，

帷翠倚碧梧。眉畫軀寒擁破襦，引春喚乳烏。

『軀寒眉畫怯春遲』：原作『寒軀眉畫怯春遲』，據讀法改。

憶王孫圖

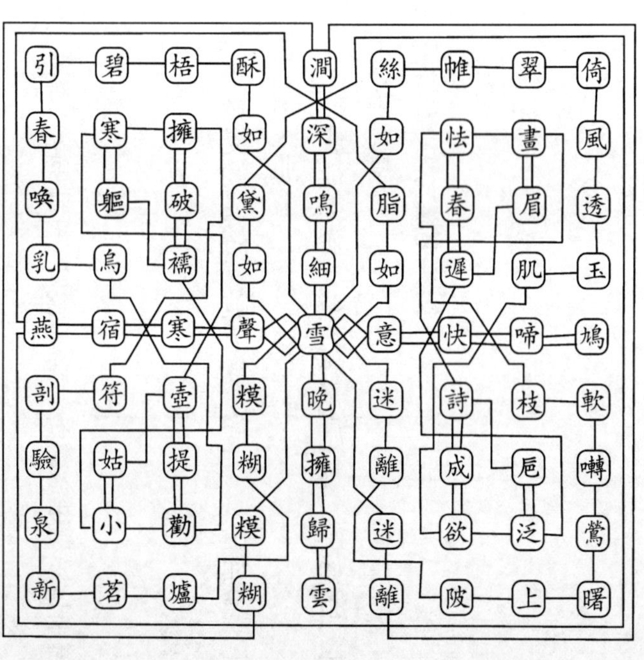
引碧梧酥澗絲帷翠倚
春寒擁如深如怯畫風
喚軀破黛鳴脂春眉透
乳烏襦如細如遲肌玉
燕宿寒聲雪意快啼鳩
剖符壺糢晚迷詩枝軟
驗姑提糊擁離成卮囀
泉小勸糢歸迷欲泛鶯
新茗爐糊雲離陂上曙

憶王孫圖

右圖上右角從中縫直文上下鬬歸讀起，下右角從中縫横文兩頭鬬歸讀起，上下交互七字。左傍同。

憶王孫四闋擬秦少游春景

雲歸擁晚山迷離，澗深鳴細雨如絲。帷翠倚風透玉肌。欲成詩，卮泛遲春怯畫眉。

鳩啼快意山如脂，燕宿寒聲雨迷離。陂上曙鶯囀軟枝。怯春遲，眉畫詩成欲泛卮。

雲歸擁晚山糢糊，澗深鳴細雨如酥。梧碧引春喚乳烏。勸提壺，姑小襦破擁寒軀。

鳩啼快意山如黛，燕宿寒聲雨糢糊。爐茗新泉驗剖符。擁破襦，軀寒壺提勸小姑。

巫山一段雲圖

引	碧	梧	酥	澗	絲	帷	翠	倚
春	寒	擁	如	深	如	怯	畫	風
喚	軀	破	黛	鳴	脂	春	眉	透
乳	烏	襦	如	細	如	遲	肌	玉
燕	宿	寒	聲	雪	意	快	啼	鳩
剖	符	壺	糢	晚	迷	詩	枝	軟
驗	姑	提	糊	擁	離	成	巵	囀
泉	小	勸	糢	歸	迷	欲	泛	鶯
新	茗	爐	糊	雲	離	陂	上	曙

巫山一段雲圖

右圖右傍上下三十二字，從中縫橫文兩頭兜歸讀起。左傍上下三十二字，從中縫直文上下兜歸讀起，上下交互八字。

巫山一段雲二闋

鳩啼快意山，迷離雨如絲。帷翠倚風透玉肌，眉畫怯春遲。燕宿寒聲雨，如脂山迷離。陂上曙鶯囀軟枝，卮泛欲成詩。

雲歸擁晚山，糢糊雨如酥。梧碧引春喚乳烏，軀寒擁破襦。澗深鳴細雨，如黛山糢糊。爐茗新泉驗剖符，姑小勸提壺。

畫堂春圖

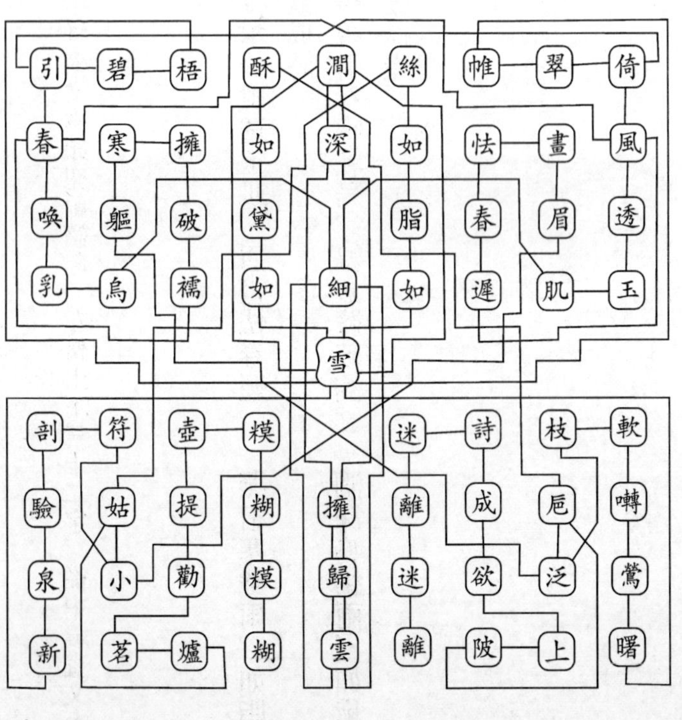
引 碧 梧 酥 澗 絲 帷 翠 倚
春 寒 擁 如 深 如 怯 畫 風
喚 軀 破 黛 脂 春 眉 透
乳 烏 穤 如 細 如 遲 肌 玉
雪
剖 符 壺 糢 迷 詩 枝 軟
驗 姑 提 糊 擁 離 成 巵 囀
泉 小 勸 糢 歸 迷 欲 泛 鶯
新 茗 爐 糊 雲 離 陂 上 曙

畫堂春圖

右圖中縫直行空二字，横空八字，先讀上截，左右交互四字，右角從左角讀起，鉤左邊下角二字。左角讀法同。下截從中縫直行上下顛倒讀起。

畫堂春 二闋擬徐師行春怨

梧碧引春倚翠帷，山雨如脂如絲。姑小眉畫怯春遲，風透玉肌。細雲歸擁深澗，山

曙鶯囀軟枝。泛巵陂上欲成詩，迷離迷離。

帷翠倚風引碧梧，山雨如黛如酥。巵泛軀寒擁破襦，春喚乳烏。細雲歸擁深澗，山

新泉驗剖符。小姑爐茗勸提壺，模糊模糊。

小重山圖

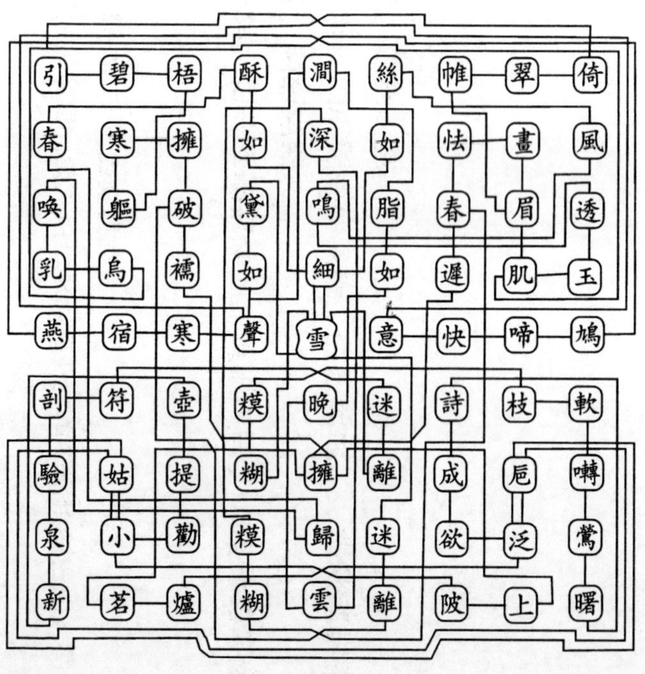
引碧梧酥潤絲帷翠倚
春寒擁如深如怯畫風
喚軀破黛鳴脂春眉透
乳烏襦如細如遲肌玉
燕宿寒聲雪意快啼鳩
剖符壺糢晚迷詩枝軟
驗姑提糊擁離成戹囀
泉小勸糢歸迷欲泛鶯
新茗爐糊雲離陂上曙

小重山圖

右圖從中縫末一字讀起，四角迴環交錯各赴本位而止。

小重山 二闋擬蘇養直春閨

雲深如黛山迷離，破襦擁上陂。小姑巵泛欲成詩，曙鶯囀軟枝。糢糊雨，細如絲，

風鳴透玉肌。燕宿寒聲倚翠帷，眉畫怯春遲。

雲晚如脂澗糢糊，春遲擁茗爐。泛巵姑小勸提壺，新泉驗剖符。迷離雨，細如酥，

春歸喚乳烏。鳩啼快意引碧梧，軀寒擁破襦。

鷓鴣天圖

引	碧	梧	酥	潤	絲	帷	翠	倚
春	寒	擁	如	深	如	怯	畫	風
喚	軀	破	黛	鳴	脂	春	眉	透
乳	烏	襦	如	細	如	遲	肌	玉
燕	宿	寒	聲	雪	意	快	啼	鳩
剖	符	壺	糢	晚	迷	詩	枝	軟
驗	姑	提	糊	擁	離	成	卮	囀
泉	小	勸	糢	歸	迷	欲	泛	鶯
新	茗	爐	糊	雲	離	陂	上	曙

鷓鴣天圖

右圖從中縫直行晚字逆上讀起，四角迴環交錯各赴本位而止。

鷓鴣天 二闋擬秦少游春閨

晚山如黛雨如絲，陂上糢糊欲泛巵。意快詩成帷倚翠，碧梧枝軟怯春遲。曙鶯囀，春鳩啼，深澗雲歸擁迷離。小姑軀寒眉怯畫，擁破寒襦透玉肌。

晚山如脂雨如酥，深澗迷離引碧梧。風透玉肌襦擁破，春遲眉畫怯寒軀。寒宿燕，喚乳烏，春深鳴細聲糢糊。小姑爐茗提壺勸，陂上新泉驗剖符。

六出瑞花詞圖

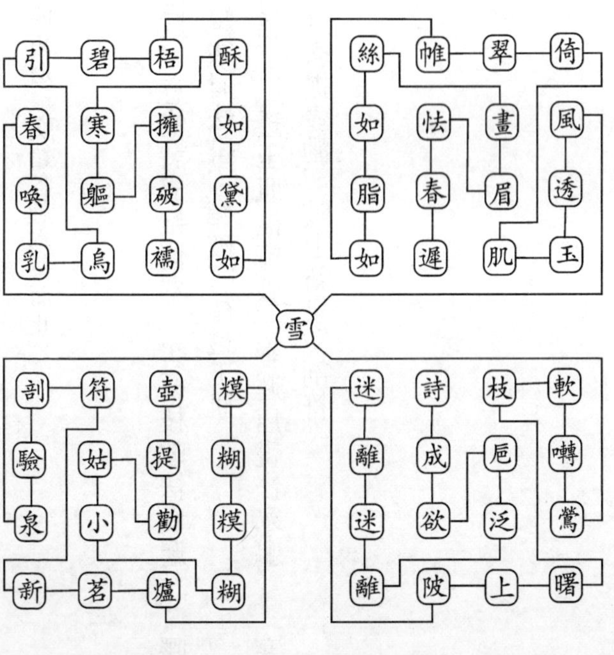

引 碧 梧 酥
春 寒 擁 如
喚 軀 破 黛
乳 烏 襦 如
絲 帷 翠 倚
如 怯 畫 風
脂 春 眉 透
如 遲 肌 玉
雪
剖 符 壺 糢
驗 姑 提 糊
泉 小 勸 糢
新 茗 爐 糊
迷 詩 枝 軟
離 成 卮 囀
迷 欲 泛 鶯
離 陂 上 曙

六出瑞花詞圖

右圖雪字不拆間，啟云，托六出之名葩，意本此。其讀法從中一字，向出兩旁上下第二字讀起。

六出瑞花詞

雪風透玉肌，倚翠帷。如脂如絲，畫眉怯春遲。

右臨雪掃眉

雪鶯轉軟枝，曙上陂。迷離迷離，泛巵欲成詩。

右吟雪泛巵

雪春喚乳烏，引碧梧。如黛如酥，寒軀擁破襦。

右褪雪擁襦

雪泉驗剖符，新茗爐。糢糊糢糊，小姑勸提壺。

右瀹雪煎茗

雲鶴仙館本徐烈婦詩鈔

案：『不拆間』，原文，光緒已亥石印本作『不拆開』

回文集卷十一　目錄

六合一家

張潮

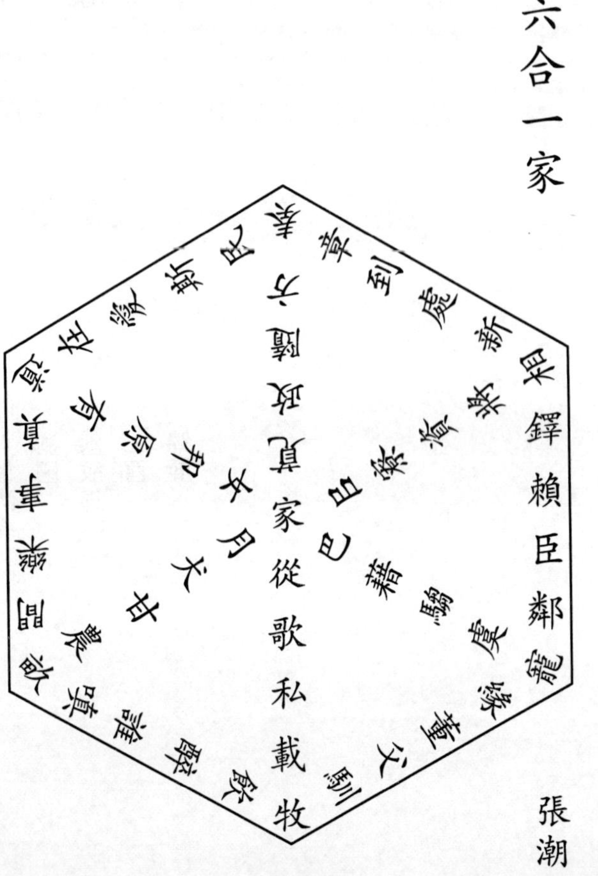

六合一家

五言排律一首。家字居中，上三行每句首字，俱加家字上半之宀讀，下三行每句首字，俱加家字下半豕字讀。每行次句，分上句尾半字爲首字。安邦起。

五言排律

安邦原有道，首在愛斯民。寬政隨方奏，天章到處新。官寮資將相，木鐸賴臣鄰。豝藉騶虞寵，龍緣董父馴。豵歌私載牧，牛飲醉誰嗔。豚犬甘農畝，田間樂事真。

百朋九錫

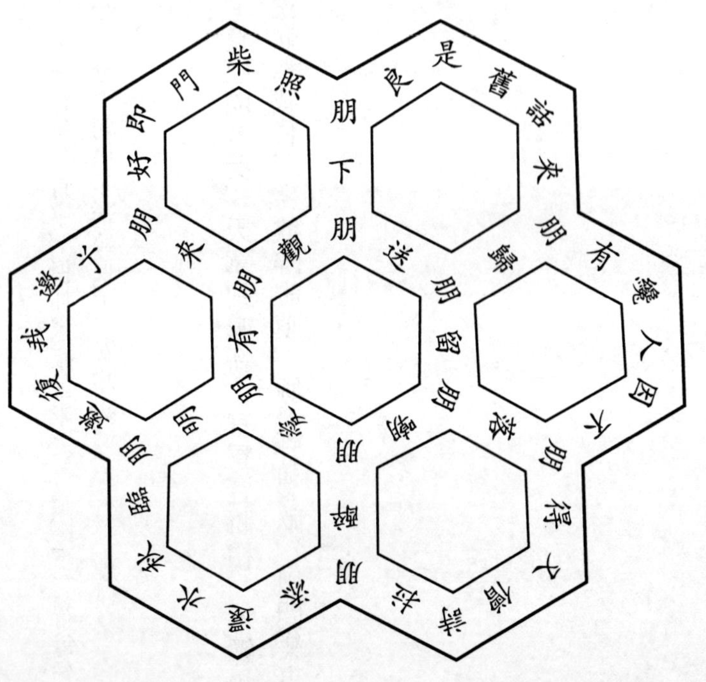

百朋九錫

外層七言小律一首，月照柴門起。內☼五言小律一首，月下朋覩起。前句尾字，即次句首字，朋字或讀全作朋，或讀半字作月，俱隨讀句文理所宜，其讀作朋字者凡九處，故名九錫，不讀朋字者字形稍開。

七言小律獨木橋體

月照柴門即好朋，朋兮邀我復邀朋。月臨秋水還添月，朋拉詩僧又得朋。月不因人纔有月，朋來話舊是良朋。

五言小律同

月下朋覩月，朋來月有朋。月明朋愛月，朋醉月嘲朋。月落朋留月，朋歸月送朋。

井田

帝力新恩溥康衢古調饒八家歡舊社百畝愛良苗

耕鑿安吾分謳歌足聖朝土風名不減王政惠曾邀

帝墊非因雨何妨叱緑苕共談書画事且盡手中杯

足不設雌黃神遊三代上橋邊踏雨𦴟師入門披鶴氅

蜈特搜爬息蝗蝻呫擭消富能生禮義貧不厭簞瓢

井田

外圍五言排律一首，帝力起。内井字五言絶句四首，每第一字俱借外圍半字讀，十字相交處，彼此借讀，或用半字，或横用，或合二字各分其半，俱隨文之所宜。

五言排律

帝力新恩溥，康衢古調饒。八家歡舊社，百畝愛良苗。耕鑿安吾分，謳歌足聖朝。土風名不減，王政惠曾邀。螟特搜爬息，蝗蝻罟擭消。富能生禮義，貧不厭簞瓢。解渴泉親煮，袪塵帚自摇。問年書大有，紀事賦長謡。

五言絶句

十里桑麻盛，村墟草木香。不談伊吕業，隨意話羲皇。

口不設雌黄，神遊三代上。橋邊踏雪歸，入門披鶴氅。

巾墊非因雨，何妨坐緑苔。共談書畫事，且盡手中杯。

目前無俗物，一片畫中詩。但識山川意，娱心獨立時。

方圓卦位

方圓卦位

內外各七言律一首。外圓圖，至誠无妄起。內方圖，雲水遨遊起。卦畫或讀作卦名，或讀作卦象，皆隨文理所宜。

七言律

至誠无妄是吾師，契友中孚到處隨。吐納風雲滋寶鼎，摩挲日月映方頤。黄婆歸妹常交泰，赤脚同人不暫離。漫説明夷合尸解，慈航既濟肯乖睽。

雲水遨遊天地寬，風雷從不履長安。家人採藥山山踏，小畜搬車日日攢。大有奇書隨杖屨，中孚至道賁巖巒。乾坤正氣蒙收拾，既濟瀛洲遯世看。

五岳遊

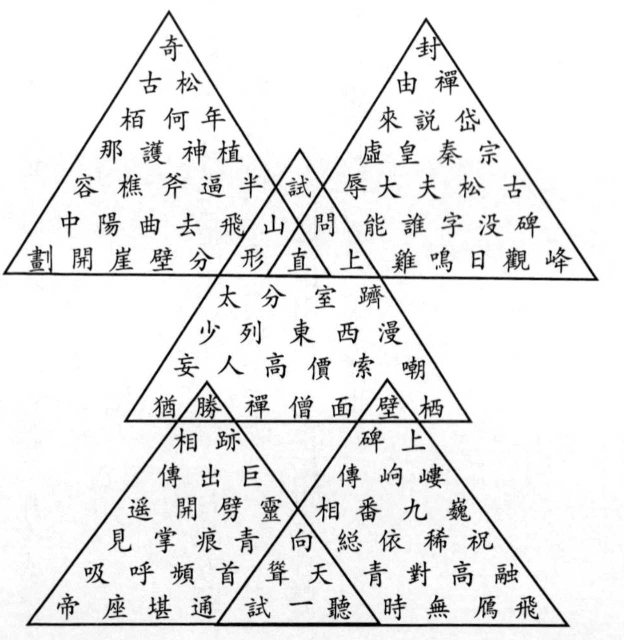

奇
古松
栢何年
那護神植
容樵斧逼半
中陽曲去飛山
畫開崖壁分形
試
問
直
上
封
由禪
來說岱
虛皇秦宗
辱大夫松古
能誰字没碑
雞鳴日觀峰
太分室躋
少列東西漫
妄人高價索嘲
猶勝禪僧面壁栖
相跡
傳出巨
遥開劈靈
見掌痕青
吸呼頻首
帝座堪通
碑上
傳岣嶁
相番九巍
総依稀祝
青對高融
時無鴈飛
向
聳天
試一聽

五岳遊

每岳各七言絶句一首，山尖讀起。交搭處，俱彼此互相借讀。

七言絶

封禪由來説岱宗，秦皇虚辱大夫松。古碑没字誰能問，直上雞鳴日觀峯。
奇松古栢何年植，神護那容樵斧逼。半山飛去曲陽中，劃開崖壁分形直。
試問山形直上躋，室分太少列東西。漫嘲索價高人妄，猶勝禪僧面壁栖。
壁上碑傳岣嶁巍，九番相向總依稀。祝融高對青天聳，試一聽時無鴈飛。
勝跡相傳出巨靈，劈開遥見掌痕青。向天聳首頻呼吸，帝座堪通試一聽。

家塾影本

抑	事	井	艾	步	箇	咄	字	日	處	隱	歲
彬	兢	蹌	期	輕	真	悠	原	孜	熙	重	花
秩	業	濟	吶	欵	小	忽	本	汲	皡	疊	柳
賢	言	朝	纍	聲	雙	嘐	篇	人	家	依	村
貴	侃	夜	若	句	燕	踽	正	切	藹	曲	水
親	誾	卷	翩	卿	鶯	涼	堂	偲	怡	灣	山

新	居	文	師	飲	折	熟	期	學	此	思	問	月	漢	詩	春
學	翰	光	計	金	花	極	勉	本	心	讀	誰	成	書	書	晝
三	苑	萬	吏	巵	芬	宜	力	中	閱	書	知	三	堪	好	長
春	優	丈	偕	有	馥	場	十	庸	日	樂	我	友	下	異	時
期	動	看	行	誰	鹿	屋	分	古	師	道	樂	絶	酒	常	吉
爾	業	聯	箧	共	鳴	桂	功	訓	濂	人	陶	奇	杯	情	祥
日	後	捷	千	赴	時	花	文	同	洛	淵	有	人	深	不	惟
諄	賢	官	葉	京	候	高	章	人	理	博	所	影	映	朽	有

家塾影本

上疊字詩六言絶句六首，下長短句一首，其空格即上文字。照佛印野鳥啼讀法，首句三字，次三句各七字，次二句各三字，次七句各七字，次二句各三字，次三句各七字，二句各五字，次三句各七字，次二句各三字，次十三句各七字，次四句各三字，次二句各五字，内時時陶陶赴赴諄諄俱在本句中連讀，又情理後學四字，上句之尾下句之頭。

六言絶疊字

歲歲花花柳柳，村村水水山山。隱隱重重疊疊，依依曲曲灣灣。

處處熙熙皡皡，家家藹藹怡怡。日日孜孜汲汲，人人切切偲偲。

字字原原本本，篇篇正正堂堂。咄咄悠悠忽忽，嘐嘐踽踽涼涼。

箇箇真真小小，雙雙燕燕鶯鶯。步步輕輕欵欵，聲聲句句卿卿。

艾艾期期吶吶，纍纍若若翩翩。井井蹌蹌濟濟，朝朝夜夜卷卷。

事事兢兢業業，言言侃侃誾誾。抑抑彬彬秩秩，賢賢貴貴親親。

長短句

春晝長，春晝長時時吉祥。吉祥惟有詩書好，惟有詩書好異常。異常情，情不朽，不朽漢書堪下酒。漢書堪下酒杯深，杯深映月成三友。映月成三友絶奇，絶奇人影問誰知。人影問誰知我樂，我樂陶陶有所思。有所思，讀書樂，讀書樂道人淵博。道人淵博此心閒，此心閒日師濂洛。日師濂洛理，理學本中庸，學本中庸古訓同。古訓同人期勉力，人期勉力十分功。十分功，文章熟，文章熟極宜場屋。極宜場屋桂花高，桂花高折花芬馥。折花芬馥鹿鳴時，鹿鳴時候飲金巵。候飲金巵有誰共，有誰共赴赴京師。京師計吏偕行篋，計吏偕行篋千葉。千葉文光萬丈看，文光萬丈看聯捷。聯捷官居翰苑優，官居翰苑優勳業。勳業後，後賢新。賢新學，學三春。三春期爾日，期爾日諄諄。

米囷

朝 野 樂 ㊀風 俗 良 饒 倉 廪 ㊀調 羹 湯 祀 田 祖 ㊀雨 以 暘 繇 詞 吉 ㊀順 乃 祥 晝 則 耕 ㊀安 農 桑 宵 則 織 ㊀民 襦 裳 願 永 豐 ㊀泰 然 臧 瓢 中 酒 ㊀國 酺 香

宋 始 聞 傳 稻 䆉 拙 犁 鋤 勤 永

田 歸 遂 久 蛇 䆉 祠 禱 歲 神 欣

今 至 得 種 家 䆉 紅 機 杼 耐 良

一 醉 時 登 既 䆉 谷 占 年 覎 獻

米囷

七言律一首，中魏字分作八個字，爲每句首一字，首秈、次山、三嵬、四鬼、五媿、六女、七委、八禾，秈稻起。外圍風調雨順國泰民安八字，三言詩一首，朝野樂讀起，俱將外圍句尾字串入讀。按字書，圓者爲囷，音君，方者爲廩。

七言律

秈稻傳聞始宋朝，山家種得至今饒。嵬祠禱歲神欣祀，鬼谷占年覡獻繇。媿拙犁鋤勤永晝，女紅機杼耐良宵。委蛇久遂歸田願，禾既登時醉一瓢。

三言詩

朝野樂，風俗良。饒倉廩，調羹湯。祀田祖，雨以暘。繇詞吉，順乃祥。晝則耕，安農桑。宵則織，民襦裳。願永豐，泰然臧。瓢中酒，國醽香。

『暘』：圖文原作『暘』，據鈔句改

顛倒鴛鴦

顛倒鴛鴦

七言絶句八首，鴛鴦字彼此借讀，交頸處亦彼此借讀，横界處讀起。

七言絶

遜抗機雲世久無，閨中靈秀勝吾徒。鴛鴦樓上鴛鴦記，文縱無多字字珠。

放誕風流體態狂，赤繩多半苦參商。鴛鴦司裏鴛鴦牒，拜乞神靈别主張。

生就多情死不迷，魂遊香畛曉山低。鴛鴦塚内鴛鴦骨，月夜聯詩尚並棲。

待闕良緣好結盟，催妝詩就不勝情。鴛鴦社裏鴛鴦璲，互吸清香合巹傾。

雲雨巫山朝暮收，攜來鋪遍小青州。鴛鴦寺裏鴛鴦會，絶勝龍華會上遊。

性僻躭奇愛赤文，紫泥華美更繽紛。鴛鴦譜上鴛鴦印，錯落匀鋪錦繡紋。

邃閣幽軒複道通，碧紗纖軟映簾櫳。鴛鴦窗上鴛鴦鎖，静掩應知怯曉風。

京兆當年巧畫眉，眉峰知與遠山宜。鴛鴦匣裏鴛鴦研，想見春纖握管時。

即墨侯陳元篆額
管城子毛穎撰文
萬石君羅文書丹

峭泉倘竨儈著箖妙誠矚覔雊皆䛩愫諸
杷畋粿壙碁岕綦赫卓外貼昱葶霠霏繪
鴉箜這甜靚慟窺胖磩靜莠氉羅騃忖重
辣迲捌歹舸浽遭聘罣跦誨嵬儌睸敧最
忞髓瑃胵配昱

會稽褚側理勒石

文塲碑

四六文一篇，一字分作兩字讀，皆字書所有之字。之俗名走之，亦名之遶，草訣百韻之遶缺東邊，今作之字用。

峭音撐 倘皓 竨調 噲穢 箖林 雊姤 䶂即郁 夥即夥 岓所 𣛧厭 貼甜 霃沈 霏同霏 鳰同鴿 𧮫龍 礉叟 䨏屯 𪐝鬱 𣗥束 辻即徒 舸同 浽綏 𦕅里

𦐀水 跊妹 睸娟 䏶征

四六碑記

青山白水，高人卓立會心；草署竹林，少女咸言屬目。不見佳句，比日丕喜。素心者言，邑有文田，果多廣土。其石片片，其木森森。卜早卜夕，占月日立草亭；雨沈雨飛，會魚鳥及空谷。言之甘舌，見者動心。穴規半月，數石爭青；草秀屯雲，四維宛黑。寸心千里，東多士之别才；一夕同舟，瓜汝曹之里耳。羽毛未足，每言山鬼欺人；眉目欠奇，日取文心隨骨。春王正月巳酉日立。

七政全書

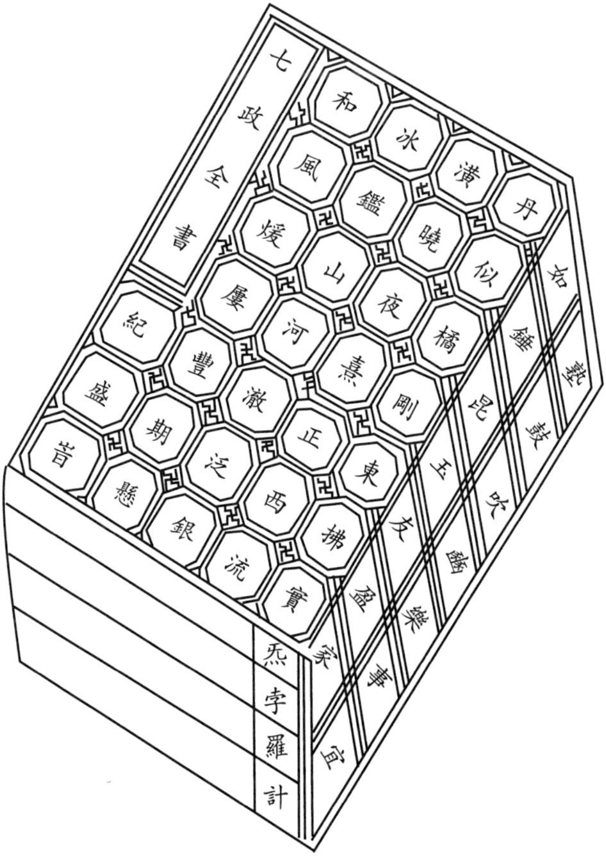

七政全書

菖懸銀流實
盛期泛西拂
紀豐澈正東
慶河熹剛
燰山夜橋
風鑑曉似
和冰潢丹

如鍾呂玉友盈家
埶鼓吹龠樂事宜

烝孛羅計

七政全書

七言律一首，每句尾字分半爲次句首，爲日月水火木金土七字，從書籤讀起。腦四字不讀。

七言律藏頭

七政全書紀盛旹，日和風煖屢豐期。月懸氷鑑山河澈，水泛銀潢曉夜熹。火正西流丹似橘，木剛東拂實如錘。金昆玉友盈家塾，土鼓吹豳樂事宜。

青錢選

青錢選

内大錢一文，外輪七言絶句一首，首尾藏頭讀，洗淨起。中六言絶句一首，每句首字俱借外輪字，或全或半讀，先生起。外小錢二十四文，三言詩一首，每三文爲一句，每字中口字象錢形，問奇客起。

七言絶藏頭

洗淨空囊好貯錢，金輪如意日周旋。方知阿堵多奇效，交徧賢豪也占先。

六言絶同

先生素無長物，金蘭别有同心。方摘荷錢榆莢，交加苔徑行吟。

三言詩

問奇客，咸登堂。倚嘉樹，戀荷裳。極高句，翕宫商。同享燕，羣季常。

『徧』：圖文原作『偏』，據鈔句改

大清康熙年製

守口如瓶

五言絶句一首，每字俱加一口字讀，嘯咏起。

五言絶

嘯咏只含嘿，咨嗟加囁嚅。知君嗔喋舌，吃呐可如吾。

藥囊

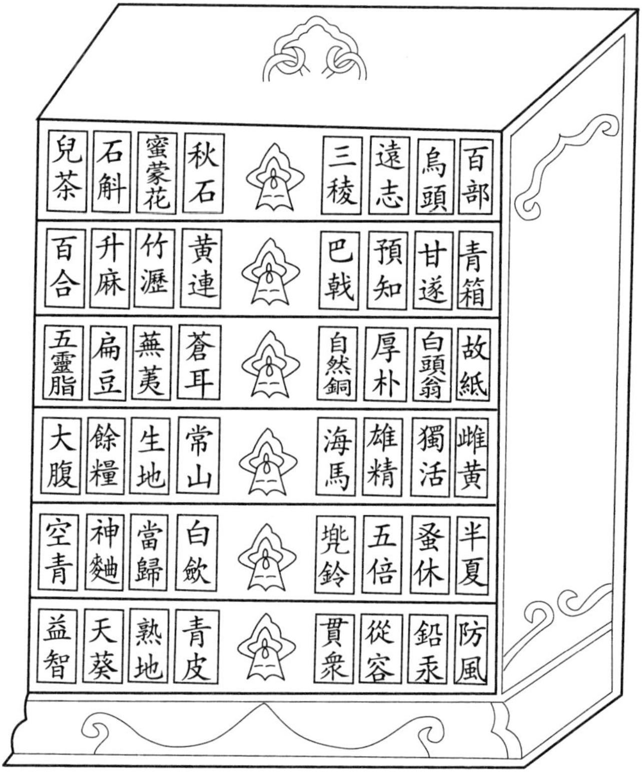

百部　烏頭　遠志　三稜　秋石　蜜蒙花　石斛　兒茶

青箱　甘遂　預知　巴戟　黃連　竹瀝　升麻　百合

故紙　白頭翁　厚朴　自然銅　蒼耳　蕪荑　扁豆　五靈脂

雌黃　獨活　雄精　海馬　常山　生地　餘糧　大腹

半夏　蚤休　五倍　兠鈴　白斂　當歸　神麴　空青

防風　鉛汞　從容　貫衆　青皮　熟地　天葵　益智

藥囊

西江月二首，俱集藥名，並無閒字。

西江月

百部青箱故紙，雌黄半夏防風。烏頭甘遂白頭翁，獨活蚤休鉛汞。遠志預知厚朴，
雄精五倍從容。三稜巴戟自然銅，海馬兜鈴貫衆。
秋石黄連蒼耳，常山白歛青皮。密蒙花竹瀝蕪荑，生地當歸熟地。石斛升麻扁豆，
餘糧神麯天葵。兒茶百合五靈脂，大腹空青益智。

『密』：圖文作『蜜』

羅鏡

可教便相期機難測眼力精能信受為經營青烏術白豕如通大道臥龍居師黃石進履時真

吾爽鬼顏君意就同圖屋昔橋

許味神酡感刻學羞演茆儀圯

一函穿鑿智苦心探梯航遠仗指南雞骨煉布囊擔山千疊錦

歸同世化途宮背路

平非半王迷兒共

羅鏡

内三層五言律一首，係文王八卦，自西北方乾宫讀起，每句首一字俱合卦畫之象，筭横不筭直，如王字爲乾卦，餘彷此。外三層五言絶句三首，係十二支，子宫讀起，每句首一字俱藏地支字在内，如學字藏子字，餘彷此。

五言律

王化梯航遠，迷途仗指南。巿宫雞骨煉，兒背布囊擔。共踏山千疊，平歸錦一函。非同穿鑿智，半世苦心探。

五言絶

學就青烏術，羞同白豕如。演圖通大道，茆屋卧龍居。

儂昔師黄石，圯橋進履時。許吾真可教，昧爽便相期。

神鬼機難測，酡顔眼力精。感君能信受，刻意爲經營。

六出花

避且宜相賞樂春
多人樹老垂椏時好
閒去斜半新久一斜景
幽老且日枝坐見望飛因
徑山貧甘映幽便遠陳鴈緣
小家倦枕書窗開頻行幾字作
春時一見便開花年莫歎嗟賓主
雪斜客遠招來開多錢媿少自
似陽隣東香鐺便夢緡厭閒
梅夕返味看沸見幻還門
英照茶對頻水一家畫
飄塵燕舞風斜時永
點絶污殘雪白春

六出花

七言絶句，花字居中，花開便見一時起爲首句，往外讀出，凡六首，俱可回文讀。

七言絶回文

花開便見一時春，小徑幽閒多避人。斜日映窗書枕倦，家山老去且甘貧。

貧甘且去老山家，倦枕書窗映日斜。人避多閒幽徑小，春時一見便開花。

花開便見一時春，雪似梅英飄點塵。茶味香來招遠客，斜陽夕照返東鄰。

鄰東返照夕陽斜，客遠招來香味茶。塵點飄英梅似雪，春時一見便開花。

花開便見一時春，白雪殘汚絶點塵。茶味香來鐺沸水，斜風舞燕對看頻。

頻看對燕舞風斜，水沸鐺來香味茶。塵點絶汚殘雪白，春時一見便開花。

花開便見一時春，永晝門閒自主賓。嗟歎莫年多夢幻，家還厭少媿錢緡。

緡錢媿少厭還家，幻夢多年莫歎嗟。賓主自閒門晝永，春時一見便開花。

花開便見一時春，好景因緣作主賓。嗟歎莫年頻遠望，斜飛鴈字幾行陳。

陳行幾字鴈飛斜，望遠頻年莫歎嗟。賓主作緣因景好，春時一見便開花。

花開便見一時春，樂賞相宜且避人。斜日映窗幽坐久，椏垂老樹半枝新。

新枝半樹老垂椏，久坐幽窗映日斜。人避且宜相賞樂，春時一見便開花。

八分書

傾知書八分

少弓隹子爭隶豊頁目隹
目身口女青柰骨皮木手
文中台青身斤方己少司
二刀貝水音其象言女言
米入土水水言丂石僉夫
青專曾咸夳羊与舄名見
孚生舛東賴句穌壬斤月
里屮百正女金木刀戶其

八分書

五言律一首，一字分作兩行寫，兩行合作一行讀，如少字目字合作眇字，餘同。

五言律

眇躬唯好靜，隸體頗相推。次仲貽清韻，斯魴記妙詞。精傳增減法，詳攷碣銘規。野

性聃疎嬾，鉤橅任所期。

剖竹分符

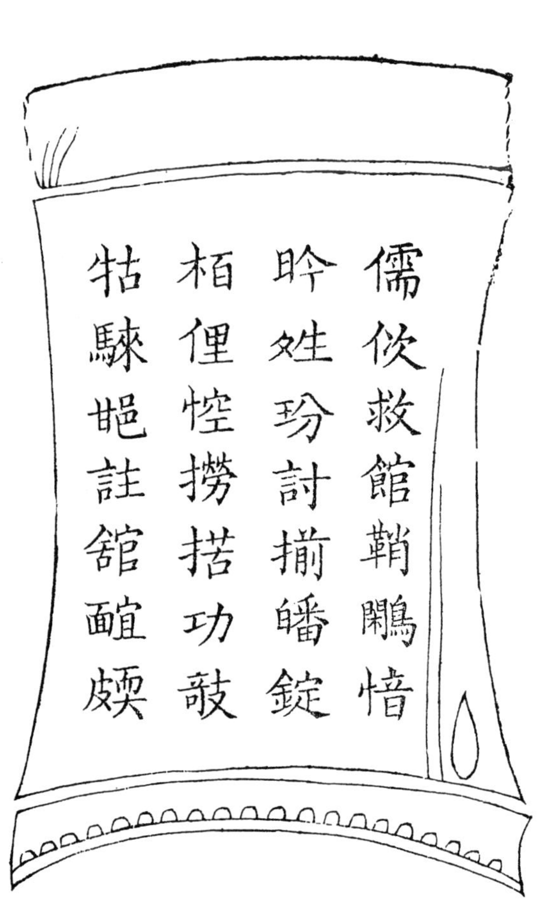

剖竹分符

七言絶句二首，每一字分作二字讀，需次文官讀起。此與前圖異，前係分寫合讀，此係合寫分讀。吟欽上聲，姓即晴字，玢音賔，揃同翦，梔即邯字，醢音義，嫖音嬬，耎即軟字。

七言絶

需次文官肖鳥音，人人求食革間心。今生分寸前番定，日夕王言手白金。

百里空勞苦力支，木人心手木工奇。古來邑主官宜耎，牛馬甘言舍面皮。

『搭』、『木工』：原文

雙飛蝴蝶

　　圍中夢驚佳得驚夢
　　吏　　人人　　睡
粉退喜奔忙窗開喚婢嬌相擾
交　相　　粉繡　　器　粉
鬢　招　　甄幃　　宮　年
鸞結欹翻翻蝶蝴採繡從來飛
仙翁時閑門蛺蝶清晨戲小園
裏　栩　　參枝　　排　滕
洞　栩　　寂間　　芳　王
心多知顯畫漫迷魂芳見就緣
　　難　　遼亂　　處
　　多覺後遼飛翩翻飛

雙飛蝴蝶

七言絶句四首，蝴蝶二字十字相交處，俱彼此借讀，俱從蝴蝶讀起。

七言絶

蝴蝶隨花窗外飄，夢中園吏喜相招。過時栩栩知難再，覺後蘧蘧漫寂寥。

蝴蝶枝間迷亂飛，翩翻飛處見芳菲。戲依鳥語嬌相喚，驚得佳人開繡幃。

蝴蝶清晨戲小園，滕王塌就見芳魂。迷漫畫譜知多少，洞裏仙翁時閉門。

蝴蝶翩翻過短牆，鬚交粉退喜奔忙。窗開喚婢嬌相撲，忽地飛來依繡牀。

『塌』：圖文作『搨』

五星聚奎壁

水
適自聊然瑩
土
樂即居安寂岑耐榮辭紫
金
愛不性析義疑篋啟落葉
木
飈向歷風飄景佳流西正
火
大淼蕩相光天山前門遶
奎
壁

五星聚奎璧

五言古一首。凡十句，第一三五七九句爲五星，第二四六八十句爲奎璧。水一字在句首，火二字在第二，木三字在句中，金四字在第四，土五字在句尾。天字是奎之大，佳字是奎之圭，啟字是璧之召，辭字是璧之辛，瑩字是璧之玉。水遶門前起。

五言古

水遶門前山，天光相蕩滌。大火正西流，佳景豳風歷。商飈木葉落，啟篋疑義析。性不愛金紫，辭榮耐岑寂。安居即樂土，瑩然聊自適。

算盤

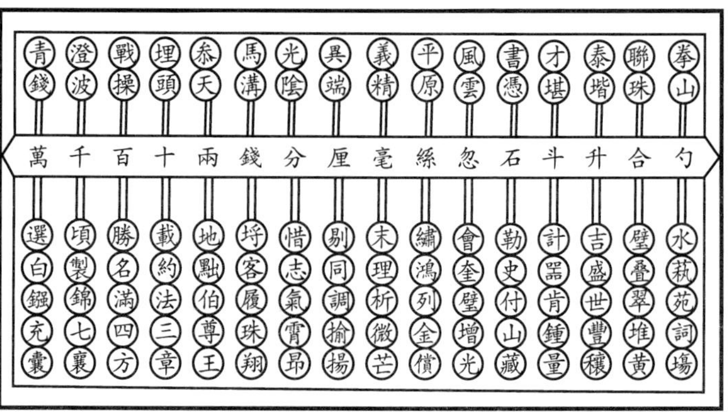
拳山
勺
水蓺苑詞場
聯珠
合
璧疊翠堆黃
泰階
升
吉盛世豐穰
才堪
斗
計器肯鍾量
書憑
石
勒史付山藏
風雲
忽
會奎壁增光
平原
絲
繡鴻列金償
義精
毫
末理析微芒
異端
厘
剔同調揄揚
光陰
分
惜志氣霄昂
馬溝
錢
埒客履珠翔
忝天
兩
地黜伯尊王
埋頭
十
載約法三章
戰操
百
勝名滿四方
澄波
千
頃製錦七襄
青錢
萬
選白鏹充囊

算盤

四言詩一首，其勺合等字串入句中讀。

四言詩

拳山勺水，菽苑詞場。聯珠合璧，疊翠堆黄。泰階升吉，盛世豐穰。才堪斗計，器肯鐘量。書憑石勒，史付山藏。風雲忽會，奎璧增光。平原絲繡，鴻烈金償。義精毫末，理析微芒。異端鼇剔，同調揄揚。光陰分惜，志氣霄昂。馬溝錢埒，客履珠翔。參天兩地，黜伯尊王。埋頭十載，約法三章。戰操百勝，名滿四方。澄波千頃，製錦七襄。青錢萬選，白鏹充囊。

『鐘』：圖文作『鍾』

函三爲一

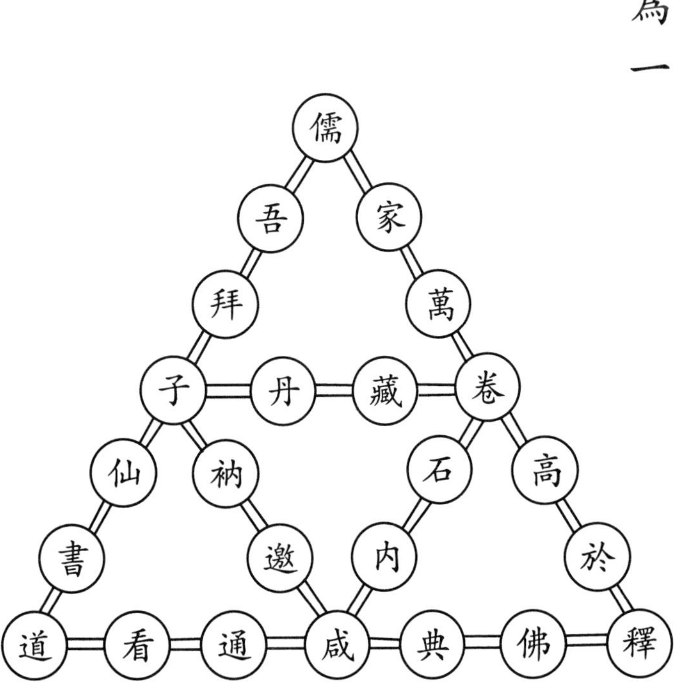

函三爲一

儒釋道三字在三角上，七言絶句一首。先從儒家斜讀至下，接著横讀至角上至子字，復平行至卷字，向下至咸字，又向上左邊至頂止。卷咸子三字讀兩遍，卷字先仄後平。

七言絶

儒家萬卷高於釋，佛典咸通看道書。仙子丹藏卷石内，咸邀衲子拜吾儒。

八音

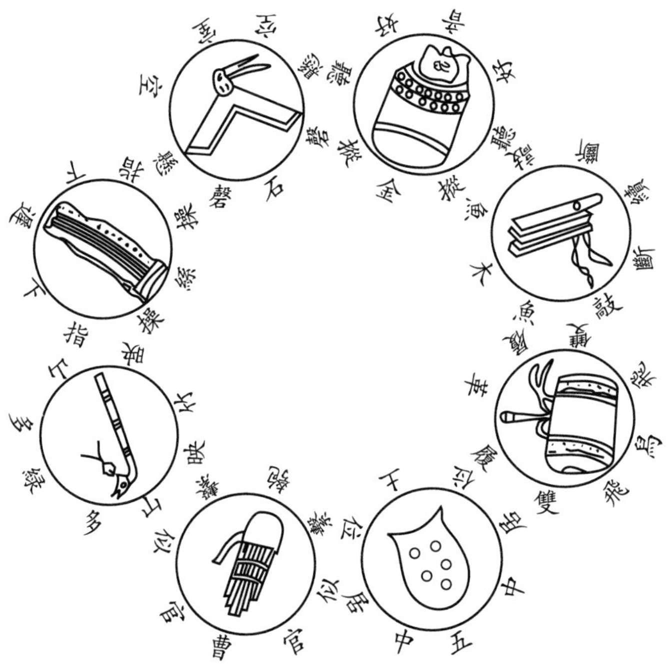

八音

每音二句，倒句回文讀。

五言逐句回文

金摐聽好音，音好聽摐金。石磬懸空室，室空懸磬石。絲操指下遲，遲下指操絲。竹映山多綠，綠多山映竹。匏繫似官曹，曹官似繫匏。土位居中五，五中居位土。革履雙飛舃，舃飛雙履革。木魚敲斷續，續斷敲魚木。

摺疊扇

摺疊扇

五言律一首。長行第一字與短行字合讀，其短行只讀本字。

五言律離合

效法前朝制，交詒贈句新。漫言湘骨滑，每共沐君親。袖納鮮衣侶，靴藏駿馬人。戲將團扇較，虛負漢宮嬪。

八卦鏡

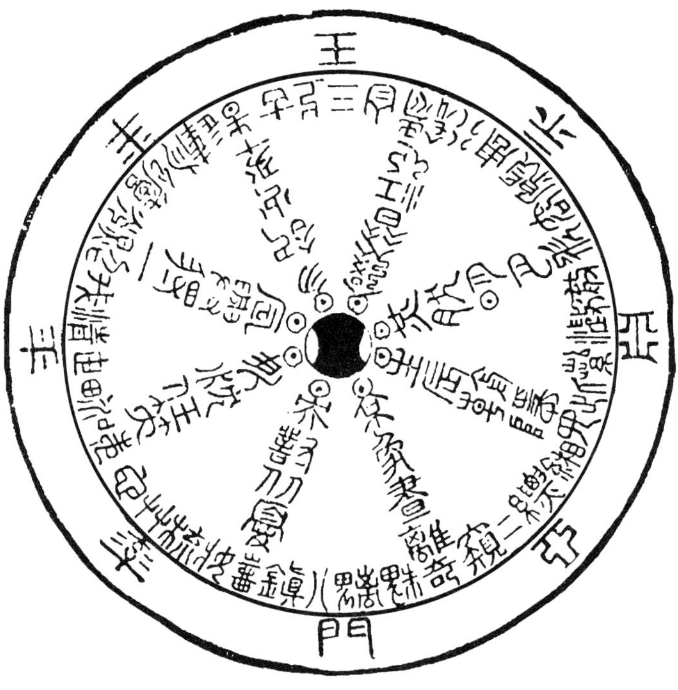

八卦鏡

外圍六言律一首，將王半平率門丏㠯示八字串入每句中。此八字象先天卦畫，算横不算直，鑄自三王起，左旋讀。中五言律一首，右旋讀，每句首日字象鏡上星紋，每句尾一字與外圍彼此借讀，内句尾即外句首。

五言律

曩昔江心鑄，晃然明月姿。星辰朝隱見，景象畫離奇。映對從憂喜，昇沈任笑嗤。晨興將一照，易却少年時。

六言律

鑄自三王上古，時逢月半蟾光。照我清平世界，嗤他草率梳妝。喜鎮八門魑魅，奇窺二酉縹緗。見此蕊㠯澄澈，姿容願示周行。

蜂腰

分銜尺
一捻腰
朝罷漫
釀成多

謝

足安居
楚餓餘
花任採
蜜能儲

春晨園悠
回起涉然
薏
木看成事
長花趣嘉
古唯悟時
來憑徹躭
賓
處室大葉
者居幻書

纔倏欣樂
爲爾逢事
箞
馬婆有云
戲娑歲多
早庭不青
時前覺松
霙
乍木月幾
過肥馱團

蜂腰

上七言絶句一首，中謝字分作四字串入各句中讀。下五言絶句四首，薏篹竇霙四字，每字分作四層，每句第三字串入一層横讀，春回艸木起。

七言絶

分衙尺寸足安居，一捻腰身楚餓餘。朝罷漫言花任採，釀成多謝蜜能儲。

五言絶

春回草木長，晨起立看花。園涉日成趣，悠然心事嘉。

纔爲竹馬戲，倏爾日婆娑。欣逢大有歲，樂事已云多。

古來穴處者，唯憑土室居。悟徹四大幻，時躭貝葉書。

早時雨乍過，庭前草木肥。不覺日月駛，青松大幾圍。

同心言

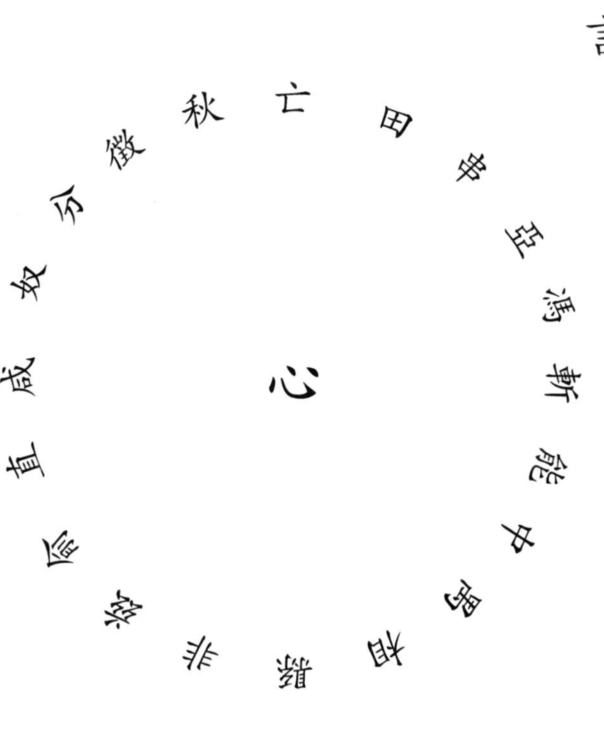

同心言

五言絶句一首，每字俱加入心字讀，忘愁起。

五言絶

忘愁徽忿怒，感悳愈慈悲。懸想愚忠態，慙憑惡患思。

兩頭纖纖

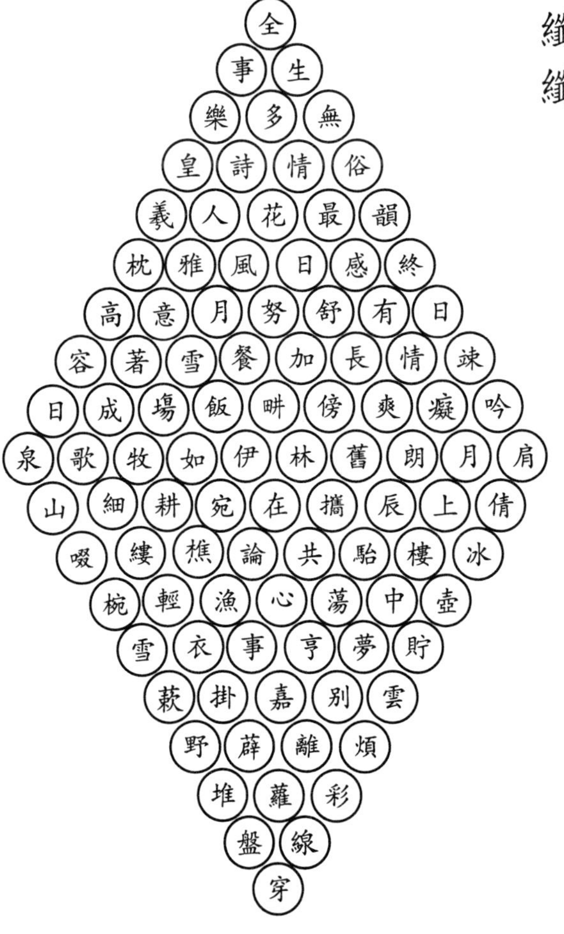
全
事生
樂多無
皇詩情俗
義人花最韻
枕雅風日感終
高意月努舒有日
容著雪餐加長情竦
日成塲飯畊傍爽癡吟
泉歌牧如伊林舊朗月肩
山細耕宛在擕辰上倩
啜縷樵論共駘樓冰
椀輕漁心蕩中壺
雪衣事亨夢貯
蔌掛嘉別雲
野薜離煩
堆蘿彩
盤線
穿

兩頭纖纖

外一層五言律一首，四尖俱藏頭讀，一生無俗韻起。第二層七言絶句回文讀。第三層六言絶句，每尖藏頭，化日舒長起。中五言絶句一首，每句第一字，先讀全字，次讀半字，努字爲努力，畊字爲畊田，伊字爲伊人，攜字爲攜手。

五言律藏頭

一生無俗韻，終日竦吟肩。月倩氷壺貯，雲煩彩綫穿。牙盤堆野蔌，雪椀啜山泉。白日容高枕，羲皇樂事全。

七言絶回文

多情最感有情癡，月上樓中夢别離。蘿薜掛衣輕縷細，歌成著意雅人詩。
詩人雅意著成歌，細縷輕衣掛薜蘿。離别夢中樓上月，癡情有感最情多。

六言絶藏頭

化日舒長爽朗，良辰駘蕩亨嘉。吉事漁樵耕牧，文塲雪月風花。

五言絶離合

努力加餐飯，畊田傍舊林。伊人如宛在，攜手共論心。

『嘉』：鈔句原作『家』，據圖文改

玉連環

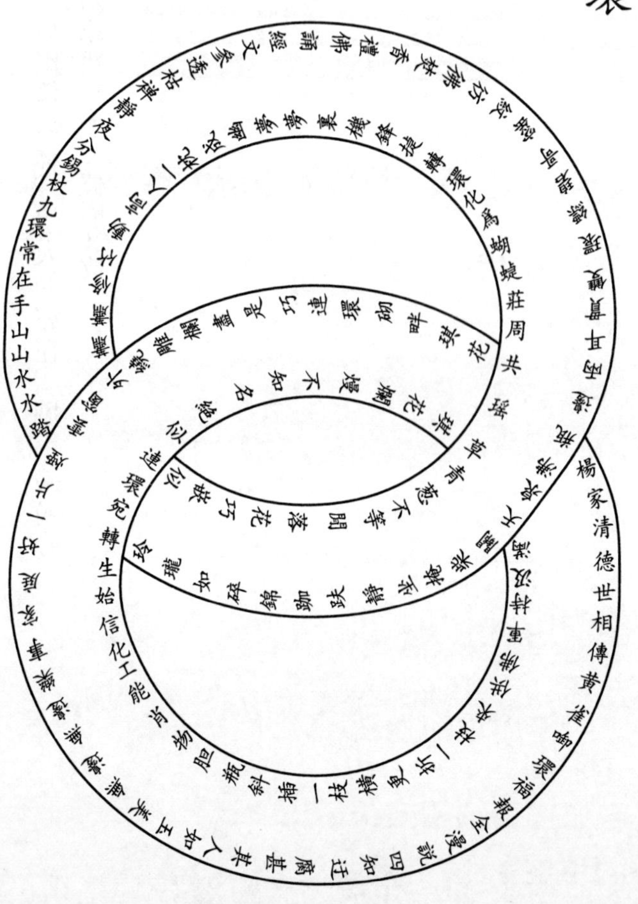

玉連環

七言古風一首，每四句内必用一環字，楊家清德起。其烟雲窗外四字，共瑶草三字、連環宛轉四字、天泉沸三字俱兩環互用。

七言古

楊家清德世相傳，黄雀銜環福報全。漫説四知迂腐甚，其人如玉美無邊。無邊樂事家庭好，一片烟雲窗外繞。雕欄盡是巧連環，砌畔琪花共瑶草。琪花爛漫不知名，絶似連環宛轉生。始信化工能肖物，膽瓶斜插一枝横。更折一枝來供佛，軍持汲滿天泉沸。瓶邊兩耳貫雙環，縹碧哥窯紋彷彿。焚香禮佛誦經文，參透枯禪静夜分。錫杖九環常在手，山山水水踏烟雲。窗外蕭蕭修竹動，高人一枕成幽夢。夢裏機鋒掟轉環，化爲蝴蝶莊周共。瑶草青葱不等閒，落花巧嵌似連環。宛轉玲瓏如碎錦，跏趺静坐掩柴關。

我佛心印

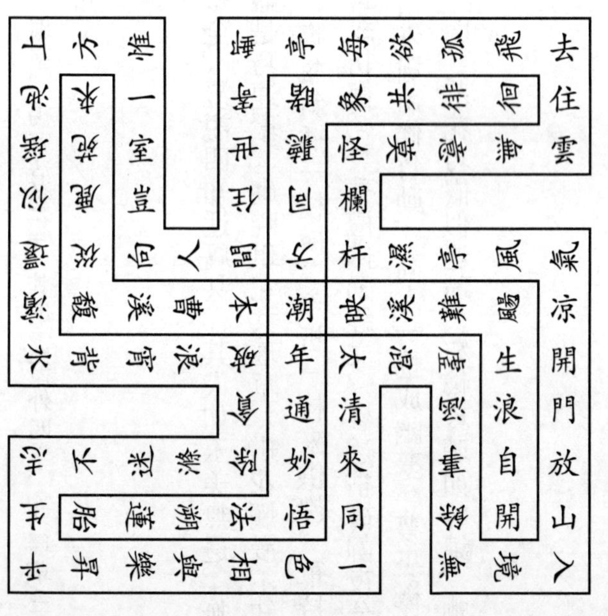

我佛心印

中卍字五言律一首，潮字居中，分作四字，首水、次十、次月、次早爲每行之首，每行首句尾字分半字爲次句之首。外圍雙層卍字集唐五言絶句四首，四角平上去入四字，每首第二字末一字分半字爲第三句第一字，每首尾一字即次首第一字。

五言律

水本曹溪馥，香從鹿苑來。十方同聽睹，四象共徘徊。月映溪難飏，風生浪自開。早年通妙悟，心法溯蓮胎。

五言絶集唐

平生志不迷馬戴　滌除貪破浪杜甫　良宵背水濵朱慶餘　還似瑤池上劉憲
上方惟一室于鵠　豈向人間住劉長卿　人世寄郵亭杜牧　每欲孤飛去杜甫
去住雲無意劉長卿　莫怪闌干濕朱景玄　水亭風氣凉李白　開門放山入曹松
入境無餘事朱慶餘　涵虚混太清孟浩然　月來同一色劉禹錫　相與樂昇平宋之問

并州剪

并州剪

七言絶句二首，中回字象釘鉸，句尾中字巾字象剪之尖。

七言絶

嫁衣原不爲他人，自出心裁又日新。休道肝腸雲錦似，幾回淚下暗沾巾。

閒心一片少人同，剪雪裁雲訝國工。七夕天孫曾賜巧，夢回常在月明中。

八吉祥

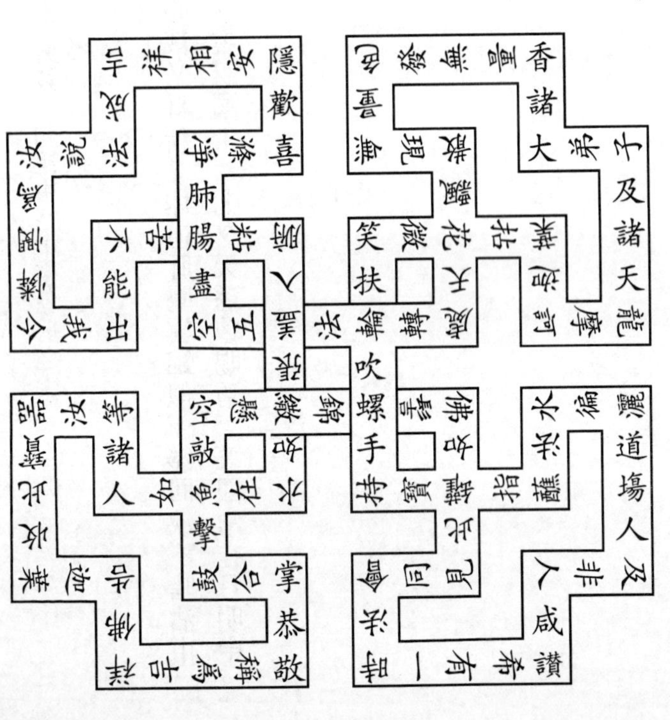

八吉祥

佛偈。法輪轉處起，交互處係八吉祥名。

四言偈

法輪轉處，天花飄散。現無量色，發無量香。諸大弟子，及諸天龍。摩訶迦葉，拈花微笑。扶輪吹螺，手持寶罐。指蘸法水，偏灑道塲。人及非人，咸讚希有。一時法會，同見此罐。如佛髻螺，錦繖懸空。敲魚擊鼓，合掌恭敬。稱爲吉祥，佛告迦葉。收此寶器，汝等諸人。如魚在水，如繖張蓋。入腑粘腸，苦不能出。我今憐憫，爲汝說法。成吉祥相，安隱歡喜。滌淨肺腸，盡空五蓋。

六根清淨

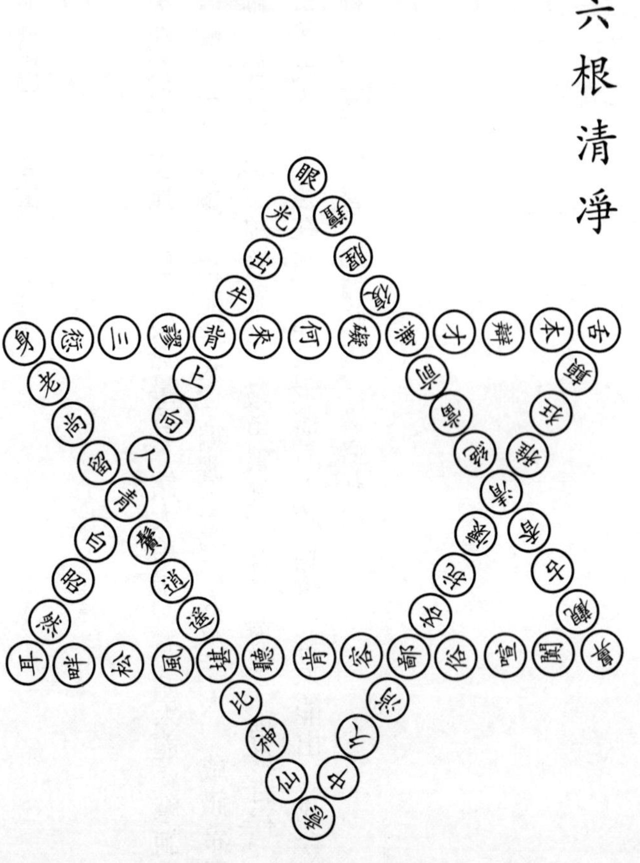

六根清淨

六言古風一首，交搭處彼此借讀。

六言詩

眼光出牛背上，向人青白昭然。耳畔松風堪聽，肯容鄙俗喧闐。鼻觀古香清絶，當前無復腥羶。舌本辯才無礙，何來背謬三愆。身老尚留青鬢，逍遥堪比神仙。意中久消鄙吝，抗懷清雅狂顛。

煙具

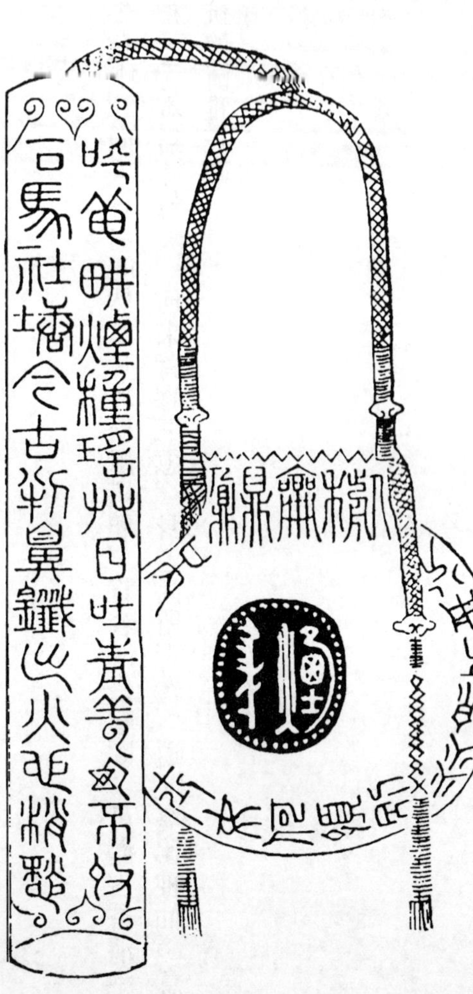

煙具

荷包，五言絶句一首，人前和鼎鼐起，此句像口上摺痕。煙插，七言絶句一首。交搭處彼此借讀。

五言絶

人前和鼎鼐，口内吐青雲。士女何須别，炎凉不用分。

七言絶

呼龍耕煙種瑶草，日吐青雲幻不收。石馬社塘今古判，鼻尖出火也消愁。

酒國

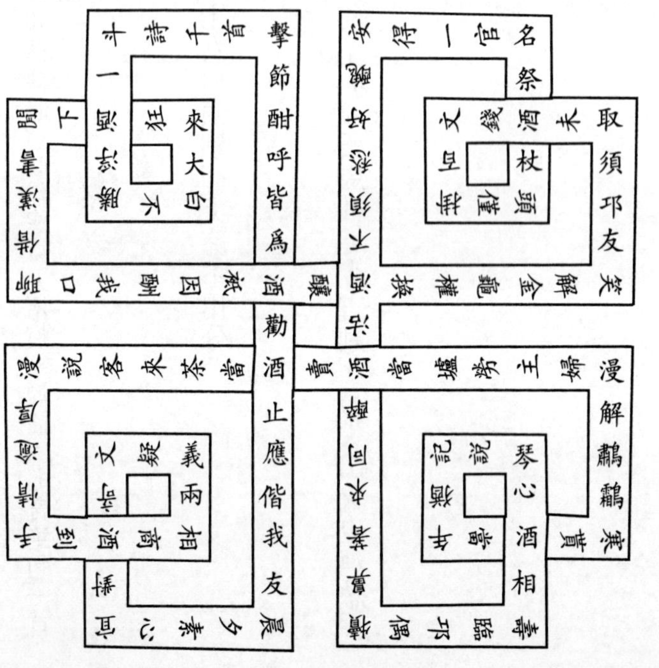

酒國

天仙子。酒字俱彼此借讀，釀酒、勸酒、賣酒、沽酒俱可隨便讀起。

此調有單調有雙調，故不分首數。

天仙子

沽酒不須愁好醜，安得一官名祭酒。杖頭僅掛百文錢，酒未取，須邛友，笑解金龜權換酒。

釀酒祇因酬我口，聊借漢書閒下酒。狂來太白不勝浮，酒一斗，詩千首，擊節酣呼皆爲酒。

勸酒止應偕我友，晨夕素心宜對酒。奇文疑義兩相商，酒到手，情逾厚，漫説客來茶當酒。

賣酒當壚勞主婦，漫解鷫鸘寒貰酒。當年猶記説琴心，酒相壽，臨邛偶，犢鼻著來同醉酒。

牛女相逢

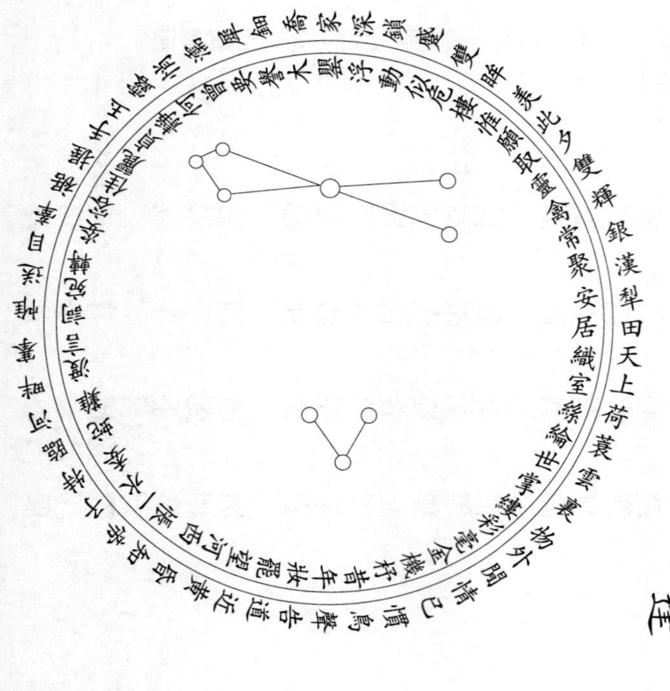

天上荷蓑雲裏物外閒情已慣鳥聲告道近黃昏知帝子特臨河畔事惟送目牽裾握手王霙濡犀鈿喬家深鎖夔雙眸羨北斗雙輝銀漢犁田

安居織室緣綸世掌鑾彩毫金機杼昔年妝罷望河西渡一水秦蛇難渡言詞究轉姿容佳麗貞靜可曾要譽木瞿浮動似危樓准願取靈禽常聚

牛女相逢

内外俱鵲橋仙各一首。犁物告特牽犀眸七字俱含牛字，安縷妝委姿要樓七字俱含女字，每隔七字相逢一次，以象七夕，横腰合鵲橋二字。外犁田起，内安居起。

鵲橋仙

犁田天上，荷蓑雲裏，物外閒情已慣。鳥聲告道近黄昏，知帝子，特臨河畔。搴帷送目，牽裾握手，玉露悄濡犀鈿。喬家深鎖蹙雙眸，羡此夕，雙輝銀漢。安居織室，絲綸世掌，縷彩毫金機杼。昔年妝罷望河西，悵一水，委蛇難渡。言詞宛轉，姿容佳麗，貞靜何曾要譽。木罌浮動似危樓，惟願取，靈禽常聚。

斜紋錦

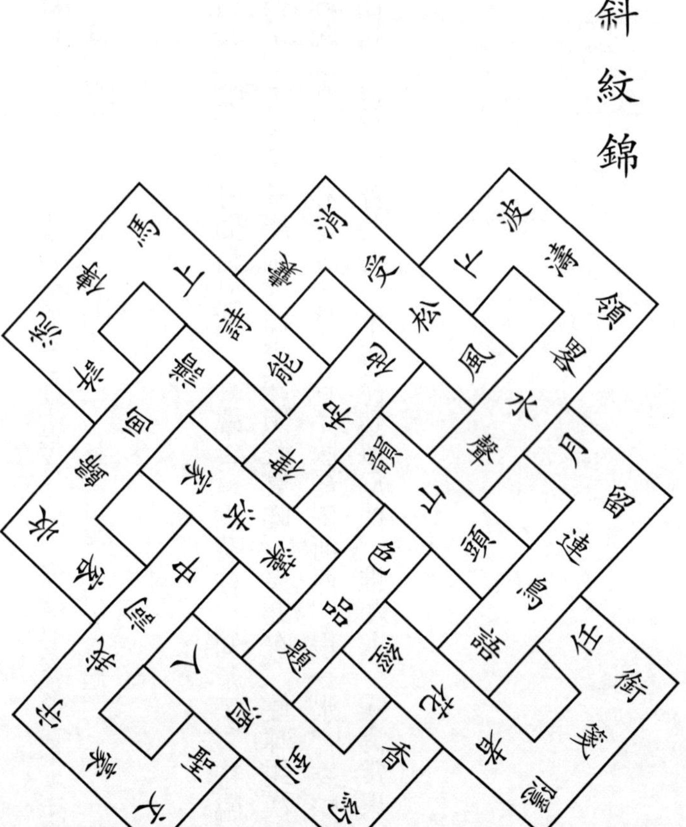

斜紋錦

六言絶句三首，交搭處彼此借讀。

六言絶

消受松風水月，留連鳥語花香。約到酒人詞客，收歸畫譜詩囊。
領略水聲山色，品題酒聖文豪。守我詞中法律，和他松下波濤。
馬上詩能和韻，山頭鳥任銜箋。隱者花經品藻，法家畫許流傳。

九連環

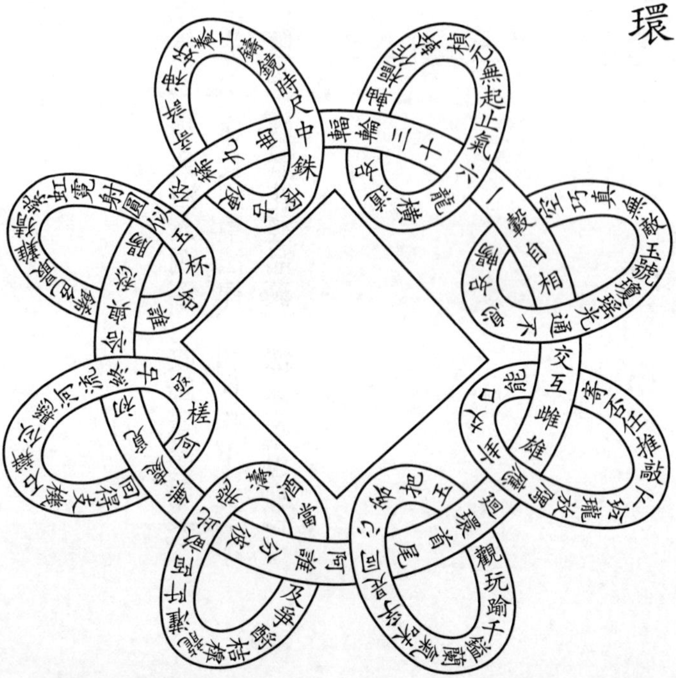

九連環

中大環五言律一首，八小環五言絶句各一首。絶句俱藏頭讀，交搭處彼此借讀。

五言律

輻輪三十六，一轂自相通。交互雌雄應，迴環首尾同。阿誰分彼此，無處覓初終。恰與愁腸似，依稀九曲中。

五言絶藏頭

貞元無起止，一氣六龍横。黄道如輪軸，由樞作幹楨。

古玉號瓊瑶，珫光通不息。心如暢轂空，工巧真無敵珫即寶字。

高下玲瓏放，方隅應卦爻。乂口能互寄，可否任推敲乂讀爲交口讀爲重。

金蘭氣味孚，子是同心客。各把玉環觀，佳玩踰千鎰。

木龍灌阡陌，百畝此飛濤。壽酒當誰及，人爭酹桔槔。

口辯似懸河，水流終古亟。一槎何處回，已得支機石。

青紫虹霓射，身圓似玉杯。不知誰與餙，布色最難猜。

良工鑄鏡時，寸尺中銖兩。从古便稀奇，可許神好養。

『圓』：圖文原作『園』，據鈔句改

二酉

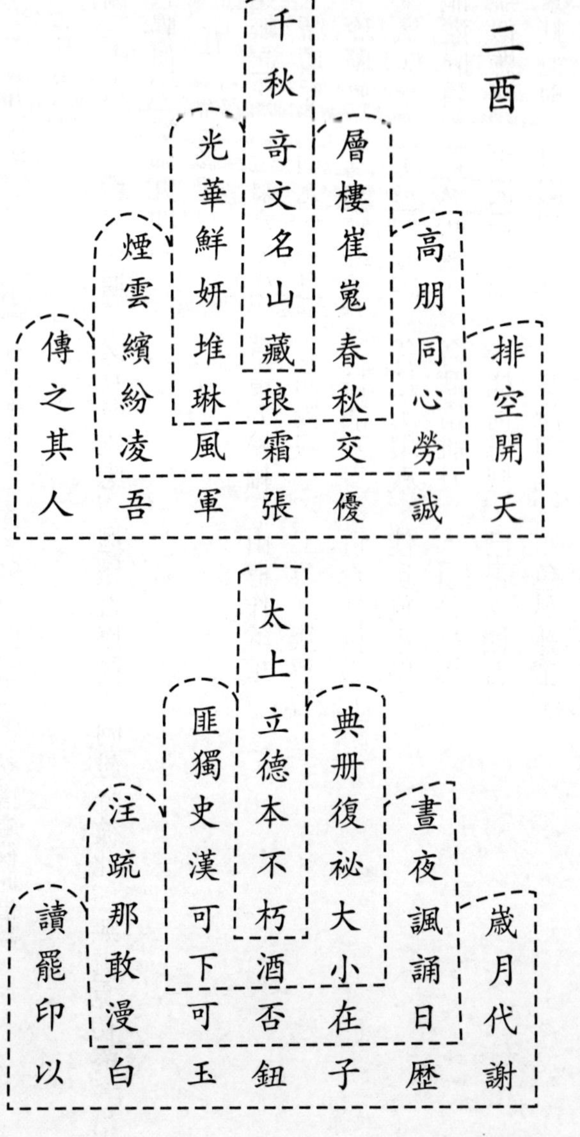
千
秋
光奇層
華文樓
煙鮮名崔高
雲妍山嵬朋
傳繽堆藏春同排
之紛琳琅秋心空
其凌風霜交勞開
人吾軍張優誠天
太
上
匪立典
獨德册
注史本復晝
疏漢不祕夜
讀那可朽大諷歲
罷敢下酒小誦月
印漫可否在日代
以白玉鈕子歷謝

二酉

七平七仄各一首，中峰讀起，一右一左挨次讀，每兩句韻脚合成一字，右邊者讀半字，左邊者讀全字。

七平

千秋奇文名山藏，層樓崔巍春秋良。光華鮮妍堆琳琅，高朋同心勞交相。烟雲繽紛凌風霜，排空開天誠優長，傳之其人吾軍張。

七仄

太上立德本不朽，典册復祕大小酉。匪獨史漢可下酒，晝夜諷誦日在口。注疏那敢漫可否，歲月代謝歷子丑，讀罷印以白玉鈕。

百里封

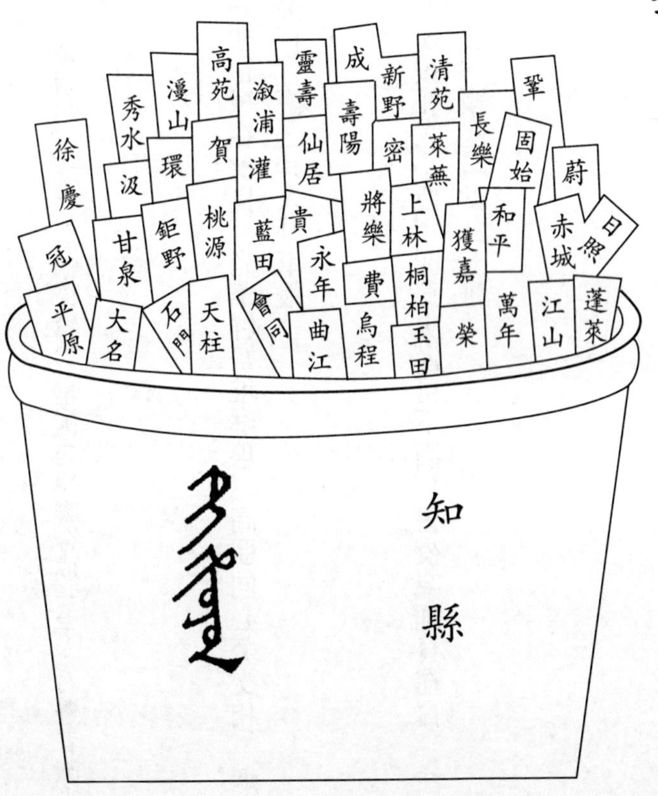

百里封

浣溪紗二首，俱用縣名，並無閒字，日照蓬萊起。

浣溪紗 集縣名

日照蓬萊蔚赤城，江山鞏固始和平，萬年長樂獲嘉榮。　清苑萊蕪新野密，上林桐柏
玉田成，壽陽將樂費烏程。
靈壽仙居貴永年，曲江溆浦灌藍田，會同高苑賀桃源。　天柱璠山環鉅野，石門秀水
汲甘泉，大名徐慶冠平原。

『高苑』：鈔句原作『高客』，據圖文改

『漫』：鈔句作『璠』，同『瓊』

錦屏

大 忝向人間稱澼王 罒能勞迀門活

啚 吞花臥月兩相望 罒直散投門月

岦 丁年握槧鳴珂里 罒藕𢉃鸞門各

南 丙夜留賓書錦堂 罒者理花門𢀖

正 石畫共誇侔賈董 罒貝絲繡門達

古 天機自許傲羲皇 罒馬世塵門睘

㒵 干霄玉樹皆庭盛 罒維才天門欮

韋 百代簪纓未易量 罒直免人門日

錦屏

中七言律一首，上下俱平如線。頂四言二句，下四言八句。方□及四字象屏，頂及腰雕紋，下門字象屏脚。

七言律

忝向人間稱癖王，吞花臥月兩相望。丁年握槧鳴珂里，丙夜留賓畫錦堂。石畫共誇侔賈董，天機自許傲羲皇。干霄玉樹堦庭盛，百代簪纓未易量。

四言

因圖園圃，囸固圜圍囸即日字
罷勞迂闊，置散投閒。羇縻鸞閣，署理花關。買絲繡闥，駡世塵闤。羅才天闕，罝兔人間。

奚囊寸錦卷上（清遠閣刻本）

回文集卷十二　目錄

尺素書

滿江紅

一首

鯉斷鴻稀真箇是

足音空谷思我

友推襟送抱其人如

玉落月屋梁繚繞

白暮雲春樹參差

綠憶

高齋尊酒共論文情

交篤

君已達膺

多福僕漸老甘幽獨

嘆

仙凡異地敢云相逐

天上貴人能念舊山中

驛使催裁牘媿荒

函臨頴更神馳

名心肅

欵月樓

尺素書

滿江紅

鯉斷鴻稀，真箇是、足音空谷。思我友，推襟送抱，其人如玉。落月屋梁繚繞白，暮雲春樹參差綠。憶高齋、尊酒共論文，情交篤。　君已達，膺多福。僕漸老，甘幽獨。歎仙凡異地，敢云相逐。天上貴人能念舊，山中驛使催裁牘。媿荒函、臨潁更神馳，名心肅。

同心梔子

同心粧罷整釵鈿付畫無那怯難言隔

天月二已明清

人留月吹簫韻人

鬟鬆髻小步漸

過重思春

前將看騎老馬馴

歌遲酒塵根斷後先心回

茵花柔

飛

同心梔子

浣溪紗二闋。靠内半句回文讀，思重過那量騎看將吹遲十個字，或平或仄，各隨所宜。一首春思重過起，一首前將看騎起。

浣溪紗 半句回文

春思重過二月天，同心妝罷整釵鈿，鈿釵整罷戲鞦韆。小步漸那無量忖，忖量無那怯難言，隔牆飛騎看將前。

前將看騎老馬馴，同心先後斷根塵，塵根斷後坐花茵。人解彈吹歌遲酒，酒遲歌吹月留人，清明已過重思春。

八節長歡

八節長歡

四言詩一首。春夏秋冬四字，每一字讀三遍，象每季三個月，每季各一立字，春秋各一分字，冬夏各一至字。勾芒讀起。

四言詩

勾芒司令，春日載陽。立幡苑東，春花吐芳。分香逞艶，春柳書堂。薰風南來，夏木千章。立表測影，夏晝舒長。至北窗卧，夏月羲皇。金風淅淅，秋露瀼瀼。立而望之，秋月增光。分畦種菊，秋花則黄。日短星昴，冬宜閉藏。立雪侍師，冬則飲湯。至於除夕，冬盡年光。

魚書

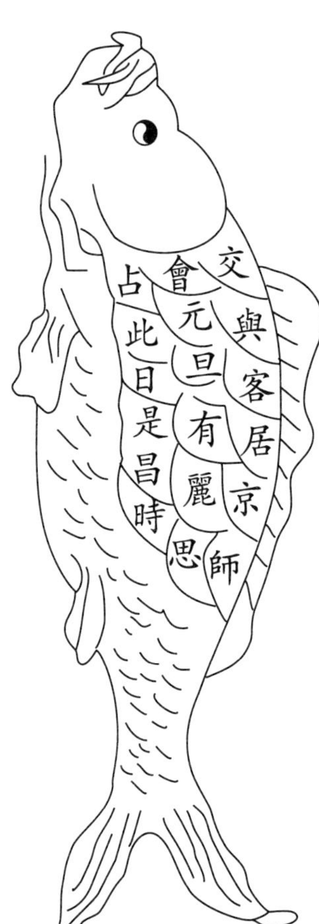

魚書

三言詩一首。加魚旁則爲魚，去魚旁則成詩，其字俱是魚部中所有之字，即以魚形爲偏旁。鱮音序，鮥音額，鋸音句，鰤音師，鯇同鼋，鉭同鱓，鮪音委，鱺音離，鯗齊上聲，鯷音地。

三言詩

交與客，居京師。會元旦，有麗思。占此日，是昌時。

八仙過海

八仙過海

浪淘沙四枝，海字起，交互處彼此借讀。

浪淘沙

海浪渺無邊，溯湃喧闐，仙真不比等閒仙。輕跳笊籬花簍上，踏海安然。
海水共天連，欲渡須船，仙翁游戲會羣仙。笑踏蒲葵浮巨闕，苦海輕填。
海氣湧雲烟，縹緲回旋，仙丹煉就證天仙。倒跨蹇驢拋拍板，宦海都捐。
海外別成天，壺嶠巍然，仙風淡蕩待神仙。鐵拐不沉漁鼓泛，四海隨緣。

卍事有數

年	少	競	摴	蒲	擲	父	輸	卻	幾	青	蛱	雲
看				誰		漁				眼		涌
衍	談	天		巧		付	誰	拈		秀		奇
遊						錢						峰
供		靈		媛	樓	青		句		括	機	天
烏		引				罷		畔				際
鷗	項	縮	扳	才	呂	數	來	磯	嘴	聽	流	泉
輪				藝		年				鵲		閣
輸	一	籌		足		蔬	倚	之		噪		娛
粕						食						佳
糟		陣		流	九	類		妙		時	來	客
將		拇				逃		中				攜
懶	校	精	共	笑	談	禪	著	杯	磁	共	扇	紈

萬事有數

數字居中，縱横十字，七言絶句一首，俱用數字起。下方首句如字，左方次句音促，上方次句音所，右方末句音朔。邊圍虞美人一首，除首尾及换頭外，俱藏頭讀，其借用中心絶句句尾字，每字分作兩字用。三言詩四首，每首俱借邊上字讀起，先上、次右、次下、次左。空白處成卍字四個。

七言絶

數年蔬食類逃禪，數罟才扳縮項鯿。數罷青錢付漁父，數來磯嘴聽流泉。

虞美人

雲涌奇峰天際白，水閣娱佳客。各攜紈扇共磁杯，不著單衣談笑共猜枚。嬾將糟粕輸輪扁，魚鳥供遊衍。行看年少競搒蒱，甫擲八乂輸卻幾青蚨。

三言詩

青眼秀，天機恬。磯畔句，付誰拈。

聽鵲噪，客來時。杯中物，蔬侑之。

蒱誰巧，青樓媛。縮地聽，衍談天。

才藝足，類九流。猜拇陣，輸一籌。

相逢廿四橋

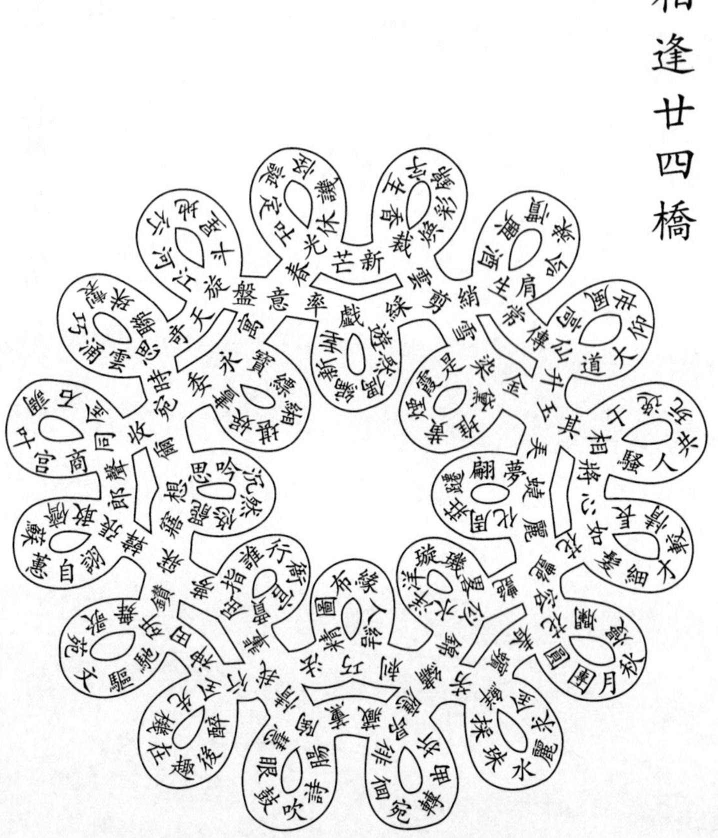

相逢廿四橋

四言詩二首。一從新裁煥彩起，一從偶然遊戲起，交互處彼此借讀。

四言古

新裁煥彩，錦字生香。裁雲剪雪，染黛堆黄。烟霞是染，金玉其相。騷人共玩，逸士相將。心如髮細，才較情長。如花艷艷，似水洋洋。璇璣略似，錦繡應昂。徘徊宛轉，曲折昂藏。薰陶慧眼，鼓吹詩腸。陶情我輩，屈指誰行。衙官賈屈，夢寐韓張。敢儕蘇蕙，自詡張郎。聲同金石，調叶宫商。同收宛委，永寶縹緗。堪娱晝永，寓意春光。休譏怪誕，定吐光芒。

偶然遊戲，率意盤旋。江河行地，星斗旋天。奇思雲涌，巧製珠聯。思時宛爾，想罷悠然。沉吟思想，寤寐鑽研。馳驅文苑，歌舞研田。神全醉後，趣在機先。全行我法，巧結人緣。布圖精巧，刺繡芳鮮。金求麗水，珠採鮮蠙。春花爛漫，秋月團圓。花容艷麗，蝶夢翩躚。莊周化蝶，弄玉升仙。高風世仰，大道仙傳。常生酒興，慣竦吟肩。生綃剪綵，戲艸新編。

截斷橫行

截斷橫行

五言絶句一首，每字分作兩字橫讀，艸木卜知音起。尒即古尔字，套字下是古長字。

五言絶

草木卜知音，倉公一日心。入秋畨大雨，小鳥共長林。

菱花鏡

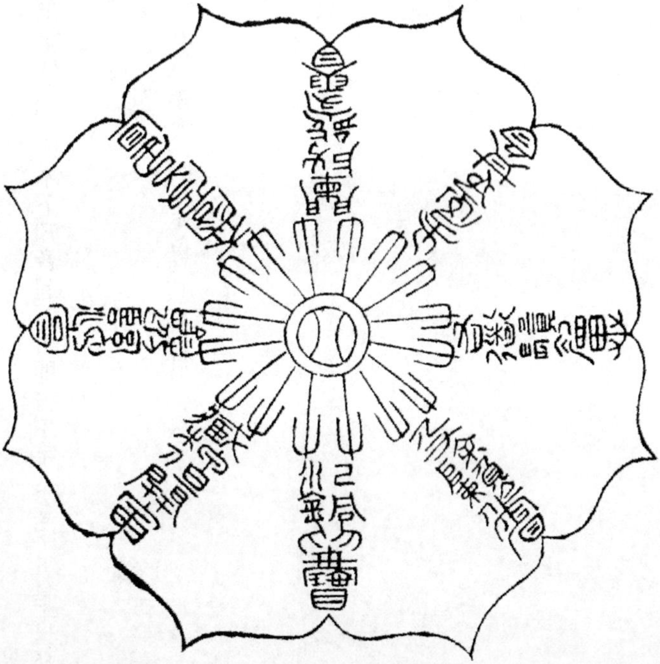

菱花鏡

五言律一首，每句第一字是艸頭，象鏡背紋，句尾一字皆有八字在下，象菱花邊。范銅爲世寶起，除鏡鼻外，並無閒筆。

五言律

范銅爲世寶，藏柙但開寅。菡萏臨池賞，芙蓉及第真。蘭房能守貴，茅屋也甘貧。若道鬢眉異，芟除賴作寘。

四面歸心

舊	嘗	遠	大	文
略	誤	程	武	兼
錦	間	行	行	翻
不	慙	誼	談	成
空	喜	文	侃	侃

革	面	止	隨	琴	醉	語	當	年	元
頃	降	者	鶴	與	倫	諭	倒	輩	白
故	此	從	容	論	諸	然	厭	然	偷
孫	雁	衡	邦	道	勝	饞	厭	衫	學
犀	矣	久	經	坐	不	飲	夜	青	泣

四面歸心

七言絶句三首，俱以中心一字爲句首，讀作四樣音，句尾俱鈎向内。

七言絶

行誼文章兩不慚，行間將略舊曾諳。行程遠大文兼武，行行翻成侃侃談。

厭厭夜飲不勝饞，厭煞諸傖醉語諵。厭倒當年元白輩，厭然偷學泣青衫。

從衡久矣厭孫龐，從此奸頑革面降。從者止隨琴與鶴，從容論道坐經邦。

象棋

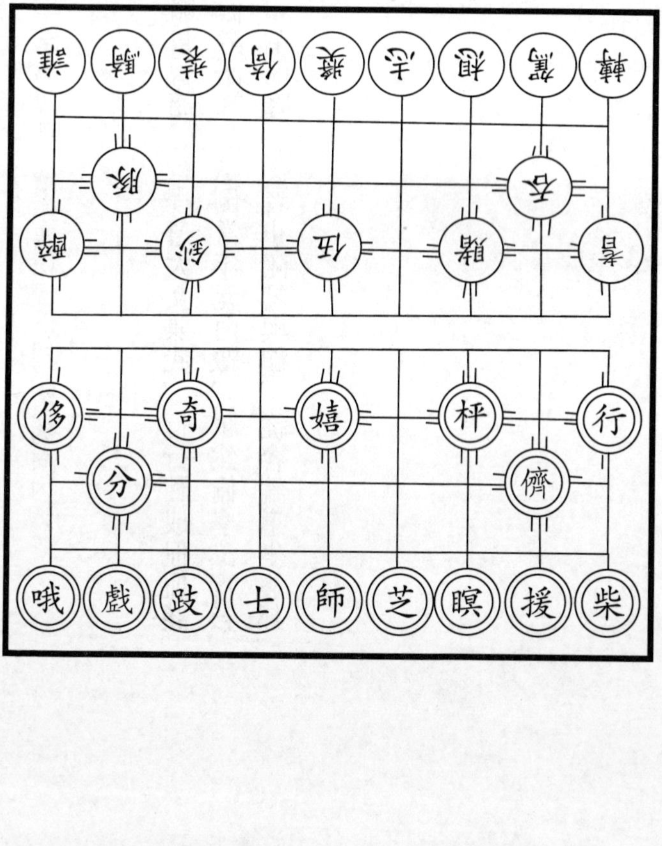

柴 接 瞑 芝 師 士 跂 戲 哦

儕 分

行 杯 嬉 奇 侈

者 賭 伍 鈔 醉

吞 豚

轉 駕 想 志 獎 倚 裝 騎 誰

象棋

三言詩八首，一字爲一句離合讀，或先合後離，或先離後合，各隨文義所宜。從兵卒路起、次砲路、次車馬路，對河相對讀。

三言

耆老日，彳亍行。賭者貝，平木枰。
五人伍，喜女嬉。少金鈔，大可奇。
卒酉醉，侈多人。豚豕月，八刀分。
吞天口，齊人儕。專車轉，此木柴。
加馬駕，爰手援。相心想，冥目瞑（瞑即眠字）。
志士心，艸之芝。將大獎，一帥師。
倚奇人，十一士。壯衣裝，支足跂。
騎奇馬，戲虛戈。誰佳言，我口哦。

四美具

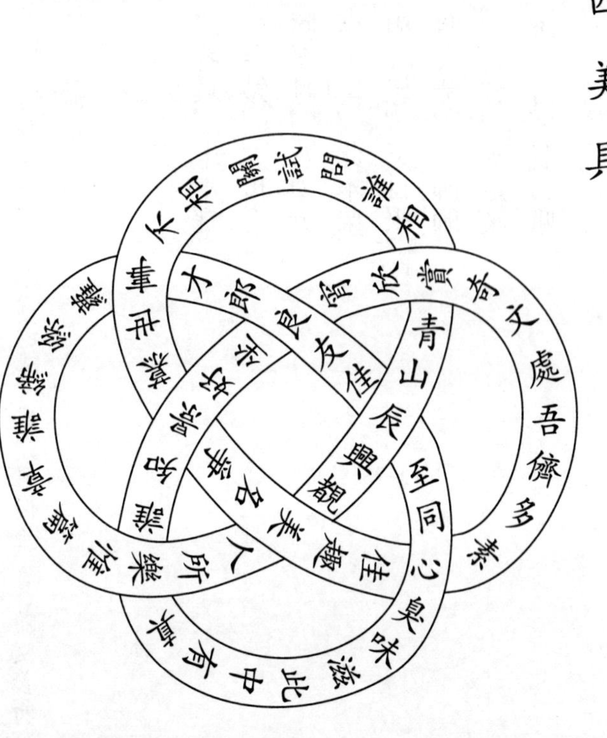

四美具

十七字詩四首。内交互處爲良辰美景，外交互處爲賞心樂事，彼此借讀，良字起。

十七字詩

良友佳辰至，同心臭味滋。此中有真樂，誰知。
景好坐良宵，欣賞奇文處。吾儕多素心，佳趣。
美名爭景慕，世事不相關。試問誰相賞，青山。
辰興覩美人，所樂惟篇章。誰締繇蘿事，才郎。

癖王

香名癖並狂
中
閒
客醉思官職
詩
中
朝王適珥貂

癡人癖絕奇
王
詩
譜舊調音古
高
秋
情多客夜清

花生癖句佳
時
清
唱與吹同狀
歌
聲
謳如急水流

癖王

逐句回文菩薩蠻三首，先讀竪，後讀横。

菩薩蠻回文

癖中閒思詩中適，適中詩思閒中癖。狂並癖名香，香名癖並狂。職官思醉客，客醉思官職。貂珥適王朝，朝王適珥貂。

癖王詩調高秋客，客秋高調詩王癖。奇絶癖人癡，癡人癖絶奇。古音調舊譜，譜舊調音古。清夜客多情，情多客夜清。

癖時清吹歌聲急，急聲歌吹清時癖。佳句癖生花，花生癖句佳。狀同吹與唱，唱與吹同狀。流水急如謳，謳如急水流。

五官拜用

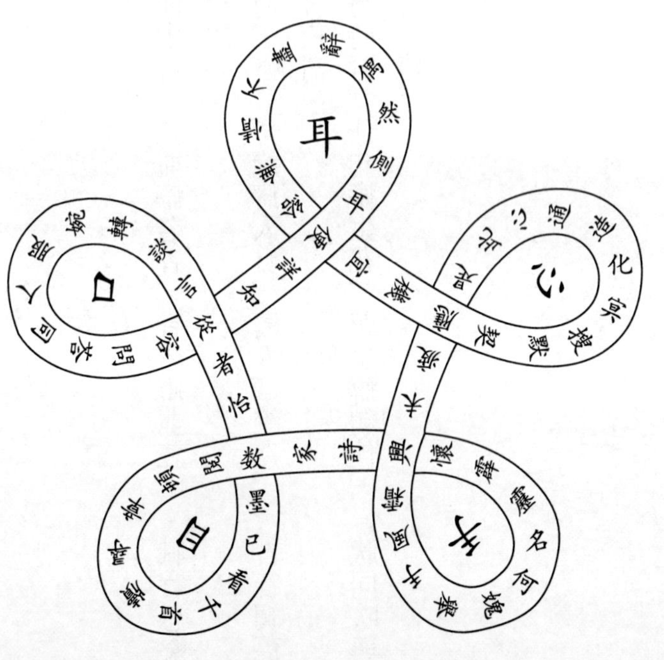

五官並用

七言排律一首，便給起，交搭字彼此互用，前後平仄兩音。

七言排律

便給無情不盡辭，偶然側耳便詳知。從容問答同人服，婉轉談言從者怡。數墨已看千首牘，尋章頓閱數家詩。興懷霹靂名何媿，舉手風霜興未疲。應是此心通造化，冥搜默契應機宜。

令旗

綠隊元戎總擅名
兼憑伊致太平面
仍武銘戈鐵馬巧
白徽勒令出靜排
紅邊好成功瑽龍
藍安此仗侯琤虎
横牛斗列分宫勢

令旗

七言律一首，螺紋回環讀，令出功成起，每句尾字分半字爲次句第一字。

七言律

令出功成好勒銘，金戈鐵馬靜瑽琤。王侯仗此安邊徼，文武憑伊致太平。十面巧排龍虎勢，九宮分列斗牛横。黄藍紅白仍兼綠，小隊元戎總擅名。

『徼』、圖文原作『橔』，據鈔句改

五臟六腑

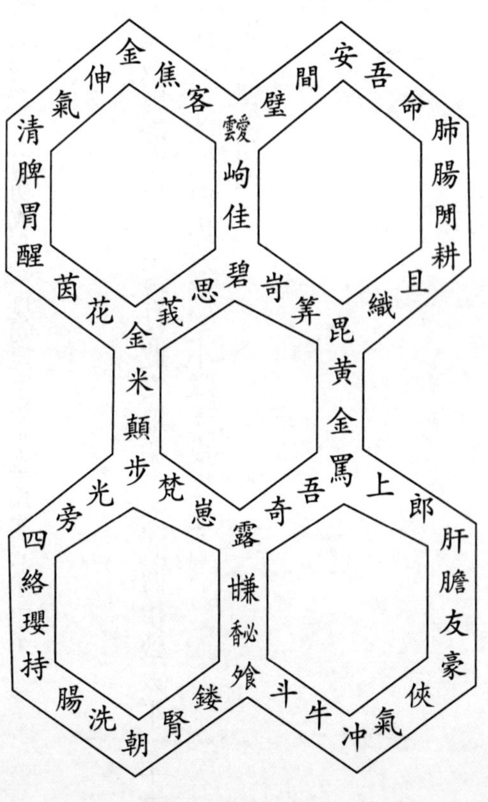

五臟六腑

三言詩五首，各六句，凡五圍，圍各六面，俱從上尖讀起。心肝脾肺腎每首一臟，其六腑在上下兩旁，内有二腸字象大小腸，旁光二字借用，其碧露二字，每字分作三字用，碧是上二下一，露是上一下二。中行嫛峋佳嗛䤈飧六字，左右分讀，毘筭岢思莪金罵吾奇步梵崽十二字，上下分讀。

三言詩

安吾命，肺腸閒。耕且織，田竹山。白圭句，愛璧間。
金焦客，雲山人。玉田草，余花茵。醒胃脾，清氣伸。
石可弄，比黄金。四五六，雨山林。止顛米，一我心。
馬上郎，肝膽友。豪俠氣，冲牛斗。食必兼，各可口。
少凡思，足甘香。夕鏤腎，朝洗腸。持瓔絡，四旁光。

『余』：鈔句原作『金』，誤

元燈

元燈

中圓圍七言絶句五首，以金吾不禁夜五字爲句首，藏頭讀。四邊半圓四個合七言絶句一首，即以慶賞元宵四字爲句首。

七言絶藏頭

金烏西下月初生，一遇燈宵分外明。日聽良朋傳勝景，小樓遥望也多情。

吾儕樂事首元宵，月下清謳婉轉嬌。女伴前途移悄步，少年同輩總魂消。

不信唐皇月殿囘，已偷天樂集靈臺。至今元夕揚州路，各有笙歌侑緑醅。

禁得幽懷不自持，寸心惟有月華知。口中吸盡春醪美，火樹銀花爛漫時。

夜市邗關自昔聞，耳邊眼底總芳芬。分明杜牧風流地，也化巫山一叚雲。

又

慶雲五色擅奇觀，賞玩何妨徹夜歡。元夕六街燈火盛，宵分好友共盤桓。

隱居四友

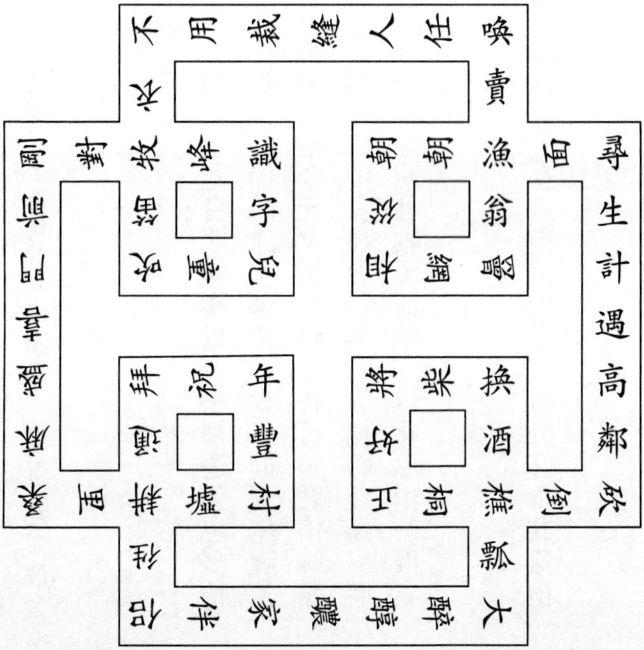

桑麻盛喜門前剛
雨對
侶往耕通拜吹笛牧衣不
伴塘祝畫峰用
家村豐年兒字識裁
醲縫
醇正好將相從朝人
醉桐柴鷗朝任
大瓢樵酒換鷺翁漁賣喚
倒面
欣鄰高遇計生尋

隱居四友

風入松一闋，漁樵耕牧四字皆分作兩字讀，前後叚首尾藏頭，逢人任喚起。

風入松

逢人任喚賣魚翁，罾網相從。朝朝水面尋生計，遇高鄰，砍倒焦桐。正好將柴換酒，木瓢大醉醇醲。農家伴侣往來通，拜祝年豐。村墟井里桑麻盛，喜門前，剛對文峯。識字兒童吹笛，牛衣不用裁縫。

硯山

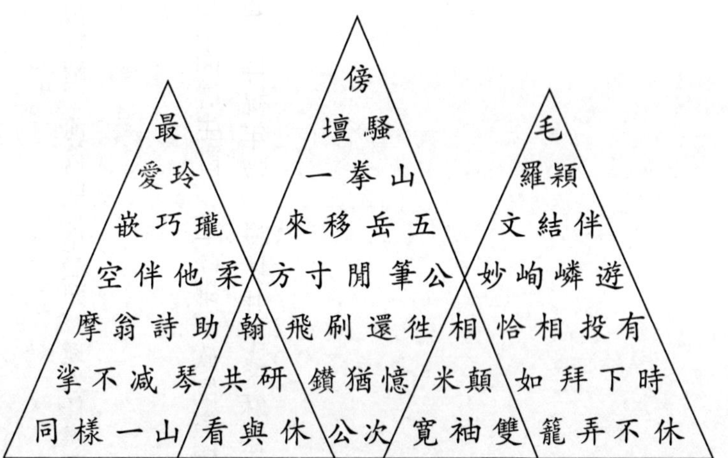
最
愛玲
嵌巧瓏
空伴他柔
摩翁詩助
峯不減琴
同樣一山
翰
共研
看與休
傍
壇騷
一拳山
來移岳五
方寸開筆公
飛刷還往
鑽猶憶
公次
相
米顛
寬袖雙
毛
羅穎
文結伴
妙峋嶙遊
恰相投有
如拜下時
籠弄不休

硯山

中峰長相思一首，左右兩峰七言絶句各一首，山頂讀起，之元讀，交搭處彼此借讀。

長相思

傍騷壇，一拳山。五岳移來方寸間，筆公相往還。　刷飛翰，共研鑽。猶憶米顛雙袖寬，次公休與看。

七言絶

最愛瓌瓏巧嵌空，伴他柔翰助詩翁。摩挲不減琴共研，休與看山一樣同。

毛穎羅文結伴遊，嶙峋妙相恰相投。有時下拜如顛米，寬袖雙籠弄不休。

十供養

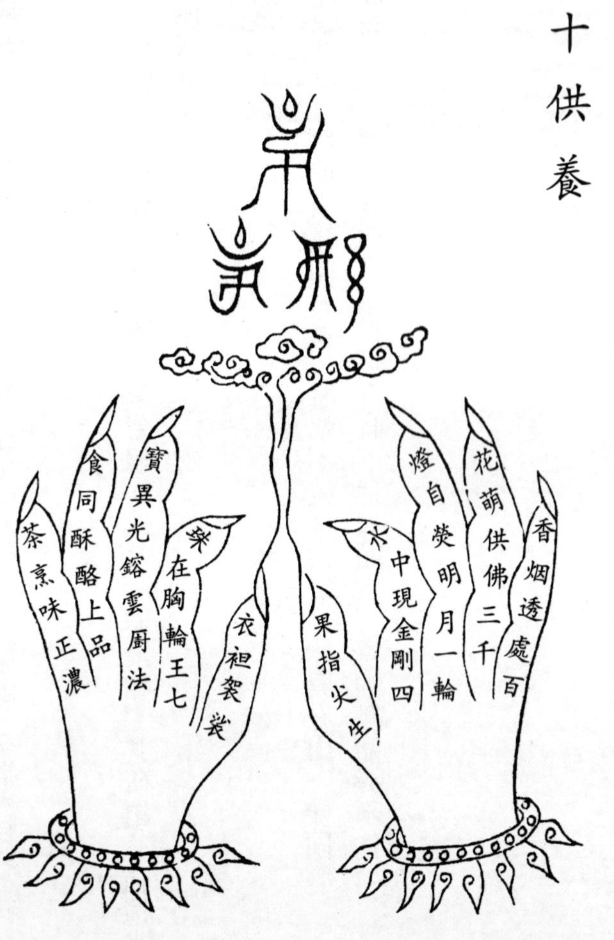

香烟透處百
花萌供佛三千
燈自熒明月一輪
水中現金剛四
果指尖生
衣袒袈裟
菜在胸輪王七
寶異光鎔雲厨法
食同酥酪上品
茶烹味正濃

十供養

七言絶句一首，指尖用十獻名。

七言絶

香烟透處百花萌，供佛三千燈自熒。明月一輪水中現，金剛四果指尖生。
衣祖袈裟珠在胸，輪王七寶異光鎔。雲厨法食同酥酪，上品茶烹味正濃。

縱橫策

		亡	秦	牛		後	恭	妻		
		足	□	後		倨	□	嫂		
從	約	自	然	不	久	前	征	固	向	分
棲	□	心	□	如	□	他	□	嫌	□	攜
於	止	同	難	雞	潤	隨	顏	枯	在	舌
		府	□	口	□	位	□	槁		
連	橫	天	不	救	趙	高	才	父	事	蘇
分	□	稱	□	火	□	金	□	母	□	君
瓜	不	久	能	豈	智	多	人	何	國	六
		國	□	容		得	□	厭		
		六	薪	抱		但	窮	貧		

縱橫策

六言絶句四首，直者爲蘇秦合縱，横者爲張儀連横，十字相交處彼此借讀。

六言絶

妻嫂固嫌枯槁，父母何厭貧窮。但得多金高位，隨他前倨後恭。

牛後不如雞口，救火豈容抱薪。六國久稱天府，同心自足亡秦。

從約自然不久，前征固可分攜。舌在枯顔隨潤，雞難同止於栖。

連横天不救趙，高才父事蘇君。六國何人多智，豈能久不瓜分。

素珠

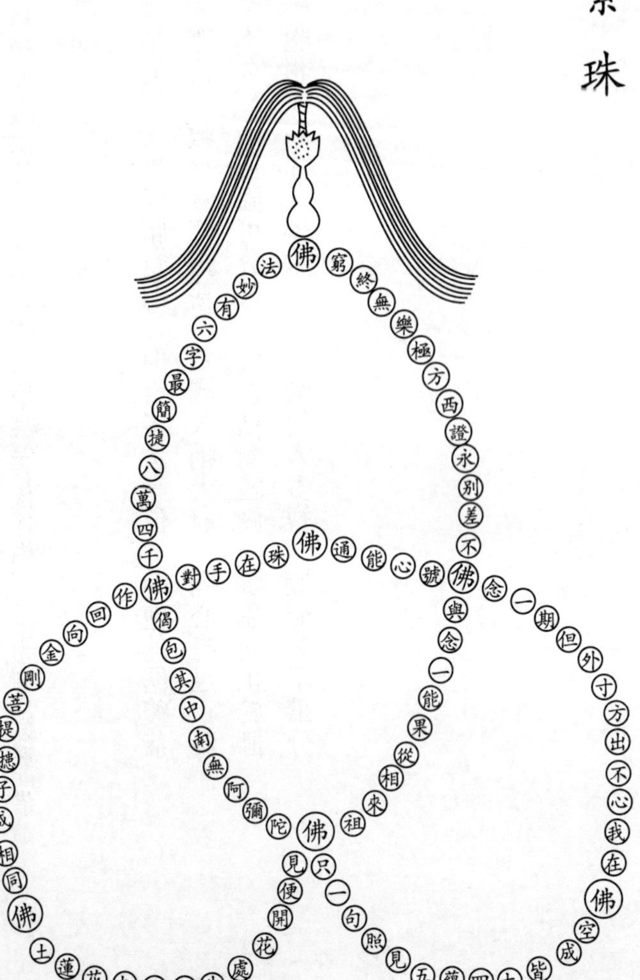
佛
法妙有六字最簡捷八萬四千佛
窮終無樂極方西證永別差不佛
對手在珠佛通能心號
作回向金剛菩提摠子咸相同佛土蓮花九品化生處花開便見佛
偈包其中南無阿彌陀
與念一能果從相來祖
念一期但外寸方出不心我在佛空成皆大四五蘊見照句一只

素珠

九言偈一首，佛字七處象七佛，交搭處彼此借讀。佛法起。

九言偈

佛法妙有六字最簡捷，八萬四千佛偈包其中。南無阿彌陀佛只一句，照見五蘊四大皆成空。佛在我心不出方寸外，但期一念佛號心能通。佛珠在手對佛作回向，金剛菩提槵子咸相同。佛土蓮花九品化生處，花開便見佛祖來相從。果能一念與佛不差別，永證西方極樂無終窮。

牙牌偶弄

無私	掩映	喜見	流連	参差	知已	唱罷	分明
長	傍	戲	莊	中	同	墜	工

牙牌偶弄

七言絶句二首，讀法與方圓卦位同。

七言絶

天地無私日月長，雲霞掩映綠楊傍。雙眉喜見鴛鴦戲，花鳥流連六一莊。

梅梛參差雪月中，二三知己綠雲同。六么唱罷天花墜，一一分明四五工。

覆試案

覆試案

五言古一首，俱集古人名，並無閒字，草廬起。

五言古集古人名

草廬黄山谷，味道淳于意。疊山石敢當，左邱明審配。南軒李太白，北宫黝如晦。石田米萬鍾，杵臼謝末婢。有若常遇春，百藥端木賜。師古儂智高，真德秀士會。文同韓昌黎，蕭思話無忌。雲林隨清娛，才老張公藝。不識高攀龍，百里奚俠累。長生直不疑，許子將興嗣。

「鍾」：鈔句原作「鐘」，據圖文改

「隨」：圖文作「隋」

五方雜處

定	馬	不	須	勤		畝	間	業	莫	移
大				食		農				方
咸		有	中	鼓	腹	勝	笙	簧		消
方		大		吾		土		農		反
墳	典	書	能	掌		時	言	聖	傚	側
		聞						世		
布	矚	久	敘	慶		戲	堂	樂	我	生
露		里		廩		遊		無		家
須		當	莫	喜	雍	時	姓	方		多
須				多		里				正
餘	膽	破	方	儲		平	方	四	喜	直

五方雜處

中七言絶句一首，四角五言絶句各一首，逐句藏頭，交搭處彼此借讀。

絶句藏頭

黄農聖世樂無方，万姓時雍喜莫當。田里久聞書大有，月中鼓腹勝笙簧。

多方消反側，則傚聖言時。寸土勝農畝，田間業莫移。

一家多正直，且喜四方平。十里時遊戲，虛堂樂我生。

虛廪喜多儲，諸方破膽餘。未須頒露布，巾幗久欷歔。

力食鼓吾掌，手能書典墳。八方咸大定，疋馬不須勤。

楸枰

創始遡陶唐用心聞孔子中太極蘊全局期年紀
黑子誠彈丸白帝亦蕞爾象陰陽判方圓天地比
多筭乃能勝爭先實云美道通仙靈精思惻神鬼
手談貴肅穆坐隱毋怯餒橋騎龍飛采蕭敲子跂
初焉運帷幄繼乃攻壁壘地忽分合人民倏倍屣
著屐賭墅折決策推枰起笑步盈百睡詢局曾幾
雕梁縱橫壓鉄網大小被鉢傳古今詩文憂宮徵
主臣纍卵誡師弟援弓擬能下聊城龜解出深水
說法忝老禪爛柯駭寸晷惟罪廝賴過莫甚強悔
對譜猶登場布圖似堆米卦方隅列九宮中外峙
弱腹超強邊短尺遜修咫容簾簞看那許瓜葛抵
佯輸子替握失寢頭倦倚人辨賊鐃拙匈捉刀蒽
眉山冀難澹宣城郡堪仕行宣投江杜陵咏畫紙
重瞳或告敗獨眼偶不死聽姑婦拈日消君相尼
勝之固欣然敗兮亦可喜仍荅問易心漫戒虛已
閨踰吹簫樂旅過角弔詭言歌南風長嘯鎮北鄙
相持二俱活得节兩不耻邊無一聲户外有雙履
光明仰豪傑偷竊慮奸宄品定優劣萬態別成毀
喪師慙楸枰得采誇錦綺客聞長安爲之賢乎已

楸枰

五言古風一首，俱用奕棊典故，朱文象白子，元文象黑子。每行第二句尾字分半字爲第三句首字，象棋譜中十一同十、三十一同三十，餘彷此。其肅蕭簫嘯米五字象勢子位上之丵。

五言 韓體

創始遡陶唐，用心聞孔子。一中太極藴，全局期年紀。黑子誠彈丸，白帝亦蕞爾。
爻象陰陽判，方圓天地比。多算乃能勝，爭先實云美。大道通仙靈，精思測神鬼。
手談貴肅穆，坐隱毋怯餒。食橘騎龍飛，采蕭敲子跂。初焉運帷幄，繼乃攻壁壘。
土地忽分合，人民倏蓓蓰。著屐賭墅折，决策推枰起。走笑步盈百，睡詢局曾幾。
雕梁縱横壓，鐵網大小被。衣鉢傳古今，詩文戞宫徵。主臣累卵誠，師弟援弓儗。
矢能下聊城，黿解出深水。説法叅老禪，爛柯駭寸晷。咎惟罪厮賴、過莫甚强悔。
對譜猶登場，布圖似堆米。八卦方隅列，九宫中外峙。弱腹超强邊，短尺逐脩咫。
只容簾篳看，那許瓜葛抵。佯輸子潛握，失寢頭倦倚。可人辨賊饒，拙匈捉刀葸。
眉山糞難擔，宣城郡堪仕。士行宣投江，杜陵咏畫紙。重瞳或告敗，獨眼偶不死。
夕聽姑婦拈，日消君相尼。勝之固欣然，敗兮亦可喜。口仍荅問易，心漫戒虚已。

闉踰吹簫樂，旅過角弔詭。危言歌南風，長嘯鎮北鄙。相持二俱活，得芇兩不恥。

耳邊無一聲，户外有雙履。光明仰豪傑，偷竊慮奸宄。九品定優劣，萬態別成毀。

夜師慙楸枰，得采誇錦綺。奇客聞長安，爲之賢乎已。

『測』、『蓓蓰』、『潛』、『擔』：圖文作『惻』、『倍屣』、『替』、『澹』

五花八門

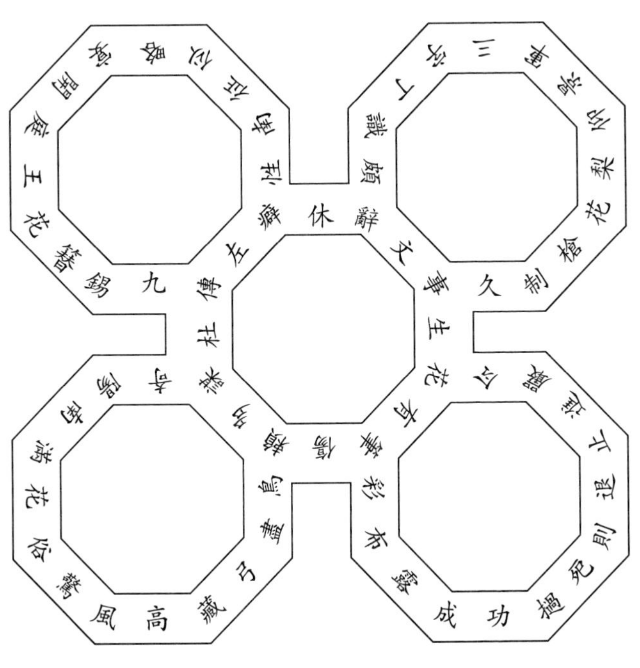

五花八門

四言詩五首，俱從上方讀起。中宮休生傷杜四門在四正，外四首景死驚開四門在四隅，每首各一花字。景門在首句，死門第二句，驚門第三句，開門在尾句。相交處彼此借讀。

四言詩

休辭文事，生花有筆。傷賴多謀，杜傳左癖。
三軍景仰，梨花槍制。久事文辭，頗識丁字。
令嚴進止，退則死撾。功成露布，彩筆有花。
奇謀多賴，鳥盡弓藏。高風驚俗，花滿南陽。
略似征南，性癖左傳。九錫簪花，王庭開宴。

談量 辛巳六月二十二日未時

鼎

些	袍	峒	簣
仲	夵	莅	侗

乾造 命立夘宫

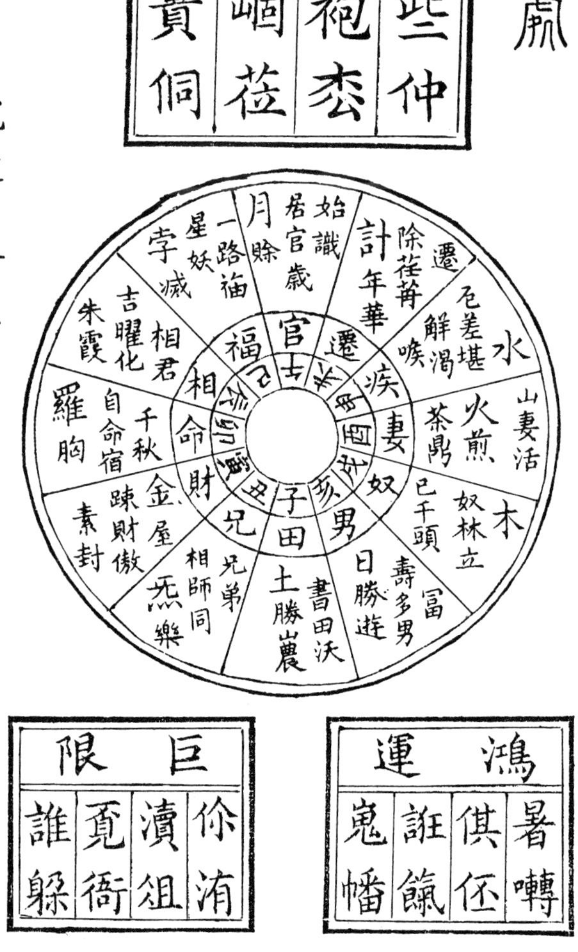

鴻運			
暑	倛	誑	嵬
囀	伾	籲	幡

巨限			
伱	瀆	覔	誰
洧	俎	�	緜

談星處

八字運限各五言絶一首，一字分作兩三字讀。星盤七言絶句三首，十二宫名竝四餘七政俱串入句中，自命宫讀起。

些字之止，正韻作四畫，全字共八畫，故爲辛。仲字六畫，故爲巳。袍夻二字共十八畫，除十二畫，仍六畫，故爲六月。嶇莅二字共二十二畫，故爲廿二日。侗字八畫，故爲未時星家排命干子宫起

正月日逆數至所生之六月在未即於未上起所生時順數至卯宫爲命宫故爲卯宫安命也

五言絶

此一一人中，包衣十八公。固山二十位，个个貴人同八字

日者專車口，其人不一人。狂言乞米食，山鬼采田巾運

人人小有水，賣水且人人。不見五行口，佳言乃木身限

七言絶星盤

千秋自命宿羅胸，金屋疎財傲素封。兄弟相師同炁樂，書田沃土勝山農。

富壽多男日勝遊，木奴林立已千頭。山妻活火煎茶鼎，水厄差堪解渴喉。

遷除荏苒計年華，始識居官歲月賒。一路福星妖字滅，相君吉曜化朱霞。

『妖字』：圖文作『妖孛』。孛，彗星也

重九

佩	蟹	侑	翼	桑	已	問	雨	滿
萸	籠	觴	軫	行	厲	重	散	城
囊	袖	探	航	飛	柴	陽	步	風
九	秋	離	得	鼓	講	辟	高	適
道	縱	合	文	吹	經	惡	興	意
藏	横	三	章	帽	饒	方	懷	登
又	古	漫	字	無	開	孰	自	濁
何	調	嫌	未	分	菊	能	好	醪
妨	笑	非	詳	曹	樽	颺	句	吾

重九

五言排律一首，分作九大格，每格又分九格。中心一字，前句之尾，即後句之首，讀作兩音，在一格之内重用似象重九。

五言排律

滿城風雨散，散步問重陽。適意登高興，興懷辟惡方。濁醪吾自好，好句孰能颺。已厲柴桑行，行飛翼軫航。講經鐃鼓吹，吹帽得文章。開菊樽無分，分曹字未詳。侑觴探蟹籠，籠袖佩萸囊。離合三秋縱，縱横九道藏。漫嫌非古調，調笑又何妨。

三才並建

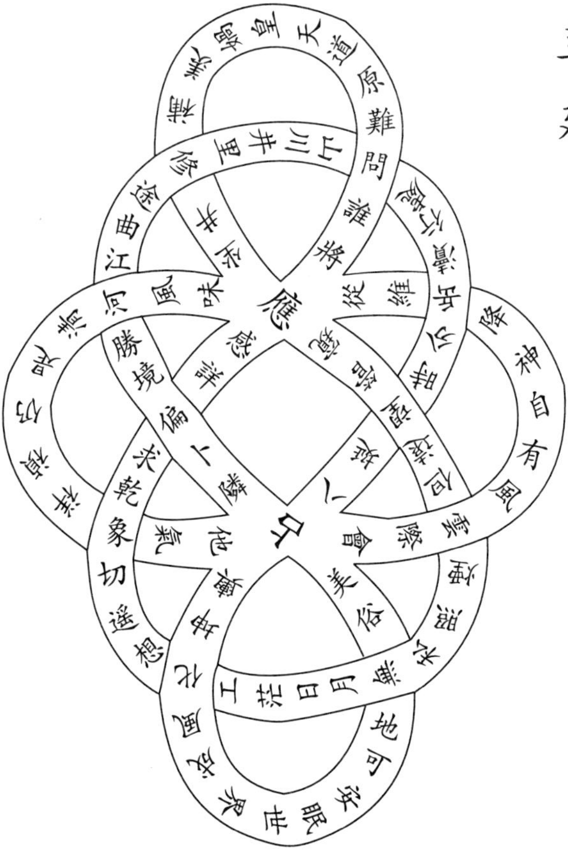

三才並建

上段天道下濟，下段地道上行，各五言律一首。中圈象人，六言絶一首。交搭處互相借用。

五言律

天道原難問，誰將應感詳。偏求乾象切，遥想化工茫。日月無私照，煙雲但遠望。管窺應坐井，脩補羡媧皇天

世界成風化，坤輿占八埏。望時分岳瀆，行處問山川。井里脩途曲，江河勝境偏。卜鄰占美俗，無地可安眠地

六言絶

仍是清河風味，應從維岳降神。自有風雲際會，占他氣象祥禎人

『坤輿』：鈔句原作『神輿』，據圖文改

佩符

人 爭 取 畔 惟
鴨 弔 屈 原 聞
放 舟 五 童 金
觴 龍 日 梢 鼓
翩 戲 尾 喧

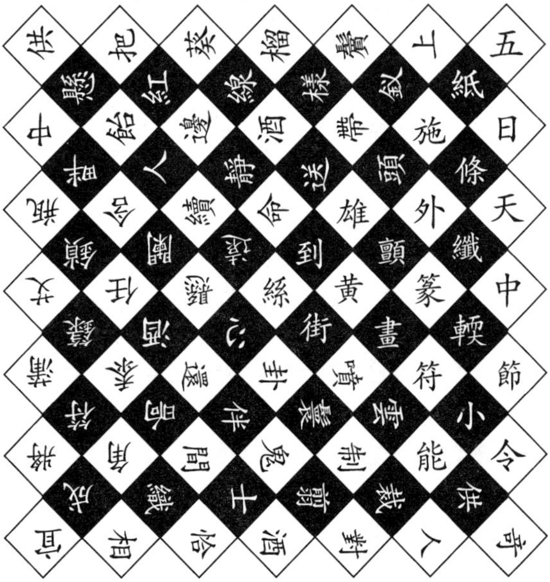
供 把 葵 榴 鬟 上 五
懸 紅 線 樣 釵 紙
中 船 邊 酒 帶 施 日
畔 人 靜 送 頭 條
瓶 含 鬢 命 雄 外 天
鎖 闌 到 顫 纖
艾 任 懸 絲 黃 篆 中
錄 酒 心 街 畫 軟
蒲 黍 還 卦 噴 符 節
符 向 昌 伴 雲 小
將 角 閒 鬼 制 能 令
成 士 翦 裁 供
宜 相 恰 酒 對 人 寺

佩符

小符七言絶句一首，藏頭讀。大符陰文霜天曉角一首，陽文七言律一首，俱藏頭讀。

七言絶藏頭

五日龍舟弔屈原，小童稍尾戲翩翻。羽觴放鴨人爭取，耳畔惟聞金鼓喧。

七言律同

五日天中節令奇，可人對酒恰相宜。且將蒲艾瓶中供，共把葵榴鬓上施。方外篆符能制鬼，田間角黍任含飴。口邊酒帶雄黄噴，八卦還懸續命絲。

霜天曉角同

紙條纖輭，大小供裁翦。羽士織成符籙，金鎖畔懸紅線。小樣釵頭顫，且畫雲鬟伴。半晌酒闌人静，爭送到街心遠。

『翩翻』：圖文作『翩翩』

『伴』：鈔句原作『畔』，據圖文改

並蒂芙蓉

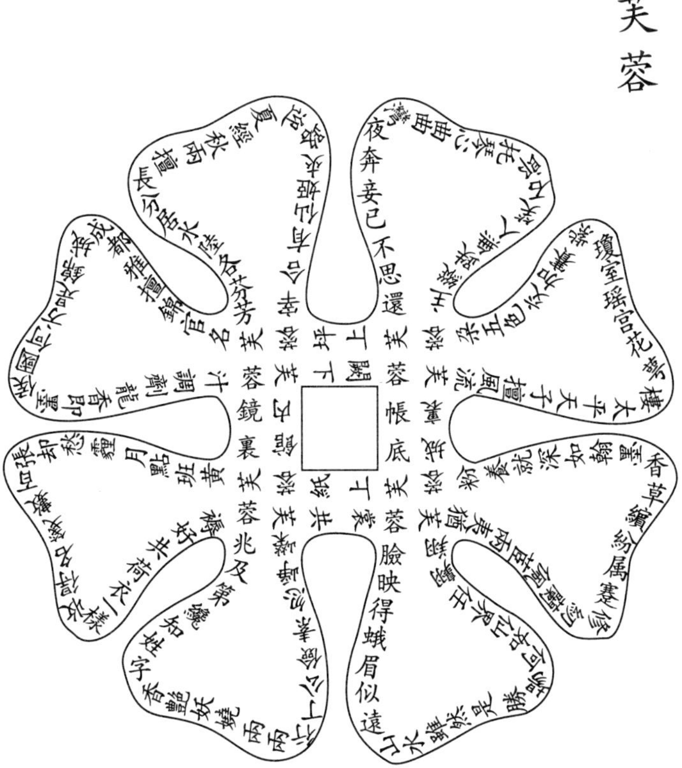

並蒂芙蓉

七言絶句八首，芙蓉二字彼此借讀，此首第一字即彼首句尾字。

七言絶首尾頂鍼接麻

郎托琴心曲曲灣，夜奔妾已不思還。芙蓉帳底芙蓉臉，映得蛾眉似遠山。

山水雖然是勝場，何如仙界任翱翔。芙蓉城裏芙蓉主，縱跌無人笑石郎。

迎夏經秋兩擅長，分居水陸各芬芳。芙蓉鏡裏芙蓉兆，及第纔知姓字香。

香艷妖嬈兩兩行，丁公儉素忽崢嶸。芙蓉館内芙蓉宰，合有仙姬夾路迎。

侯國何方是錦城，成都雅擅錦官名。芙蓉坪上芙蓉朶，五色交加賽紫瓊。

瓊室瑶宫花萼樓，太平天子擅風流。芙蓉闕下芙蓉汁，調劑龍香即墨侯。

收得名箋數百張，却愁霾月點班黄。芙蓉紙上芙蓉粉，養就深如翰墨香。

香草繽紛屬蹇脩，紉蘭佩茝兩夷猶。芙蓉裳共芙蓉褥，好共荷衣一樣收。

十字架

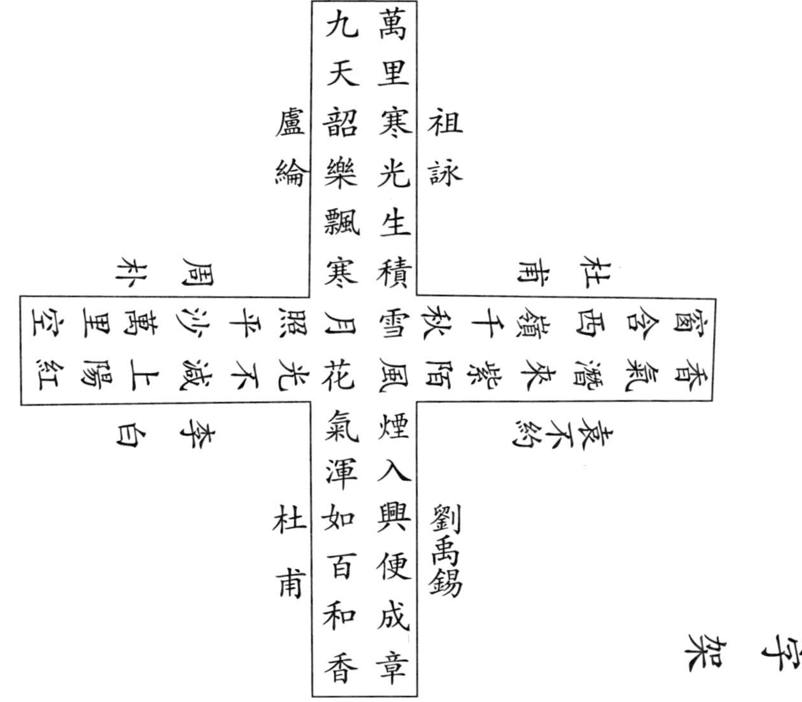
萬里寒光生積雪
祖詠
九天韶樂飄寒月
盧綸
窗含西嶺千秋雪
杜甫
香氣潛來紫陌風
袁不約
月照平沙萬里空
周朴
花光不滅上陽紅
李白
風煙入興便成章
劉禹錫
花氣渾如百和香
杜甫

十字架

集唐七言絶句二首，風花雪月四字互相借用。

七言絶集唐

香氣潛來紫陌風（袁不約）花光不減上陽紅（李白）窗含西嶺千秋雪（杜甫）月照平沙萬里空（周朴）

萬里寒光生積雪（祖詠）風烟入興便成章（劉禹錫）九天韶樂飄寒月（盧綸）花氣渾如百和香（杜甫）

壺天

壺天

五言律一首，中含壺中日月長五字。

五言律

壺貯仙家藥，爭傳萬中餘。頻年惟濟世，鎮日但觀書。户外時邀月，濠邊每羡魚。漫言長晝倦，依樣返吾廬。

『觀』：圖文作『看』

花陣

花陣

南曲新樣四時花一枝，交搭處彼此互用。春到了起，千般是春止，曲尾字即曲頭字。

新樣四時花

〔小桃紅〕春到了花成陣，芳草畔梅千本。〔月上海棠〕愛牡丹芍藥，是處芳芬。〔紅芍藥〕真斌媚李笑桃嚬，休問那蕙假蘭真。〔石榴花〕晝初長、有葵榴媚人，那其間，荷花香噴。〔水紅花〕北堂萱，美人虞郡。〔玉芙蓉〕花間製就芙蓉粉，太華仙人玉井伸。〔梅花塘〕相看桂品，月殿欒歲折來頻，井梧根。〔水仙子〕黄菊東籬相對，歲轉千般是春。

佛塔

佛
光
化爲
舍利滿
處　　　　　　付
有到足散天人囑承
多寶　　　　邊親
莊　　　　　　無
嚴　佛　　　樂
飯　共將號極　證
依寶三向祝稱生無永
頂禮　　　　南無
梵　　　　　　馥
修　佛　　　花
間　諷唄經肅蓮　方
盡人會高華龍望享同西
同天　　　　　分向
竺如　　　　　都無
是　佛　　　獄
世　我聞古授記地　聖
過三問目眼流源有堂天入
去未　　　　　　超凡
來七　　　　　　及早
尊留　佛　　何如
能　偈堪録經中金逐　歲
讀誰伊偈句四若般剛徵時名
若吾儕　　　　阿堵功
蘊五　　　　　娟嬋
皆　佛　　　擁
續　空也同真一聲磬尚　將
膜斷聲魚木懸燈盞一响也明天
拜處右　　　　　這次第
偏肩　　　　　　盡漏
袒鼓　佛　佛　佛　鐘鳴
八　打三通座香念修福歎　界
百千三戒僧持還透悟僧高花空世
都那間可煩根已便聖無聖那玞今破
純熟其稍消燠塵斷同諦殊凡分玉番看

佛塔

鶯啼序一首，從上而下之，先讀佛光化爲舍利起，留靠右兩行，俟讀至底，即將此兩行從下而上讀完，連荅頂爲七層。佛字居中，下層佛三尊，上懸一燈字，下供一香字，左鐘右鼓，下二僧字，一左一右。

鶯啼序

佛光化爲舍利，滿人天散足。到處有、多寶莊嚴，共將佛號稱祝。向三寶、皈依頂禮，焚脩諷唄佛經肅。望龍華，高會人間，盡同天竺。如是我聞，古佛受記，有源流眼目。問三世、過去未來，七尊留偈堪錄。佛經中，金剛般若，四句偈、伊誰能讀。若吾儕，五蘊皆空，也同真佛。一聲磬響，一盞燈懸，木魚聲斷續。膜拜處、右肩偏袒，鼓打三通，佛座佛香，念佛脩福。高僧悟透，還持僧戒，三千八百都純熟。那其間、稍可消煩燠。根塵已斷，便同聖諦無殊，聖凡那分玞玉。今番看破，世界空花，歎鐘鳴漏盡，這次第，天將明也，尚擁嬋娟，阿堵功名，歲時徵逐。何如及早，超凡入聖，天堂地獄都無分，向西方、同享蓮花馥。南無永證無生，極樂無邊，親承付囑。

『受』：圖文作『授』

清課四種

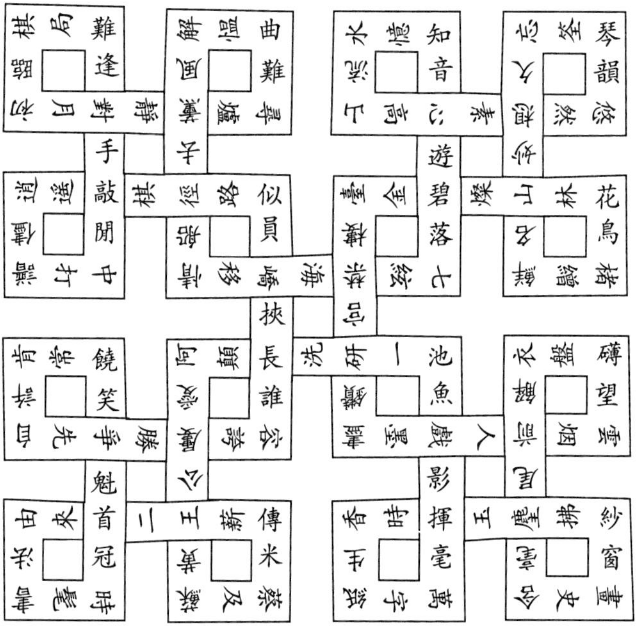

棋局難　解唱曲　水憶知　忘筌琴

臨□逢　風□難　流□音　久□韻

初月對靜薰爐尋　山高心素想然悠

　　手　去　　　　　遊　妙　　

逍遙敲棋徑路似　臺金碧燦山林花

儘□閒　船□員　樓□落　名□鳥

譜打中　情移嶠海禁絃七　鮮鷗楮

　　　　　　挾　宮　　　　　　

肯常饒　阿顛長洗研一池　衣盤磚

許□笑　愛□誰　鑽□魚　解□望

自先爭勝屢誇容　畫墨戲人前烟雲

　　　　公　　　　　影　尾　　

由來首二王薪傳　香時揮王塵拂紗

法□冠　黃□米　生□毫　毫□窗

書鬢時　蘇及蔡　紙字萬　含史畫

清課四種

浣溪沙四闋，以琴棋書畫四字起，交搭處彼此互用。

浣溪紗

琴韻悠然想素心，高山流水憶知音，心遊碧落七絃禁。海嶠移情船徑去，薰風解慍曲難尋，爐薰靜對月初臨。

棋局難逢對手敲，閒中打譜儘逍遥，敲棋徑路似員嶠。挾長誰容誇屢勝，爭先自許肯常饒，笑爭魁首冠時髦。

書法由來首二王，薪傳米蔡及蘇黃，王公屢愛阿顛長。洗硯一池魚戲影，揮毫萬字紙生香，時揮玉麈拂紗窗。

畫史含毫麈尾前，解衣盤礴望雲烟，前人戲墨盡鑽研。宮禁樓臺金碧燦，山林花鳥楮繒鮮，名山妙想久忘筌。

『麈』：圖文原作『塵』，據鈔句改

梅魂

梅魂

五言絶句五首，俱從中心梅字讀起，花瓣相交處係梅占百花魁五字，彼此借讀。

五言絶

梅發宫闈内，梅飄不染塵。壽陽剛點額，占斷六宫春。

梅栽東閣畔，占兆得和羹。廊廟資調鼎，百寮依老成。

梅開思隴友，百里寄郵亭。驛使相逢處，花飛道路馨。

梅當正月放，花事冠三春。試向天邊望，魁杓恰指寅。

梅花生大庾，魁首嶺頭芬。十月羅浮畔，梅鋪一片雲。

『花飛』：圖文作『花隨』

蜨夢

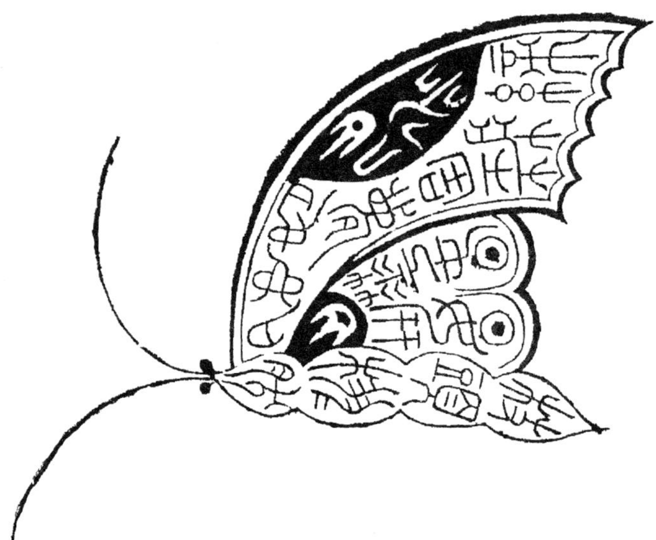

蝭夢

五言絶句一首，枝頭讀起。焂字下火字象蝭鬚與睛，次句從焂字之月字讀，下之元讀，其陰文及⊙俱象翅紋。

五言絶

枝頭栩栩然，月夕也如仙。永締莊周夢，山花春日妍。

三月三日

短詠聽不信古今同癸丑湍流九曲豈殊

晶器曲水快同遊大化流

形不自由已信人生隨所寄虛無妄誕放懷幽

晶和天朗集蘭亭況得斯賢

殊事禊年和永果不遊

幽訖鳴絃山水若斯當極樂相隨老少詠囊

三月三日

七言絶句三首，集蘭亭記中字，俱從日字起。内朗字隨字各藏月字在内，以記中無月字故也。

七言絶 集蘭亭記中字

日和天朗集蘭亭，况得斯賢短詠聽。不信古今同癸丑，湍流九曲豈殊形。

日臨曲水快同遊，大化流形不自由。已信人生隨所寄，虚無妄誕放懷幽。

日遊不異永和年，禊事殊幽託管絃。山水若斯當極樂，相隨老少詠羣賢。

回文集卷十三　目錄

一掌經

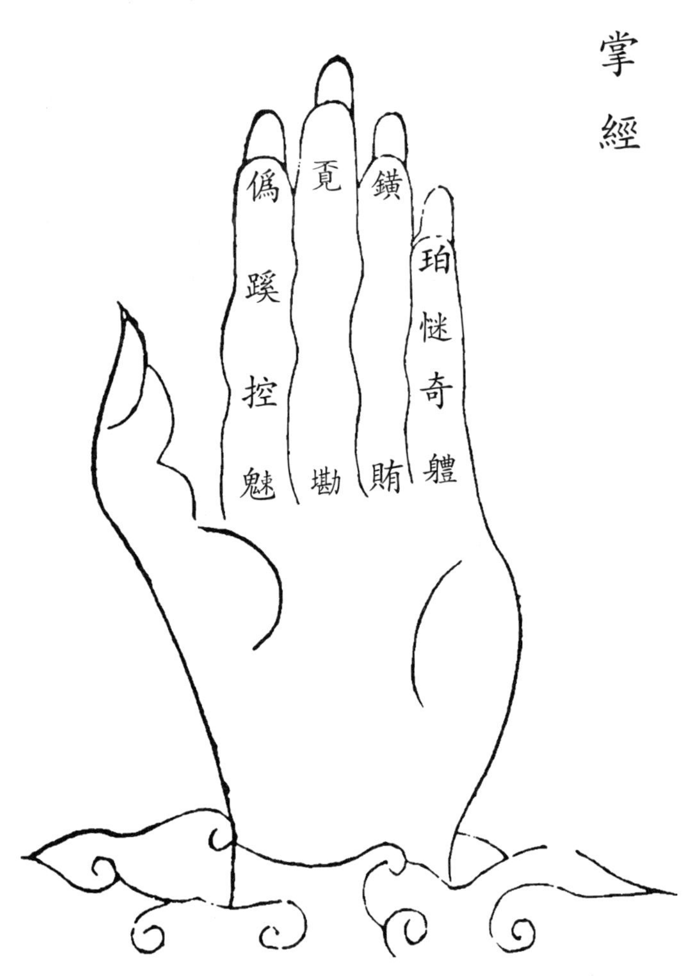

一掌經

六言絶句一首，一字分作二字讀，子宫讀起。

六言絶

有貝力堪束鬼，空手奚足爲人。不見黄金白玉，迷心大可豐身。

楚騷法輪

楚騷法輪

騷二。篇中兮字象車之軸，其◎象車之轂。内輻之上半段芳艸起，外輪箋注起，内芳字草頭貫入外輪以象鬪笋，即作外輪箋字竹頭用，輻之下半段句尾彷此。

騷

芳草可紉兮爰玩其春，松菊無恙兮入室清芬。焚香學易兮永矢弗告，南山力耕兮以蓄我粟。畏人閉户兮一枕羲皇，曼此長吟兮不記星霜。

又

箋注兮荃蓀，想像兮天門。弄烏兎兮我耷，駕蛟蚪兮足奔。佳人兮召予，同宿兮易圃。逍遥兮貝宫，倘徉兮異宇。安居懷古兮思我南楚，伊何人兮極目而延佇。

秋葉

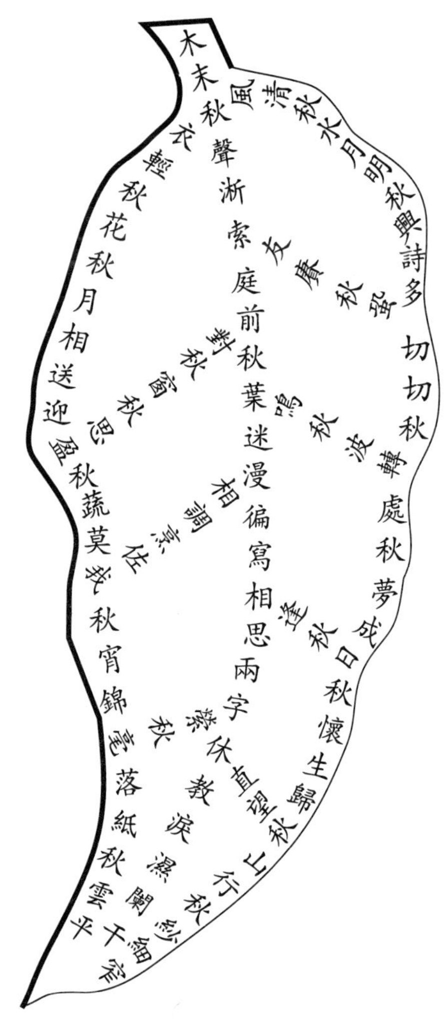

木末
風清秋水月明秋興詩多切切秋轉處秋夢成日秋懷生歸秋山行秋紗細千窗
衣輕秋花秋月相送迎盈秋蔬莫我秋宵錦毫落紙秋雲平
秋聲淅索庭前秋葉迷漫偏寫相思兩字休直望秋
友賡秋蛩
對秋窗秋思
鳴秋波
相調烹佐
逢秋
縈秋
教淚濕闌

秋葉

中六言絶句一首。邊筋七言古風一首，借中心字讀至筋紋斷處，又從中心接讀如前，讀完右半，接讀左半。

六言絶

木末秋聲淅索，庭前秋葉迷漫。偏寫相思兩字，休教淚濕闌干。

七言古

秋風清秋水月明，秋興詩多索友賡。秋蛩切切秋葉鳴，秋波轉處秋夢成。相逢秋日秋懷生，歸休直望秋山行。秋紗細窄秋衣輕，秋花秋月相送迎。前對秋窗秋思盈，秋蔬莫漫相調烹。佐我秋宵錦字縈，秋毫落紙秋雲平。

八陣圖

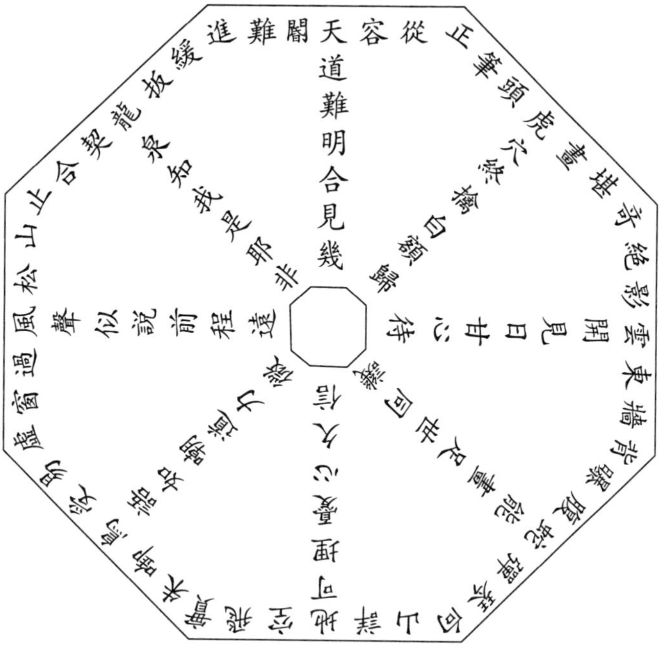
從容天闘難進緩拔龍契合止山松風過窗虛易没鳥啣朱實飛空地詳山向琴彈蛇腹曝背牆東雲影絶奇棋畫虎頭筆正
天道難明合見幾
虎穴沙擒白額歸
東開見日甘心待
蛇能畫足世同譏
地可埋憂心久信
鳥語如嘲道力微
風聲似說前程遠
龍泉知我是耶非

八陣圖

内七言律一首，天道起。天地風雲居四正，龍虎鳥蛇居四隅，此八字兩家互用。邊朝中措一首，亦從天字起，八角係進止虛實向背奇正八字。

七言律

天道難明合見幾，龍泉知我是耶非。風聲似説前程遠，鳥語如嘲道力微。地可埋憂心久信，蛇能畫足世同譏。雲開見日甘心待，虎穴終擒白額歸。

朝中措

天閽難進緩攀龍，契合止山松。風過窗虛易受，鳥銜朱實飛空。地詳山向，琴彈蛇腹，曝背墻東。雲影絶奇堪畫，虎頭筆正從容。

『鳥銜』：鈔句原作『烏銜』，據圖文改

玉磬

玉磬

十六字令，念兩遍，首句一字，次句七字，第三句三字，末句五字。和更朝三字，先如字讀，後轉注讀。

蒼梧謡（一名十六字令首句一字次句七字第三句三字第四句五字）

敲，聲細相和晚更朝（音招）敲聲細，相和晚更朝（音潮）

逢場作戲

皂羅袍一枝，俱用戲名，並無閒字，因限於幅，分兩層書。

皂羅袍

九錫連環金印，喜奇緣、百順投筆陳情。彩毫教子牡丹亭，焚香還帶姻緣定。千金寶劍，西樓玉簪。三元折桂，青衫五倫。永團圓、四節全家慶。

逢場作戲

正目

九錫

連環

金印

喜奇緣

百順

姻緣定

千金

寶劍

西樓

玉簪

三元

折桂

投筆
陳情
彩毫
教子
牡丹亭
焚香
還帶
青衫
五倫
永團圓
四節
全家慶

斗十升

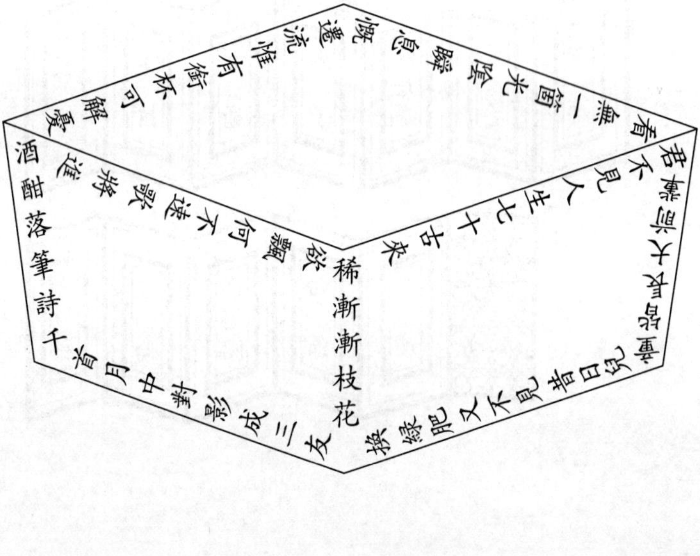

看無一箇光陰瞬息

慨遷流惟有銜杯可解憂

君不見人生七十古來

稀漸漸枝花

輩前大長皆童兒日昔見不又肥綠換

酒酣落筆詩千

遲將歌速不何飄欲

首月中對影成三友

斗十升

七言古風一首，君不見起，由中直行順讀向右讀完，邊行後由中直行倒讀向左至將進酒止，右角君字、左角酒字，彼此互用。

七言古

君不見人生七十古來稀，漸漸枝花換綠肥。又不見昔日兒童皆長大，前輩君看無一箇。光陰瞬息慨遷流，惟有銜杯可解憂。酒酣落筆詩千首，月中對影成三友。花枝漸漸稀欲飄，何不速歌將進酒。

綺窗

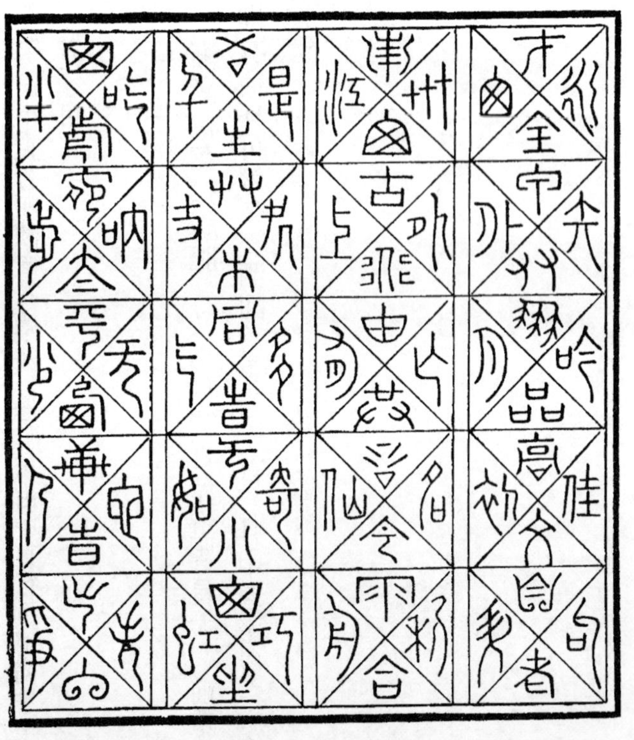

綺窗

五言絶句四首

五言絶

永矢吟佳句，才全甲友朋。品高文自老，窗外月初升。
世外亡名利，南窗古道由。共言今雨合，江上有仙舟。
是處多奇巧，吾生草木同。時于小窗坐，千丈氣如虹。
吃呐無他失，窗前宛太平。西軒時出入，半步少人爭。

五色絲

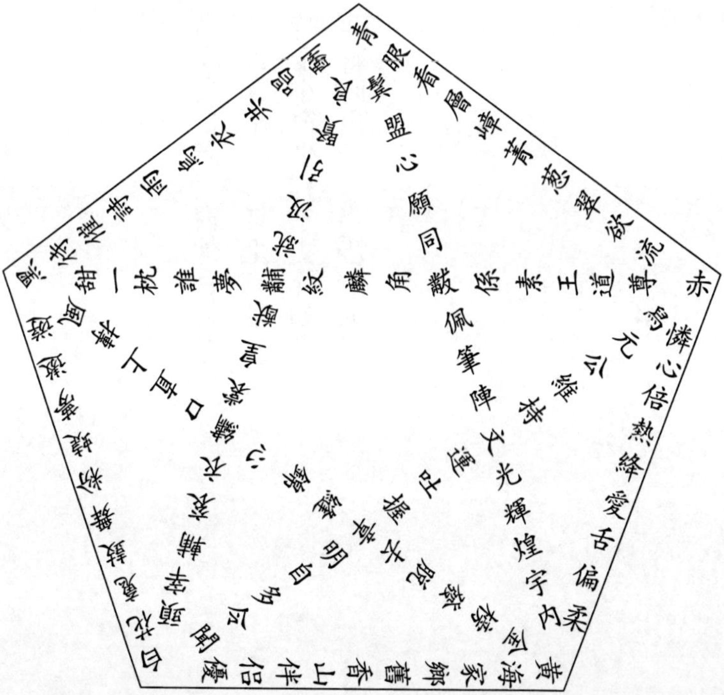

青看疊嶂青蔥翠欲流赤
赤憐心倍熱絳愛舌偏柔黃
黃海家鄉舊香山伴侶優白
白花鼉鼓舞紛蠖夢邀遊黑
黑待催詩雨烏衣共唱鸝青

鳥元公維持文光輝煌守內金
尊道王素係數佩筆陣文運吐握才脫發
頭宰輔袞衣繡裳皇獻黼紋麟角
風棲上直口心錦逢明自多同
甜一枕誰夢黼就汲引賢良鸝
眼鴦盟心願同數角麟

五色絲

外圍五言排律一首，内四言詩五首。五色即爲内外每首第一字，中相交處彼此借讀。青與黄謂之黻，黑與赤謂之黼，赤與白謂之文，黄與黑謂之章，五采備謂之繡。

五言排律

青眼看層嶂，菁葱翠欲流。赤憐心倍熱，絳愛舌偏柔。黄海家鄉舊，香山伴侶優。白花魂鼓舞，粉蝶夢遨遊。黑待催詩雨，烏衣共唱酬。

四言詩

青鬢盟心，願同黻佩。筆陣文光，輝煌宇内。

黄金榜發，脱去章縫。錦心繡口，直上摶風。

黑甜一枕，誰夢黼紋。麟角黻係，素王道尊。

赤舄元公，維持文運。吐握章明，自多令聞。

白頭宰輔，衮衣繡裳。皇猷黼就，汲引賢良。

『酬』：圖文原作『酉州』，據鈔句改

蒲團

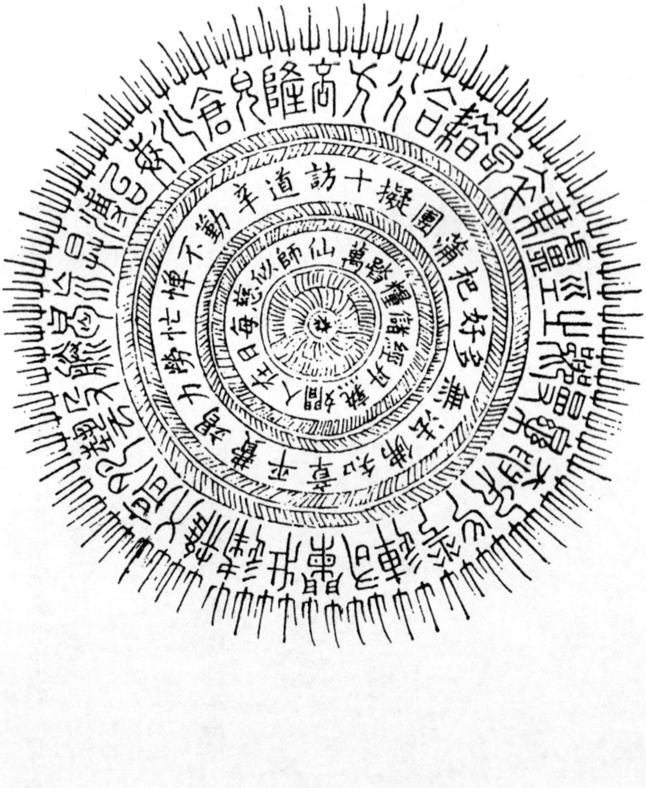

十擬團蒲把好多無法佛知章平費竭力勞忙悼不勤辛道訪

萬齡權儲經丹熟嫺人在日每慈悲師仙

蒲團

外圍五言律一首，每字艸頭象棕鬚，菩薩起。中圍七言絶句一首，藏頭讀，訪道起。內圍五言絶句一首，亦藏頭讀，仙師起。

五言律

菩薩藐蒼茫，莓苔薄莫荒。葛藤芰蓺苑，蒿艾薙蓬莊。蘭若蓮花茁，茆菴蘗蔓薌。芝莖蘆葉萃，荀藉苔芬芳。

七言絶藏頭

訪道辛勤不憚忙，心勞力竭費平章。早知佛法無多子，好把蒲團擬十方。

五言絶同

仙師似慈母，每日在人間。嫺熟丹經者，儲糧踏萬山。

籠中鳥

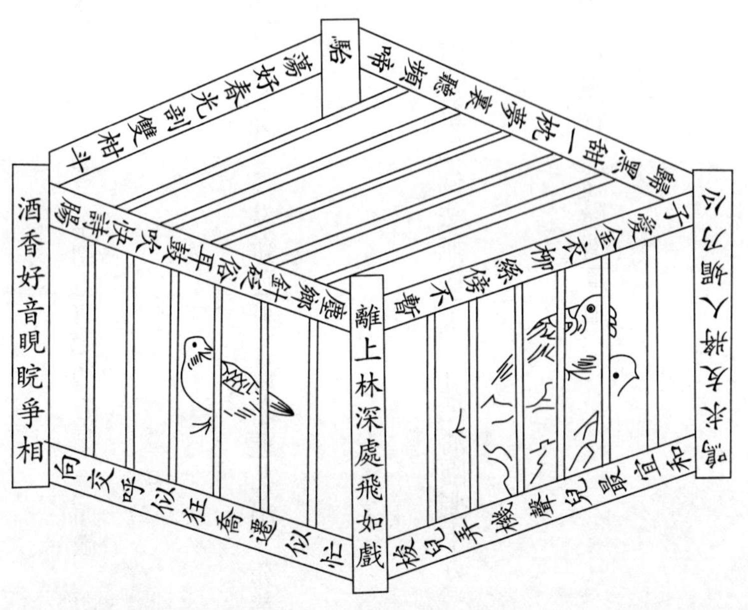

籠中鳥

黄鶯兒二枝，公子起，詩腸止。中直行先順讀，後倒讀，離字先讀平、後讀仄。

黄鶯兒

公子愛金衣，柳絲傍、不暫離，上林深處飛如戲。梭兒弄機，聲兒最宜，和鳴求友將人媚。乃公歸，黑甜一枕，夢裏聽頻啼。

又

駘蕩好春光，剖雙柑、斗酒香，好音睍睆爭相向。交呼似狂，喬遷似忙，戲如飛處深林上。離塵鄉，鍼砭俗耳，鼓吹快詩腸。

鞋杯

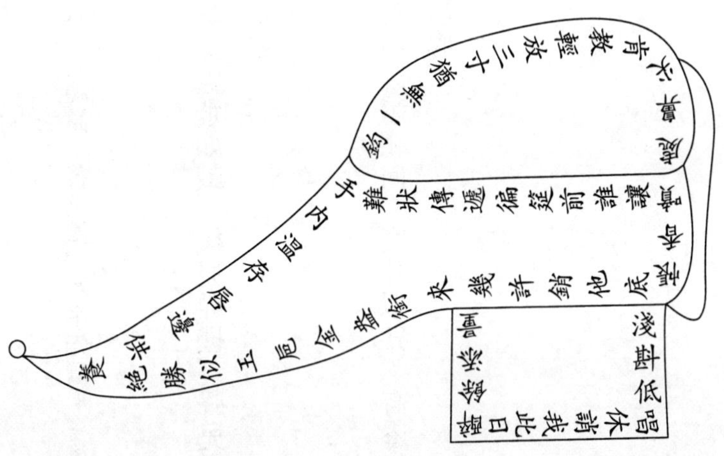

鞋杯

殢人嬌一闋，手内温存起。噴字前段仄聲、後段平聲，底帳香噴四字，前後段順逆互用。

殢人嬌

手内温存，脣邊供養，絶勝似玉卮金盎。銜來幾許，銷他底帳，香噴處、鼻尖肯教輕放。　三寸猶無，一鉤難狀，傳遞徧筵前誰讓。噴香帳底，淺斟低唱，休誚我、此日醉餘添量。

畫欄

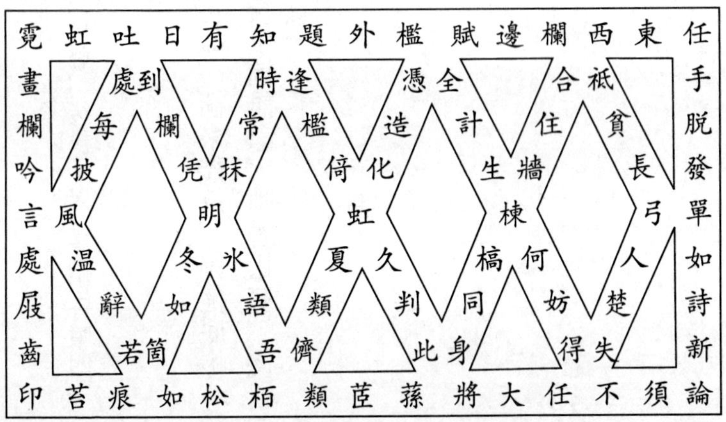
霓虹吐日有知題外檻賦邊欄西東任
畫處到時逢憑全合祇手
欄每欄常檻造計住貧脫
吟披凭抹倚化生牆長發
言風明虹棟弓單
處温冬氷夏久槁何人如
屐辭如語類判同妨楚詩
齒若箇吾儕此身得失新
印苔痕如松栢類茞蓀將大任不須論

畫欄

中七言律一首，長貧起，其棟虹明三字合寫分讀，右半字屬前半首，左半字屬後半首。邊五言小律一首，右邊將内弓字合外單字作彈字讀，左邊將内風字合外言字作諷字讀，其内祇合等字串入小律句中讀。

七言律

長貧祇合住墻東，生計全憑造化工。倚檻逢時常抹月，凭欄到處每披風。温辭若箇如冬日，氷語吾儕類夏蟲。久判此身同槁木，何妨得失楚人弓。

五言小律

新詩如彈發，脱手任東西。祇合欄邊賦，全憑檻外題。逢時知有日，到處吐虹霓。畫欄吟諷處，屐齒印苔痕。若箇如松柏，吾儕類莡蒣。此身將大任，得失不須論。

月餅

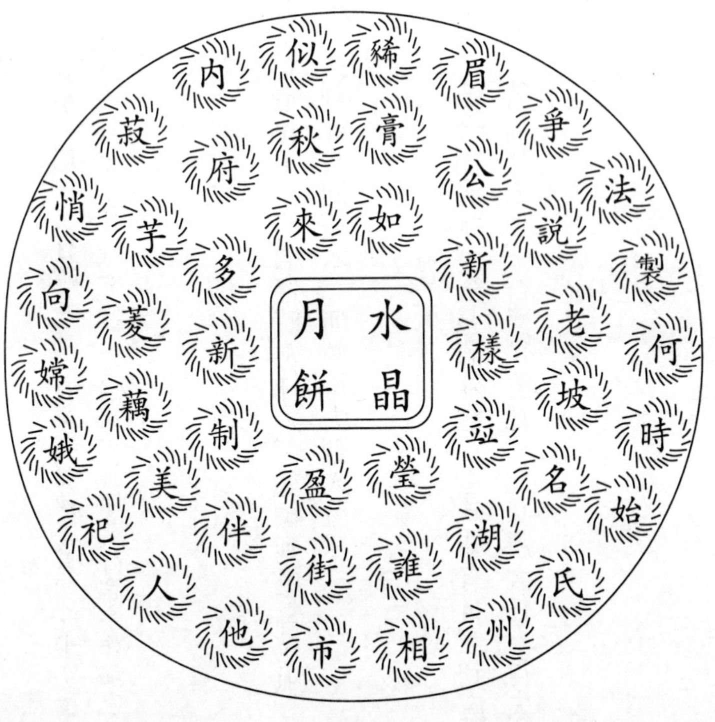

月餅

青門引一首，餅心水晶月餅四字串入詞中讀，法製何時起。

青門引

法製何時始，爭説老坡名氏。眉公新樣並湖州，豨膏如水，晶瑩誰相似。　秋來月餅盈街市，内府多新制。伴他菽芋菱藕，美人悄向嫦娥祀。

『祀』：鈔句原作『似』，據圖文改

九宮譜

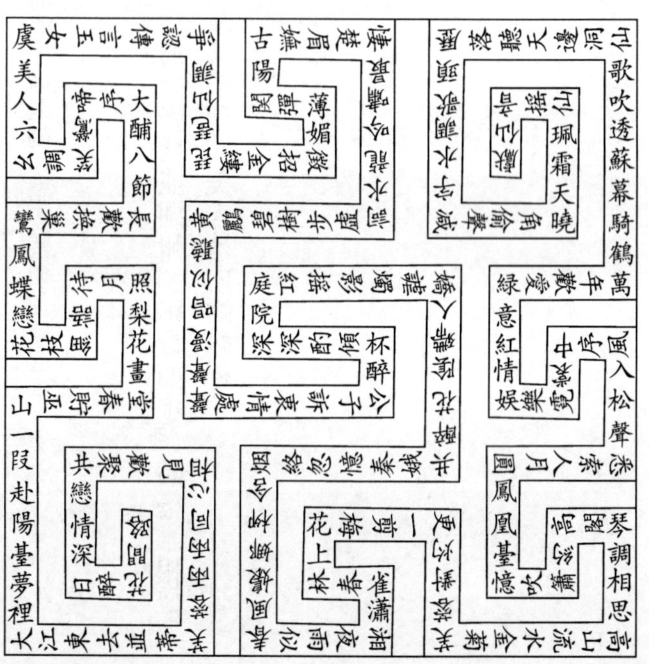

九宫譜

白紵歌二闋，俱集詩餘調名，前調尾字即後調首字，獻仙音起。

按曲譜有九宫，而洛書亦有九宫，其數原以一二三四爲序，但圖位太密，今彷其意稍變其序云。

白紵

獻仙音，摇仙珮，霜天曉角。偷聲减字，水調歌頭歷落。聽天邊、洞仙歌吹透蘇幕。騎鶴。萬年歡，愛緣意、紅情娱樂。霓裳中序，風入松聲悉索。人月圓，鳳凰臺憶吹簫約。高閣。琴調相思，高山流水，金菊芙蓉對灼。更一翦梅花，上林春雀。瀟湘夜雨，似春風嫋娜，柳含烟絡。忽憶秦娥，共醉花陰，殢人嬌謔。燭影摇紅，庭院深深酌。

酌傾杯，醉公子，訴衷情處。聲聲漫唱，似聽黄鸝碧樹。步虚詞、水龍吟嘯最悽楚。眉嫵。古陽關，彈薄媚、徵招金縷。琵琶仙調，爭認傳言玉女。虞美人，六幺調笑鶯啼序。大酺。八節長歡，换巢鸞鳳，蝶戀花枝細語。待月照梨花，畫堂春貯。巫山一段，赴陽臺夢裏，大江東去。並蒂芙蓉，兩兩同心，相見歡聚。共戀情深，日醉花間路。

『幕』、『薄』：鈔句原作『暮』、『簿』

南曲遺音

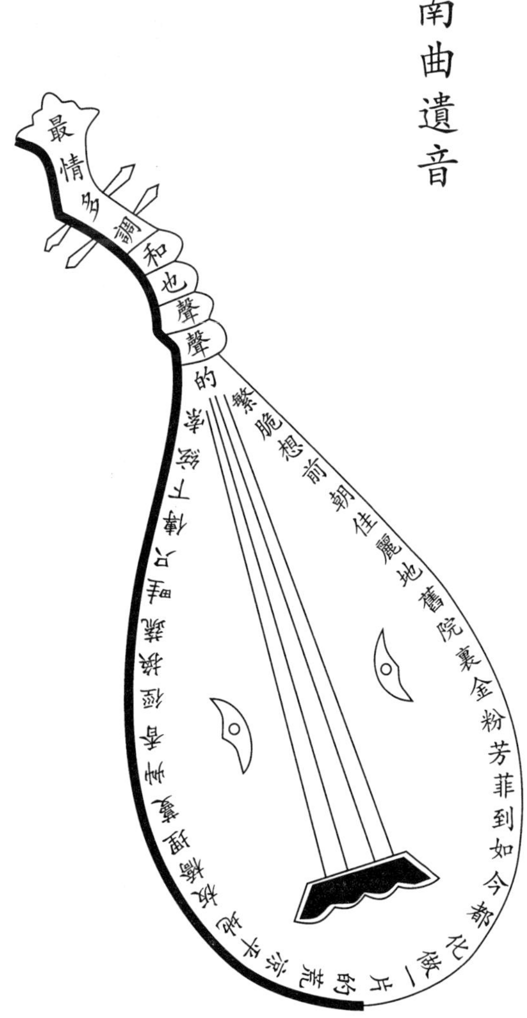
最情多調和也聲聲的
繁脆想前朝佳麗地舊院裏金粉芳菲到如今都化做一片
的荒凉平地板橋埋蔓草香徑換蔬畦只傳下絃索的

南曲遺音

掛枝兒一隻，上九箇字首尾顛倒讀，内調字先讀平後讀仄。

挂枝兒

最情多調和也，聲聲的繁脆。想前朝，佳麗地，舊院裏，金粉芳菲。到如今，都化做一片的荒涼平地。板橋埋蔓草，香徑換蔬畦。只傳下絃索的聲聲也，和調多情最。

黃金印

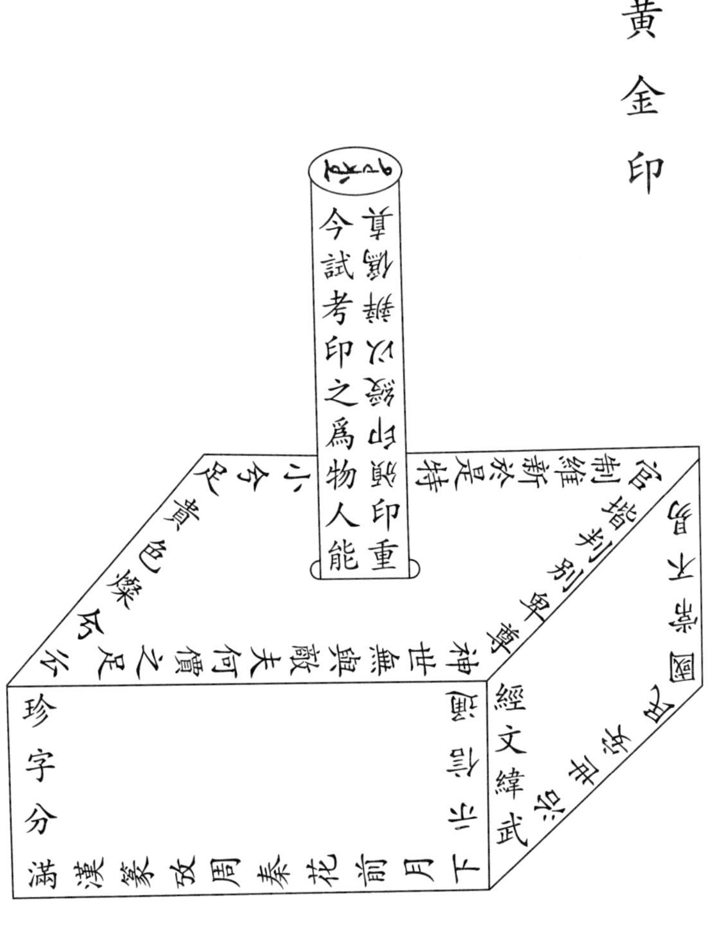

黄金印

賦一篇。官堦判起，之足云止。印重能人四字回文顛倒讀，官字物字云字先後互借用。

賦

官堦判別卑尊，經文緯武，治世安民。國常不易，官制維新。於是特頒印綬，以辨僞真。今試考印之爲物，人能重印，印重能人。物小兮足貴，色燦兮云珍。字分滿漢，篆攷周秦。花前月下，示信通神。世無與敵，夫何價之足云。

爆竹

山魈不多伎倆見
怕奏拜罷春王正聞
那前紅爐贈暖屠月空
透尊輝迎年送臘蘇任誘
揉頌呈候兎奔馳歲進門把
花燭冬烏來往無交酒前
眼椒樺殘是又端匆待桃程
竹畫就將緣隨迫詩符暗
爆賣獃癡了祭篇新卜
聽驚倦醉眸雙舊七
壽生先爲穀八人

如震齋老店
自造五色剪
眼覺便書讀更
前人俗與應能
生疎聲竹情焉
意家中爆高大
滿貧一歲除老
日只擬長監酒
長鼓腹愛吾廬
紙大小炮
高升霸王鞭

爆竹

上水龍吟一首，往來烏兔起。其前字花字兩層互用，以象兩响。下集句七言小律一首，爆竹聲中起，俱螺螄鏇讀。

水龍吟

往來烏兔奔馳，無端又是殘冬候。迎年送臘，歲交匆迫，隨緣將就。樺燭呈輝，紅爐贈暖，屠蘇進酒。待詩篇祭了，癡獃賣盡，椒花頌，尊前奏。拜罷春王正月，任門前、桃符新舊。雙眸醉倦，驚聽爆竹，眼花揉透。那怕山魈，不多伎倆，見聞空誘。把前程暗卜，七人八穀，爲先生壽。

又七言小律集句

爆竹聲中一歲除王安石　高情應與俗人踈張藉　家貧只擬長監酒張壎　老大焉能更讀書王縉　便覺眼前生意滿張拭　日長鼓腹愛吾廬顧況

『監』：鈔句原作『藍』，誤

馬吊椿

馬弔椿

銘一首，秦碑體，三句一用韻。右角上賞肩、下百極，左角上十萬、下索錢，中角右閒左椿，交互處彼此借讀。聿頒賞格起，椿面曾銘止。

銘秦碑體

聿頒賞格，肩承厥職，永矢惟平。索堆錢埒，相約賢豪，閒觀厥成。聿思十載，萬金曾散，永著賢名。百年極短，相娛惟此，椿面曾銘。

錦上添花

錦上添花

七言古風長篇，與古圖異，交搭處彼此借讀，曾向天孫起。後五言絶句一首，大字俱用花名。

七言古

曾向天孫乞巧來，錦心繡口出新裁。漫言機杼尖奇甚，散作雲霞萬道開。雲霞燦爛天邊繞，五色紛紜花樣巧。芳年盛世掌絲綸，慧業文人古來少。文人原合配佳人，比翼連枝萬古春。採得百花歸繡帙，還將花朵散花茵。色絲少女花茵臥，蝴蝶夢中花影大。花間栩栩復蘧蘧，世界翻新塵不涴。萬年枝上絶纖塵，消受瑶天雨露新。清絶三春堪入畫，常持言笑度芳辰。芳辰花柳影摇動，無端幻入鈞天夢。細聽天樂奏花陰，圓尖巧向花前弄。百囀啼鶯睍睆清，聽來纖細不勝情。願比鴛鴦交頸睡，繡入絲綸縷縷輕。輕綃復遇佳辰織，晴天麗日女紅亟。織向機邊似彩霞，頻看畫譜相將飭。嬌花萬朶畫來真，涴跡休交好潔人。最愛牡丹桃李菊，蘭棠芍藥柰迎春。

又五言絶

梅杏蓮萱桂，葵榴月月紅。合歡含笑槿，躑躅蓼芙蓉。

『杼』：鈔句原作『杵』

『持』：圖文作『將』

倣古疊字詩

徐基

賦賦鹿鹿鳴鳴時時震震驚驚攀攀
桂桂客客名名從從不不識識得得
觀觀光光處處士士爲爲章章聲聲
涌涌起起雄雄谷谷水水時時景景
幽幽樂樂處處美美周周遊遊駕駕
水水波波興興歌歌響響應應漁漁
樵樵侶侶如如寄寄飲飲酒酒且且
自自適適琖琖盃盃皆皆共共得得
縷縷飄飄盈盈秋秋色色可可遊遊
山山水水一一瞬瞬目目茫茫歸歸
去去來來休休鹿鹿

倣古疊字詩

賦鹿鳴，賦鹿鳴時時震驚。震驚攀桂客，攀桂客名從不識。名從不識得觀光，得觀光處士爲章。處士爲章聲涌起，聲涌起，雄谷水。雄谷水時時景幽，景幽樂處美周遊。樂處美周遊駕水，駕水波興歌響應，波興歌響應漁樵，漁樵侶如寄，侶如寄飲酒，飲酒且自適，且自適，琖琖盃盃皆共得，皆共得。縷縷飄飄盈秋色，盈秋色可遊山水，可遊山水一瞬目，一瞬目。茫茫歸去來，歸去來休休鹿鹿。

玉連環

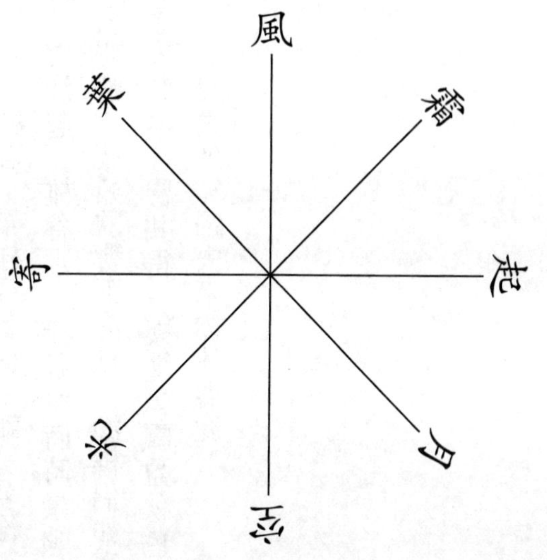

玉連環　倣梁簡文帝紗扇銘

讀法　字字可起，左右可讀。

四言二句十六首

風霜起月，空光寄葉。
起月空光，寄葉風霜。
空光寄葉，風霜起月。
寄葉風霜，起月空光。
葉寄光空，月起霜風。
光空月起，霜風葉寄。
月起霜風，葉寄光空。
霜風葉寄，光空月起。

霜起月空，光寄葉風。
月空光寄，葉風霜起。
光寄葉風，霜起月空。
葉風霜起，月空光寄。
寄光空月，起霜風葉。
空月起霜，風葉寄光。
起霜風葉，寄光空月。
風葉寄光，空月起霜。

玉連環

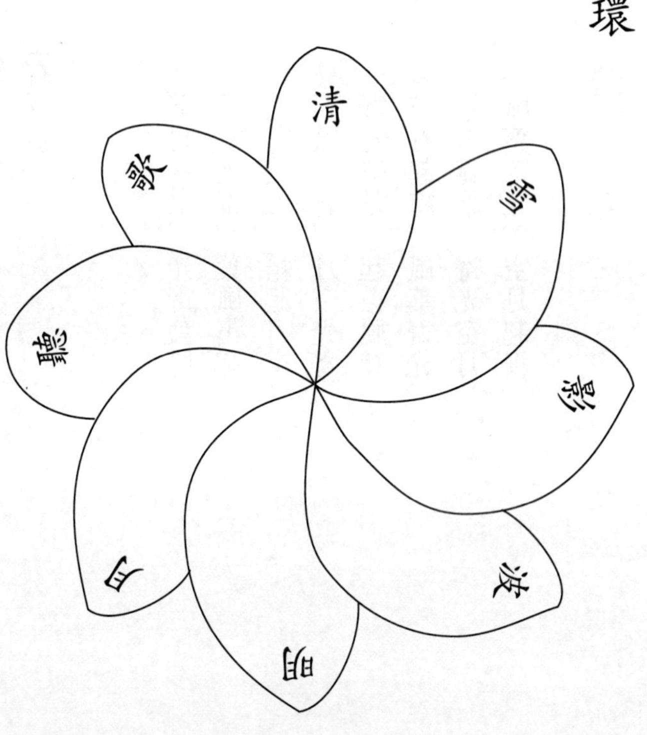

玉連環　倣古聲鑑心

讀法　同前

藏頭迴文拆字詩（玉連環）

仙仰蘇爲斗蘇前有蘭壁星如栗江月正盤飛千頃破立萬山安子縱橫賦夫變化觀者皆驚慕不誦詩

藏頭廻文拆字詩

閲蘇蘭（名蕙字蘭）織錦璿璣圖因倣白樂天遊紫霄宫詩式作五言十句以美之

讀法　仙字爲結句之韵，拆仙傍人字爲起字，餘倣此。

五言

人仰蘇爲斗，二蘇前有蘭。東壁星如粟，西江月正盤。舟飛千頃破，石立萬山安。女子縱横賦，武夫變化觀。見者皆驚慕，莫不誦詩仙。

借字迴文體

歌　携　文　酒　歎　無　魚　客　出　無　車　遊　壁　係

借字廻文體　遊壁倣秦少游

七絶一首

歎無魚客出無車，客出無車遊壁徐。遊壁徐歌携斗酒，歌携斗酒歎無魚。

借字迴文體

有供客飲武陵漁網得金車樂有餘

寂籥天來鶴和桂巖樵客喜吹簫怨

借字迴文體　倣秦少游

漁樵七絶二首

武陵漁網得盈車，網得盈車樂有餘。樂有餘肴供客飲，肴供客飲武陵漁。

桂巘樵客喜吹簫，客喜吹簫怨寂寥。怨寂寥天來鶴和，天來鶴和桂巘樵。

倣古鞶鑑圖

倣古鞶鑑圖

讀法　其盤屈糾結爲八枝者，右旋讀之，自詩字起至元字止，當就寒仙韻；左旋讀之，自元字起至詩字止，當就支微韻。花上八字，枝間八字，環旋讀之，四字爲句，遞相爲韻。

四言

詩雄酒縱，下上秋千。麌遊鶴放，豹變虬盤。飛龍上涌，橫海雄天。懷幽抱鬱，起舞開尊。來車阪過，去棹波前。吹簫舞槊，茸桂幽蘭。時清景美，草岸魚川。棲陵飲壑，履薄臨巉。西東岸斷，夜月清言。噫歌笑歗，壁小舟扁。携肴遇目，羽動鱗潛。希聲小叩，擊槳歌舷。旗高谷水，泛影翩反。歸將網舉，出喜堂閒。危登影望，絶斗高攀。嫠孤枕席，客怨東南。衣飄破縷，葉落窮巖。悲生怨訴，獨步孤山。非今是昔，寄託興歎。遺風震德，己正人安。夷希託夢，後視今觀。爲霜白露，得賦躚躚。披荆洗耳，止仰蘇仙。眉山賦樂，雪赤霜元。元霜赤雪，樂賦山眉。仙蘇仰止，耳洗荆披。躚躚賦得，露白霜爲。觀今視後，夢託希夷。安人正己，德震風遺。歎興託寄，昔是今非。山孤步獨，訴怨生悲。巖窮落葉，縷破飄衣。南東怨客，席枕孤嫠。攀高斗絶，望影登危。閒堂喜出，舉網將歸。

反翮影泛，水谷高旗。舷歌槳擊，叩小聲希。潛鱗動羽，目遇肴携。扁舟小壁，歗笑歌噫。言清月夜，斷岸東西。巉臨薄履，蹔飲陵棲。川魚岸草，美景清時。蘭幽桂茸，槊舞簫吹。前波棹去，過阪車來。尊開舞起，鬱抱幽懷。天雄海横，涌上龍飛。盤虬變豹，放鶴遊麋。千秋上下，縱酒雄詩。

又

蘇賦壁閒，虛慕客仙。
壁閒虛慕，客仙蘇賦。
虛慕客仙，蘇賦壁閒。
客仙蘇賦，壁閒虛慕。
仙客慕虛，閒壁賦蘇。
慕虛閒壁，賦蘇仙客。
閒壁賦蘇，仙客慕虛。
賦蘇仙客，慕虛閒壁。

賦壁閒虛，慕客仙蘇。
閒虛慕客，仙蘇賦壁。
慕客仙蘇，賦壁閒虛。
仙蘇賦壁，閒虛慕客。
客慕虛閒，壁賦蘇仙。
虛閒壁賦，蘇仙客慕。
壁賦蘇仙，客慕虛閒。
蘇仙客慕，虛閒壁賦。

又

時處樂方，知遇託光。
樂方知遇，託光時處。
知遇託光，時處樂方。
託光時處，樂方知遇。
光託遇知，方樂處時。
遇知方樂，處時光託。
方樂處時，光託遇知。
處時光託，遇知方樂。

處樂方知，遇託光時。
方知遇託，光時處樂。
遇託光時，處樂方知。
光時處樂，方知遇託。
託遇知方，樂處時光。
知方樂處，時光託遇。
樂處時光，託遇知方。
時光託遇，知方樂處。

『元』：原本『玄』字，蘇軾後赤壁賦有『玄裳縞衣』句，作者爲避清酋玄燁諱改。

通貫回文

來壁步前三麋遊遇洞仙謠月泣簫蘭時良景賦誦

通貫回文

讀法　麋字藏米，雙呼三喚，五七成章，左右通貫。

五言四句順回二首

麋遊遇洞仙，縞月谷幽蘭。時良景賦誦，來壁步前川。

川前步壁來，誦賦景良時。蘭幽谷月縞，仙洞遇遊麋。

七言四句順回二首

米鹿川前步壁來，木从誦賦景良時。寺日蘭幽谷月縞，糸高仙洞遇遊麋。

麋遊遇洞仙高糸，縞月谷幽蘭日寺。時良景賦誦从木，來壁步前川鹿米。

通貫回文

喜月望樓客樂秋千麋遊獨石前興數夜參觀披襟

通貫回文

讀法　其二稍變原式，七言廻文各借上句兩字，内五字平仄兼收。

五言四句順回二首

麋遊獨石前，興歎復縱觀。披襟喜月望，棲客樂秋千。

千秋樂客棲，望月喜襟披。觀縱復歎興，前石獨遊麋。

十峯集卷五別集

玉連環

朱象賢

清

觀　氣

展　遠

形　跡

明

玉連環　右鏡銘

讀法　或左或右，俱可叶韵成文。

四言

展覿清氛，遠跡明形。
清氛遠跡，明形展覿。
遠跡明形，展覿清氛。
明形展覿，清氛遠跡。
形明跡遠，氛清覿展。
跡遠氛清，覿展形明。
氛清覿展，形明跡遠。
覿展形明，跡遠氛清。

覿清氛遠，跡明形展。
氛遠跡明，形展覿清。
跡明形展，覿清氛遠。
形展覿清，氛遠跡明。
明跡遠氛，清覿展形。
遠氛清覿，展形明跡。
清覿展形，明跡遠氛。
展形明跡，遠氛清覿。

玉連環

敦
直
静
兮
温
默
永
兮

玉連環　右硯銘

讀法　同前

玉連環

玄

玉 文

紫 峙

身 足

圓

玉連環　右端溪鼎硯銘

讀法　同前

玉連環

文
莊
質

密
直

慮
方
身

玉連環 右印銘

讀法 同前

又載朱象賢印典卷八

玉連環

友 筆 順 多 壽 質 潤 文

玉連環　右硯銘

讀法　同前

玉連環

生
息
備
文
盈
國
利
民

玉連環　右錢銘

讀法　同前

玉連環

輪 滑 樸 全 文 丘 郭 圓

玉連環　右錢銘其二

讀法　同前

玉連環

芳流筆韻香淡墨潤

玉連環　右浮春硯銘

讀法　同前

玉連環

信

一　明

敦　文

誠　密

慎

玉連環　右印銘

讀法　同前

玉連環

長 泊 廣 疇 良 鬢 爽 流

玉連環　右九疇硯銘

讀法　同前

玉連環

利

文

靈

豐

崇

質

跂

形

玉連環　右鼎硯銘

讀法　同前

玉連環

平 冰 示 几 清 淡 洽 體

玉連環 右書鎮銘

讀法 同前

玉連環

呈

鈿

合

辨

展

不

變

明

玉連環 右印銘

讀法 同前

玉連環

安職守不宣德厚民

玉連環　右印銘其二

讀法　同前

太極圖

畫繞來歸燕子試妝新起曉幃深
房幽照出跡林月葉落飛空動遠
心長夜獨蛩寒語細香
岑柳弱絲花耀錦衾梁
春應處露雲
銷斷冷覺風
陰
陽

太極圖　右春秋閨詞

讀法　陰字從上接風覺字，左旋向外層陰處連讀，至房字止；又從房幽字照前回讀，轉内至風陰字止。陽字從上接春應字，右旋向外層陽處連讀，至深字止；又從深幃字向内照前回讀，至春陽字止。

七言四句順回讀四首

陰風覺冷獸銷香，細語寒蛩獨夜長。心遠動空飛落葉，月林踈出照幽房。

房幽照出踈林月，葉落飛空動遠心。長夜獨蛩寒語細，香銷獸冷覺風陰。

陽春應處露雲岑，柳弱縈花耀錦衾。梁畫繞來歸燕子，試妝新起曉幃深。

深幃曉起新妝試，子燕歸來繞畫梁。衾錦耀花縈弱柳，岑雲露處應春陽。

卿雲

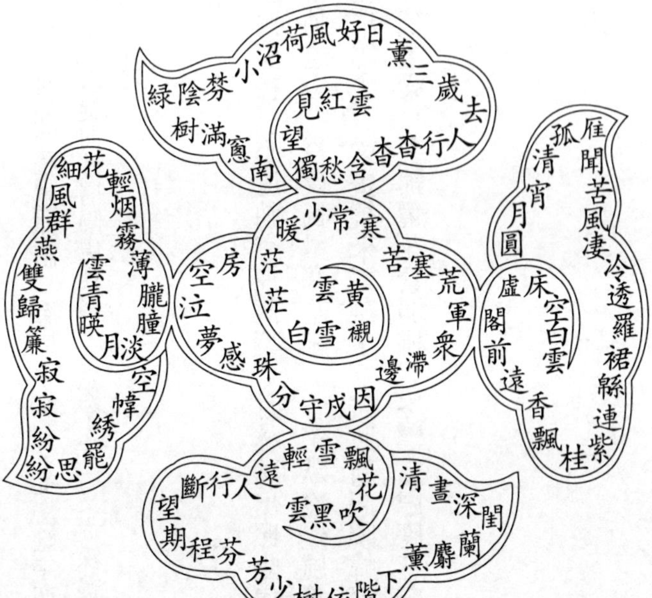

綠陰棼小沼荷風好日薰三歲去
人行杳杳含愁獨望見紅雲
樹滿窻南

寒常少暖茫茫雲黃襯雪白
房空泣夢感珠分守戍因邊滯衆軍荒塞苦

扂聞苦風凄冷透羅裙緜連紫桂飄香遠前閣虛床空白雲
孤清宵月圓

細風群燕雙歸簾寂寂紛紛思罷綉幃空淡月映青雲
花輕烟霧薄朧朣

清晝深閨蘭麝薰下階依樹少芳芬程期望斷行人遠輕雪飄花吹黑雲

卿雲　右閨思

讀法　分東南西北中五處讀。東首雲接處空幃起，左轉至内青雲止；又從雲青起，回讀至幃空止。南首雲接處南窗起，至紅雲止；又從雲紅起，回讀至窻南止。西圓月起，北清晝起二首右轉，中房空起左轉，餘俱倣此。

七言四句順回讀十首

空幃綉罷思紛紛，寂寂簾歸雙燕群。風細花輕烟霧薄，朧曈淡月暎青雲。

雲青暎月淡曈朧，薄霧烟輕花細風。群燕雙歸簾寂寂，紛紛思罷綉幃空。

南窻滿樹緣陰棼，小沼荷風好日薰。三歲去人行杳杳，含愁獨望見紅雲。

雲紅見望獨愁含，杳杳行人去歲三。薰日好風荷沼小，棼陰緣樹滿窻南。

圓月宵清孤雁聞，苦風凄冷透羅裙。緜連紫桂飄香遠，前閣虚床空白雲。

雲白空床虚閣前，遠香飄桂紫連緜。裙羅透冷凄風苦，聞雁孤清宵月圓。

清晝深閨蘭麝薰，下階依樹少芳芬。程期望斷行人遠，輕雪飄花吹黑雲。

雲黑吹花飄雪輕，遠人行斷望期程。芬芳少樹依階下，薰麝蘭閨深晝清。

房空泣夢感珠分，守戍因邊滯衆軍。荒塞苦寒常少暖，茫茫白雪襯黄雲。

雲黄襯雪白茫茫，暖少常寒苦塞荒。軍衆滯邊因戍守，分珠感夢泣空房。

蟠桃

蟠桃　右咏桃

讀法　從蔕邊根字起，左旋至中間直痕下彩霞止，又從霞彩向上右旋繞至左邊根字止。

七言四句順回讀二首

根是仙元通露雨，熟成三度萬年華。樽筵會日嘗來摘，好放花時鬪彩霞。

霞彩鬪時花放好，摘來嘗日會筵樽。華年萬度三成熟，雨露通元仙是根。

壽登百二

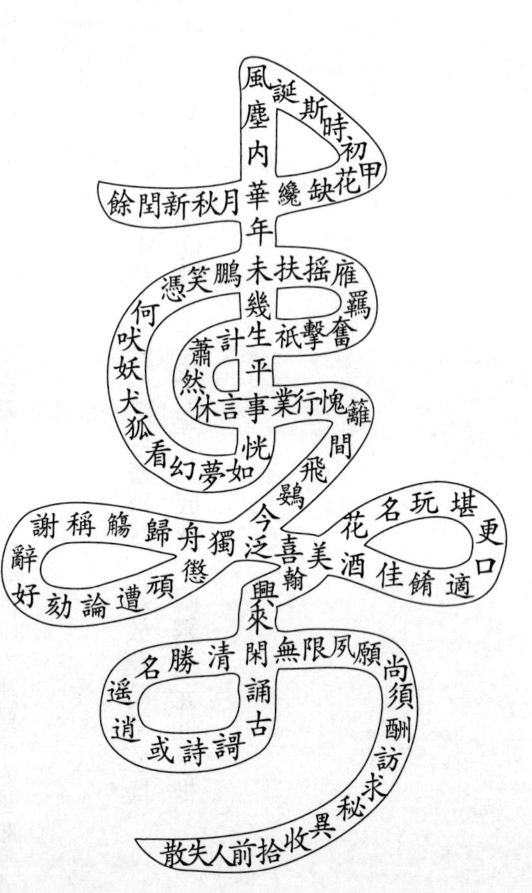
風塵內華年未幾生平事恍
誕斯時初甲花缺纔
餘閏新秋月
雁搖扶鵬笑憑
羈奮擊衹
何吠妖犬狐看幻夢如
蕭計然休言
業行愧籬間飛鷃今泛
喜翰興來
謝稱觴歸舟獨
辭好劾論遭頑懲
美花名玩堪更口適餚佳酒
閑無限夙願
名勝清
遙逍或詩詞古誦
尚須酬訪求秘異收拾前人失散

壽登百二　右自壽詞

讀法　發筆處起至收筆處止，中間華未生事獨美閒七字交加讀，圖内現字止一百十三，以成誦計之，共得百二十之數。

長短句調如夏雲峰

餘閏新秋，月華纔缺，花甲初時斯誕。風塵内、華年未幾，生平事恍如夢幻。看狐犬、妖吠何憑，笑鵬未扶摇、雁鷵奮擊，衹生計蕭然，休言事業，行愧籬間飛鷃。今獨懲頑遭論劾，好辭謝稱觴，歸舟獨泛。喜美酒、佳餚適口，更堪玩、名花美翰。興來閑誦古謌詩，或逍遥名勝，清閑無限。夙願尚須酬，訪求秘異，收拾前人失散。

回文類聚續編卷七玉山雜稿

玉山雜稿：『回文作者甚罕，曩余曾見明人百餘圖，辭雅而極自然，擬倏從容假録，值事未果，迨後不能復購。暇日追思，偶倣數幅。嗣客携示近詩中，有是體形意與前見相同，而題名各異者，乃其不欲雷同歟，余則一仍其舊，不敢另爲名目也。玉山』。

跋：『漢蘇伯玉妻作盤中詩後，回文之體遂興。惟晉竇滔妻織錦璿璣圖爲古今獨絶，歷代作者莫之與京，然奇巧雖不相及，而此體源流難廢，故宋之桑澤卿纂有回文類聚，今流傳久遠，俗刻謬誤，後作未備。玉山仙史搜羅收拾，集爲續編，嗣君將次鏤板。余往閲仙史著作中，亦有是體，因取所見彙成一卷，次於諸圖之列，俾詞壇韻士知前後各家而外，尚有擅長之搆，且讀其所著，即可見其續編之權度云爾。青霞居士題』。

回文

蘇氏

嘉傚好倩結緣機度佳績巧留接聯飛翥偕鶴鳥舟列僊姿素葩馥藻抽瑟絃徽古懷曲娛謳折蓮鼓步叉玉繞鉤密簾窺舞遮幕悄愁夕煙霏露花灼曉樓碧天暉曙瑕旭照秋月圓輝吐華燭燿流合田圍鑄諧籙道修秩年齊數加福報酬璧全儀與

回文　璇璣瑞鏡銘

夫人姓蘇氏，系出唐許國公裔，家世以勳名顯。祖父繼尹京兆，母夢天孫授錦而生夫人，夙慧秀敏，有緘神之譽，長嫻禮教，儀容玉暎，見者驚爲天人。又工吟詠，和平莊雅，不爲奡怨之音，喜班昭漢史，續成列女傳贊數十卷。太后聞其名，常召入宮，獻所摹趙夫人繡列國圖，爲大唐共球圖。太后大悦，賜香玉列仙屏鏡一座、葡萄鴛鴦文錦十端、辟寒珠一雙、通天犀合一事，曰此不足酬卿意也。又以于闐國所獻綠玉研、白玉珀及蜜香紙百繙，命寫列女傳贊以進，賞賚珍物無算。嘗奉詔作女史箴，垂誡深婉，宮中稱女學士焉。玉真公主與夫人尤親愛，宮中有織錦璇璣圖，公主恆置坐側，歎玩不去手。夫人曰，此奇製也，雖然事不可訓，若蘭生性急嫉，恩不逮下，徒多怨懟之辭，且往復曲折，不能達意，至或依勻尋繹，演成千首，可讀者亦僅數十章而已。公主曰，此卿家故實，以卿才爲之，必使若蘭卻影。夫人曰，此圖不可無一，不能有二，無論臣才不及蘇蕙，縱使踵事增華，亦恐貽學步之誚矣。公主稱善。及公主下降，夫人獻璇璣瑞鏡，其銘曰：緣結儔好，淑嘉與儀，全璧酬報，福加數齊，年觲修道，籙譜鑄圍，鈿合流燿，燭華吐輝，圓月秋照，旭霞曙暉，天碧樓曉，灼花露霏，煙夕愁悄，幕遮舞窺，簾密鉤繞，玉釵步攲，蓮折謳嫋，曲懷古徽，絃瑟抽藻，馥葩素姿，仙列洲島，鶴偕翥飛，聯接留巧，續佳度機，共九十六字，回環宛轉，情文相生，凡成四言十二韻詩一百九十二首，組織工麗，奇巧在若蘭之上云。夫人適宜城郡開國公某公子，有唱隨之雅，箸笙磬同音集十卷。公子有文武才，以直言極諫授右補闕，擢翰林學士承旨，出爲鳳翔節度使兼平章事，夫人封晉國夫人。陽湖紫鴛外史譔晉國夫人事記。

案：是圖藏上海陳以鴻家，據云係其尊人季鳴（一八九二—一九七二）偶於書肆購得，惜有破損，乃用金照式篆書一幅，懸挂居室至今，並謂蘇氏爲清代人。姑次于此，以俟再考。以鴻字景龍，江蘇江陰人。少時就讀於無錫國學專科學校（滬校）與上海交通大學電機系，畢業後長期從事科技翻譯。

回文集卷十四　目錄

錦上花

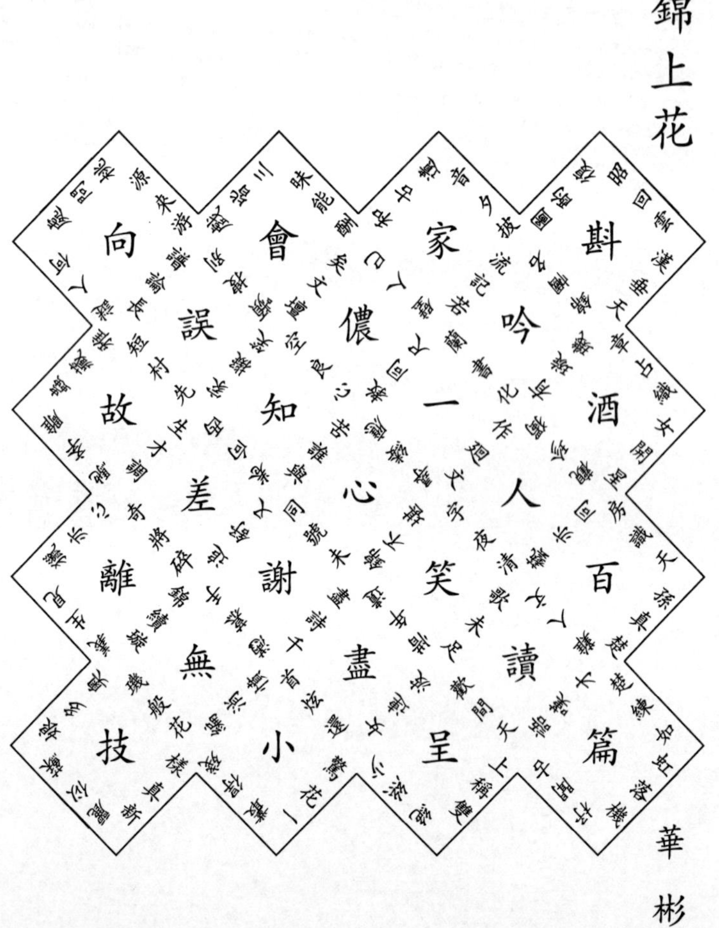

華彬

錦上花　幻墨題辭

七言古風一首。先讀小字，後讀大字，昭回雲漢垂天章起，每次句借前句尾半字爲首，自上折下，復自下折上，將近頂層，仍自上折下，凡三度。末行自下折上，即横遞向右，復字下接入斟字左旋至吴儂一笑謝知心止。

七言古一首

昭回雲漢垂天章，早占織女開星房。方識天孫真楚楚，疋練如虹落機杼。予聞古語嘆才難，佳人文藝亦同觀。見珍獨有璇璣錦，巾幗名流記若蘭。柬書化作廻文字，子夜清歌未足歡。人間天上稱雙絶，色絲少女連波惜。昔年遺錦不堪尋，寸縷應教同尺璧。玉人已矣文壇空，工良心苦誰與同。口號未盡詩千首，目炫還驚花一叢。取得殘編消憤懣，心慕手追舒又卷。已向西家擬笑嚬，頻搜别譜論長短。豆村先生才調奇，可將碎錦續璇璣。幾般花樣真新麗，比似蘇娘多奥義。我生見獵亦心馳，也孝雕蟲藏雅謎。迷人何處問桃源，原來游戲皆三昧。未能酬和古遺音，日夕披圖酌復斟。斗酒百篇呈小技，支離故向會家吟。今人讀盡無差誤，吴儂一笑謝知心武功蘇蕙字若蘭歸竇連波製璇璣圖八百餘言陽羡萬樹字紅友號豆村農著璇璣碎錦六十圖

錢塘丁氏藏鈔本蘭湄幻墨編前

子母錢

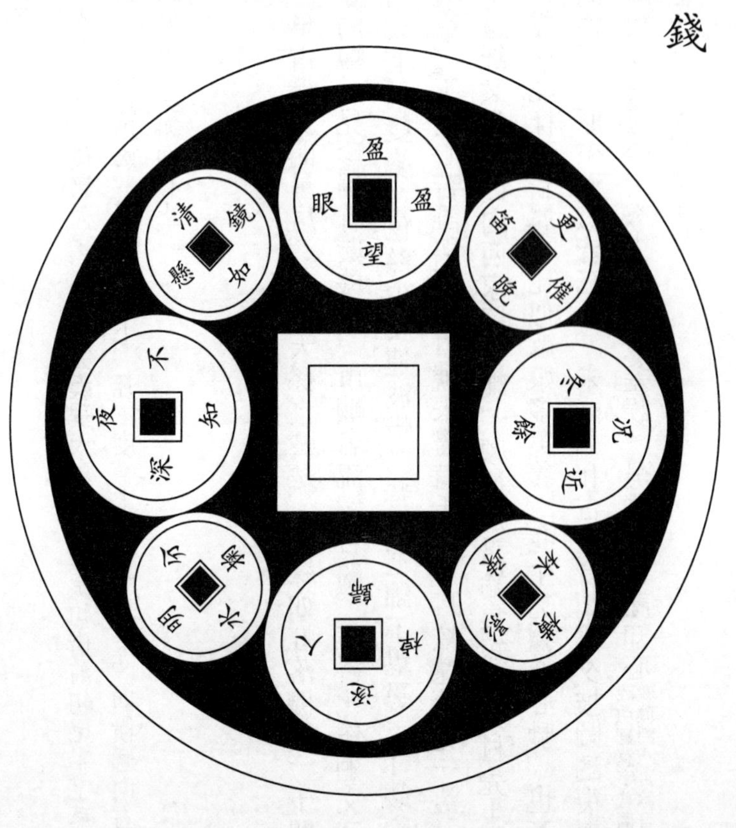

子母錢　閒步見月

七言律一首。逐句廻文讀，盈盈望眼望盈盈起，左旋八句至更催晚笛晚催更止。

七言律一首

盈盈望眼望盈盈，清鏡如懸如鏡清。夜不知深知不夜，明分掬水掬分明。逐人歸棹歸人逐，橫影疎林疎影橫。况近餘冬餘近况，更催晚笛晚催更。

七襄

瀟

雲消盡秋風冷　青鬢長知應夢
天香懸霜傳光　烟颺弦郎憐常
遥衾誓凝梧迴　篆絲冰望月懷
寄枕約露碧照　炷翠解空夜舊
怨得思罷葉鏡　怯擲掩断綺坐
含未相書飛獨　晚梭琴鴈流凄
將眠償殘涼圓　妝聯囊連黃然
別添愁閒夜永　停機錦字織琅

鄉

七襄　秋閨夜坐

七言絶四首，七言古二首。七言絶，瀲瑯二字各分二字，左右牽合讀。其一，漢雲起，次青鬟、次歎别、次停機句止。其二，琅琅起，次永夜、次郎夢、次冷風句止。其三，漢雲起，次郎夢、次歎别、次琅琅句止。其四，琅琅起，次歎别、次郎夢、次漢雲句止。七言古，連邊每剩一字，左右交織讀。其一，夢常起，次織黄、次知郎，横行至上别將句止。其二，琅然起，次應憐、次字連，横行至上雲天句止。

七言絶四首

漢雲消盡秋風冷，青鬟長知應夢郎。歎别添愁閒夜永，停機錦字織琅琅。

琅琅織字錦機停，永夜閒愁添别歎。郎夢應知長鬟青，冷風秋盡消雲漢。

漢雲消盡秋風冷，郎夢應知長鬟青。歎别添愁閒夜永，琅琅織字錦機停。

琅琅織字錦機停，歎别添愁閒夜永。郎夢應知長鬟青，漢雲消盡秋風冷。

七言古二首

夢常懷舊坐凄然，織黄流綺夜月憐。知郎望空断鴈連，錦囊琴掩解氷弦。鬟颷絲翠擲梭聯，停妝晚怯炷篆烟。冷光廻照鏡獨圓，夜凉飛葉碧梧傳。秋霜凝露罷書牋，愁償相思約誓懸。消香衾枕得未眠，別將含怨寄遥天。

琅然凄坐舊懷常，應憐月夜綺流黄。字連鴈断空望郎，長弦氷解掩琴囊。機聯梭擲翠絲颺，青烟篆炷怯晚妝。永圓獨鏡照迥光，風傳梧碧葉飛凉。閒棧書罷露凝霜，盡懸誓約思相償。添眠未得枕衾香，雲天遥寄怨含將。

春秋詞

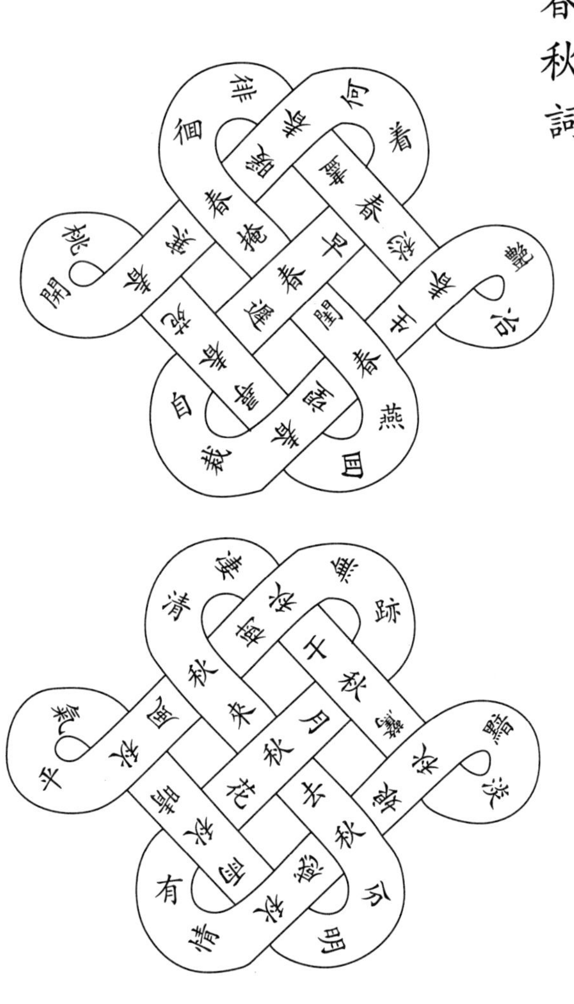

春秋詞 本意

七古二首。隨勢轉折讀，春掩春閨句起，春愁春盡句止。秋來秋去句起，秋驚秋士句止。春秋字俱合用。

七言古二首

春掩春閨春燕回，春尋春苑春桃開。春寒春暖春何着，春早春遲春自裁。春望春生春艷冶，春愁春盡春徘徊。

秋來秋去秋分明，秋雨秋晴秋氣平。秋風秋樹秋無跡，秋月秋花秋有情。秋感秋娘秋黯淡，秋驚秋士秋凄清。

花戕

剪春羅作舞衣剪秋羅作舞裙飄然虞美人相近

俺見只薔薇架上低華月芍藥欄邊駐彩雲氣凌霄驕紅

粉則雖是並頭蓮好怕重來夾竹桃分木芙蓉映曉

風水芙蓉映曉波荒園躑躅情無那俺只見酴醾酒熟

他醉家荳蔻香凝過客睃費金錢春光墮剛報道忘憂草長

奈將翻合笑人磨白薇花似玉奴紫薇花似玉郎朝

歡夜合成悽愴俺只見杜鵑舌冷呼殘雨蝴蝶魂驚哭斷

腸覓長春渾是謊問若箇萬年青髩縱堪娛百日紅粧

花牋　有感

北耍孩兒三拍。花名連小字讀。其一，剪春羅起，夾竹桃分止。其二，木芙蓉起，含笑人磨止。其三，白薇花起，百日紅粧止。

北耍孩兒三拍

剪春羅，作舞衣，剪秋羅，作舞裙。飄然虞美人相近。俺只見薔薇架上低華月，芍藥欄邊駐彩雲。氣凌霄，驕紅粉。雖則是並頭蓮好，怕重來夾竹桃分。

木芙蓉，映曉風，水芙蓉，映曉波。荒園躑躅情無那。俺只見酴醾酒熟他家醉，荳蔻香凝過客晙。費金錢，春光墮。剛報道忘憂草長，奈翻將含笑人磨。

白薇花，似玉奴，紫薇花，似玉郎。朝歡夜合成悽愴。俺只見杜鵑舌冷呼殘雨，蝴蝶魂驚哭斷腸。覔長春，渾是謊。問若箇萬年青髩，縱堪娱百日紅粧。

撞鼓

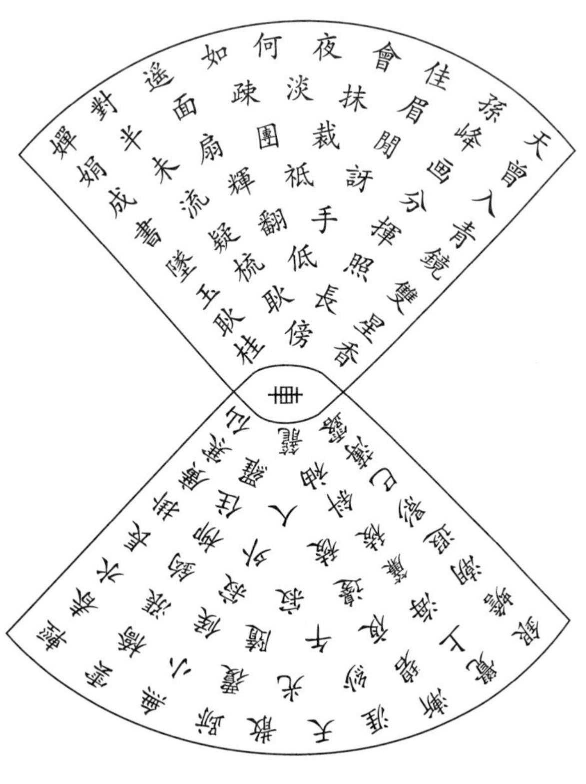
嬋對遥如何夜會佳孫天
娟半面疎淡抹眉峰曾
成未扇團裁閒畫入
書流輝祇訝分青
墜疑翻手揮鏡
玉梳低照雙
耿耿長星
桂傍香
車
銀覺漸涯天散跡無雲輕
蟾上碧紗光覆小橋春
潮海夜午隨候漲水
退簾邊寂寂鈎長
影稜稜外柳掛
已斜人住廣
薄袖羅寒
露籠仙

撞鼓　咏新月

七言律二首。横行層叠讀，天孫句起，輕雲句起，至末即牽用下三字，廻向車字止。車字兩音，籠傍二字平仄兩讀。

七言律二首

天孫佳會夜何如，遥對嬋娟半面疎。淡抹眉峰曾入画，閒裁團扇未成書。流輝祇訝分青鏡，揮手翻疑墜玉梳。低照雙星長耿耿，桂傍（平聲）香露籠（上聲）仙車（居音）。

輕雲無跡散天涯，漸覺銀蟾上碧紗。光覆小橋春水漲，候隨午夜海潮遐。簾邊寂寂鈎長掛，柳外稜稜影已斜。人住廣寒羅袖薄，露籠（平聲）仙桂傍（去聲）香車（叉音）。

虚中圖

炫	相	漫	紫	鐘	林					意	無	秋	似	儂	吳
機	忘	早	暮	聽	隔					情	牛	背	笛	口	和
漸	陰			雨	冷					薄	聲			晴	引
覺	封			俱	峯					萬	濃			光	笻
鬆	欲	煙	遥	澹	危					鍾	色	野	開	颭	扶
枝	搖	細	蔦	影	墮	熜	當	葉	橫	陽	惟	買	醉	歲	更
					花	行	役	苦	道	夕					
					繞	辭			高	月					
					砌	驚			逾	盟					
					生	不	激	泉	靜	鷗					
茗	佳	烹	自	拘	身	呼	鶴	伴	世	締	堪	交	淡	漁	樵
心	甘	落	寞	道	此					城	才	最	拙	處	問
肯	門			骨	喜					跡	知			眠	倦
久	麤			長	壺					已	舒			方	鋤
辜	太	胆	疑	傲	傾					踈	亦	夢	閒	愜	雲
勤	花	覓	種	複	酒					書	研	露	讀	葯	指

虛中圖　山居咏志

五言律五首。每句借前句末半字讀，第一句即借煞句末半字起，右旋至第五句第二字，横入内層，左旋而出。木葉當牕墮，土花繞砌生，一身呼鶴伴，半世締鷗盟，明月高逾靜，青泉激不驚，敬辭行役苦，古道夕陽横。餘倣此，墮身締隔四字合用。

五言律五首

木葉當牕墮，土花繞砌生。一身呼鶴伴，半世締鷗盟。明月高逾靜，青泉激不驚。敬辭行役苦，古道夕陽横。

人似秋無意，心情薄萬鍾。重陽惟買醉，卒歲更扶笻。竹引晴光颭，風開野色濃。曲聲牛背笛，由口和吳儂。

金紫漫相炫，玄機漸覺鬆。松枝摇細蔦，鳥影墮危峯。山冷雨俱澹，水遥煙欲封。寸陰忘早暮，日聽隔林鐘。

手自烹佳茗，名心肯久辜。辛勤花覓種，重複酒傾壺。士喜骨長傲，人疑胆太麤。鹿門甘落寞，莫道此身拘。

水淡交堪締，帝城跡已疎。束書研露讀，賣葯指雲鋤。力倦眠方愜，心閒夢亦舒。予知才最拙，出處問樵漁。

匾額

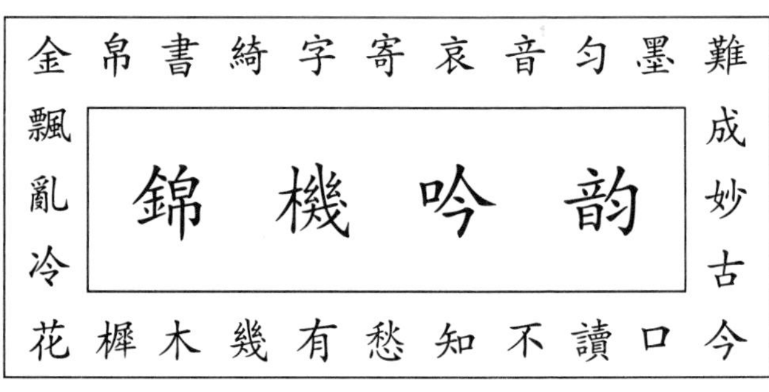
錦機吟韻
金帛書綺字寄哀音匀墨難
飄亂冷
成妙古
花樨木幾有愁知不讀口今

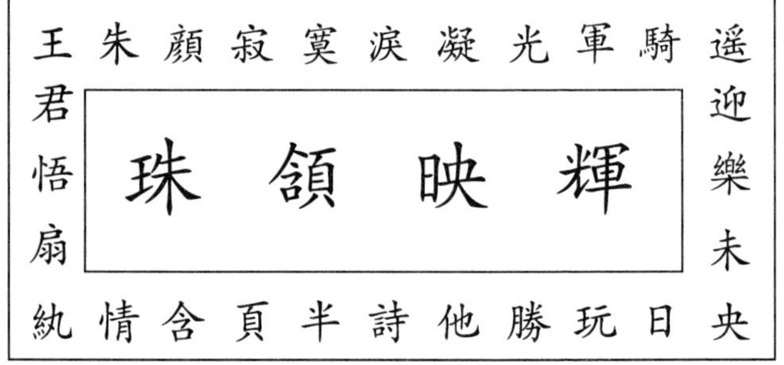
珠領映輝
王朱顔寂寞淚凝光軍騎遥
君悟扇
迎樂未
紈情含頁半詩他勝玩日央

匾額　題蘇若蘭璇璣圖錦

七言絶二首。離合體，左旋讀。帛書起，飄金止，每句首尾分用韵吟機錦四字。朱顔起，君王止，每句首尾分用輝映頷珠四字。

七言絶二首

帛書綺字寄哀音，匀墨難成妙古今。口讀不知愁有幾，木樨花冷亂飄金。

朱顔寂寞淚凝光，軍騎遥迎樂未央。日玩勝他詩半頁，含情團扇悟君王。

『團』：圖文作『紈』

雲臺碑

長鋏生志未磨空美家錢未遇郎匿下編早握年基
馮異堅鐔景丹鄧禹劉隆邳彤王霸萬脩
爭如地探佳嶂朱崕穴傳直教準關中業難爭短期
咸陽氣欝西臨韓誅季心勳名世繼嫖向麟臺卓標
王梁岑彭馬成劉植盖延姚期耿純卓茂
空據齊多士功爭似根深不是年言耿教鞠草中朝
裹尸革氣能類明珠禍深緑鬓顔舊姓將脂粉新粧
馬武任光耿弇賈復朱祐王常祭遵傅俊
誰能臣風節州史論披尋天猶漢留殘勑和親女郎
未敢書説否門巳兆花香桃紅白賦三水誰知宇呼
陳俊臧宮竇融李通李忠吳漢冠恂杜茂
綃裁彩舒情洽春光苑墻辦取言能滅恂莫孥陵儒

雲臺碑　讀史雜詠

七言絶八首。馮異等一人名左右分讀。堅鐔景丹等二人名，上一名右讀，下一名左讀，以首句末字合次句起字爲一人，三句末字合結句起字爲一人。如長鋏馮生志未堅，鐔磨空羡鄧家錢，爭如異地探佳景，丹嶂朱崕禹穴傳。餘倣此。

七言絶八首

長鋏馮生志未堅，鐔磨空羡鄧家錢。爭如異地探佳景，丹嶂朱崕禹穴傳。

未遇劉郎匿下邳，彤編早握萬年基。直教隆準關中王，霸業難爭倐短期。

咸陽王氣欝西岑，彭醢韓誅劉季心。空據梁齊多士馬，成功爭似植根深。

勳名蓋世繼嫖姚，期向麟臺卓卓標。不是延年言耿耿，純教鞠草茂中朝。

裹尸馬革氣能任，光類明珠賈禍深。誰能武臣風節耿，弇州史論復披尋。

綠鬓朱顔舊姓王，常將脂粉傅新粧。天猶祐漢留殘祭，遵勑和親俊女郎。

未敢陳書説否臧，宫門已兆李花香。綃裁俊彩舒情竇，融洽春光通苑墻。

桃紅李白賦三吳，漢水誰知杜宇呼。辦取忠言能滅寇，恂恂莫學茂陵儒。

雀翎寶扇

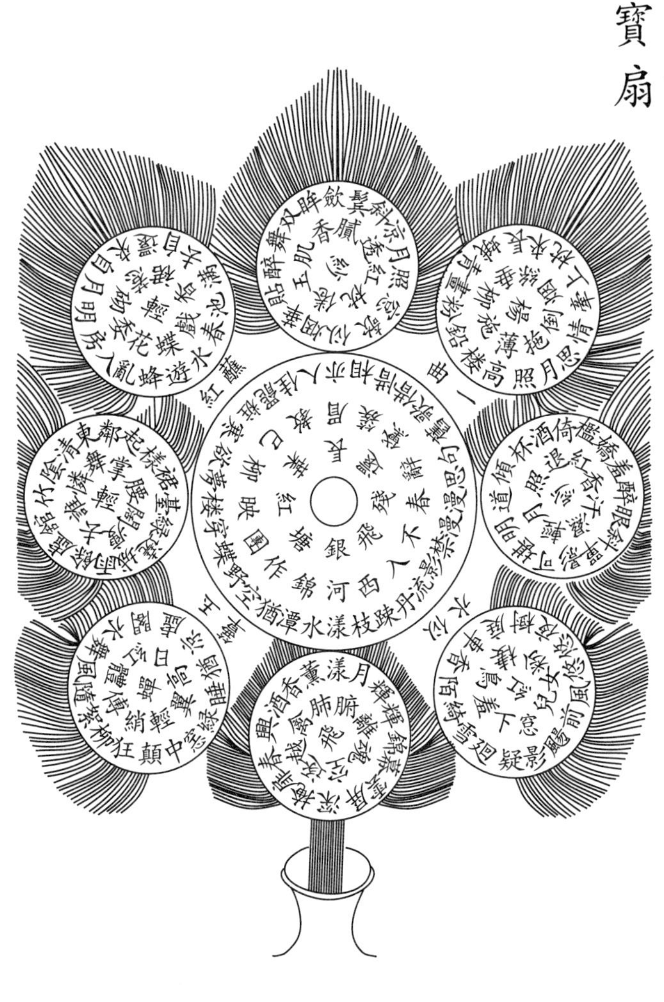

雀翎寶扇 閨詞

七言律一首，集唐七言絶十六首。螺紋左旋讀，七言律，銀塘紅葉起，思漫漫止。七言絶，銀河漾漾起，越禽飛止。紅映楼臺起，舞掌輕止。長眉亦似起，透紅紗止。殘春漫道起，濕輕紗止。又紅粉女兒起，似水流止。蟬翼輕綃起，玉簟空止。輕花委砌起，蘸紅粧止。楊柳垂絲起，一曲歌止。俱廻文，共十六首。銀河漾紅映楼長眉亦殘春漫及流空粧歌等字，並兩首合用。

七言律一首

銀塘紅葉長上聲還殘，飛入西河錦作團。映柳已教眉簇黛，辭春不禁影流丹。踈枝漾水潭猶空去聲，野蜨穿楼夢欲寒。粧罷佳人亦相惜，借歌舊句思漫平聲漫。

集唐七言絶十六首

崔魯 錢起
釋齊己 韋莊

銀河漾漾月輝輝，錦幕雲屏深掩扉。春興酒香薰肺腑，離去聲魂空逐越禽飛。

飛禽越逐空魂離，腑肺薰香酒興春。扉掩深屏雲幕錦，輝輝月漾漾河銀。

紅映楼臺綠遶城，雨餘虛舘竹陰清。東鄰起樣裙腰闊，瘦去誰憐舞掌輕。

孟遲　劉滄
孫棨　韓偓

輕掌舞憐誰去瘦，闊腰裙樣起鄰東。清陰竹舘虛餘雨，城遶綠臺楼映紅。

長眉亦似烟華貼，醉舞双眸斂鬢斜。凉月照窓欹枕倦，玉肌香膩透紅紗。

陸龜蒙　萬楚
方干　韋莊

紗紅透膩香肌玉，倦枕欹窓照月凉。斜鬢斂眸双舞醉，貼華烟似亦眉長。

殘春漫道傾杯酒，倚檻嬌羞醉眼斜。單影可堪明月照，退紅香汗濕輕紗。

譚用之　劉兼
吳融　薛能

紗輕濕汗香紅退，照月明堪可影單。斜眼醉羞嬌檻倚，酒杯傾道漫春殘。

紅粉女兒窓下羞，鳥棲庭樹夜悠悠。風前颸影疑迴雪，綺陌香車似水流。

李頻　李中
武三思　劉滄

流水似車香陌綺，雪迴疑影颸前風。悠悠夜樹庭棲鳥，羞下窓兒女粉紅。

蟬翼輕綃傅體紅，日高猶睡綠窓中。顛狂柳絮隨風舞，水閣虛凉玉簟空。

杜牧　白居易
杜甫　劉禹錫

空簟玉凉虛閣水，舞風隨絮柳狂顛。中窓綠睡猶高日，紅體傅綃輕翼蟬。

輕花委砌惹裾香，戲蝶遊蜂亂入房。明月自來還自去，滿池春水蘸紅粧。

駱賓王　岑參
崔魯　花蕊夫人

粧紅蘸水春池滿，去自還來自月明。房入亂蜂遊蝶戲，香裾惹砌委花輕。

楊柳垂絲烟倒拖，薄施鉛粉畫青蛾。長來枕上牽情思，月照高楼一曲歌。

唐彥謙　薛能
皮日休　温庭筠

歌曲一楼高照月，思情牽上枕來長。蛾青畫粉鉛施薄，拖倒烟絲垂柳楊。

雕闌

雕闌　閨思

減字木蘭花二調，臨江仙一調。內卍字減字木蘭花，風前淚落起，句句頂字讀至工處誰知付晚風止。外圍臨江仙，風掃朱楼空徙倚起，亦句句頂字讀至掩映小屏風止。皆左旋，風池中釵四字合用。

減字木蘭花二調

風前淚落，落盡桃花春意薄。薄倖人離，離恨盈盈水滿池。池邊照影，影蕩晴波愁未定。定約成空，空對殘紅憶夢中。

中宵月淡，淡映眉峰新翠散。散步閒階，階溜蒼苔墮紫釵。釵敲冷玉，玉人清睡渾難續。續韵雖工，工處誰知付晚風。

臨江仙一調

風掃朱楼空徙倚，倚窓金釧輕籠。籠池薄霧覓無踪，踪歸何處，處處着花中。中夜重幃閒不睡，睡遲若箇呼儂。儂釵十二晚粧慵，慵將鏡掩，掩映小屏風。

西湖十景

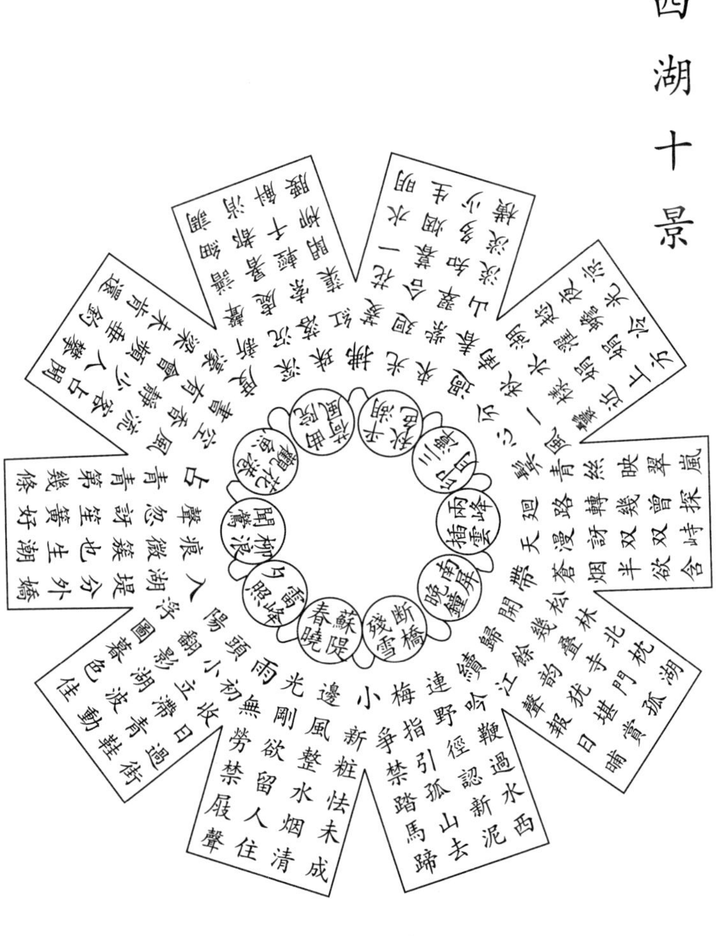

西湖十景　咏十景

七言絶十首。以中間十景名目爲各句首字。蘇小新粧句起，次堤邊風整，次春光剛欲至曉雨無勞句爲一絶。餘倣此，小雨入占等字，兩邊合用，俱左旋讀。

七言絶十首

蘇隄春曉

蘇小新粧怯未成，隄邊風整水烟清。春光剛欲留人住，曉雨無勞禁屧聲。

雷峰夕照

雷雨初收日過街，峰頭小立滞青鞋。夕陽翻影湖波動，照入浮圖暮色佳。

柳浪聞鶯

柳入湖隄分外嬌，浪痕微簇也生潮。聞聲忽訝笙簧好，鶯占青青第幾條。

花港觀魚

花占風流客占閒，港空香静少人攀。觀書有會頻垂釣，魚度濠梁未肯還。

曲院荷風

曲度新聲譜細調，院深沉處暑都消。荷珠落索輕千斛，風拂紅蕖鬬柳腰。

平湖秋色

平拂菱花一水明，湖光廻合暮烟生。秋來紫翠知多少，色過春山淡淡横。

三潭印月

三過南湖趁夜凉，潭分秋水濯蟾光。印心一樣娟娟冷，月鬓風鬟近上方。

兩峰插雲

兩鬓青絲映翠嵐，峰廻路轉幾曾探。插天漫訝雙雙峙，雲帶蒼烟半欲含。

南屏晚鐘

南帶松林北枕湖，屏開幾叠寺門孤。晚歸餘韵犹堪賞，鐘續江聲報日晡。

断橋殘雪

断續吟鞭過水西，橋連野逕認新泥。殘梅指引孤山去，雪小爭禁踏馬蹄。

五雲捧月

取小雙螺張郎重講冉銀蟾漾夜偏
幽曠菊香清鸞信美閑羅幌紅燈燕
多自況流風席亮嘹歌笙廳莎綠喜
晝時閒嶂晴添媚嫵人奇離筆放狂

五雲捧月　戲贈友人新婚後遠行

連理枝一調，七言絶五首，集唐七言絶一首。内外俱借半字讀。連理枝，前闋冉冉銀蟾起，嘹亮止，後闋几席風流起，重講止。七言絶，纔喜東萊起，夜夜生止；客楼暮色起，綵雲收止；秋聲何必起，不言中止；閒來扶倦起，半無題止；風塵客歲起，寄高歌止。集唐七言絶，娉婷仙子起，嫁王昌止。

連理枝一調

冉冉銀蟾漾，永夜偏幽曠。黄菊香清，青鸞信美，大開羅幌。晃紅燈燕喜綠莎廳，聽笙歌嘹亮。几席風流況，兄自多狂放。文筆離奇，可人嫵媚，眉添晴嶂。早閒時畫取小雙螺，累張郎重講。

七言絶五首

纔喜東萊博議精，青門又擬賦長征。正知夢裏春如海，每有銀濤夜夜生。

客楼暮色起離愁，心事迢迢睡未休。木落忽驚光愈朗，月痕圓處綵雲收。

秋聲何必屬清風，虫唱林間韵自工。一往情深憑獨信，言情盡在不言中。

閒來扶倦過芳谿，谷口聞鶯似唱驪。麗景漫勞供作賦，武陵有句半無題。

風塵客歲老消磨，石壁題詩漫興多。夕月花朝空棄取，又將閨怨寄高歌。

集唐七言絶一首

娉婷仙子曳霓裳，衣上花兼百草香。日暖烟華曾撲地，也知情願嫁王昌

崔澹　李中
陸龜蒙　唐彦謙

水仙

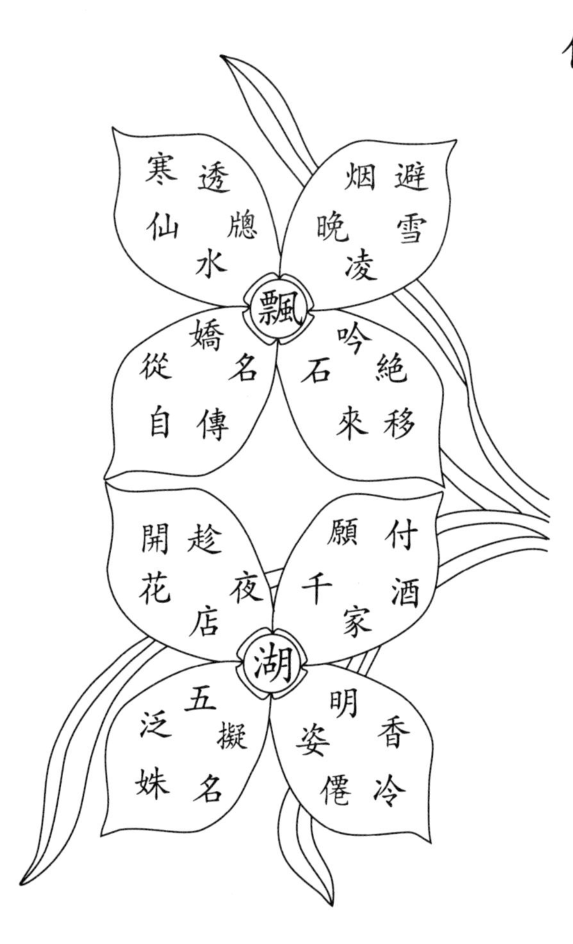

水僊　村店見水仙二本着花

七言絶二首。上花心内爲西、爲二、爲小、爲票、爲虫、爲几、爲風、爲飄離合凡八字，其一於句中間用之。下花心内爲水、爲十、爲口、爲月、爲古、爲沽、爲胡、爲湖離合亦八字，其二於句首尾用之。寒透起，晚烟止，水店起，五湖止。並左旋讀。

七言絶二首

寒透窓西二水仙，自從嬌小票名傳。携來石几虫吟絶，避雪凌風飄晚烟。

水店花開趁夜沽，十千願付酒家胡。月明香冷仙姿古，口擬名姝泛五湖。

『携』：圖文作『移』

金鎖

幽	恨	長	懷	別	急	泉	遙	挂	橋
期									梁
隔									石
山	露	半	痕	青	閒	雲	遠	樹	停
極	歡	曾	度	此	闢	徑	人	間	世
仙	洞	識	緣	奇	箋	書	託	燕	飛

雙	美	翻	遊	戲	品	題	閒	處	開
鴛									屏
錦									翠
孤	枕	怯	生	塵	虛	聲	步	覺	真
老	天	憑	倖	薄	曉	暈	燈	花	落
魔	是	睡	來	情	何	如	想	夢	靈

金鎖　遊仙詞

菩薩蠻四調。上鎖通體層叠讀，石梁橋掛起，横右横左至托燕飛止爲一調。又一調隔期幽恨起倣讀。下鎖倣此。

菩薩蠻四調

石梁橋挂遥泉急，别懷長恨幽期隔。山露半痕青，閒雲遠樹停。世間人徑闢，此度曾歡極。仙洞識緣奇，箋書託燕飛。

隔期幽恨長懷别，急泉遥挂橋梁石。停樹遠雲閒，青痕半露山。極歡曾度此，闢徑人間世。飛燕託書箋，奇緣識洞仙。

翠屏開處閒題品，戲遊翻羨雙鴛錦。孤枕怯生塵，虚聲步覺真。落花燈暈曉，薄倖憑天老。魔是睡來情，何如想夢靈。

錦鴛雙羨翻遊戲，品題閒處開屏翠。真覺步聲虚，塵生怯枕孤。老天憑倖薄，曉暈燈花落。靈夢想何如，情來睡是魔。

案鈔本下鎖原圖文字與抄句不符，反映著者對作品之調整、變動，兹據刊本改。鈔本讀法云『下鎖逐句廻文讀，粉融香汗起，横左横右至影鳳鸞止爲一調，又一調水晶簾動起倣讀』，亦與上鎖『通體層叠讀』，不相類從；圖文詞爲『粉融香汗流山枕，雲雨是前身，倚樓臨緑水，鸞鳳影翩翩』，『水晶簾動微風起，酥顆點肌膚，摘蓮紅袖濕，歸晚更生疑』，抄句詞爲『翠屏開處無心賞，淚痕雙湧潮隨長，初會是深盟，如何問卜靈，落花愁日嫩，薄倖真成論，青髩約釵欹，乘風晚燕飛』，『長隨潮湧雙痕淚，賞心無處開屏翠，飛燕晚風乘，欹釵約髩青，論成真倖薄，嫩日愁花落，靈卜問何如，盟深是會初』，注云『集唐菩薩蠻二調改入異布，又二調見龜紋』。

靈膏

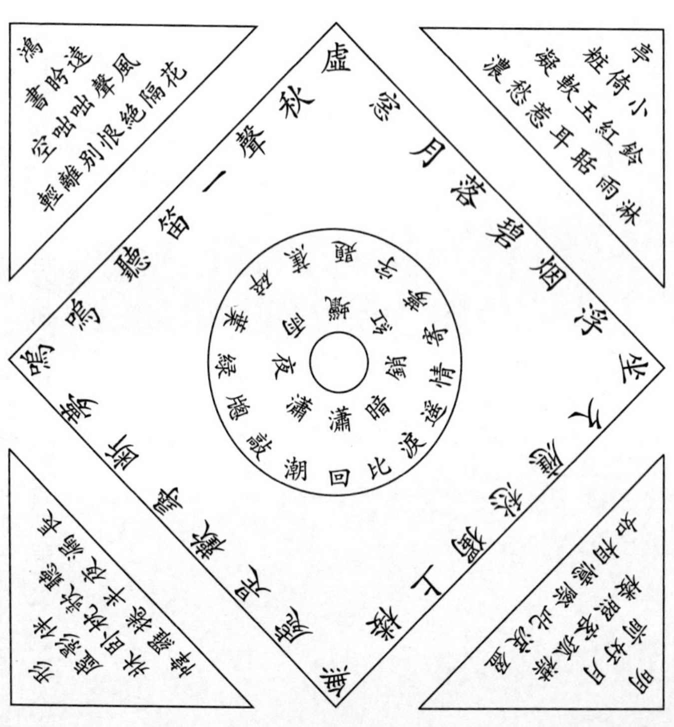

靈膏　閨思

七言絶二首、眼兒媚一調、十六字令八調，外方爲七言絶，虚窓起，聲秋止，併廻文爲二首。眼兒媚，瀟瀟起，情遥止，即廻文合一調。十六字令，亭小倚起，惹愁濃止；明月好起，憶相如止；形伴影起，捲羅帷止；鴻遠盼起，别離輕止，俱廻文，共八調。

七言絶二首

虚窓月落碧烟浮，坐久應愁獨上楼。無處是歡尋断夢，嗚嗚聽笛一聲秋。
秋聲一笛聽嗚嗚，夢断尋歡是處無。楼上獨愁應久坐，浮烟碧落月窓虚。

眼兒媚一調

瀟瀟夜雨蠟紅銷，暗淚比回潮。敲窓綠葉，碎蕉題字，夢寄情遥。
遥情寄夢字題蕉，碎葉綠窓敲。潮回比淚，暗銷紅蠟，雨夜瀟瀟。

十六字令八調

亭，小倚粧凝軟玉紅。鈴淋雨，聒耳惹愁濃。
濃，愁惹耳聒雨淋鈴。紅玉軟，凝粧倚小亭。

明，月好前楼照客孤。襟盈淚，此際憶相如。
如，相憶際此淚盈襟。孤客照，楼前好月明。
形，伴影虚牀卧枕欹。聽長漏，夜半捲羅幃。
幃，羅捲半夜漏長聽。欹枕卧，牀虚影伴形。
鴻，遠盼書空咄咄聲。風花隔，絶恨别離輕。
輕，離别恨絶隔花風。聲咄咄，空書盼遠鴻。

月印梨花

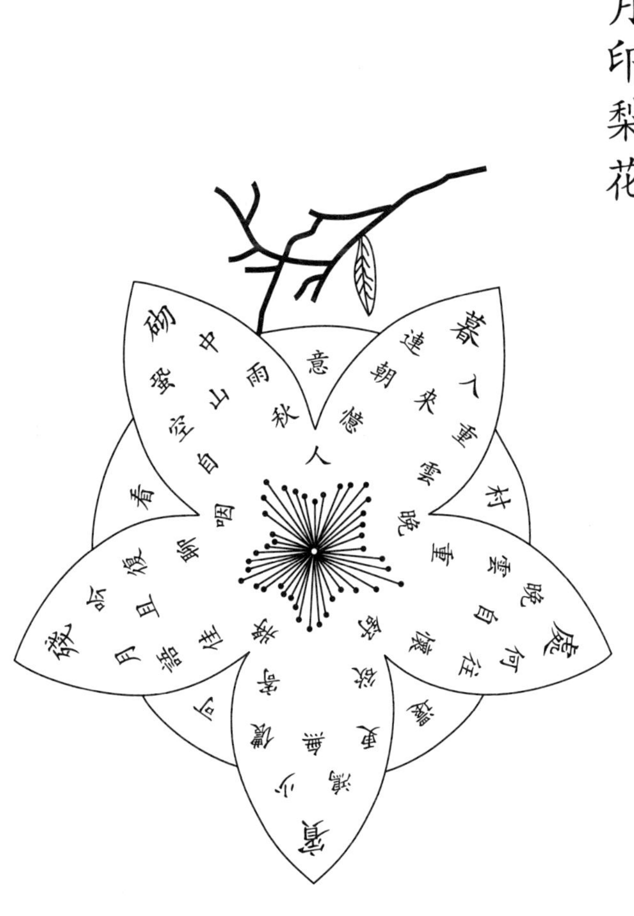

月印梨花　雨後作

五言絶一首、感恩多一調。詩左旋讀，雨意起，空山止。詞斜行讀，砌蛩空自咽起，憶人秋雨中止。雨朝重雲等字合用。

五言絶

雨意朝來重，村雲自往還。更無濃可語，且復看空山。

感恩多一調

砌蛩空自咽，聊復吟殘月。語佳將寄濃，少賓鴻。　更欲舒懷往何處，晚雲重，晚雲重。入暮連朝，憶人秋雨中。

連理箋

移　　　眱　　　銼　　　峨
年　黍　待　看　鞋　剪　愛　中
爛　　　飍　　　鷊　　　朗　　　宰
熳　然　回　倦　冷　明　時　相
樂　　　甦　　　昉　　　硼　　　不
天　計　報　棲　邀　課　隱　稱
踑　　　椿　　　嬪　　　臥
覺　知　喧　落　客　兒　間　自
營　　　翊　　　悔　　　勘　　　歸
巢　燕　悟　緘　忘　探　惜　田
費　　　聜　　　故　　　雌　　　酒
苦　拘　聞　字　漢　山　芳　漉
粹　　　咽　　　溱　　　帳

連理箋 山居樂

七言律二首。峨臥帳朗硼勘雌鋩嬪溱鷊昉悔故睉椿咽鱺甦翊聄移蹎粹二十四字合書分用，交互讀。上截，山中宰相不稱臣起，多年爛熳樂天真止。下截，臣自歸田酒漉巾起，真覺營巢費苦辛止。

七言律二首

山中宰相不稱臣，我愛良時石隱人。金剪月明閒課女，芒鞋霜冷日邀賓。目看烏倦方棲木，坐待風回更報春。禾黍蕭然生計足，多年爛熳樂天真。

臣自歸田酒漉巾，人間甚惜此芳辰。女兒力探佳山水，賓客心忘古漢秦。木落每緘文字口，春喧立悟耳聞因。足知羽燕空拘束，真覺營巢費苦辛。

拗字

江樹高高高直直直雲更更更喜草垂垂垂聞
陰木木木月空空空寺浩水水水烟冥冥冥墳
毛毛毛幙閒閒閒客到日日日簾落落落花醺
石石石成塔訝重重重口口口取茶教分分分
白白白飯飡飡飡亦飽魚魚魚鱗釣釣釣還勤
夜漫漫漫鹿鹿鹿論句車車車耳声声声美君

拗字　夜登金山訪故人留話

七言排律一首。高高更更等三重字，合書分讀。直虫等三重字，分書合讀。更空冥重分漫六字，平仄兩讀。

七言排律一首

江樹高高高矗雲，更更（竝平聲）更（去聲）喜草蟲聞。陰森月空（去聲）空空（竝平聲）寺，浩淼烟冥（平聲）冥冥（竝上聲）墳。毳幙閒閒閒客到，晶簾落落落花醺。磊成塔訝重重（竝平聲）重（去聲）品取茶教分分（竝去聲）分（平聲）晶飯滄滄滄亦飽，（魚魚）鱗釣釣釣還勤。夜漫漫（竝平聲）漫（去聲）飍論句，轟耳声声声羨君。

六出飛花

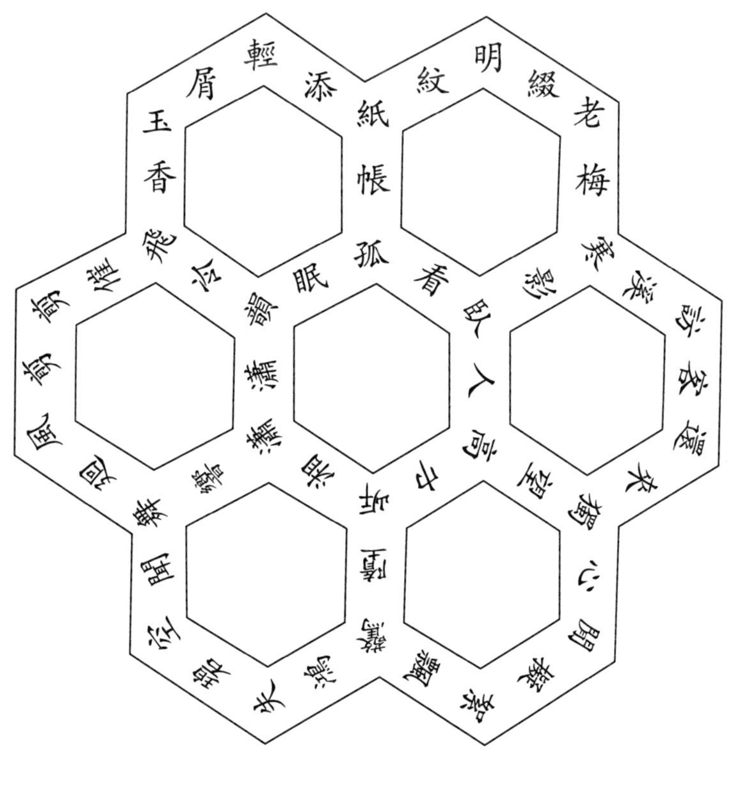
明綴老梅寒溪訪客還來獨心閒擬素
失鴻碧空閒舞迴風剪剪催飛香玉眉輕添
紙帳孤眠韻瀟瀟響
看臥入高巾岸湘墮驚
影望飄

六出飛花　咏雪

七言絶三首。分上左右三首讀。上一首以明輕二字爲領，從明綴左旋至卧字爲一句，即從卧看左旋，仍至明字爲一聯，次從輕添韻冷仍至輕字爲一首。左一首風空二字爲領，右一首閒還二字爲領，中斜六路皆牽用。

七言絶三首

明綴老梅寒影卧，卧看孤帳紙紋明。輕添紙帳孤眠韻，韻冷飛香玉屑輕。

風剪剪催飛冷韻，韻瀟瀟響舞廻風。空聞舞響瀟湘岍，岍墮驚鴻失碧空。

閒擬絮飄驚墮岍，岍巾高望獨心閒。還來獨望高人卧，卧影寒溪訪客還。

錦心

眼倦看驚落絮居
望舒柳亂搖金深寂
空步陰拂裾裊苦沉寂
楼小獨院輕篆隔影烟波
鎖園予愁曉香兩照魚断痕
燕林夢醒風寒知閒游問信月
初裁錦字寄傷心懷漫詠吟渠滿
起音淚墮偷彈同離成不解水
坐清虛窓一悲結別書費流
還調冷曲粧鳳願久思萍
聞絶琴怯梳去竟尋逐
夜踈卧擁寒衾何浪
雨似郎情淡淡如

錦心　閨詞

七言絶二十四首。俱從中心字起，分上左右三路，三角厶形讀。心傷寄字錦裁初句爲首，左旋至予字一首，右旋至虛字一首。又從心同結願竟何如至梳書各一首，心知兩隔苦深居至魚裾各一首，共六首，每首俱廻文，亦得六首。再從句心傷句爲首，左旋至曉寒，即右旋至輕裾一首。右旋至一彈，即左旋至粧梳一首，亦廻文讀。心同、心知兩路做此，共得十二首。

七言絶二十四首

心傷寄字錦裁初，燕鎖楼空望眼舒。陰院曉寒風醒夢，林園小步獨愁予。

予愁獨步小園林，夢醒風寒曉院陰。舒眼望空楼鎖燕，初裁錦字寄傷心。

心傷寄字錦裁初，起坐還聞夜雨疎。琴曲一彈偷墮淚，音清調絶冷窓虛。

虛窓冷絶調清音，淚墮偷彈一曲琴。疎雨夜聞還坐起，初裁錦字寄傷心。

心同結願竟何如，淡淡情郎似雨疎。琴曲一彈悲鳳去，衾寒擁臥怯粧梳。

梳粧怯臥擁寒衾，去鳳悲彈一曲琴。疎雨似郎情淡淡，如何竟願結同心。

心同結願竟何如，浪逐萍流水滿渠。吟詠漫懷離別久，尋思費解不成書。

書成不解費思尋，久別離懷漫詠吟。渠滿水流萍逐浪，如何竟願結同心。

心知兩隔苦深居，寂寂波痕月滿渠。吟詠漫懷閒照影，沉烟断信問游魚。

魚游問信断烟沉，影照閒懷漫詠吟。渠滿月痕波寂寂，居深苦隔兩知心。

心知兩隔苦深居，絮落驚看倦眼舒。陰院曉寒香篆裊，金摇亂柳拂輕裾。

裾輕拂柳亂摇金，裊篆香寒曉院陰。舒眼倦看驚落絮，居深苦隔兩知心。

心傷寄字錦裁初，燕鎖楼空望眼舒。陰院曉寒香篆裊，金摇亂柳拂輕裾。

裾輕拂柳亂摇金，裊篆香寒曉院陰。舒眼望空楼鎖燕，初裁錦字寄傷心。

心傷寄字錦裁初，起坐還聞夜雨疎。琴曲一彈悲鳳去，衾寒擁卧怯粧梳。

梳粧怯卧擁寒衾，去鳳悲彈一曲琴。疎雨夜聞還坐起，初裁錦字寄傷心。

心同結願竟何如，淡淡情郎似雨疎。琴曲一彈偷墮淚，音清調絶冷窓虚。

虚窓冷絶調清音，淚墮偷彈一曲琴。疎雨似郎情淡淡，如何竟願結同心。

心同結願竟何如，浪逐萍流水滿渠。吟詠漫懷閒照影，沉烟断信問游魚。

魚游問信断烟沉，影照閒懷漫詠吟。渠滿水流萍逐浪，如何竟願結同心。

心知兩隔苦深居，寂寂波痕月滿渠。吟詠漫懷離別久，尋思費解不成書。

書成不解費思尋，久別離懷漫詠吟。渠滿月痕波寂寂，居深苦隔兩知心。

心知兩隔苦深居，絮落驚看倦眼舒。陰院曉寒風醒夢，林園小步獨愁予。

予愁獨步小園林，夢醒風寒曉院陰。舒眼倦看驚落絮，居深苦隔兩知心。

四旹本草

蕪	事	祇	增	千	里	念
處	消	篆	冷	醫	衰	勞
到	籠	擬	編	蒲	病	强
慵	薰	就	新	見	檢	半
鋤	炷	草	詩	緋	方	白
逕	粗	漸	[illegible]	桃	誣	吟
落	空	從	急	泉	山	鬢

砰	素	訮	君	無	白	髮
翠	窺	史	籍	賢	更	朋
上	多	脆	增	擎	復	當
暉	己	柳	飄	把	與	結
晴	眼	秋	颻	鷺	聽	老
漾	情	舊	譜	膠	明	坡
渚	荒	歸	影	清	分	盟

蒼	行	合	有	刀	環	信
分	苔	痕	溜	野	錢	念
十	印	五	月	涼	飄	伊
漢	屐	過	端	窓	樹	人
霄	橋	纔	午	隨	影	織
收	崗	平	見	處	颺	女
露	个	千	玕	琅	弄	傍

紛	手	兩	情	同	夢	想
益	長	自	玩	超	乙	憑
論	香	燦	流	雲	榜	尺
章	天	斗	對	似	本	素
成	占	北	看	漁	無	寄
錦	紋	凍	冰	磯	群	君
賤	皆	人	璞	在	脂	聞

四時本草　漫興

七言律四首。自内出外螺紋左旋讀，新詩起，吟鬚止，次句即借上句半字爲首，每句隱一藥名。餘倣此。

七言律四首

新詩草就擬編蒲(藁本)甫見緋桃[艹止止]漸粗(紅花)且炷薰籠消篆冷(安息香)令醫衰病檢方誣(没藥)巫山泉急從

空落(澤瀉)艸徑鋤慵到處蕪(生地)無事祇增千里念(遠志)心勞强半白吟鬚(斑毛)

端午纔過五月凉(半夏)小窓隨處見平崗(常山)山橋屐印苔痕溜(滑石)田野錢飄樹影颺(地榆)風弄琅玕千个

露(玉竹)雨收霄漢十分蒼(空青)君行合有刀環信(當歸)言念伊人織女傍(牽牛)

飄颻秋柳脆增擎(防風)手把鸞膠譜舊情(續斷)青眼已多窺史籍(百部)昔賢更復與聰明(益智)月分清影歸荒

渚(夜明沙)水漾晴暉上翠砰(陽起石)平素訝君無白髮(何首烏)友朋當結老坡盟(蘇子)

對看北斗燦流雲(天南星)云似漁磯冰凍紋(凝水石)文占天香長自玩(桂枝)元超乙榜本無群(龜甲)羊脂在璞人

皆賤(石膏)貝錦成章論益紛(文蛤)分手兩情同夢想(相思子)心憑尺素寄君聞(白附子)

宣和牌譜

來見
離子

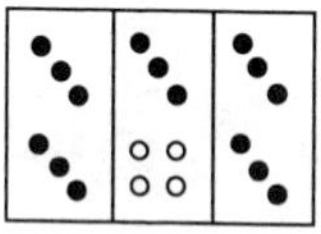

歸我逐

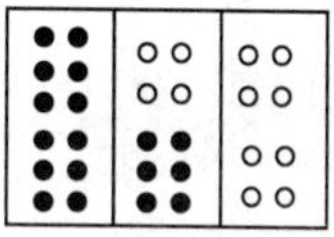

規半

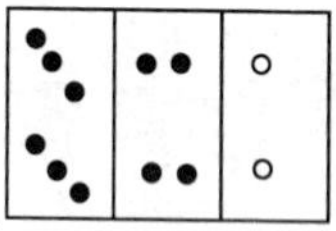

憶恰

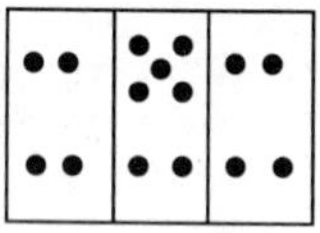

封臺

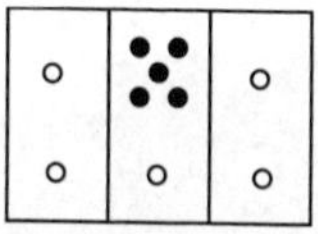

哀景風

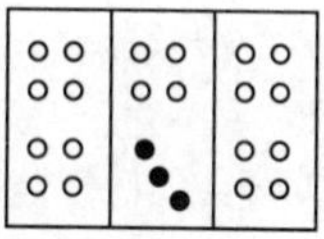

字沉
稀信

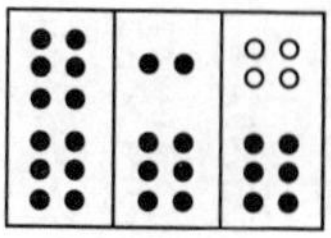

虛窓時

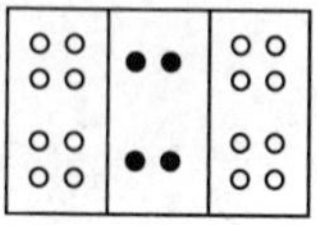

仙色雲
桂濃樹

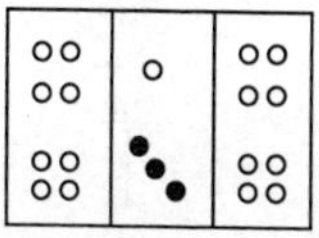

徊徘

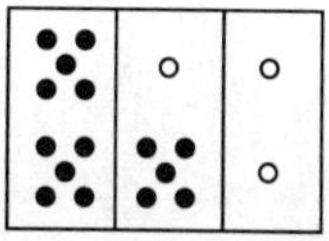

閒羅褪
來衣換

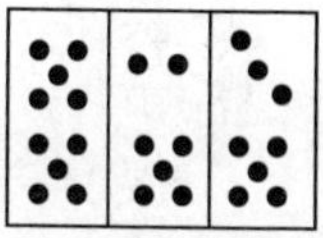

久偷
無窺

輸已
他老

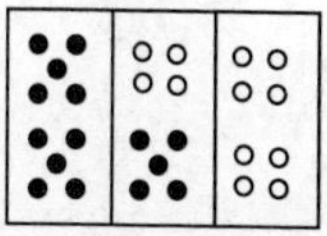

晚舟歸

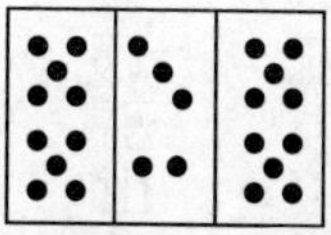

蝶片

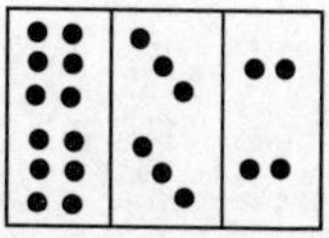

負幸宿

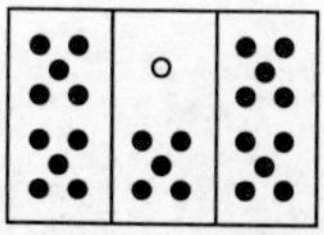

宣和牌譜　閨意

七言絶四首。骨牌名爲觀燈十五、格子眼、紫燕穿簾、梅梢月、順水魚、錦裙襴、揉碎梅花、正雙飛、綠暗紅稀、霞天一隻雁、雪消春水、劈破蓮蓬、羣鴉噪鳳、晝夜停、一枝花、金菊對芙蓉，即凑入上下字内讀，恰憶觀燈十五時起，輸他金菊對芙蓉止，凡四首。

七言絶四首

恰憶觀燈十五時，窓虚格子眼偷窺。久無紫燕穿簾宿，辜負梅梢月半規。

順水魚沉信字稀，錦裙襴褪換羅衣。閒來揉碎梅花片，蝶正雙飛逐我歸。

綠暗紅稀風景哀，霞天一隻鴈徘徊。雪消春水歸舟晚，劈破蓮蓬見子來。

離群鴉噪鳳臺封，晝夜停雲樹色濃。仙桂一枝花已老，輸他金菊對芙蓉。

雙聲方勝

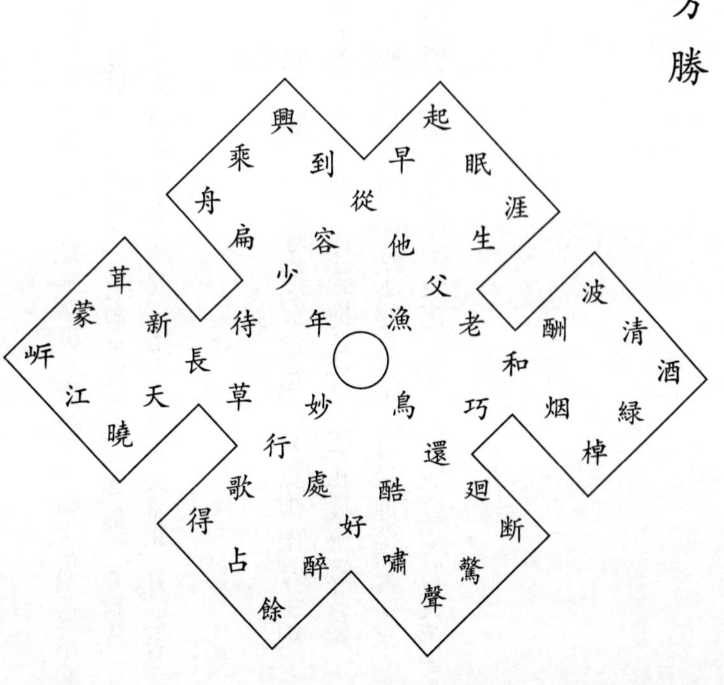

雙聲方勝　漁父詞

漁家傲一調。交加讀，前闋漁父起，還烏止；後闋年少起，行妙止。父從少長等字，皆兩音，還同旋。

漁家傲一調

漁父(甫音)生涯眠起早，從(匆音)容少(上聲)待長(平聲)天曉。江岍蒙茸新長(上聲)草，行(盈音)處好(上聲)嘯聲驚斷廻還(旋音)烏。

年少(去聲)扁舟乘興到，從(叢音)他父(附音)老和(平聲)烟棹。綠酒清波酬和(去聲)巧，還(寰音)酷好(去聲)醉餘占得歌行(杭音)妙。

繡毬

繡毬　春宵曲

如夢令三調。每以中字爲韻，斜行出入讀。儂信此時如夢起，莫被雞聲驚夢止，餘倣此。

如夢令三調

儂信此時如夢，郎怪此時非夢。花月兩消詳，畢竟耽人新夢。同夢，同夢，莫被雞聲驚夢。

佳會曾供痴想，幽境恰同懸想。燭影綠窓殘，此際別無他想。回想，回想，應道又非非想。

纔喜鴈排人字，重記香焚心字。紅淚落蠻牋，點綴都成錦字。傳字，傳字，只有相思雙字。

銀絞絲

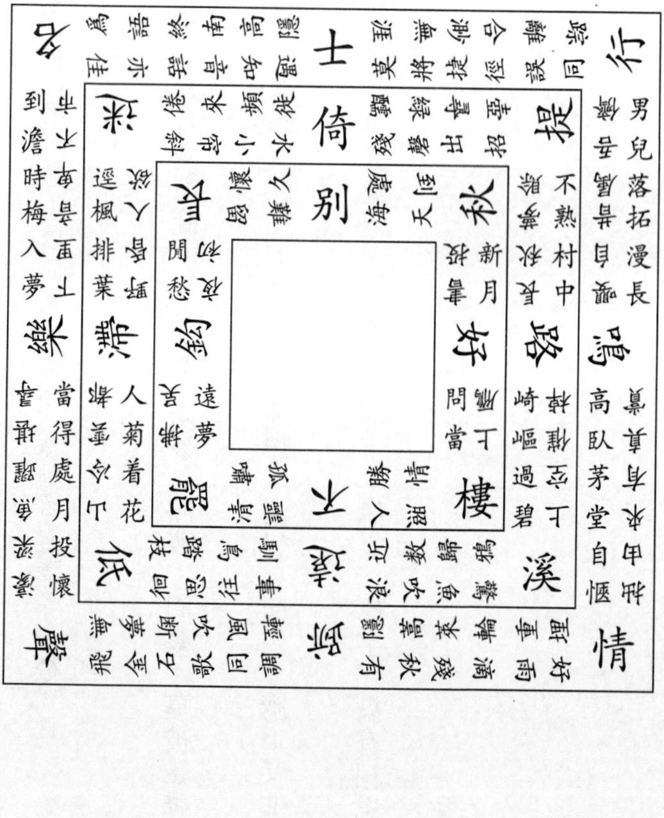

行　男兒落拓漫長　鳴　高臥茅堂自　情

不　村中　新月　路　好　問當　樓　溪

倚　別　士　照　細人

排葉　人菊着花　當得處月投懷

到澹時梅入夢　樂　心　聲

銀絞絲　寄友

七言律二首，五言律二首，三字令一調。交互讀。七律，男兒落拓漫長鳴起，至莫將揵徑誤同行；又從行踪離合渺無涯起，嗚嚶自昔屬吾儕止。五律，不熟村中路起，殘磬出招提止；又從提壺尋綠醽起，路長秋夢賒止。三字令，新月好起，至海天秋，秋到處至好書投止。行嗚等二十四字俱合用，不長二字平仄兩讀。

七言律二首

男兒落拓漫長鳴，高卧茅堂自愜情。好雨滴殘秋有跡，輕風吹断夢無聲。濠梁魚躍堪尋樂，下里音卑不市名。爲語終南高隱士，莫將揵徑誤同行。

行踪離合渺無涯，士遇知音話亦佳。名到澹時梅入夢，樂當得處月投懷。聲飛金石歌同調，跡隱蒿萊輪重埋。情拙由來有真賞，嗚嚶自昔屬吾儕。

五言律二首

不熟村中路，崎嶇過碧溪。驚魚吹浪遠，馴鳥踏枝低。山冷雲都滯，野昏人欲迷。倦來頻徙倚，殘磬出招提。

提壺尋綠醽，倚水小帘斜。迷逕楓排葉，滯人菊着花。低徊思往事，遠近数歸鴉。溪上空催棹，路長秋夢賒。

三字令一調

新月好，問當楼，照人不。孤嘯罷，拂吳鈎。夜初長，懷久別，海天秋。秋到處，別難留，長閒愁。鈎遠夢，罷清謳。不勝情，楼上鴈，好書投。

菱花鏡

規觸語機系妙識真談遠意聯絲曲緒微合巧筆新環轉字圓
月冷秋曉對窗妙映簾鬢髮影流藻翠掃華鏡奩虛
鑑拭容傳驗
懸德
空通
碧禪
湛淵同測幻

菱花鏡　古鏡銘

四言詩三十二首，五言詩四十首，六言詩四十八首。左右兩旋，每首遞卸一字讀，如鑑拭起，空懸止；拭容起，懸鑑止。五言，秋曉起，月冷止；曉對起，冷秋止。六言，機絫起，觸語止；絫妙起，語機止。俱各廻文。

四言詩三十二首

鑑拭容傳，驗德通禪。幻測同淵，湛碧空懸。
拭容傳驗，德通禪幻。測同淵湛，碧空懸鑑。
容傳驗德，通禪幻測。同淵湛碧，空懸鑑拭。
傳驗德通，禪幻測同。淵湛碧空，懸鑑拭容。
鑑懸空碧，湛淵同測。幻禪通德，驗傳容拭。
懸空碧湛，淵同測幻。禪通德驗，傳容拭鑑。
空碧湛淵，同測幻禪。通德驗傳，容拭鑑懸。
碧湛淵同，測幻禪通。德驗傳容，拭鑑懸空餘二十四首讀仿此

五言詩四十首

秋曉對窓紗，映簾鬢徹影。流藻翠揚華，鏡奩虗月冷。

曉對窓紗映，簾鬢徹影流。藻翠揚華鏡，奩虗月冷秋。

對窓紗映簾，鬢徹影流藻。翠揚華鏡奩，虗月冷秋曉。

窓紗映簾鬢，徹影流藻翠。揚華鏡奩虗，月冷秋曉對。

紗映簾鬢徹，影流藻翠揚。華鏡奩虗月，冷秋曉對窓。

秋冷月虗奩，鏡華揚翠藻。流影徹鬢簾，映紗窓對曉。

冷月虗奩鏡，華揚翠藻流。影徹鬢簾映，紗窓對曉秋。

月虗奩鏡華，揚翠藻流影。徹鬢簾映紗，窓對曉秋冷。

虗奩鏡華揚，翠藻流影徹。鬢簾映紗窓，對曉秋冷月。

奩鏡華揚翠，藻流影徹鬢。簾映紗窓對，曉秋冷月虗餘三十首讀仿此

六言詩四十八首

機絲妙識真談，遠意聯絲曲緒。微含巧筆新環，轉字圓規觸語。

絲妙識真談遠，意聯絲曲緒微。含巧筆新環轉，字圓規觸語機。

妙識真談遠意，聯絲曲緒微含。巧筆新環轉字，圓規觸語機衾。

識真談遠意聯，絲曲緒微含巧。筆新環轉字圓，規觸語機衾妙。

真談遠意聯絲，曲緒微含巧筆。新環轉字圓規，觸語機衾妙識。

談遠意聯絲曲，緒微含巧筆新。環轉字圓規觸，語機衾妙識真。

機語觸規圓字，轉環新筆巧含。微緒曲絲聯意，遠談真識妙衾。

語觸規圓字轉，環新筆巧含微。緒曲絲聯意遠，談真識妙衾機。

觸規圓字轉環，新筆巧含微緒。曲絲聯意遠談，真識妙衾機語。

規圓字轉環新，筆巧含微緒曲。絲聯意遠談真，識妙衾機語觸。

圓字轉環新筆，巧含微緒曲絲。聯意遠談真識，妙衾機語觸規。

字轉環新筆巧，含微緒曲絲聯。意遠談真識妙，衾機語觸規圓。餘三十六首讀仿此

案鈔本讀法僅『左右兩旋，每首遞卸一字讀』。

秋葉

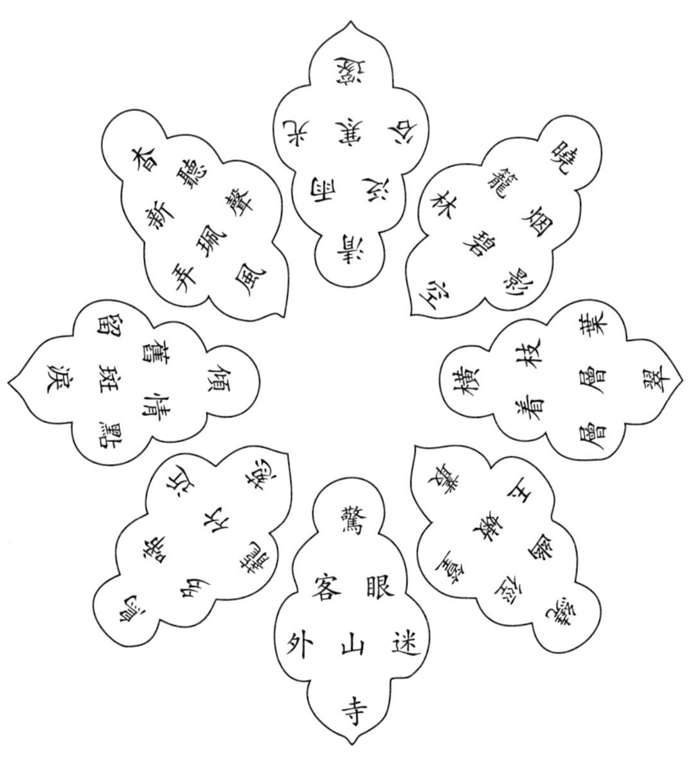

秋葉 雲棲看竹

七言律四首。平仄各兩韻，左右旋，出入讀。其一，驚眼起，次鳥啼、次傾情、次杳聽、次清雨、次曉烟、次横枝、次繞徑句止。其二，叢玉起，次翠層、次空林、次邃谷、次風弄、次淚留、次葱蘢、次寺外句止。其三，寺外起，次葱蘢、次淚留、次風聲、次邃谷、次空林、次翠層、次叢玉句止。其四，繞徑起，次横枝、次曉烟、次清雨、次杳聽、次傾情、次鳥啼、次驚眼句止。

七言律四首

驚眼客迷山外寺，鳥啼多近竹蘢葱。傾情舊點斑留淚，杳聽新聲珮弄風。清雨泛光寒谷邃，曉烟籠影碧林空。横枝着葉層層翠，繞徑幽篁嫩玉叢。

叢玉嫩篁幽徑繞，翠層層葉着枝横。空林碧影烟籠曉，邃谷寒光雨泛清。風弄珮聲新聽杳，淚留斑點舊情傾。葱蘢竹近多啼鳥，寺外山迷客眼驚。

寺外山迷客眼驚，葱蘢竹近多啼鳥。淚留斑點舊情傾，風弄珮聲新聽杳。邃谷寒光泛雨清，空林碧影籠煙曉。翠層層葉着枝横，叢玉嫩篁幽徑繞。

繞徑幽篁嫩玉叢，横枝着葉層層翠。曉煙籠影碧林空，清雨泛光寒谷邃。杳聽新聲珮弄風，傾情舊點斑留淚。鳥啼多近竹蘢葱，驚眼客迷山外寺。

附：嚴一清增讀四首

鳥啼多近竹龍葱，驚眼客迷山外寺。杳聽新聲珮弄風，傾情舊點斑留淚。曉煙籠影碧林空，
清雨泛光寒谷邃。繞徑幽篁嫩玉叢，横枝着葉層層翠。

翠層層葉着枝横，叢玉嫩篁幽徑繞。邃谷寒光泛雨清，空林碧影籠煙曉。涙留斑點舊情傾，
風弄珮聲新聽杳。寺外山迷客眼驚，葱蘢竹近多啼鳥。

葱蘢竹近多啼鳥，寺外山迷客眼驚。風弄珮聲新聽杳，涙留斑點舊情傾。空林碧影籠煙曉，
邃谷寒光泛雨清。叢玉嫩篁幽徑繞，翠層層葉着枝横。

横枝着葉層層翠，繞徑幽篁嫩玉叢。清雨泛光寒谷邃，曉煙籠影碧林空。傾情舊點斑留淚，
杳聽新聲珮弄風。驚眼客迷山外寺，鳥啼多近竹龍葱。

嚴云，此亦可謂每首倒翻讀成八首矣。

扇面

寒梅早落微
波曉
片片殘英小
雪隨
酸韻笛吹遲
却好
覓人名句舊
題詩
清標果爾生
空谷
好較名同菊
隱招
爭解獨居高
自許
逐人無意托
吟驕
春桃小占香
風暖
絕艷新紅蘂
露珠
塵撲短垣虛
醉眼
斷魂愁對曉
鶯呼
毿毿碧軟眉
同狀
水蘸枝浮浪
簇烟
垂影暮春眠
自怯
舞殘驚絮逐
風旋

扇面　咏梅蘭桃柳

虞美人四調，七言絶八首。詞自寒梅起，至題詩爲半調，又廻文讀爲全調。詩自寒梅起，至題詩爲一首。又廻文讀爲二首。餘倣此。

虞美人四調

寒梅早落微波曉，片片殘英小。雪隨酸韻笛吹遲，却好覓人名句舊題詩。　詩題舊句
名人覓，好却遲吹笛。韻酸隨雪小英殘，片片曉波微落早梅寒。
清標果爾生空谷，好較名同菊。隱招爭解獨居高，自許逐人無意托吟騷。　騷吟托意
無人逐，許自高居獨。解爭招隱菊同名，較好谷空生爾果標清。
春桃小吐香風暖，絶艷新紅瀞。露珠塵撲短垣虛，醉眼斷魂愁對曉鶯呼。　呼鶯曉對
愁魂斷，眼醉虛垣短。撲塵珠露瀞紅新，艷絶暖風香吐小桃春。
絲絲碧軟眉同狀，水蘸枝浮浪。簇烟垂影暮春眠，自怯舞殘鶯絮逐風旋。　旋風逐絮
鶯殘舞，怯自眠春暮。影垂烟簇浪浮枝，蘸水狀同眉軟碧絲絲。

七言絶八首

寒梅早落微波曉，片片殘英小雪隨。酸韵笛吹遲却好，覓人名句舊題詩。

詩題舊句名人覓，好却遲吹笛韵酸。隨雪小英殘片片，曉波微落早梅寒。

清標果爾生空谷，好較名同菊隱招。爭解獨居高自許，逐人無意托吟騷。

騷吟托意無人逐，許自高居獨解爭。招隱菊同名較好，谷空生爾果標清。

春桃小吐香風暖，絶艷新紅瀞露珠。塵撲短垣虗醉眼，断魂愁對曉鶯呼。

呼鶯曉對愁魂断，眼醉虗垣短撲塵。珠露瀞紅新艷絶，暖風香吐小桃春。

絲絲碧軟眉同狀，水蘸枝浮浪簇烟。垂影暮春眠自怯，舞殘驚絮逐風旋。

旋風逐絮驚殘舞，怯自眠春暮影垂。烟簇浪浮枝蘸水，狀同眉軟碧絲絲。

浮圖

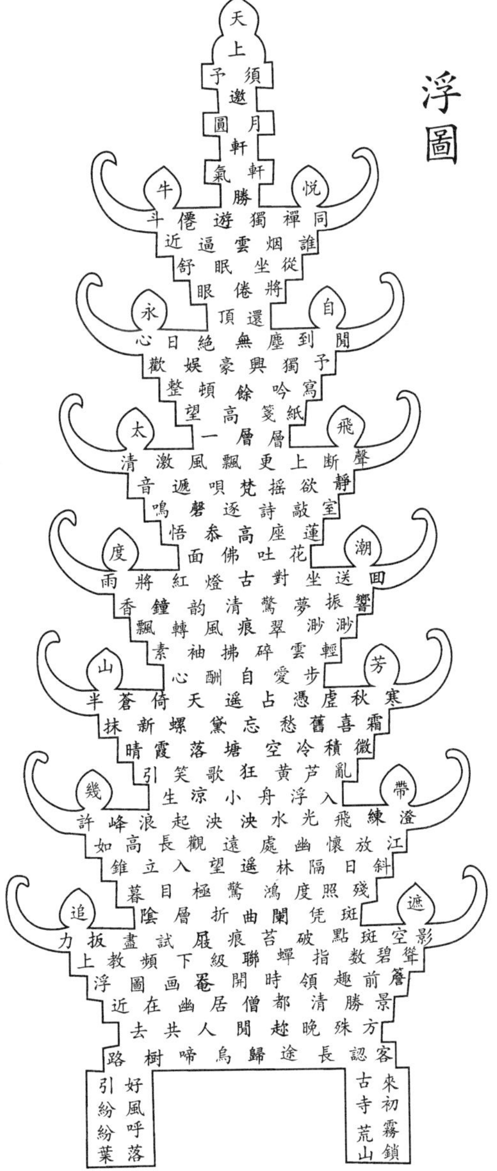
天
上
予須
邀
圓月
軒
氣軒
牛 勝 悦
斗僊遊獨禪同
近逼雲烟誰
舒眠坐從
眼倦將
永 頂還 自
心日絶無塵到閒
歡娛豪興獨予
整頓餘吟寫
望高箋紙
太 一層層 飛
清激風飄更上斷聲
音遞唄梵摇欲静
鳴磬逐詩敲室
悟忝高座蓮
度 面佛吐花 潮
雨將紅燈古對坐送回
香鐘韵清驚夢振響
飄轉風痕翠渺渺
素袖拂碎雲輕
山 心酬自愛步 芳
半蒼倚天遥占憑虚秋寒
抹新螺黛忘愁舊喜霜
晴霞落塘空冷積微
引笑歌狂黄芦亂
幾 生涼小舟浮入 帶
許峰浪起泱泱水光飛練澄
如高長觀遠處幽懷放江
錐立入望遥林隔日斜
暮目極驚鴻度照殘
追 陰層折曲闌凭斑 遮
力扳盡試屐痕苔破點斑空影
上教頻下級聯蟬指数碧聳
浮圖画菴開時領趣前簷
近在幽居僧都清勝景
去共人閒趂晚殊方
路樹啼烏歸途長認客
引好 古來
紛風 寺初
紛呼 荒霧
葉落 山鎖

浮圖　遊浮圖作

西江月二調，虞美人二調，臨江仙二調，醉花陰二調，南鄉子二調，漁父二調。自古寺荒山鎖霧，初來客認長途，歸烏啼樹好風呼，落葉紛紛引路起，至去共以後俱横行向右向左，遇角即從上轉下（如前簷聳影遮空碧数指蟬等讀去）。西江月，古寺起，領趣止。虞美人，前簷起，峰高止。臨江仙，長觀起，山蒼止。醉花陰，倚天起，叅悟止。南鄉子，鳴磬起，眼舒止。漁父，眠坐起，上天止，共六調，各廻文亦得六調。

西江月二調

古寺荒山鎖霧，初來客認長途。歸烏啼樹好風呼，落葉紛紛引路。　去共人閒趂晚，殊方景勝清都。僧居幽在近浮圖，畫罷開時領趣。

趣領時開罷畫，圖浮近在幽居。僧都清勝景方殊，晚趂閒人共去。　路引紛紛葉落，呼風好樹啼烏。歸途長認客來初，霧鎖山荒寺古。

虞美人二調

前簷聳影遮空碧，数指蟬聯級。下頻教上力追扳，盡試屐痕苔破點斑斑。　凭闌曲折層陰暮，目極驚鴻度。照殘斜日隔林遥，望入立錐如許幾峰高。

高峰幾許如錐立，入望遥林隔。日斜殘照度鴻驚，極目暮陰層折曲闌凭。 斑斑點破

苔痕屐，試盡扳追力。上教頻下級聯蟬，指数碧空遮影聳簷前。

臨江仙二調

長觀遠處幽懷放，江澄帶練飛光。水泱泱起浪生涼，小舟浮入亂蘆黄。 狂歌笑引晴

霞落，塘空冷積微霜。寒芳秋喜舊愁忘，黛螺新抹半山蒼。

蒼山半抹新螺黛，忘愁舊喜秋芳。寒霜微積冷空塘，落霞晴引笑歌狂。 黄蘆亂入浮

舟小，涼生浪起泱泱。水光飛練帶澄江，放懷幽處遠觀長。

醉花陰二調

倚天遥占憑虚步，愛自酬心素。袖拂碎雲輕，渺渺翠痕，風轉飄香雨。 度將鐘韵清

驚夢，振響回潮送。坐對古燈紅，面佛吐花，蓮座高佘悟。

悟佘高座蓮花吐，佛面紅燈古。對坐送潮回，響振夢驚，清韵鐘將度。 雨香飄轉風

痕翠，渺渺輕雲碎。拂袖素心酬，自愛步虚，憑占遥天倚。

『酬』：刊本作『愁』

南鄉子二調

鳴磬逐詩敲，室靜聲飛断欲摇。梵唄遞音清太激，風飄，更上層層一望高。箋紙寫吟餘，頓整歡心永日娱。豪興獨予閒自到，塵無，絶頂還將倦眼舒。

舒眼倦將還，頂絶無塵到自閒。予獨興豪娱日永，心歡，整頓餘吟寫紙箋。高望一層層，上更飄風激太清。音遞唄梵摇欲断，飛聲，靜室敲詩逐磬鳴。

漁父二調

眠坐從誰同悦禪，烟雲逼近斗牛僊。遊獨勝，氣軒軒，圓月邀予須上天。

天上須予邀月圓，軒軒氣勝獨遊僊。牛斗近，逼雲烟，禪悦同誰從坐眠。

案讀法中『如前簷聳影遮空碧数指蟬等讀去』十四字，據刊本增入。

詩謎燈

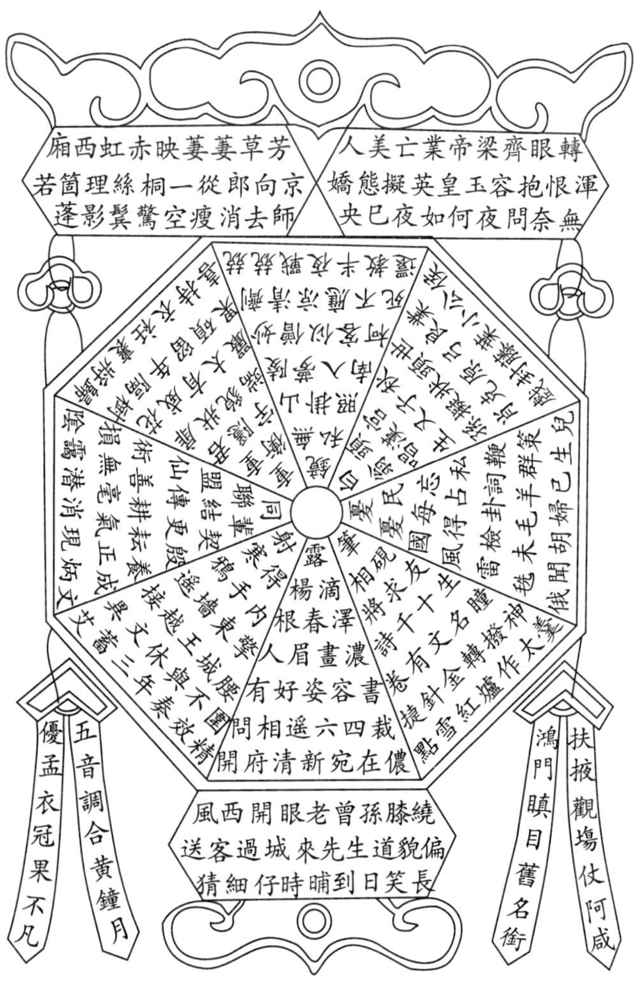
廂西虹赤映萋萋草芳
若箇理絲桐一從郎向京
蓬影鬢驚空瘦消去師
人美亡業帝梁齊眼轉
嬌態擬英皇玉容抱恨渾
央已夜如何夜問奈無
風西開眼老曾孫膝繞
送客過城來先生道貌偏
猜細仔時晡到日笑長
優孟衣冠果不凡
五音調合黃鐘月
鴻門瞋目舊名銜
扶掖觀場仗阿咸

詩謎燈　續毛鶴舫燈謎詩

七言絶十二首。上下三方横行讀，中心八片之字讀，兩傍四帶順文讀。每句各隱古人名，在一部書内經生共讀者。

七言絶十二首

宫怨

轉眼齊梁帝業亡陳代美人嬌態擬英皇充虞玉容抱恨渾無奈顏讐由問夜何如夜已央時子

閨情

芳草萋萋映赤虹萊朱西廂若箇理絲桐琴張一從郎向京師去子都消瘦空驚髩影蓬瘠環

有感

射得寒鴉手内擎鳥獲東墻遥接越王城宋句踐腰圍不與休文異沈同艾蓄三年奏效精陳良

贈某煉師

同輩聯盟結契殷曹交更傳仙術善耕耘神農養成正氣毫無損浩生不害陰靄潜消現炳文陽虎

高士吟

重重衡宇隱君扉屋廬子狀貌端嚴太有威莊暴花樹隔年留碩果陳子喜持衣袵裹將歸驩兆

戲示醫者

鏡無私照掛山陵明公高 夢入南柯客似僧淳于髡 妙劑清涼應不死宜散生 還教半夜戰兢兢慎子

晬盤會

白頭翁唱漢宮秋公劉 子又生孫擬狀頭曾元 世業良弓原克肖箕子 戲封藤葉小公侯葛伯

題蘇子卿出使圖

刊本作『題蘇武出使圖』

憂民憂國每忘私虞公 占得風雷檢卦詞益 鞭策群羊毛未毿牧皮 俄聞胡婦已生兒夷子

寄友

筆硯相將求友生墨子 十千詩卷有文名萬章 瞳神撥轉金針捷瞽瞍 點雪紅爐作太羹湯

春詞

露滴楊根春澤濃柳下惠 畫眉人有好姿容張儀 書裁四六遥相問啟 開府清新宛在儂庾公之斯

村居即事

繞膝孫曾老眼開太公望 西風送客過城來東郭氏 先生道貌偏長笑傅說 日到晡時仔細猜申詳

與姪觀劇

扶掖觀場仗阿咸管叔 鴻門瞋目舊名銜子噲 五音調合黄鐘月樂正子 優孟衣冠果不凡叔孫敖

蚌房

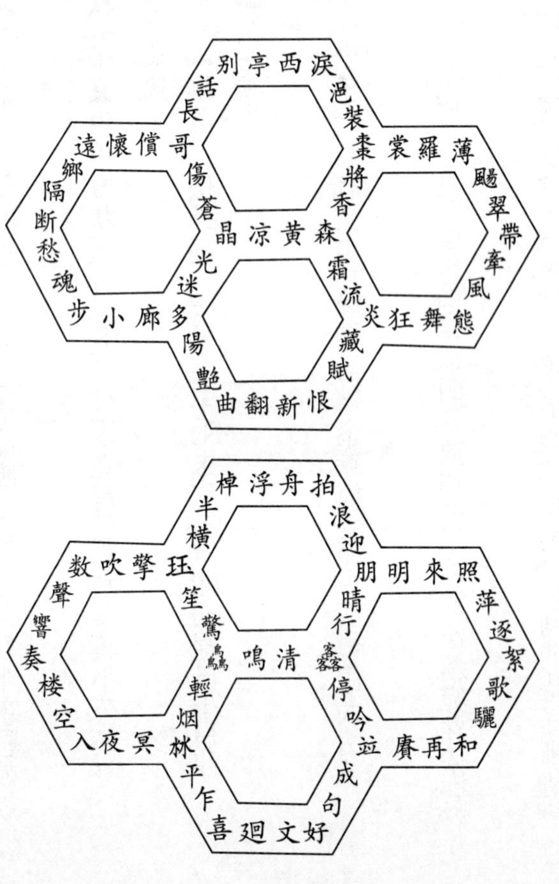
別亭西淚
話長
浥裝棗將香
遠懷償哥
鄉隔断愁魂
傷蒼
裳羅薄
颺翠帶牽風
晶凉黄森
光迷
霜流
步小廊多
陽艷
炎狂舞態
藏賦
曲翻新恨
棹浮舟拍
半横
浪迎
数吹擎珏
朋明來照
聲響奏楼空
笙
晴行
萍逐絮歌驪
鷩鳥鳥鳴清客客鑫
輕烟林
停吟
入夜冥
竝賡再和
平乍
成句
喜廻文好

蚌房　送客

長相思八調。下鑫鳥，上森晶，俱分作三處。下朋竝珏林俱直分，上棗炎哥多俱腰截分作二處，皆週圍讀。下清客行起至驚鳥鳴爲半調，廻文即爲全調。清客停至輕鳥鳴止，行客停至明月晴止，驚鳥輕至擎玉笙止，各廻文是爲三調。上四調倣此。

長相思八調

清客行，晴月迎。浪拍舟浮棹半横。玉笙驚鳥鳴。鳴鳥驚，笙玉横。半棹浮舟拍浪迎，月晴行客清。

清客停，吟立成。句好文廻喜乍平。水烟輕鳥鳴。鳴鳥輕，烟水平。乍喜廻文好句成，立吟停客清。

行客停，吟立賡。再和驪歌絮逐萍，照來明月晴。晴月明，來照萍。逐絮歌驪和再賡，立吟停客行。

驚鳥輕，烟水冥。夜入空楼奏響聲，数吹擎玉笙。笙玉擎，吹数聲。響奏楼空入夜冥，水烟輕鳥驚。

黄木香，將束裝。浥淚西亭話別長，可傷蒼日凉。凉日蒼，傷可長。話別亭西淚浥裝，束將香木黄。

黄木霜，流火藏。賦恨新翻曲艷陽，夕迷光日凉。凉日光，迷夕陽。艷曲翻新恨賦

藏，火流霜木黄。

香木霜，流火狂。舞態風牽帶翠颺，薄羅裳束將。將束裳，羅薄颺。翠帶牽風態舞

狂，火流霜木香。

蒼日光，迷夕廊。小步魂愁斷隔鄉，遠懷償可傷。傷可償，懷遠鄉。隔斷愁魂步小

廊，夕迷光日蒼。

按讀法『清客行起至驚鳥鳴』、『行客停至明月晴』，原作『鳴鳥驚起至行客清』、『晴月明至停客行』，據鈔句改。

嘯餘新譜　閨詞

菩薩蠻十六調。順文聯絡讀。春風起，剪梅止；疎簾起，箇儂止；東風起，繡毬止；凭闌起，一枝止；小樓起，帝京止；換巢起，竹枝止；江城起，寶粧止；魚遊起，夜歌止；洞庭起，里心止；落燈起，一層止；荔枝起，未醒止；桂枝起，比梅止；風流起，夜啼止；高山起，碧霄止；最高起，叠金止；傳言起，見歡止。

菩薩蠻十六調

春風裊娜花心動，巫山一段雲如夢。令憶少年歸，去來十二時。霜華好事近，琴調
相思引。南浦惜分飛，天香一剪梅。
疎簾淡月春光好，離亭燕舞東風遶。佛閣小桃紅，柳含烟一叢。花思佳客探，春令
探春慢。多麗鬢雲鬆，抛毬樂箇儂。
東風沉醉眉峰碧，桃園憶故人歸國。遥望遠行長，相思荳葉黄。武陵春滿路，花倦
尋芳步。月好女兒愁，倚闌輥繡毬。
凭闌人醉紅粧解，佩環庭院深深拜。星月好時光，少年遊洛陽。春尋芳草醉，花間
垂楊市。橋柳誤佳期，東風第一枝。

嘯餘新譜

春風嬝娜
十二時
天香
遶佛閣
探春慢
眉峰碧
武陵春
輥繡毬
好時光
市橋柳
燕歸梁
撲蝴蝶
換巢鸞鳳
露華
擷芳詞
風中柳
玉蝴蝶
夜行船
玉燭新
花心動
霜華
一剪梅
小桃紅
多麗
桃園憶故人
滿路花
凭闌人
少年遊
誤佳期
早春怨
于飛樂
探芳信
摘得新
傷情怨
白苧
拂霓裳
泛清波摘遍
夢橫塘
巫山一段雲
好事近
疎簾淡月
柳含烟
鬟雲鬆
歸國遥
倦尋芳
醉紅粧
洛陽春
東風第一枝
繫裙腰
花犯
賣花聲
東風齊着力
竹枝
夢遊仙
望梅
鬧百花
卜算子
如夢令
琴調相思引
春光好
一叢花
抛毬樂
望遠行
步月
解佩環
尋芳草
小楼連苑
殢人嬌
月當廳
向湖邊
側犯
江城如畫
金人捧露盤
八寶粧
歸朝歡
感恩多
憶少年
南浦
離亭燕
思佳客
箇儂
長相思
好女兒
庭院深深
醉花間
閒中好
柳梢青
三臺
應天長
羅衣濕
閒亭畫
大江西上曲
魚遊春水
連理枝
西河
歸去來
惜分飛
舞東風
探春令
東風沉醉
荳葉黄
愁倚闌
拜星月
垂楊
一痕沙
紗窓恨
憶帝京
一枝春
大有
蕙蘭芳引
月照梨花
新荷葉
夏初臨
子夜歌

洞庭春色
双双燕
雨淋鈴
漁父
醉高歌
南柯子
芳草渡
桂枝香
一斛珠
柳腰輕
出塞
別銀燈
聲聲慢
燭影搖紅
横雲
隔簾聽
漁家傲
後庭宴
簇水

千秋歲
賀新涼
欄杆萬里心
金菊對芙蓉
夜半樂
恋情深
薄倖
夢芙蓉
月宫春
比梅
酷相思
醉落魄
暗香
紅窓聽
透碧霄
玉人歌
法曲献仙音
憶仙姿
揉碎花箋

貂裘換酒
酹江月
落燈風
雨中花
訴衷情
夢江口
臺城路
醉花陰
思遠人
風流子
陽春
鳳啣杯
蝶恋花
轉應曲
最高楼
春雲怨
西施
醉公子
意難忘

佳人醉
笛家
大江東去
兩同心
瑶臺第一層
定風波
花自落
玉女搖仙佩
望江南
夢揚州
霜葉飛
河傳
稍遍
凄涼犯
鎮西
綺羅香
重疊金
鎖陽臺
玉連環

無悶
惜分釵
西湖
宣清
荔枝香近
于中好
山亭柳
永遇樂
眼兒媚
隔浦蓮近拍
洞仙歌
烏夜啼
月上海棠
疎影
風入松
梅花引
傳言玉女
春從天上來
孤鸞

玉楼春
一絡索
憶舊遊
月下笛
釵頭鳳
踏莎美人
愁春未醒
羅敷艷歌
阮郎歸
西江月
百字令
高山流水
高陽臺
念奴嬌
飛雪滿群山
調笑令
秋波媚
渡江雲
相見歡

小楼連苑閒中好，一痕沙燕歸梁早。春怨繫裙腰，殢人嬌柳梢。青紗窓恨撲，蝴蝶
于飛樂。花犯月當廳，三臺憶帝京。
換巢鸞鳳採芳信，賣花聲向湖邊應。天長一枝春，露華摘得新。東風齊着力，側犯
羅衣濕。大有擷芳詞，傷情怨竹枝。
江城如畫閒亭晝，蕙蘭芳引風中柳。白苧夢遊仙，金人捧露盤。大江西上曲，月照
梨花玉。蝴蝶拂霓裳，望梅八寶粧。
魚遊春水新荷葉，夜行船泛清波摘。遍閏百花歸，朝歡連理枝。夏初臨玉燭，新夢
横塘卜。算子感恩多，西河子夜歌。
洞庭春色千秋歲，貂裘換酒佳人醉。無悶玉楼春，双双燕賀新。涼酬江月笛，家惜
分釵一。絡索雨淋鈴，欄杆萬里心。
落燈風大江東去，西湖憶舊遊漁父。金菊對芙蓉，雨中花兩同。心宣清月下，笛醉
高歌夜。半樂訴衷情，瑶臺第一層。
荔枝香近釵頭鳳，南柯子恋情深夢。江口定風波，于中好踏莎。美人芳草渡，薄倖
臺城路。花自落山亭，柳愁春未醒。
桂枝香夢芙蓉醉，花陰玉女摇仙佩。永遇樂羅敷，艷歌一斛珠。月宮春思遠，人望
江南眼。兒媚阮郎歸，柳腰輕比梅。

風流子夢揚州隔，浦蓮近拍西江月。出塞酷相思，陽春霜葉飛。洞仙歌百字，令剔
銀燈醉。落魄鳳啣杯，河傳烏夜啼。
高山流水聲聲慢，暗香蝶恋花稍遍。月上海棠高，陽臺燭影搖。紅紅窓聽轉，應曲
凄凉犯。疎影念奴嬌，横雲透碧霄。
最高楼鎮西風入，松飛雪滿群山隔。簾聽玉人歌，春雲怨綺羅。香梅花引調，笑令
漁家傲。法曲献仙音，西施重叠金。
傳言玉女秋波媚，後庭宴憶仙姿醉。公子鎖陽臺，春從天上來。渡江雲簇水，揉碎
花牋意。難忘玉連環，孤鸞相見歡。

回文集卷十五　目錄

依依覆一翻是鳴蛙
樹椿庭人諢好
天青笑扃
休論史垂團團戶早
記取古文新詩每忘
星零詞得哦味
夕思中宜
風晨費夢誰道酒相
驚看欲晚小技無人
鞬靉天蚩雕忌
光烟處禅
散作隔山應教入悅
啼鶯倚柳月淡風清
嚦嚦條殘燈麗
占橋石腰
一曲赤闌榴開閒舞
明窗曉讀最愛林邊
啟靜書翔翽鳥
知鋤拂踈
園角艸堪飛花點綴

流水與高
歌雅山
未斑
逢期鬢巳
幼婦自曹
摩碑娥
遥多
蒼涼野意
盆竹亦悠
花鏄然
客煎
來時茶共
爭猜玉倚
論較葭
裘涯
情致淡無
新巢碧玉
翠翡樓
煙愁
非霧盪春

睶曄昤睋
曖睭䁻瞪
睛睥睢晈
睥瓬眭師
皎眦翊眊
眛矇睆眦
皪皚卟皭
皡皜

廣陵留絕
向故調
懷閒
幽怨在人
開花誰作
内瓶供
疑姿
香韻冷婆
可燒泉可
葉柿吸
蘭連
軒外小流
抹月尋常
風批事
把花
清尊坐落
柳外梅如
毵毵豆
影休
橫斜夢未

開条揔戲樹色知何
可昧游朧朦似
來洲近鈎
無事步芳湘簾定一
焚香睡思不掩風相
手浣降扉柴識
天江落窓
無際望空蕭蕭打碧
參苓不自責盡歸來
籠藥醫痴猷晚
堂知吠籬
琴劍頗相猜猜逸竹
幽居起較和雪詩脾
愛卧遲梅嚼冷
身羲吐誰
幸際古皇珠璣又阿
曾裁風雅一刻千金
體僞傳殘敲漏
間㦰枕篇
合有錦如吟成樂志

虛白堂帖　　樂志篇

五言古一首，七言絕十五首。䎬䩤等字，除白傍讀，爲五言古一首。椿譁等字，每一字領詩兩句，用離合體，即隱春華二字，如椿樹依依覆一庭，木天休論史垂青，譁人翻是鳴蛙好，言笑團圞户早扃爲七言絕一首。餘十四首倣此。

五言古一首

春華令我愛，周歷登青皐。佳文皁瓦缶，市交比羽毛。未嘗完此樂，豈卜爵爲高。

七言絕十五首

椿樹依依覆一庭，木天休論史垂青。譁人翻是鳴蛙好，言笑團圞户早扃（華春）

零星記取古文詞，雨夕風晨費夢思。哦得新詩每忘味，口中誰道酒相宜（我令）

㲲𩌦驚看欲晚天，雲光散作隔山烟。雕蟲小技無人忌，佳處應教入悦禪（周愛）

嚦嚦啼鶯倚柳條，口占一曲赤欄橋。燈殘月淡風清麗，火石榴開闘舞腰（登歷）

靜啟明窓曉讀書，爭知園角艸堪鋤。翺翔最愛林邊鳥，羽拂飛花點綴疎（臯青）

雅歌流水與高山，牙未逢期鬢已斑。故向廣陵留絕調，古懷幽怨在人間（文佳）

碑摩幼婦自曹娥，石逕蒼涼野意多。瓶内閒花誰作供，并疑香韵冷婆娑瓦卑

罇花盆竹亦悠然，尊客來時茶共煎。柿葉可燒泉可吸，木蘭軒外小流連市𠂉

較論爭猜玉倚葭，車裘情致淡無涯。批風抹月尋常事，手把清尊坐落花比交

翡翠新巢碧玉樓，非煙非霧蕩春愁。毵毵柳外梅如豆，參影横斜夢未休毛羽

昧可閒叅捻戲游，日來無事步芳洲。朦朧樹色知何似，月近湘簾定一鈎蒙未

浣手焚香睡思降，水天無際望空江。柴扉不掩風相識，木落蕭蕭打碧窓此完

藥籠參苓不自醫，艸堂琹劒頗相知。猷痴賣盡歸來晚，犬吠狺狺遶竹籬豈樂

卧愛幽居起較遲，臣身幸際古皇羲。嚼梅和雪詩脾冷，口吐珠璣又阿誰爵卜

僞體曾裁風雅傳，人間合有錦如牋。敲殘一刻千金漏，支枕吟成樂志篇高爲

『吸』、『蘭』：刊本作『汲』、『闌』

顛倒相思

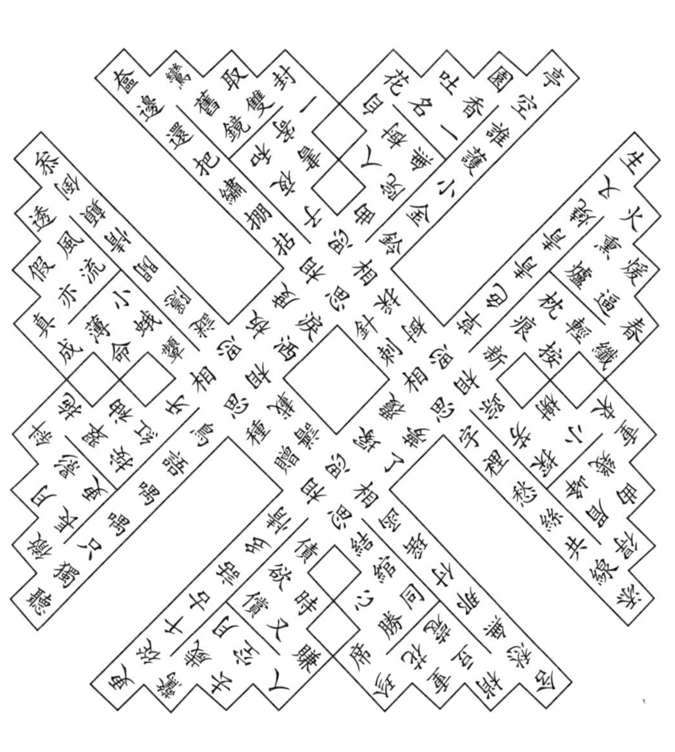

顛倒相思　閨怨

七言絶八首。相思字交斜讀，上下四首，花封珍人四字起，左右四首，生參添聽四字起，次句及結句俱頂上句末一字。花吐名園香一亭，亭空誰護小金鈴，相思淚洒相思鳥，鳥語喁喁只獨聽。次即從聽字起，仍到花字止，聽徹長更月影斜，斜拖翠袖按紅牙，相思板度相思曲，曲院無人樹自花。餘倣此。

七言絶八首

花吐名園香一亭，亭空誰護小金鈴。相思淚洒相思鳥，鳥語喁喁只獨聽。
聽徹長更月影斜，斜拖翠袖按紅牙。相思板度相思曲，曲院無人樹自花。
封取雙鸞舊鏡奩，奩邊還把繡掤拈。相思針刺相思字，字裡愁絲共線添。
添得眉峰曲幾重，重來小榭探芳踪。相思樹採相思子，子夜和書寄一封。
生火熏爐煖逼春，春纖輕按枕痕新。相思夢了相思債，債欲償時又賺人。
人去空驚歲月更，更從千古話多情。相思塚覆相思草，草色青青燒又生。
叅透風流假亦真，真成薄命小蛾顰。相思種贈相思結，結綰同心勝席珍。
珍重花梢豆蔻含，含愁無那付瑶函。相思譜載相思謎，謎隱閒情顛倒叅。

咄咄書空

穴 木　頁 辶	艹 氵　刂 小	穴 日　召 心	人 日　文 廾	竹 糸　支 禾	求 亻　刀 冋	艹 巾　交 王
艹 糸　尨 口	雨 耒　鬼 儿	竹 米　矣 十	艹 扌　彡 心	一 爿　胥 口	冈 木　鳥 辶	竹 石　其 土
立 犭　予 灬	山 木　氏 砳	人 阝　匕 少	罒 言　文 辛	竹 土　欠 八	艹 目　隹 木	丘 言　我 風
日 革　頁 木	尚 金　犬 心	宀 亻　土 口	日 垂　武 糸	山 金　隹 心	巠 馬　青 天	木 王　彡 分
竹 牛　男 月	大 垂　刂 心	君 彳　羽 灬	冖 阝　欠 辶	穴 氵　卜 口	父 扌　欠 辶	艹 糸　頁 辶
艹 糸　色 貝	竹 扌　阝 皿	艹 馬　力 夕	竹 示　川 廾	木 亻　系 皿	艹 言　頁 口	日 金　専 廾
穴 牛　鳥 非	竹 言　阝 儿	关 酉　文 心	一 月　刃 皿	不 彳　文 与	艹 垂　斗 山	雨 米　文 皿
亼 衣　阝 灬	亩 酉　火 几	亼 女　牙 木	雨 垂　羽 貝	艹 木　鳥 蚀	罒 亻　刂 心	公 羊　中 卒

咄咄書空　白鹿山房柬友

七言律一首。以傍四字合中一字讀，如艹王巾交内加白字，即四面成字便是。餘倣此。

七言律一首

白鹿山林秀十分，羽衣留此日斤斤。余非高士虛今夕，子正春王采古文。車馬去令音立止，牛羊來已口齊云。石田或合登禾兆，帝里安生弗告君。

角枕錦衾

眠錦衾裡香三五夕我郎
嬌綃鮫濕汗寒不熱不何
曹仙到夢因疑乍饒情處

中庭自
梅子輕衫細鶴翻
薄似飄
當君意
如張幕翠語
同笑
心暗通情柔空

葉落郎未歸此時有南飛擬賦閒情話別

凉透意遲遲織錦機夜啼却怪前人如我

角枕錦衾　閨情

七言古一首，集唐臨江仙一調，集唐菩薩蠻四調。七言古，中秋過兮起，寄所思止，左旋讀。臨江仙，不熱不寒起，至濕鮫綃爲半調，又自誰謂波瀾起，至思迢迢成全調，皆轉折讀。菩薩蠻，中庭自摘起，玉臂寒止爲一調，亦轉折讀，餘三調倣此。中疑因階羅邊烏縈八字合用。

七言古一首

中秋過兮白露微，低首自疑因緣非。今夕何夕風凄其，階除葉落郎未歸。此時有鴈東南飛，擬賦閨情話別離。羅裙凉透意遲遲，織錦機邊烏夜啼。却怪前人如我痴，縈愁惹恨長依稀。試翻舊句入新題，子夜清歌寄所思。

臨江仙一調集唐

不熱不寒三五夕，我郎何處情饒。乍疑因夢到仙曹，嬌眠錦衾裡，香汗濕鮫綃。誰謂波瀾纔一水，空餘淚滴迴潮。岍邊烏鵲擬爲橋，遥情每東注，永夜思迢迢。

裴夷直　杜牧　陸龜蒙　崔萱　顧非熊
王勃　劉長卿　徐夤　孟浩然　姚合

集唐菩薩蠻四調

中庭自摘青梅子，輕衫細薄當君意。飄似鶴翻空，柔情已暗通。愜心同笑語，翠幰張如霧。燈燼惜更殘，清輝玉臂寒。

韓偓 劉禹錫 李商隱 劉駕 白居易 吴融 元稹 杜甫

階前碎月鋪花影，蜜蜂蝴蝶生情性。何處更同衾，春懷不自任。始知相結密，爲有傾人色。鸞鏡懶新粧，双蛾幾許長。

温庭筠 賈島 杜甫 李賀 長孫輔佐 李頻 盧仝 皇甫冉

羅裙玉腕輕摇櫓，多因戲蜨尋香住。片水淨涵空，容華落鏡中。柳隄遥認馬，宿鳥驚栖罷。過雨亂紅蕖，問郎看好無。

王勃 元稹 羅隱 楊容華 方干 杜甫 崔顥 張祐

縈窓素月垂文簞，無情有恨何人見。容得許多憐，肌膚軟勝綿。向風摇羽扇，鬟亂羞雲捲。疑是夢中歡，褰帷桂燭殘。

杜甫 劉禹錫 李賀 陸龜蒙 常非月 元稹 路德延 李商隱

案讀法『餘三調倣此』，刊本作『餘三調，階前起，許長止；羅裙起，好無止；縈窓起，燭殘止』。

綠萼花

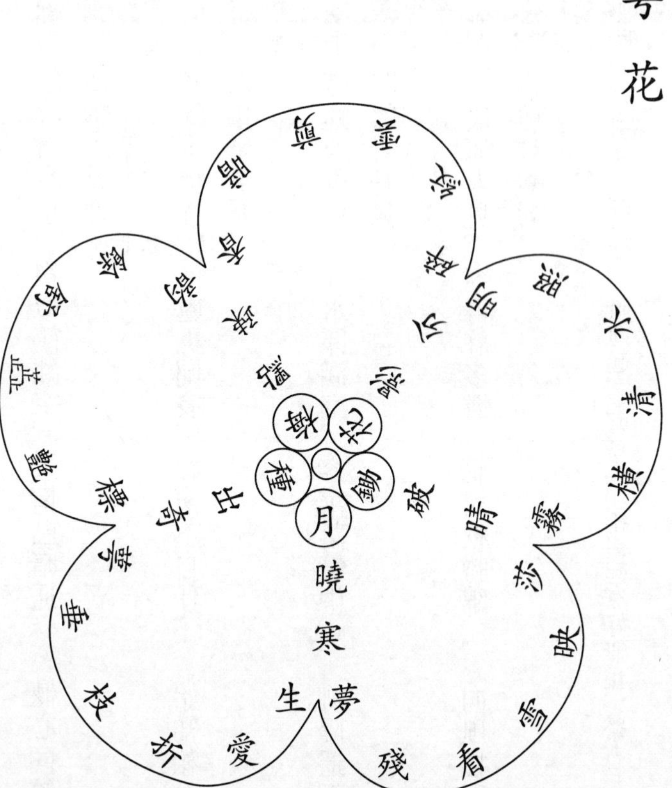

绿萼花　咏梅

七言絶五首。以鋤月種梅花領首，俱左旋。鋤破晴莎映雪看起，二三四句遞卸一字讀。餘倣此，寒奇疎分晴五字合用。

七言絶五首

鋤破晴莎映雪看，破晴莎映雪看殘。晴莎映雪看殘萼，莎映雪看殘萼寒。

月曉寒生愛折枝，曉寒生愛折枝垂。寒生愛折枝垂萼，生愛折枝垂萼奇。

種出奇標艷蕋舒，出奇標艷蕋舒餘。奇標艷蕋舒餘韵，標艷蕋舒餘韵踈。

梅點疎香暗剪雲，點疎香暗剪雲紋。疎香暗剪雲紋碎，香暗剪雲紋碎分。

花影分明照水清，影分明照水清横。分明照水清横霧，明照水清横霧晴。

『映』、『看殘』：鈔本原作『緣』、『殘看』，此依圖文及刊本。

遍地錦

樹	薄	樓	客	啡	疊	梅	稀	梅	留
醉	頻	鬟	偷	呼	冰	鶯	湖	清	沉
處	何	嫌	潑	激	東	窗	正	慢	未
發	來	坊	照	行	水	獨	吟	士	詠
非	醺	處	倒	真	主	卧	夜	憐	事
晞	晚	報	清	工	練	春	鶴	初	恩
寒	林	微	宫	宿	陽	臥	白	相	凉
溶	寒	衫	瘦	珍	年	用	惚	零	冷
詩	望	鳴	不	雖	早	起	宇	寒	詩
瓊	袁	姿	能	夢	朗	浸	看	驗	新
圖	人	不	言	求	霜	明	朋	有	招
藝	別	須	雪	守	月	幽	遊	髮	白

遍地錦　湖上與友酌酒

七言古一首。每句首一字借前句尾半字讀。西湖烟水真清絶起，君身行役况栖栖止，俱順文左旋。

七言古一首

西湖烟水真清絶，色映琉璃十頃碧。石牀睡起忽相思，心事于今慰疇昔。日長挈伴共啣杯，不衫不履尋幽跡。亦有新詩整自哦，我生此際歡無極。一醉何妨倒夕陽，勿用牢騷招白髮。友朋聚首幾多時，寺鐘敲處頻催客。口呼秉燭夜初凉，小步遥看明月出。山影依依照柳隄，是處追遊坐每移。多情未許輕歸臥，人世誰能不别離。佳會常爲陰雨窘，君身行役况栖栖。

刊本題作『湖上偕友人飲』

八角符

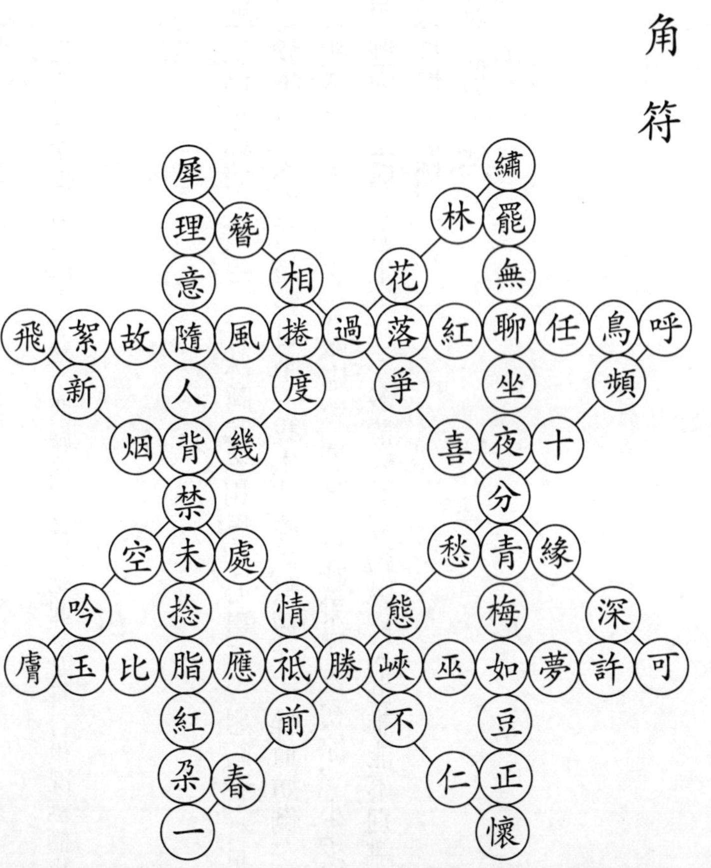
犀
理
意
隨
人
背
禁
未
捻
脂
紅
朶
一
箸
相
風
捲
度
幾
處
情
應
祇
前
春
飛
絮
故
新
烟
空
吟
膚
玉
比
繡
林
罷
無
花
落
過
紅
聊
任
鳥
呼
爭
坐
頻
喜
夜
十
分
愁
青
緣
態
梅
深
勝
峽
巫
如
夢
許
可
不
豆
仁
正
懷

八角符　春思

浣溪紗二調。縱横斜跨交加讀。繡罷無聊句起，十分愁態句止爲一調。一朵紅脂句起，空禁幾度句止爲一調。聊如脂隨四字俱兩用，分勝禁過四字俱三用，且平仄兩讀。

浣溪紗二調

繡罷無聊坐夜分（平聲）青梅如豆正懷仁，不勝（平聲）情處禁（去聲）烟新。飛絮故隨風捲過（去聲）落紅聊

任鳥呼頻，十分（平聲）愁態勝（去聲）前春。

一朵紅脂捻未禁（平聲）背人隨意理犀簪，相過（平聲）爭喜分（去聲）緣深。可許夢如巫峽勝（去聲）祇應脂

比玉膚吟，空禁（平聲）幾度過（去聲）花林。

鈿盒

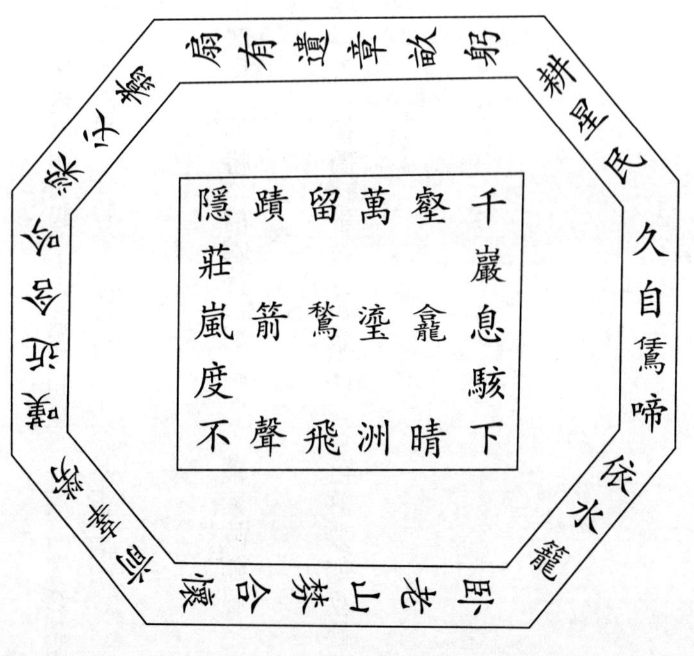
扇有遺章畝躬
耕星民
久自雋啼
依水籠
臥老山勢合懷
前華勞
嘆近含吟
梁父橋
千巖息駭下
鼇龕晴
萬塗洲
留鶩飛
蹟箭聲
隱莊嵐度不

鈿盒　觀隆中圖

七言絶一首，五言律一首。中方，息龕壼鷥箭嵐六字合書分讀，自萬壑至合流、〔自〕玉龍至晴洲、自飛聲至前鳥，自秋竹至蹟留爲七言絶。外圍，星雋籠棼辛含翥章八字，亦合書分讀，十畝躬耕起，左旋至有遺音止，爲五言律。

七言絶一首

萬壑千巖自合流，玉龍心駭下晴洲。飛聲不度風前鳥，秋竹山莊隱蹟留。

五言律一首

十畝躬耕日，生民久自任。鳥啼依水竹，龍卧老山林。分合懷前古，辛勞嘆近今。口吟梁父者，羽扇有遺音。

字彙

別朝狂披　可咽泉山山
岵　衣　嵊　[山+亭]　幽遶
流名　[山+喜]　溪閒　鴻外　崌
[山+那]　心爲　看　飛　氣秋
此似　折誰　岄　崆　[山+爽]
嵱　峴　葉蘆　伴逐　爲畧
難顏　論客　岶　峪　峮
崢　但烈　金鹿　中迴　說
其奪　崊　風　眠　雲
一　垂下　崠　嶒　峆
好望　向問　驚將　遮
崝　[山+阜]　新獵　[山+老]
訝莫　接亭　崍　石樹
岭　岨　處何　峗

[山+復]　隱風　崗　常夕　出
颸忍　[山+憲]　霞阜　嵬　幽住
堪凉　聲起　晴　徑近　[山+火]
[山+美]　濤　嶷　花　前松
與莫　[山+方]　清陪　嵸　林
崇　情使　[山+呂]　潤來　峛
旛門　[山+移]　度試　芳　韻多
嵐　是盡　岩　岝　孤
其同　聽道　相橋　詩敲　峩
二論　崧　[山+將]　[山+豈]　心行
悶排　客仙　暈殘　巔
[山+弟]　[山+投]　憑月　[山+盧]　爱
安酣　分交　嵩　蝸
能眠　[山+壺]　望一　[山+日]

字彙　山中樂

望江南二調，滿江紅一調，燭影摇紅一調。集山部字成文。右山字傍，左山字頭，俱除山字讀。大字爲望江南，大字帶小字爲滿江紅、燭影摇紅。

望江南二調

山居爽，君合老危亭。空谷曾來乘月白，東皐且喜見林青，今古那容爭。

山人列，我頗日思從。乍立高岡疑品石，將投靈隱力移松，弗復羡宗風。

滿江紅一調

山繞幽居，秋氣爽，畧爲君説。雲廻合，遮將老樹，石危泉咽。亭外飛鴻空逐伴，谷中眠鹿曾驚獵。問新來，何處可乘閒，看溪月。　蘆葉白，金風烈。東向望，皐亭接。且披衣狂喜，爲誰心折。見客但論林下好，垂青莫訝今朝别。古名流、那似此容顔，難爭奪。

燭影摇紅一調

山住幽人，松林前列多孤韵。我行心頗愛蝸廬，日夕常思近。花徑從來芳潤。乍敲詩，立殘月暈。憑高一望，岡阜晴霞，疑陪清品。試度石橋，相將仙客投交分。靈風隱隱起濤聲，力使情移盡。道是聽松排悶。弗酣眠，安能復忍。凉颸堪羡，莫與宗門，旛風同論。

雙套環

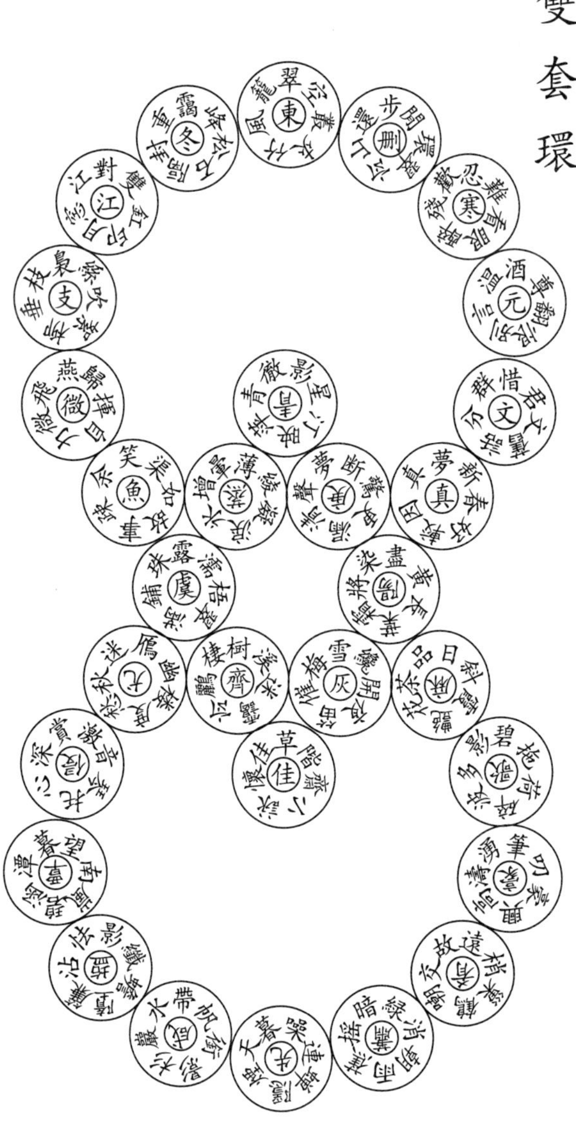

雙套環 雜咏

七言絶六十首。上下平三十韻，每韻左右兩旋，遞卸一字讀。如空翠籠風竹夾叢，翠籠風竹夾叢空，籠風竹夾叢空翠，風竹夾叢空翠籠。又籠翠空叢夾竹風，翠空叢夾竹風籠，空叢夾竹風籠翠，叢夾竹風籠翠空。餘倣此。

七言絶六十首

空翠籠風竹夾叢，翠籠風竹夾叢空。籠風竹夾叢空翠，風竹夾叢空翠籠。

籠翠空叢夾竹風，翠空叢夾竹風籠。空叢夾竹風籠翠，叢夾竹風籠翠空。

峰靄重封隔石松，靄重封隔石松峰。重封隔石松峰靄，封隔石松峰靄重。

重靄峰松石隔封，靄峰松石隔封重。峰松石隔封重靄，松石隔封重靄峰。

雙對江窓月印釭，對江窓月印釭雙。江窓月印釭雙對，窓月印釭雙對江。

江對雙釭印月窓，對雙釭印月窓江。雙釭印月窓江對，釭印月窓江對雙。

絲裊枝垂柳絮吹，裊枝垂柳絮吹絲。枝垂柳絮吹絲裊，垂柳絮吹絲裊枝。

枝裊絲吹絮柳垂，裊絲吹絮柳垂枝。絲吹絮柳垂枝裊，吹絮柳垂枝裊絲。

歸燕飛微力自揮，燕飛微力自揮歸。飛微力自揮歸燕，微力自揮歸燕飛。

飛燕歸揮自力微，燕歸揮自力微飛。歸揮自力微飛燕，揮自力微飛燕歸。

渠笑余疎事故如，笑余疎事故如渠。余疎事故如渠笑，疎事故如渠笑余。

余笑渠如故事疎，笑渠如故事疎余。渠如故事疎余笑，如故事疎余笑渠。

濡露珠鋪滿翠梧，露珠鋪滿翠梧濡。珠鋪滿翠梧濡露，鋪滿翠梧濡露珠。

珠露濡梧翠滿鋪，露濡梧翠滿鋪珠。濡梧翠滿鋪珠露，梧翠滿鋪珠露濡。

溪樹棲鸝冷靄迷，樹棲鸝冷靄迷溪。棲鸝冷靄迷溪樹，鸝冷靄迷溪樹棲。

棲樹溪迷靄冷鸝，樹溪迷靄冷鸝棲。溪迷靄冷鸝棲樹，迷靄冷鸝棲樹溪。

階草佳懷詠小齋，草佳懷詠小齋階。佳懷詠小齋階草，懷詠小齋階草佳。

佳草階齋小詠懷，草階齋小詠懷佳。階齋小詠懷佳草，齋小詠懷佳草階。

纔雪梅催笛夜開，雪梅催笛夜開纔。梅催笛夜開纔雪，催笛夜開纔雪梅。

梅雪纔開夜笛催，雪纔開夜笛催梅。纔開夜笛催梅雪，開夜笛催梅雪纔。

新夢真因較好春，夢真因較好春新。真因較好春新夢，因較好春新夢真。

真夢新春好較因，夢新春好較因真。新春好較因真夢，春好較因真夢新。

君惜群分話舊文，惜群分話舊文君。群分話舊文君惜，分話舊文君惜群。

群惜君文舊話分，惜君文舊話分群。君文舊話分群惜，文舊話分群惜君。

尊酒温言別恨翻，酒温言別恨翻尊。温言別恨翻尊酒，言別恨翻尊酒温。

温酒尊翻恨别言，酒尊翻恨别言温。尊翻恨别言温酒，翻恨别言温酒尊。
難忍歡殘醉眼看，忍歡殘醉眼看難。歡殘醉眼看難忍，殘醉眼看難忍歡。
歡忍難看眼醉殘，忍難看眼醉殘歡。難看眼醉殘歡忍，看眼醉殘歡忍難。
閒步還山冷翠環，步還山冷翠環閒。還山冷翠環閒步，山冷翠環閒步還。
還步閒環翠冷山，步閒環翠冷山還。閒環翠冷山還步，環翠冷山還步閒。
烟隱蟬連噪暮天，隱蟬連噪暮天烟。蟬連噪暮天烟隱，連噪暮天烟隱蟬。
蟬隱烟天暮噪連，隱烟天暮噪連蟬。烟天暮噪連蟬隱，天暮噪連蟬隱烟。
蕉雨朝消綠暗摇，雨朝消綠暗摇蕉。朝消綠暗摇蕉雨，消綠暗摇蕉雨朝。
朝雨蕉摇暗綠消，雨蕉摇暗綠消朝。蕉摇暗綠消朝雨，摇暗綠消朝雨蕉。
嘲鶴巢梢遠故交，鶴巢梢遠故交嘲。巢梢遠故交嘲鶴，梢遠故交嘲鶴巢。
巢鶴嘲交故遠梢，鶴嘲交故遠梢巢。嘲交故遠梢巢鶴，交故遠梢巢鶴嘲。
高興豪叨筆湧濤，興豪叨筆湧濤高。豪叨筆湧濤高興，叨筆湧濤高興豪。
豪興高濤湧筆叨，興高濤湧筆叨豪。高濤湧筆叨豪興，濤湧筆叨豪興高。
波碎荷拖碧影多，碎荷拖碧影多波。荷拖碧影多波碎，拖碧影多波碎荷。
荷碎波多影碧拖，碎波多影碧拖荷。波多影碧拖荷碎，多影碧拖荷碎波。
花艷霞斜日品茶，艷霞斜日品茶花。霞斜日品茶花艷，斜日品茶花艷霞。

霞艷花茶品日斜，艷花茶品日斜霞。花茶品日斜霞艷，茶品日斜霞艷花。
霜葉長黃盡染將，葉長黃盡染將霜。長黃盡染將霜葉，黃盡染將霜葉長。
長葉霜將染盡黃，葉霜將染盡黃長。霜將染盡黃長葉，將染盡黃長葉霜。
清漏更驚断夢聲，漏更驚断夢聲清。更驚断夢聲清漏，驚断夢聲清漏更。
更漏清聲夢斷驚，漏清聲夢断驚更。清聲夢断驚更漏，聲夢断驚更漏清。
萍映汀星影徹青，映汀星影徹青萍。汀星影徹青萍映，星影徹青萍映汀。
汀映萍青徹影星，映萍青徹影星汀。萍青徹影星汀映，青徹影星汀映萍。
氷淚凝綾薄暈增，淚凝綾薄暈增氷。凝綾薄暈增氷淚，綾薄暈增氷淚凝。
凝淚氷增暈薄綾，淚氷增暈薄綾凝。氷增暈薄綾凝淚，增暈薄綾凝淚氷。
愁度楼幽鴈迷秋，度楼幽鴈迷秋愁。楼幽鴈迷秋愁度，幽鴈迷秋愁度楼。
楼度愁秋迷鴈幽，度愁秋迷鴈幽楼。愁秋迷鴈幽楼度，秋迷鴈幽楼度愁。
心托琴音激賞深，托琴音激賞深心。琴音激賞深心托，音激賞深心托琴。
琴托心深賞激音，托心深賞激音琴。心深賞激音琴托，深賞激音琴托心。
涵碧嵐南望暮潭，碧嵐南望暮潭涵。嵐南望暮潭涵碧，南望暮潭涵碧嵐。
嵐碧涵潭暮望南，碧涵潭暮望南嵐。涵潭暮望南嵐碧，潭暮望南嵐碧涵。
簾墮蟾纖影怯沾，墮蟾纖影怯沾簾。蟾纖影怯沾簾墮，纖影怯沾簾墮蟾。

蟾墮簾沾怯影孅，墮簾沾怯影孅蟾。簾沾怯影孅蟾墮，沾怯影孅蟾墮簾。

杉影銜帆帶水巖，影銜帆帶水巖杉。銜帆帶水巖杉影，帆帶水巖杉影銜。

銜影杉巖水帶帆，影杉巖水帶帆銜。杉巖水帶帆銜影，巖水帶帆銜影杉。

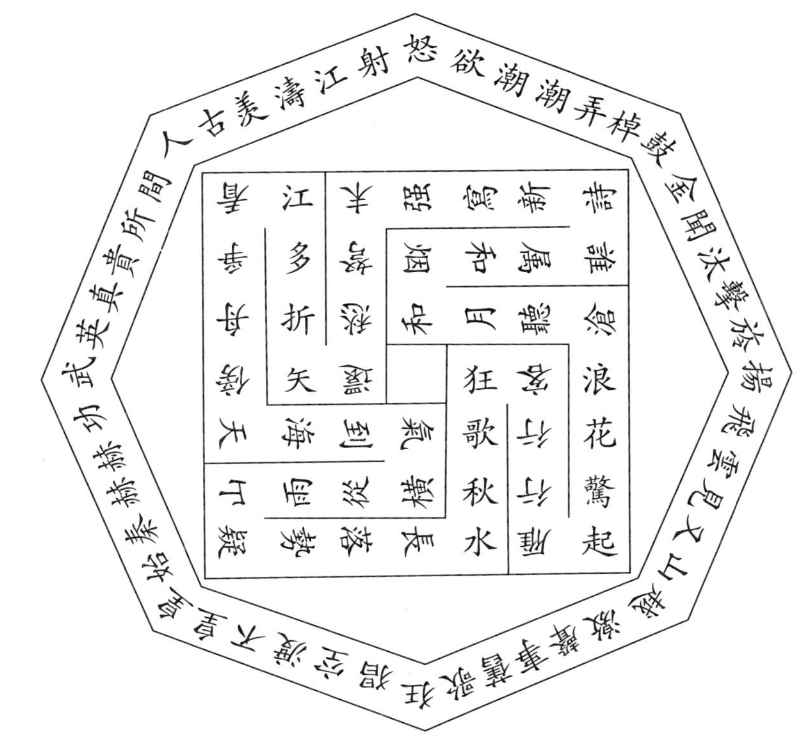

曲水

曲水　錢塘觀潮

七言律一首，七言古一首。中爲七言律，頂字轉折讀，浪花驚起起，聽滄浪止。浪行長從傍折强和八字，合用音異。外爲七言古，頂字右旋讀，揚旂擊汰起，雲飛揚止，揚鼓怒人武皇狂越八字，合用音同。

七言律一首

浪去聲花驚起雁行行杭音行盈音客狂歌秋水長平聲長上聲落勢疑山雨從去聲從平聲横氣到海天傍平聲傍去聲舟爭

看江多折浙音折舌音矢還愁弩末强平聲强寫新詩誰属和去聲和平聲烟和月聽滄浪平聲

七言古一首

揚旂擊汰聞金鼓，鼓棹弄潮潮欲怒。怒射江濤羨古人，人間所貴真英武。武功赫赫秦始皇，皇皇不渡空猖狂。狂歌舊事聲激越，越山又見雲飛揚。

半截美人

圓	區	素	羅	娥	倩	翠	青	依	灼	豔	星
佩	籠	碧	清	粉	嬌	墮	迷	柳	桃	暮	望
藕	金	衫	影	黛	憨	花	草	帶	含	春	眼
錢	釧	妍	瘦	捐	慣	鈿	徑	烟	雨	天	懸
卿	妹	轉	輕					超	楚	燕	鶯
劇	低	上	凴					出	尋	舞	歌
可	相	湖	水					世	芳	翩	睍
憐	喚	船	榭					仙	女	翻	睆
真	好	盼	心					滔	瑟	皎	翹
畫	情	自	誰					流	停	欲	占
少	空	言	暗					水	雲	孤	獨
緑	結	旋	許					年	態	騫	秀
娟	住	惜	玄					閔	采	小	亭
月	渾	肯	疑					賦	裁	步	姿
滿	無	蟬	夢					短	新	生	映
川	計	聯	斷					篇	曲	蓮	玉

半截美人　春遊書所見

五言排律一首。句首每字俱雙讀，係古美人名。星星望眼懸，艷艷暮春天起，住住渾無計，娟娟月滿川止。

五言排律一首

星星望眼懸，艷艷暮春天。灼灼桃含雨，依依柳帶烟。鶯鶯歌睍睆，燕燕舞翩翻。楚楚尋芳女，超超出世仙。翹翹占獨秀，皎皎欲孤騫。瑟瑟停雲態，滔滔流水年。亭亭姿映玉，小小步生蓮。采采裁新曲，閔閔賦短篇。青青迷草徑，翠翠墮花鈿。倩倩嬌憨慣，娥娥粉黛捐。羅羅清影瘦，素素碧衫妍。匾匾籠金釧，圓圓佩藕錢。輕輕凴水榭，轉轉上湖船。妹妹低相喚，卿卿劇可憐。心心誰暗許，盼盼自言旋。好好情空結，真真畫少緣。玄玄疑夢斷，惜惜肯蟬聯。住住渾無計，娟娟月滿川。

案鈔本讀法僅云『五言排律一首』

五音詞

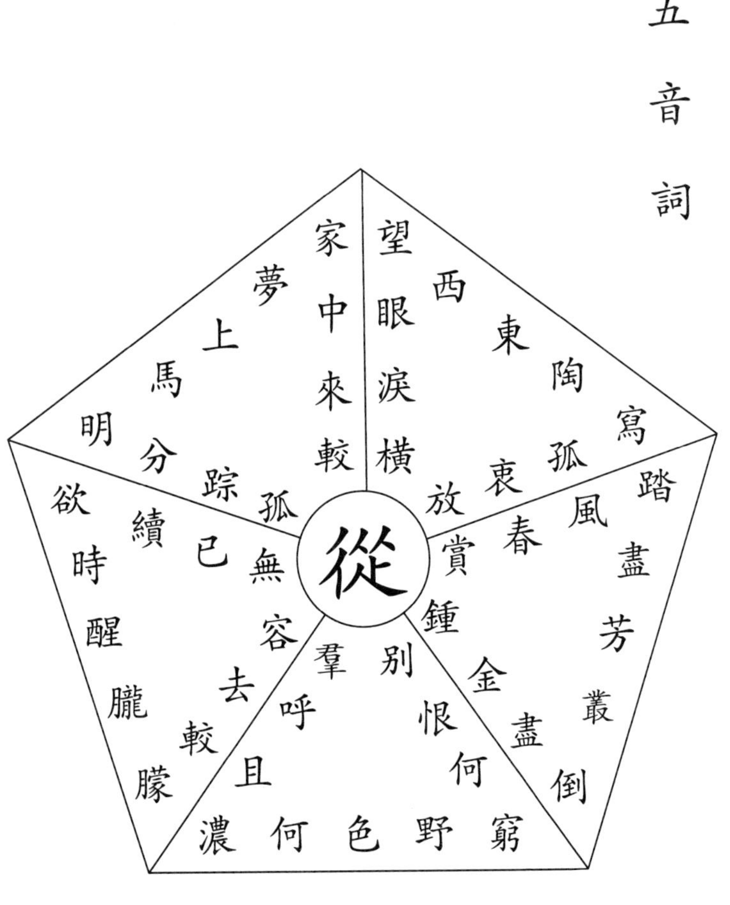
從
家中來較
望眼淚橫
夢上馬明
分踪孤
西東陶寫
孤衷放
欲時醒朧朦
續已無
較去容
踏風春賞
盡芳叢倒
鍾金盡
濃何色野窮
且呼羣
別恨何

五音詞　客行

一剪梅一調。三角讀，中從字凡五換音。從横起，至放從即轉向孤字，至較從即轉向容字，至無從即轉向別字，至羣從即轉向賞字，金鍾止。

一剪梅一調

從(宗音)横淚眼望西東，陶寫孤衷，放從(縱音)孤踪。分明馬上夢家中，來較從(匆音)容，去較朧朧。　醒時欲續已無從(叢音)別恨何窮，野色何濃。且呼羣從(去聲)賞春風，踏盡芳叢，倒盡金鍾。

内五行

			藻	鑑	銀	鐺			
			淹	植	淚	潦			
			埋	柳	清	落			
			深	溪	滋	薄			
涓	涓	漏	鏡	塘	榭	釵	錦	堤	沿
爐	城	漠	鐵	鎖	堦	鈿	浪	湲	滿
炷	楼	漠	涎	淡	桐	洗	湧	潺	泛
沉	檀	漫	瀉	烟	酒	渴	燒	燈	杯

内五行　夜坐有感

七言律一首。轉折讀，每字俱用金木水火土邊傍。〔城樓起，潺湲止〕。

七言律一首

城楼漠漠漏涓涓，爐炷沉檀漫瀉涎。鐵鏡深埋淹藻鑑，銀鐺潦落薄釵鈿。洗桐堦榭滋清淚，植柳溪塘鎖淡烟。酒渴燒燈杯泛滿，沿堤錦浪湧潺湲。

四塊玉

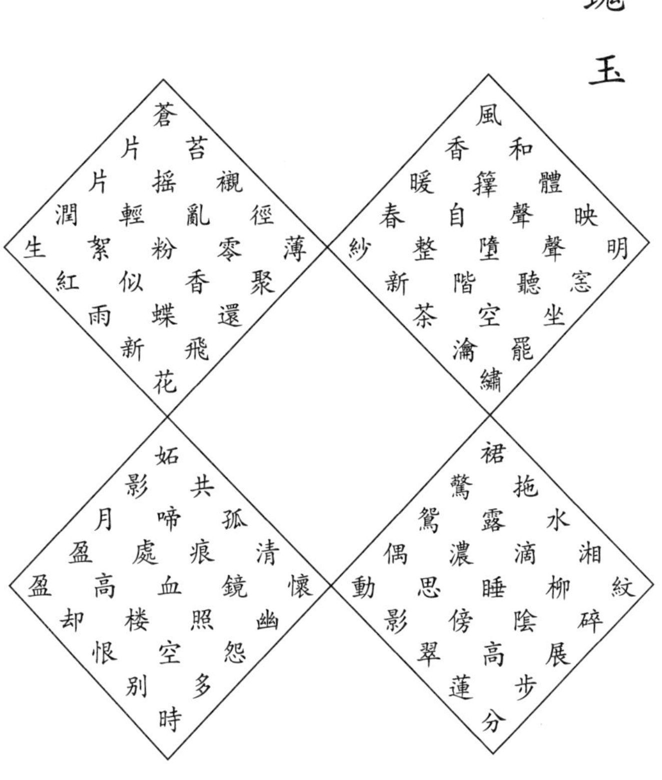
風
香 和
暖 鞾 體
春 自 聲 映
紗 整 墮 聲 明
新 階 聽 窓
茶 空 坐
瀹 罷
繡
蒼
片 苔
片 搖 襯
潤 輕 亂 徑
生 絮 粉 零 薄
紅 似 香 聚
雨 蝶 還
新 飛
花
裙
驚 拖
鴛 露 水
偶 濃 滴 湘
動 思 睡 柳 紋
影 傍 陰 碎
翠 高 展
蓮 步
分
妬
影 共
月 啼 孤
盈 處 痕 清
盈 高 血 鏡 懷
却 楼 照 幽
恨 空 怨
別 多
時

四塊玉　閨怨

醉花陰四調。每調首一字借别調角邊字起。薄紗春暖至空階墮，復自墮階空聽起至春紗薄爲一調。綉裙拖水、動懷幽怨、姤花新雨三調，並倣此。進俱左旋，出俱右旋。

醉花陰四調

薄紗春暖香風和，體映明窗坐。罷繡淪茶新，整自鞾聲、聲聽空階墮。　墮階空聽聲
聲鞾，自整新茶淪。繡罷坐窗明，映體和風、香暖春紗薄。
繡裙拖水湘紋碎，展步分蓮翠。影動偶鴛鴦，露滴柳陰、高傍思濃睡。　睡濃思傍高
陰柳，滴露鴛鴦偶。動影翠蓮分，步展碎紋、湘水拖裙繡。
動懷幽怨多時别，恨却盈盈月。影姤共孤清，鏡照空楼、高處啼痕血。　血痕啼處高
楼空，照鏡清孤共。姤影月盈盈，却恨别時、多怨幽懷動。
姤花新雨紅生潤，片片蒼苔襯。徑薄聚還飛，蝶似絮輕、摇亂零香粉。　粉香零亂摇
輕絮，似蝶飛還聚。薄徑襯苔蒼，片片潤生、紅雨新花姤。

筆陣

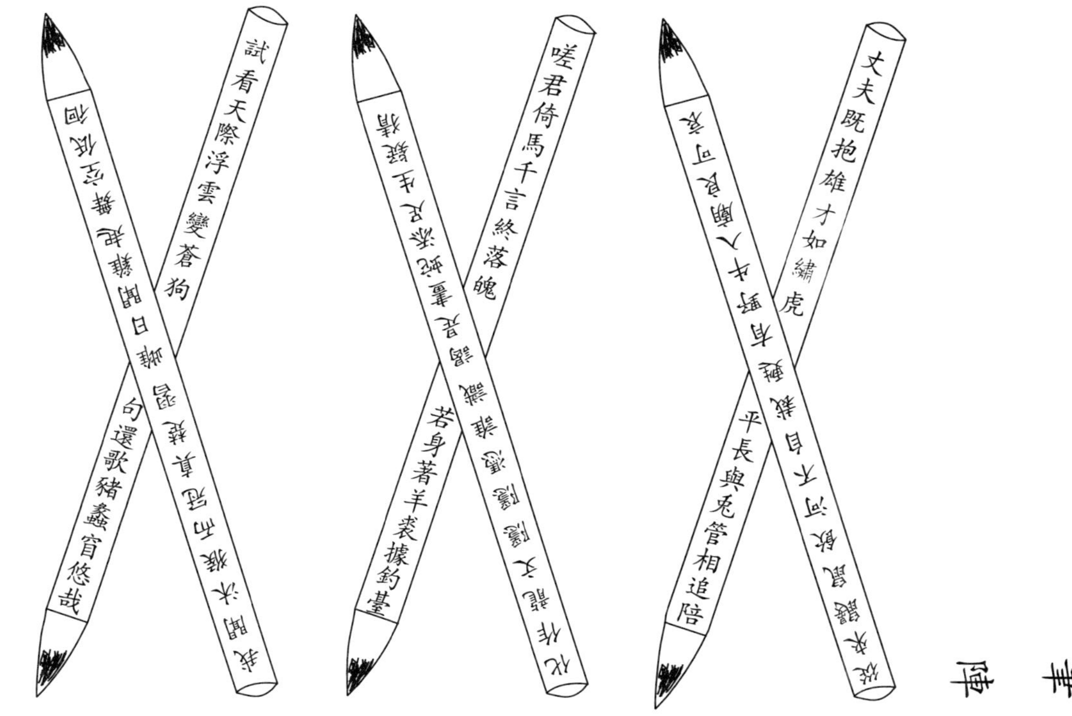

筆陣　贈友

九言古一首。左右交加讀。甦謁雌三字爲更生言曷此佳六字，合書分用，詩内嵌鼠牛等十二生肖。

九言古一首

從來鼷鼠飲河不自裁，更有野牛入廟良可哀。丈夫既抱雄才如繡虎，生平長與兎管相追陪。化作龍文隱隱憑誰識，言是畫蛇添足生疑猜。嗟君倚馬千言終落魄，曷若身著羊裘據釣臺。我聞沐猴而冠真楚習，此日聞雞起舞空低徊。試看天際浮雲變蒼狗，佳句還歌豬蠡窅悠哉。

柳帶

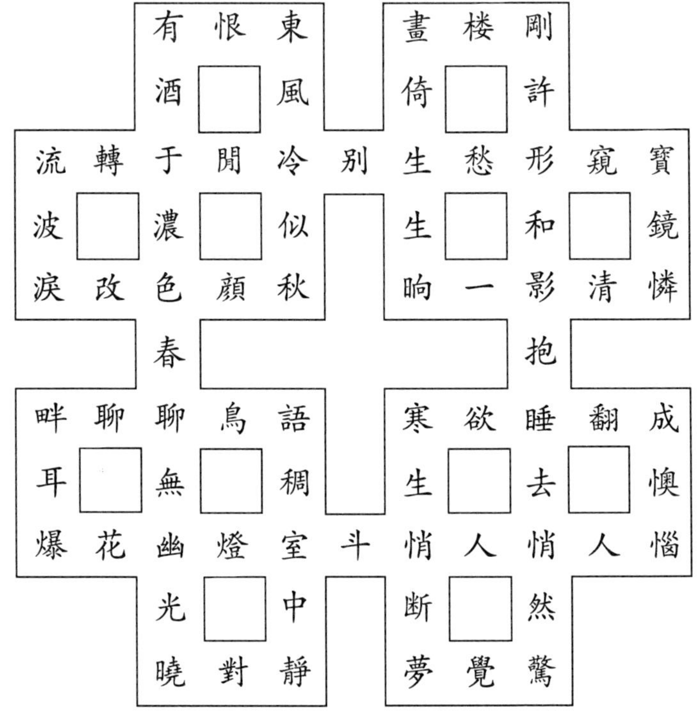
有恨東
畫楼剛
酒風
倚許
流轉于閒冷別生愁形窺寶
波濃似
生和鏡
淚改色顏秋
晌一影清憐
春
抱
畔聊聊鳥語
寒欲睡翻成
耳無稠
生去懊
爆花幽燈室斗悄人悄人惱
光中
断然
曉對靜
夢覺驚

柳帶　閨情

如夢令一調，鷓鴣天一調。交環讀。前調，剛許起，花爆止。後調，耳畔起，畫楼止。

如夢令一調

剛許形和影抱，睡去悄然驚覺。夢断悄生寒，欲睡翻成懊惱。人悄，人悄，斗室燈幽花爆。

鷓鴣天一調

耳畔聊聊鳥語稠，室中靜對曉光幽。無聊春色濃于酒，有恨東風冷似秋。　顔色改，淚波流，轉于閒冷別生愁。形窺寳鏡憐清影，一晌生生倚畫楼。

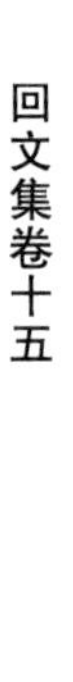

比目魚

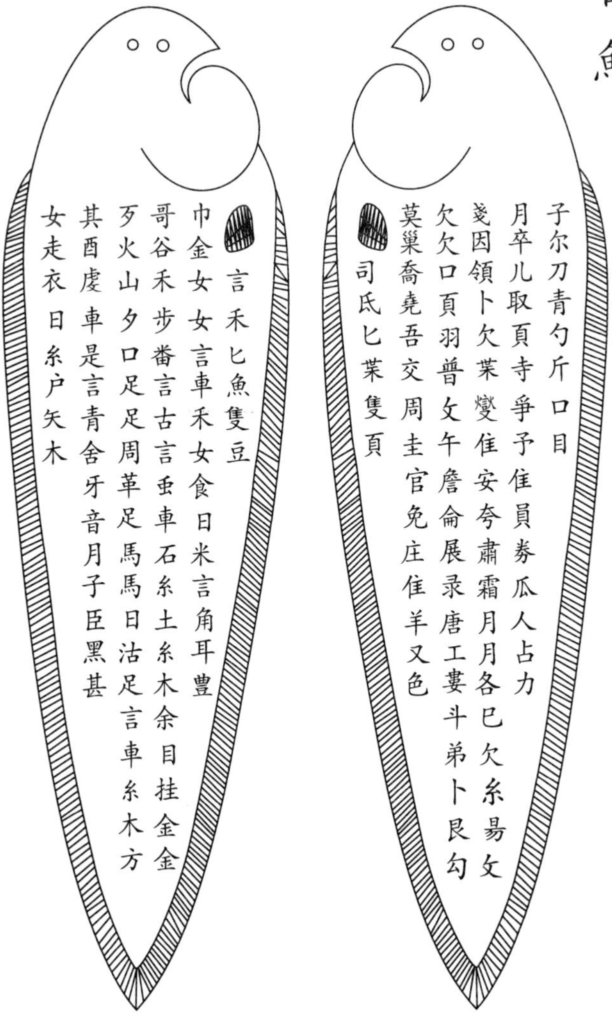

子尔刀青勺斤口目
月卒儿取頁寺爭予隹員劵瓜人占力
戔因領卜欠業燮隹安夸肅霜月月各巳欠糸易文
欠欠口頁羽普攵午詹侖展录唐工婁斗弟卜艮勾
莫巢喬堯吾交周圭官免庄隹羊又色
司氏匕業隻頁

言禾匕魚隻豆
巾金女女言車禾女食日米言角耳豊
哥谷禾步番言古言舌車石糸土糸木余目挂金金
歹火山夕口足足周革足馬馬日沽足言車糸木方
其酉虔車是言青舍牙音月子臣黑甚
女走衣日糸户矢木

比目魚　湖上書感

七言絶三首。兩魚相比爲體，兩字相合成文。好趚初晴起，鰈雙頭止。

七言絶三首

好趚初晴約所知，相期醉處輒題詩。靜舒雅韻勝孤臥，點勘殘烟嶺外吹。

蹀躞雕鞍跨驌驦，明湖路記軟絲楊。放歌欲和頻翻譜，故許蟾輪碾綠塘。

紅楼斜睇掛銀鈎，幙鑠嬌嬈語較稠。娃館晚粧誰解取，艷詞秖比鰈雙頭。

圍脖

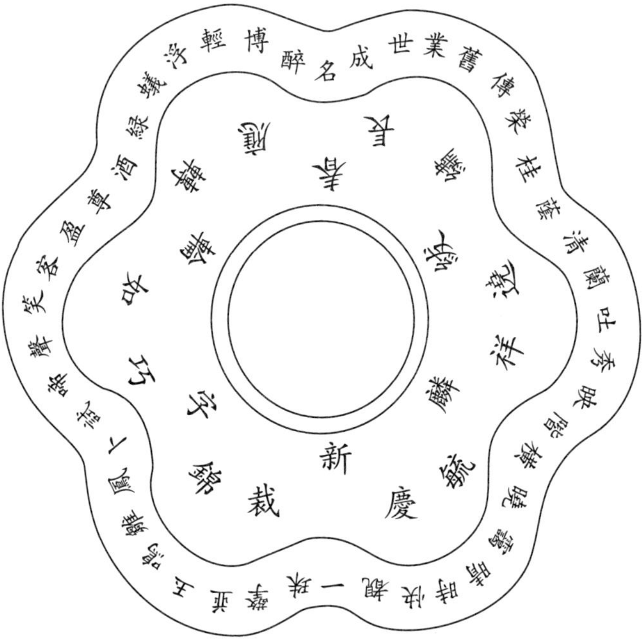

醉名成世業舊傳叢桂蔭清蘭吐秀映階横曉靄晴時快觀一珠擎並玉鳴雛鳳卜試啼聲笑客盈尊酒綠蟻浮輕博

長春應轉鶯吹巧字錦裁新慶鏡麟祥遠紋繡

圍脖　賀晬盤會

七言絶十四首。春長繡紱遶祥麟起，次句即頂第四字讀，下三句末句亦然。又新裁錦字至祥麟讀法同。俱各迴文，凡四首。又名成世業起，至映階横；清蘭吐秀起，至一珠擎；晴時快靚起，至試啼聲；鳴雛鳳卜起，至蟻浮輕；盈樽酒綠起，至舊傳榮，讀法同，俱各迴文，凡十首。

七言絶十四首

春長繡紱遶祥麟，紱遶祥麟毓慶新。麟毓慶新裁錦字，新裁錦字巧如輪。
輪如巧字錦裁新，字錦裁新慶毓麟。新慶毓麟祥遶紱，麟祥遶紱繡長春。
新裁錦字巧如輪，字巧如輪轉應春。輪轉應春長繡紱，春長繡紱遶祥麟。
麟祥遶紱繡長春，紱繡長春應轉輪。春應轉輪如巧字，輪如巧字錦裁新。
名成世業舊傳榮，業舊傳榮桂蔭清。榮桂蔭清蘭吐秀，清蘭吐秀映階横。
横階映秀吐蘭清，秀吐蘭清蔭桂榮。清蔭桂榮傳舊業，榮傳舊業世成名。
清蘭吐秀映階横，秀映階横曉靄晴。横曉靄晴時快靚，晴時快靚一珠擎。
擎珠一靚快時晴，靚快時晴靄曉横。晴靄曉横階映秀，横階映秀吐蘭清。

晴時快靚一珠擎，靚一珠擎並玉鳴。擎並玉鳴雛鳳卜，鳴雛鳳卜試啼聲。
聲啼試卜鳳雛鳴，卜鳳雛鳴玉並擎。鳴玉並擎珠一靚，擎珠一靚快時晴。
鳴雛鳳卜試啼聲，卜試啼聲笑客盈。聲笑客盈尊酒絲，盈尊酒絲蟻浮輕。
輕浮蟻絲酒尊盈，絲酒尊盈客笑聲。盈客笑聲啼試卜，聲啼試卜鳳雛鳴。
盈尊酒絲蟻浮輕，絲蟻浮輕博醉名。輕博醉名成世業，名成世業舊傳榮。
榮傳舊業世成名，業世成名醉博輕。名醉博輕浮蟻絲，輕浮蟻絲酒尊盈。

疊嶂層巒

磊
長物
無別裏
僻米顛懷
晶　　　　　　　　　　　⿱足⿰足足
晴雪　尤情適偏心　清福
融花店　來拂羽啼清晝　多幾送
密月明鴻陋何麤綉非褥松濤風
葩寒烈風香▽蕉覆▽榮忘軸藹棲
梅獨逺孤山右將漫寄笻徐步歸林杪
探後行從幼奴谿夢魂敲少塵囂小堂茅
空眠逐徵辭
烟冥冥連山影
炊迴村荒冷橋溪

疊嶂層巒　　隱居樂

釵頭鳳二調。横行層折而上。豁敲褥鴻四字分作兩字讀，𪊨𣬉晶磊四字分作三字讀。溪橋起，鹿鹿鹿止，茅堂起，足足足止爲一調。奚奴起，白白白止，依非起，石石石止爲一調。

釵頭鳳二調

溪橋冷，荒村迥，炊烟冥冥連山影。辭徵逐，眠空谷，夢魂高寄，漫將蕉覆。鹿、鹿、鹿。茅堂小，囂塵少，支筇徐步歸林杪。棲薖軸，忘榮辱，松濤風送，幾多清福。足、足、足。

奚奴幼，從行後，探梅獨遶孤山右。香風烈，寒葩密，月明江店，花融晴雪。白、白、白。衣非綉，𪊨何陋，鳥來拂羽啼清晝。心偏適，情尤僻，米顛懷裏，别無長物。石、石、石。

蛺蝶會

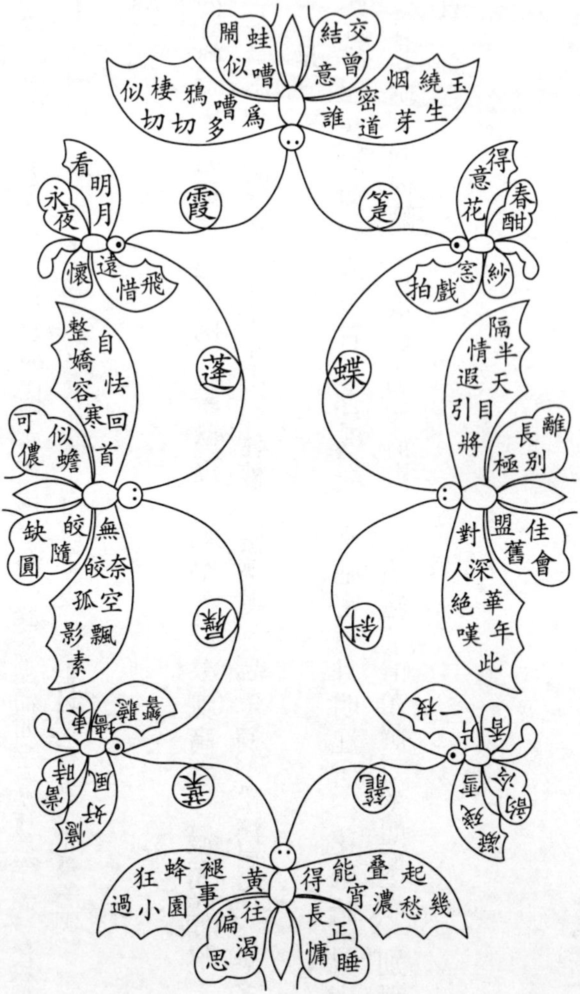

似棲鴉嘈爲切切多
玉繞烟密誰生芽道
蛙鬧似嘈
交結曾意
看明月永夜
懷遠惜飛
得意花春酣
紗窓戲拍
霞
箟
整自嬌怯容回寒首
可似儂蟾
缺皎隨圓
無奈皎空孤飄影素
蓬
蝶
隔半情天遐目引將
離長別極
佳盟舊會
對深人華絕年嘆此
狂蜂褪黃過小園事
得能疊起宵濃愁幾
往偏渴思
長正慵睡

蛺蝶會　閨意

卜算子四調，巫山一段雲四調。以雪月風花四字爲韻。卜算子，自花字起，左旋至拍字，落蝶字，入將字，至對字，落斜字，入枝字，至雪字止。廻文即巫山一段雲。餘倣此。

卜算子四調

花意得春酣，紗窓戲拍蝶。將引遐情隔半天，目極長離別。佳會舊盟深，華年此嘆絶。人對斜枝一片香，冷韵凝殘雪。

花意得春酣，紗窓戲拍箑。誰道芽生玉繞烟，密意曾交結。蛙閙似嘈嘈，鴉棲似切切。多爲霞飛惜遠懷，夜永看明月。

風好憶當時，東牆聽響屧。無奈空飄素影孤，皎皎隨圓缺。儂可似蟾寒，容嬌整自怯。回首蓬飛惜遠懷，夜永看明月。

風好憶當時，東牆聽響葉。黄褪蜂狂過小園，事往偏思渴。慵睡正長宵，濃愁幾起叠。能得籠枝一片香，冷韵凝殘雪。

巫山一段雲四調

雪殘凝韵冷，香片一枝斜。對人絶嘆此年華，深盟舊會佳。別離長極目，天半隔情遐。引將蝶拍戲窓紗，酣春得意花。

月明看永夜，懷遠惜飛霞。爲多切切似棲鴉，嘈嘈似鬧蛙。結交曾意密，烟繞玉生芽。道誰箠拍戲窓紗，酣春得意花。

月明看永夜，懷遠惜飛蓬。首回怯自整嬌容，寒蟾似可儂。缺圓隨皎皎，孤影素飄空。奈無屧響聽牆東，時當憶好風。

雪殘凝韵冷，香片一枝籠。得能叠起幾愁濃，宵長正睡慵。渴思偏往事，園小過狂蜂。褪黄葉響聽牆東，時當憶好風。

曲中曲

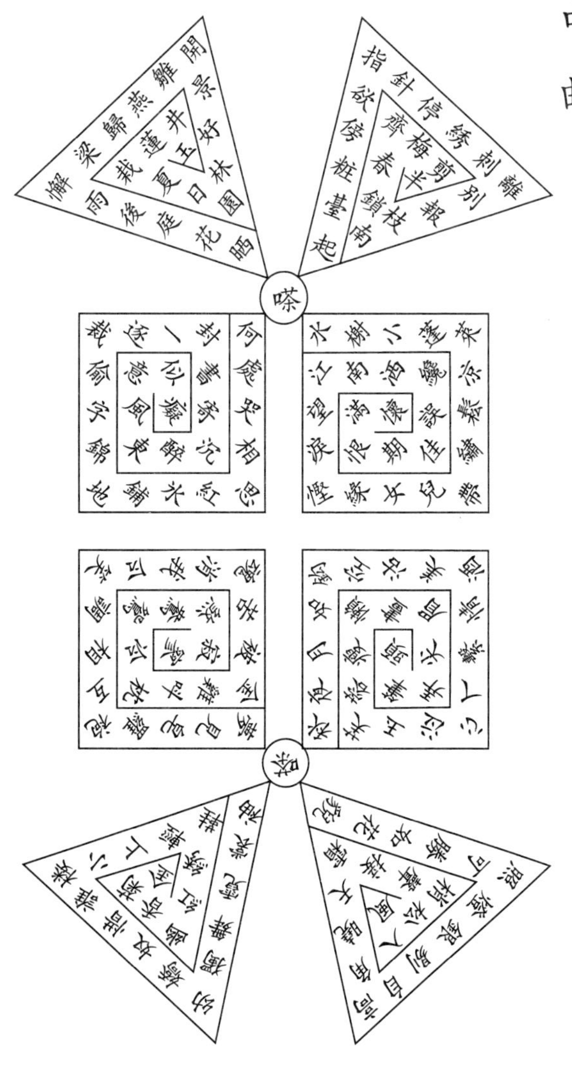

曲中曲　閨怨

駐雲飛四拍。三角者，從中右旋而出；四方者，從外左旋而入，嗏字兩邊合用。其一，半剪梅齊起，意似癡止；其二，玉井蓮栽起，恨滿懷止；其三，金菊香幽起，弄筆頭止；其四，風入松梢起，煞寂寥止。共用曲牌名三十四。

駐雲飛四拍

半剪梅齊，春鎖南枝報别離。刺綉停針指，欲傍粧臺起。嗏，何處哭相思，紅氷鋪地，錦字偷裁，逐一封書寄，沉醉東風意似癡。

玉井蓮栽，夏日園林好景開。雛燕歸梁懈，雨後庭花晒。嗏，水榭小蓬萊，凉鬆繡帶，兒女緣慳，淚望江南洒，䰐誤佳期恨滿懷。

金菊香幽，紅綉鞋輕上小楼。誰惜奴嬌幼，獨舞霓裳袖。嗏，秋夜月如鈎，空沽美酒，情繫人心，泣玉芙蓉瘦，懶畫眉尖弄筆頭。

風入松梢，聲接霜天曉角高。自剔銀燈照，可勝如花貌。嗏，夢見皂羅袍，互相調笑，令我消魂，苦被金雞呌，枕冷鴛鴦煞寂寥。

向日葵

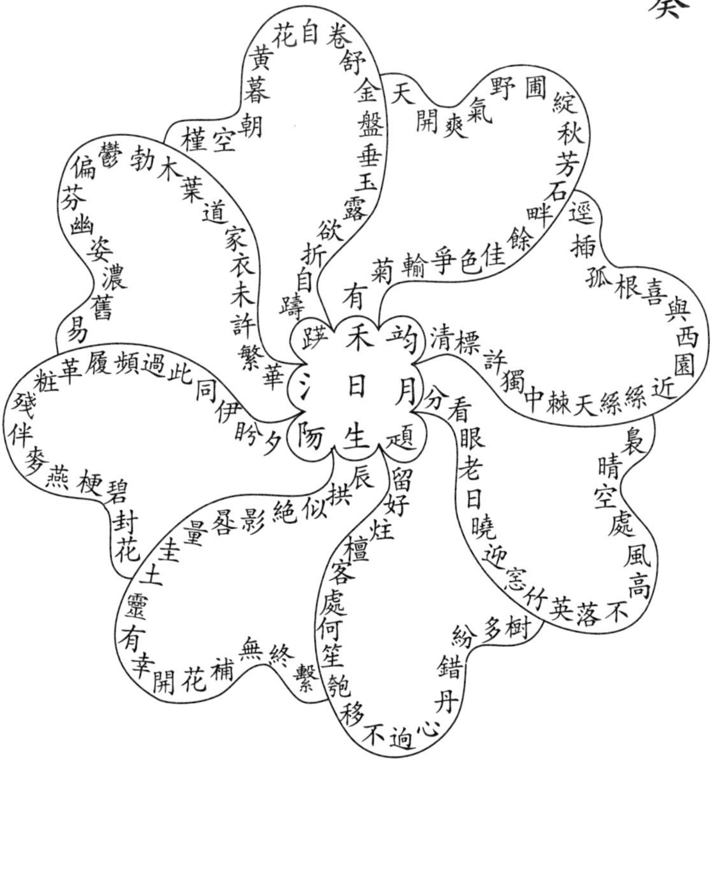

跣禾竘
氵日月
阳生趧

躊自折欲露玉垂盤金舒卷自花黃暮朝空槿
華繁許未衣家道葉木勃鬱偏芬幽姿濃舊易
夕盼伊同此過頻履革粧殘伴麥燕梗碧封花
拱似絕影晷量圭土靈有幸開花補無終繫
辰留好炷檀客處何笙匏移不逈心丹錯紛多樹
分看眼老日曉迎窓竹英落不高風處空晴梟
清標許獨中棘天絲絲近園西與喜根孤插逕
有菊輸爭色佳餘畔石芳秋綻圃野氣爽開天

向日葵 小園秋葵始花自朝至暮傾陽有致因戲爲圖以摹之

五言絶八首。以金石絲竹匏土革木爲五絶之首，末句尾字俱向葵心日字。金天開爽氣起，爭輸菊有香止。餘倣此。

五言絶八首

金天開爽氣，野圃綻秋芳。石畔餘佳色，爭輸菊有香。

石逕插孤根，喜與西園近。絲絲天棘中，獨許標清韵。

絲裊晴空處，風高不落英。竹窓迎曉日，老眼看分明。

竹樹多紛錯，丹心迥不移。匏笙何處客，檀炷好留題。

匏繫終無補，花開幸有靈。土圭量晷影，絶似拱辰星。

土花封碧梗，燕麥伴殘粧。革履頻過此，同伊盼夕陽。

革易舊濃姿，幽芬偏鬱勃。木葉道家衣，未許繁華汩。

木槿空朝暮，黄花自卷舒。金盤垂玉露，欲折自躊躇。

刊本題作「咏葵花」，讀法「餘倣此」下尚有「八音，兩首合用」六字。

雜佩

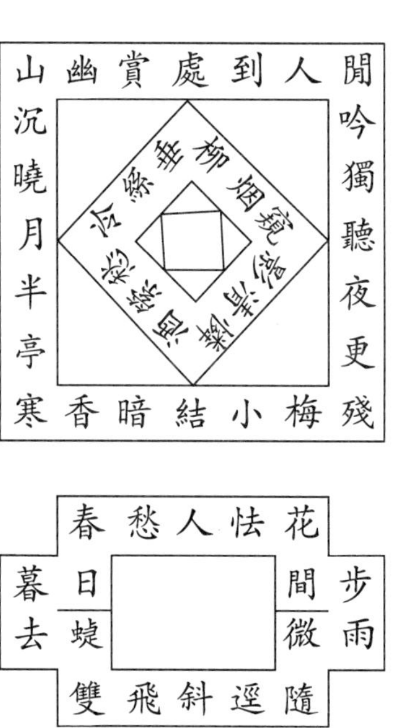
閒吟獨聽夜更殘
殘梅小結暗香寒
寒亭半月曉沉山
山幽賞處到人閒
垂柳烟窺影清樓酒餘愁立絲

花怯人愁春
暮去
雙飛斜逕隨
步雨
日蜨
間微

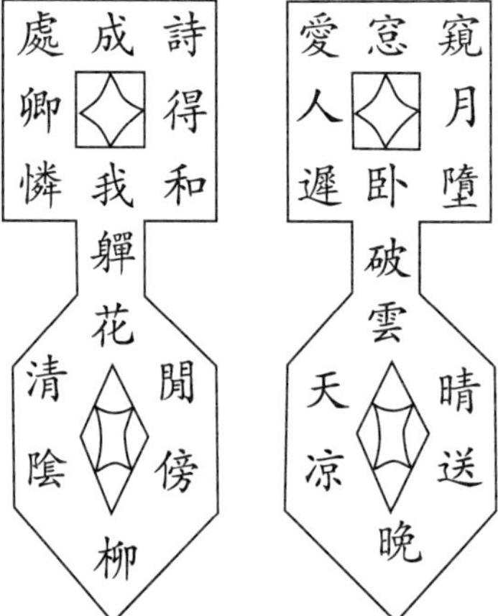
詩得和
成我
處卿憐
嚲花
閒傍柳
清陰
窺月墮
寃卧
愛人遲
破雲
晴送晚
天凉

雜佩　春夜吟

漁父八調，憶秦娥八調，蝶戀花一調，踏莎行一調。上漁父，四角左右兩旋讀。憶秦娥，斜行左右兩旋讀。蝶戀花，居中重折换韵讀。踏莎行，居下，逐句廻文讀。

漁父八調

閒人到處賞幽山，山沉曉月半亭寒。香暗結，小梅殘，殘更夜聽獨吟閒。

山沉曉月半亭寒，寒香暗結小梅殘。更夜聽，獨吟閒，閒人到處賞幽山。

寒香暗結小梅殘，殘更夜聽獨吟閒。人到處，賞幽山，山沉曉月半亭寒。

殘更夜聽獨吟閒，閒人到處賞幽山。沉曉月，半亭寒，寒香暗結小梅殘。

閒吟獨聽夜更殘，殘梅小結暗香寒。亭半月，曉沉山，山幽賞處到人閒。

殘梅小結暗香寒，寒亭半月曉沉山。幽賞處，到人閒，閒吟獨聽夜更殘。

寒亭半月曉沉山，山幽賞處到人閒。吟獨聽，夜更殘，殘梅小結暗香寒。

山幽賞處到人閒，閒吟獨聽夜更殘。梅小結，暗香寒，寒亭半月曉沉山。

憶秦娥八調

窺烟柳，柳垂絲冷愁縈酒。愁縈酒，酒憐清影，影窺烟柳。柳垂絲冷愁縈酒，酒憐清影窺烟柳。窺烟柳，柳垂絲冷，冷愁縈酒。

垂絲冷，冷愁縈酒憐清影。憐清影，影窺烟柳，柳垂絲冷。冷愁縈酒憐清影，影窺烟柳垂絲冷。垂絲冷，冷愁縈酒，酒憐清影。

愁縈酒，酒憐清影窺烟柳。窺烟柳，柳垂絲冷，冷愁縈酒。酒憐清影窺烟柳，柳垂絲冷愁縈酒。愁縈酒，酒憐清影，影窺烟柳。

憐清影，影窺烟柳垂絲冷。垂絲冷，冷愁縈酒，酒憐清影。影窺烟柳垂絲冷，冷愁縈酒憐清影。憐清影，影窺烟柳，柳垂絲冷。

烟窺影，影清憐酒縈愁冷。縈愁冷，冷絲垂柳，柳烟窺影。影清憐酒縈愁冷，冷絲垂柳烟窺影。烟窺影，影清憐酒，酒縈愁冷。

清憐酒，酒縈愁冷絲垂柳。絲垂柳，柳烟窺影，影清憐酒。酒縈愁冷絲垂柳，柳烟窺影清憐酒。清憐酒，酒縈愁冷，冷絲垂柳。

縈愁冷，冷絲垂柳烟窺影。烟窺影，影清憐酒，酒縈愁冷。冷絲垂柳烟窺影，影清憐酒縈愁冷。縈愁冷，冷絲垂柳，柳烟窺影。

絲垂柳，柳烟窺影清憐酒。清憐酒，酒縈愁冷，冷絲垂柳。柳烟窺影清憐酒，酒縈愁冷絲垂柳。絲垂柳，柳烟窺影，影清憐酒。

蝶戀花一調

花怯人愁春日暮，暮日春愁，人怯花間步。花怯人愁春日暮，春愁人怯花間步。隨逕斜飛雙蜨去，去蜨雙飛，斜逕隨微雨。隨逕斜飛雙蜨去，雙飛斜逕隨微雨。

踏莎行一調

墮月窺窓，窓窺月墮，卧遲人愛人遲卧。破雲晴送晚涼天，天涼晚送晴雲破。和得詩成，成詩得和，我憐卿處卿憐我。鞾花閒傍柳陰清，清陰柳傍閒花鞾。

紅錦絛

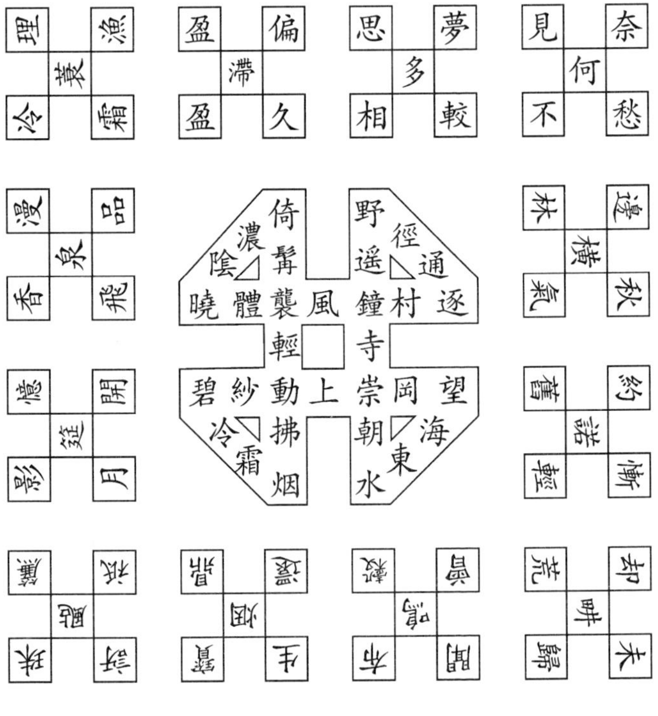
奈 何 愁 見 不
夢 多 較 思 相
偏 滯 久 盈 盈
漁 蓑 霜 理
倚 濃 陰 髯 曉 體 襲 風 鐘 村 逐 遥 通 徑 野
輕 寺
碧 紗 動 上 崇 岡 望 海 朝 東 水 拂 烟 冷 霜

紅錦絲　山居誌感

太平時一調、七言絶三首。中調交加讀，鐘襲動崇四字，前合後分，每一字作三字用，山寺鐘遥野徑通起，水朝宗止。外詩左旋讀，何多滯蓑泉筵颸烟鳴畊諾横十二字，前分後合，亦每一字作三字用，可人不見奈愁何起，秋氣横止。

太平時一調

山寺鐘遥野徑通，逐村童。金風襲體曉陰濃，倚髯龍。衣輕動拂烟霜冷，碧紗重。力上崇岡望海東，水朝宗。

七言絶三首

可人不見奈愁何，夕夕相思夢較多。帶水盈盈偏久滯，艸衰霜冷理漁蓑。
白水飛香漫品泉，竹延月影憶開筵。占風祇訝珠簾颸，因火還生寶鼎烟。
鳥口曾聞布穀鳴，井田荒却未歸畊。若言舊約慚輕諾，黄木林邊秋氣横。

九連環

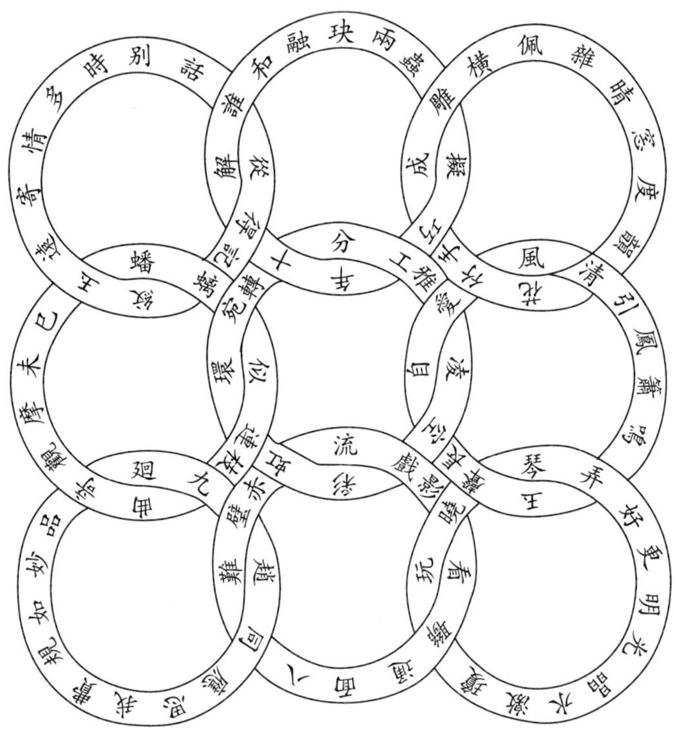

九連環　咏連環

七言絶九首。或右旋，或左旋，俱脱卸讀。十年工巧擬雕蟲，巧擬雕蟲兩玦融，兩玦融和誰解得，和誰解得十年工。餘倣此。十工竹清等字兩首合用。

七言絶九首

十年工巧擬雕蟲，巧擬雕蟲兩玦融。兩玦融和誰解得，和誰解得十年工。

十分工雅愛凌空，雅愛凌空戲彩虹。戲彩虹連環宛轉，連環宛轉十分工。

戲流虹赤璧難同，赤璧難同八面通。八面通聯看曉影，聯看曉影戲流虹。

竹花清韻度窓晴，韻度窓晴雜佩横。雜佩横雕成巧手，雕成巧手竹花清。

竹風清引鳳簫鳴，引鳳簫鳴弄玉聲。弄玉聲長空自愛，長空自愛竹風清。

弄琴聲曉玩聯瓊，曉玩聯瓊激水晶。激水晶光明更好，光明更好弄琴聲。

玉紋螭記得從誰，記得從誰話别時。話别時多情寄遠，多情寄遠玉紋螭。

玉蟠螭宛似連枝，宛似連枝九曲奇。九曲奇觀摩未已，觀摩未已玉蟠螭。

九廻奇品妙如規，品妙如規費我思。費我思應同趙璧，應同趙璧九廻奇。

		名	並	長	隄
曉	風	輕	難	垂	丹
破	得	植	爲	柳	染
吹	留	嘉	種	看	霞
嬌	蕋	晴	樹	春	光

	陰	岩	釀	就	
色	比	金	腰	味	蕭
濃	花	舞	細	和	蕭
香	尋	蝶	伴	調	夜
吐	菊	深	更	載	續

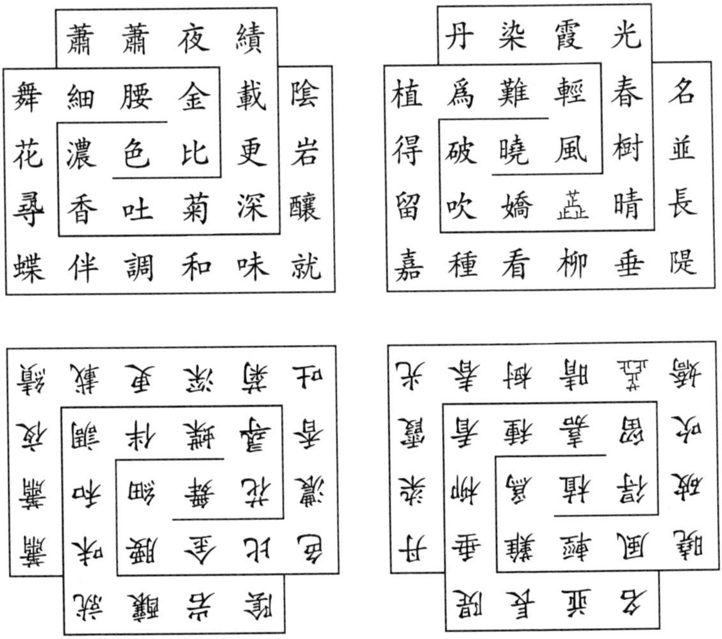

		丹	染	霞	光
植	爲	難	輕	春	名
得	破	風	曉	樹	並
留	吹	嬌	蕋	晴	長
嘉	種	看	柳	垂	隄

	蕭	蕭	夜	續	
舞	細	腰	金	載	陰
花	濃	色	比	更	岩
尋	香	吐	菊	深	釀
蝶	伴	調	和	味	就

四物諧

四物湯　雜詩

七言絶四首。轉折讀。其一，丹染霞光起，長並名止。其二，蕭蕭夜績起，釀岩陰止。其三，陰岩釀就起，夜蕭蕭止。其四，名並長堤起，霞染丹止。一句一義，兩句成一物。又廻文另爲一物，四首共隱八藥名。

七言絶四首

丹染霞光春樹晴紅芷嬌吹破曉風輕花難爲植得留嘉種核看柳垂隄長並名桃

蕭蕭夜績載更深麻菊吐香濃色比金黃腰細舞花尋蝶伴蜂調和味就釀岩陰蜜

陰岩釀就味和調蜜伴蝶尋花舞細腰蜂金比色濃香吐菊黃深更載績夜蕭蕭麻

名並長隄垂柳看桃種嘉留得植爲難核輕風曉破吹嬌芷花晴樹春光霞染丹紅

交環方勝

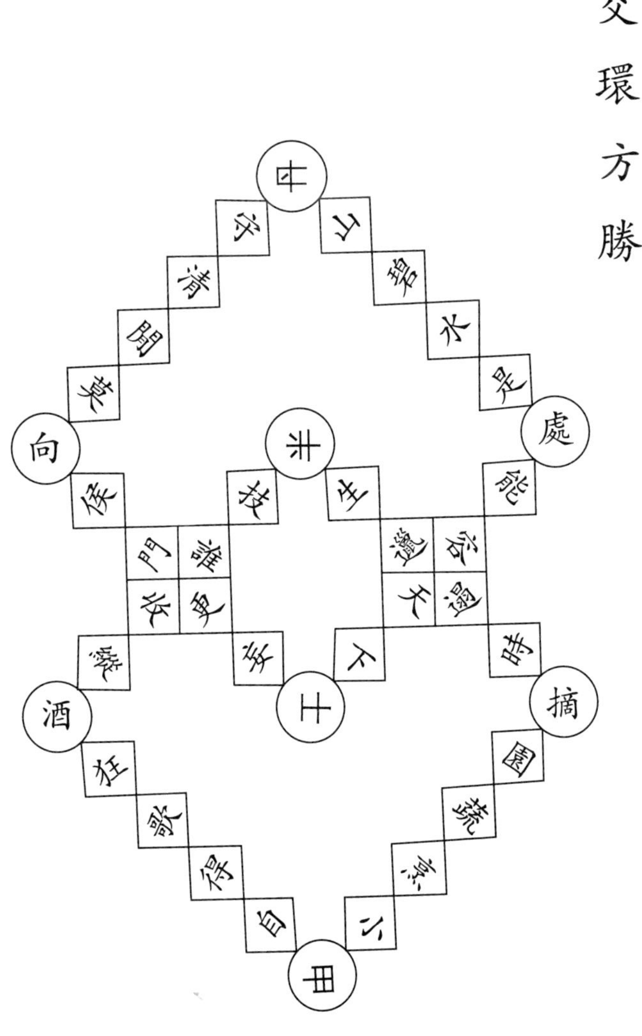

交環方勝　閒居自記

減字木蘭花一調。丹士半甲四字倒順兩讀。丹山至下士，甘守至妄干爲前半調；半生至小甲，末技至自由爲後半調。

減字木蘭花一調

丹山碧水，是處能容天下士。甘守清閒，莫向侯門更妄干。半生邋遢，時摘園蔬烹小甲。末技誰收，縱酒狂歌得自由。

五花毬

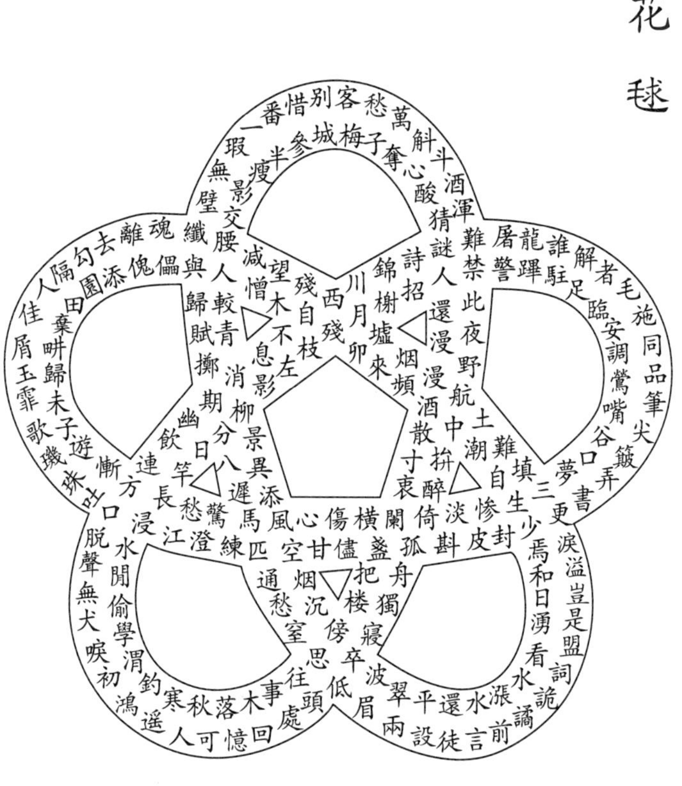

五花毬　客舟漫興

蓦山溪一調，兩同心一調，浪淘沙一調，最高楼一調。兩層交加讀。外層，蓦山溪，客愁起，江浸止。兩同心，口吐起，惜别止。浪淘沙，梅子起，臨安止。最高楼，調鶯起，參城止。難禁中長更與浸空等字，平仄兩讀。内共隱二十八字。

蓦山溪一調

客愁萬斛，斗酒渾難禁角此夜野航中，拚醉倚孤舟獨寢亢卒低頭處，回憶可人遥氐鴻初唳，犬無聲，脱口方連飲房幽期消息，不自西川錦心詩謎難屠龍，誰解者毛施同品尾筆尖簸弄，書更少封皮箕斟孤盞，儘甘空，匹練澄江浸斗

兩同心一調

口吐珠璣，歌霏玉屑，佳人隔、勾去離魂牛纖腰減、望殘西月女墟烟漫，航土難填，三更淚溢虚豈是盟詞詭譎，前言徒設危兩眉低、思室愁通，匹馬遲、八分期擲室賦歸與，纖璧無瑕，一番惜别壁

浪淘沙一調

梅子奪心酸，猜謎人還，漫漫酒散寸衷闌奎盞把楼傍思往事，木落秋寒娄 釣渭學偷閒，水浸長竿胃日分柳影左枝殘昴月榭招人禁警蹕，駐足臨安畢

最高楼一調

調鶯嘴，谷口夢三生觜慘淡倚闌横，傷心風馬驚愁長參方慚遊子未歸畊，棄田園井添傀儡，與人憎鬼 木自殘，卯來頻酒中柳潮自生，少焉和日湧星看水漲，水還平張翠波卒傍沉烟空，風添異景柳消青翼較人腰，交影瘦，半參城軫

竝頭花

虹鳴聽逕箔動夢驚裴
虹未愁簫操高風弄意
意憂寫調煽燼篆爐嵋
裴寄待涼鸍思望遠嵋
箔月江秋韶吟星在煽
操抛輕尺韶日瞻青鸍

竝頭花　閨意

五言絶四首。韶字四分讀，箈鷱煽操字三分讀，裴嵋意虹字兩分讀。立秋至驚非，日日至寄衣爲一首。日日至遠山，口吟至爐間爲一首。口吟至憂心，刀尺至弄音爲一首。刀尺至未工，立秋至鳴虫爲一首。

五言絶四首

立秋江月白，水動夢驚非。日日瞻青鳥，雨凉待寄衣。
日日瞻青鳥，相思望遠山。口吟星在户，火爐篆爐間。
口吟星在户，羽調寫憂心。刀尺輕抛手，木高風弄音。
刀尺輕抛手，品簫愁未工。立秋江月白，竹逕聽鳴虫。

繞屋梅華

飛雪暗長天
夜深聞漏緩
依依帶別情
藹藹遥山満

後窓臨岸竹
瓊樹似新栽
透雪寒光散
花隨早蝶來

初月上銀鈎
冷光明似雪
疎疎竹外枝
皎皎寒潭潔

凍解池開綠
前階枕浦沙
夢迴寒夜永
金剪一枝花

空水共澄鮮
衆芳春競發
風調夜景清
影麗重輪月

曲池浮采采
新芷半妝叢
玉頻凌風露
烟開竟野通

殘夜水明樓
淺深俱隱映
寒枝歷歲寒
笑輟春妝鏡

石苔侵綠蘚
含翠共搖風
隔樹花如綴
枝枝帶竹叢

紅綻雨肥梅
洒空深巷靜
風飄素影寒
蝶夢翻花冷

景落春臺霧
蛾驚半頻顰
静將流水對
城市厭囂塵

危石聳前洲
雪和新雨落
遲遲別日長
梟梟春枝弱

遠開風瑟瑟
含露或低垂
晚景寒鴉集
斜暉映薄帷

迎歲早梅新
怨情感離別
縈迴屢逐風
冷艷全欺雪

靄空迷晝景
斜岸列依依
碎影涵流動
寒雲掩落暉

斜月半空庭
數枝寒照水
遮風展小屏
濯錦翻紅芷

靚妝愁日暮
難學是生香
勁氣乘寒凝
松筠共老蒼

移榻坐庭陰
捲衣輕舄懶
披香愛雪霏
野樹蒼烟斷

露結林棘葉
幽尋記往時
素華春漠漠
寒磬度高枝

輕雪帶風斜
劇談詩思苦
清光墜樹梢
蝶颺縈空舞

樹樹花如雪
輕香誤採人
露零宵鶴警
霞景瑩芳春

珠箔閉高堂
晚香傳遠樹
無人別意看
寂寂空郊暮

遠烟平似水
青眼倍增明
晚日催絃管
冰蕤亂玉英

花盡覺梅疎
不知春色早
鴉飛嶺外陂
露濕寒塘艸

薄暮空潭曲
浮香隔岸通
落花飄度影
芳意更匆匆

塵減玉階寒
晚來風景麗
新妝映標梅
素影紗窓霽

半窓分曉月
溪轉水紋斜
亂竹搖疎影
梅殘正落花

朝吟復暮吟
遠道終難寄
高閣水風清
色凝瓊樹倚

動枝生亂影
空伴夜泉清
夢裡鄉關遠
尋花幾處行

尊酒對花風
細枝青玉潤
軒窓映月深
蠟淚垂蘭燼

渴酒無香味
南枝獨早芳
折花牽短樹
吟嘯屬尋常

遶屋梅華

雪後園梅忽開欲作一詩苦無新致仍檢前人句以當之花神有知諒弗哂余

集古五言絶六十首。順讀三十首，倒讀三十首，皆自右而左。飛雪起，酒渴止。

集古五言絶六十首

飛雪暗長天，夜深聞漏緩。依依帶別情，藹藹遥山滿。

李嶠　王脩己
張祐　韋承慶

滿山遥藹藹，情別帶依依。緩漏聞深夜，天長暗雪飛。

後窓臨岸竹，瓊樹似新栽。透雪寒光散，花隨早蝶來。

李百藥　王衡
白行簡　李嶠

來蝶早隨花，散光寒雪透。栽新似樹瓊，竹岸臨窓後。

初月上銀鈎，冷光明似雪。疎疎竹外枝，皎皎寒潭潔。

許敬宗　陳子微
葉景南　謝靈運

潔潭寒皎皎，枝外竹疎疎。雪似明光冷，鈎銀上月初。

凍解池開緣，前階枕浦沙。夢廻寒夜永，金剪一枝花。

簡文帝　李百藥
胡儼　公乘億

花枝一剪金，永夜寒迴夢。沙浦枕階前，綠開池解凍。
空水共澄鮮，衆芳春競發。風調夜景清，影麗重輪月。

劉挺　劉灣
劉禹錫　張正見

月輪重麗影，清景夜調風。發競春芳衆，鮮澄共水空。
曲池浮采采，新蕋半妝叢。玉頰凌風露，烟開竟野通。

柳渾　唐太宗
元好問　虞世南

通野竟開烟，露風凌頰玉。叢妝半蕋新，采采浮池曲。
殘夜水明楼，淺深俱隱映。寒枝歷歲寒，笑輟春粧鏡。

杜甫　元稹
武平一　孟郊

鏡粧春輟笑，寒歲歷枝寒。映隱俱深淺，楼明水夜殘。
石苔侵綠蘚，含翠共搖風。隔樹花如綴，枝枝帶竹叢。

陳後主　駱賓王
唐太宗　僧齊己

叢竹帶枝枝，綴如花樹隔。風搖共翠含，蘚綠侵苔石。
紅綻雨肥梅，洒空深巷靜。風飄素影寒，蝶夢翻花冷。

杜甫　王維
杜審言　葉景南

冷花翻夢蝶，寒影素飄風。靜巷深空洒，梅肥雨綻紅。

景落春臺霧，蛾驚半額顰。靜將流水對，城市厭囂塵。

王維　白居易　張希復　盧思道

塵囂厭市城，對水流將靜。顰額半驚蛾，霧臺春落景。

危石聳前洲，雪和新雨落。遲遲別日長，裊裊春枝弱。

江總　蘇彥　暢諸　魏收

弱枝春裊裊，長日別遲遲。落雨新和雪，洲前聳石危。

靄空迷晝景，斜岸列依依。碎影涵流動，寒雲掩落暉。

李景　駱賓王　柳惲　簡文帝

暉落掩雲寒，動流涵影碎。依依列岸斜，景晝迷空靄。

迎歲早梅新，怨情感離別。縈廻屢逐風，冷艷全欺雪。

唐太宗　唐明皇　李白　邱爲

雪欺全艷冷，風逐屢廻縈。別離感情怨，新梅早歲迎。

遠聞風瑟瑟，含露或低垂。晚景寒鴉集，斜暉映薄帷。

簡文帝　裴均　梁宣帝　王褒

帷薄映暉斜，集鴉寒景晚。垂低或露含，瑟瑟風聞遠。

斜月半空庭，数枝寒照水。遮風展小屏，濯錦翻紅蕋。

何遜　翁續古
楊衡　錢起

蕋紅翻錦濯，屏小展風遮。水照寒枝数，庭空半月斜。

靚粧愁日暮，難學是生香。勁氣乘寒凝，松筠共老蒼。

李叔卿　尤延之
陳子微　米元章

蒼老共筠松，凝寒乘氣勁。香生是學難，暮日愁粧靚。

移榻坐庭陰，捲衣輕髩懶。披香愛雪霏，野樹蒼烟断。

李百藥　温庭筠
李適　陳子昂

断烟蒼樹野，霏雪愛香披。懶髩輕衣捲，陰庭坐榻移。

露結林踈葉，幽尋記往時。素華春漠漠，寒磬度高枝。

唐太宗　朱晦翁
白居易　司空圖

枝高度磬寒，漠漠春華素。時往記尋幽，葉踈林結露。

輕雪帶風斜，劇談詩思苦。清光墜樹梢，蝶颭縈空舞。

徐陵　宇昭
朱慶餘　簡文帝

舞空縈颭蝶，梢樹墜光清。苦思詩談劇，斜風帶雪輕。

樹樹花如雪，輕香誤採人。露零宵鶴警，霞景瑩芳春。

春芳瑩景霞，警鶴宵零露。人採誤香輕，雪如花樹樹。

李白 張養浩 趙彥昭 許敬宗

珠箔閉高堂，晚香傳遠樹。無人別意看，寂寂空郊暮。

司馬札 謝變 許有壬 何遜

暮郊空寂寂，看意別人無。樹遠傳香晚，堂高閉箔珠。

遠烟平似水，青眼倍增明。晚日催絃管，氷蕤亂玉英。

雍陶 韓偓 黃月屋 朱晦翁

英玉亂蕤氷，管絃催日晚。明增倍眼青，水似平烟遠。

花盡覺梅疎，不知春色早。鴉飛嶺外陂，露濕寒塘艸。

湘東王 張養浩 王適 謝眺

艸塘寒濕露，陂外嶺飛鴉。早色春知不，疎梅覺盡花。

薄暮空潭曲，浮香隔岸通。落花懸度影，芳意更匆匆。

王維 江總 駱賓王 王梅谿

匆匆更意芳，影度懸花落。通岸隔香浮，曲潭空暮薄。

塵減玉階寒，晚來風景麗。新粧映摽梅，素影紗窓霽。

施肩吾 鄭世翼 李百藥 鄭錫

霽窓紗影素，梅摽映粧新。麗景風來晚，寒階玉減塵。

半窓分曉月，溪轉水紋斜。亂竹摇疎影，梅殘正落花。

王貞白　許渾
駱賓王　徐皓

花落正殘梅，影疎摇竹亂。斜紋水轉溪，月曉分窓半。

朝吟復暮吟，遠道終難寄。高閣水風清，色凝瓊樹倚。

崔塗　庾肩吾
裴説　劉夢得

倚樹瓊凝色，清風水閣高。寄難終道遠，吟暮復吟朝。

動枝生亂影，空伴夜泉清。夢裏鄉關遠，尋花幾處行。

虞世南　温庭筠
葉景南　李白

行處幾花尋，遠關鄉裏夢。清泉夜伴空，影亂生枝動。

尊酒對花風，細枝青玉潤。軒窓映月深，蠟淚垂蘭燼。

李百藥　僧廣宣
劉得仁　李賀

燼蘭垂淚蠟，深月映窓軒。潤玉青枝細，風花對酒尊。

渴酒無香味，南枝獨早芳。折花牽短樹，吟嘯屬尋常。

朱慶餘　李嶠
庾肩吾　孟貫

常尋屬嘯吟，樹短牽花折。芳早獨枝南，味香無酒渴。

刊本題作「雪後咏梅」

羅盤　十二月閏中行樂詞西堂百末詞舊有此題余戲爲廣其意云

雙調憶王孫六調，漁家傲六調。兩調相間之字讀，首一字暗藏艮寅甲卯乙辰巽巳丙午丁未坤申庚酉辛戌乾亥壬子癸丑二十四字，俱左旋。

雙調憶王孫一調

良宵煮酒熟屠蘇，華勝粧釵顫玉魚。又把宜春兩字書，整歡娱，簫鼓留人喜氣舒。
演成鮑老舞氍毹，會近鼇山鬧路紆。明月團圞照夜初，笑相呼，姊妹還邀問紫姑。

漁家傲一調

匣鏡還開秋水面，盈盈社燕驚春半。撲蝶紅橋人影亂，茜裙絆，背郎含笑尋同伴。
柳帶垂垂新折斷，漢宮傳蠟輕烟散。何處秋千真習慣，墻頭見，飛仙故把全身現。

雙調憶王孫一調

乞來新火記清明，紅雨湔裙漫獨吟。閒倚紗窓聽小鶯，繫金鈴，護取名花結子成。
晨光催我踏莎行，鬬草尋芳日正晴。戲脱瑶環笑語輕，賭輸嬴，嬴得同心縷幾莖。

羅盤

夏
丸浴罷蘭
闌倚倦湯
整花冠自摘
囊翠結榴緋
乞私難
檀郎半
興話
幽人
多
許

節
還續命爭
懸縷彩將
鼓聲喧兩兩
瀾碧盪舟龍
天中佳
報又暄
曉風
扇紈
搖
柄

桑
柘野景清
晝入宜和
烟光瀉一番
衩裙湘潤梅
浸曉尋
數羅暇
人不
蠶先
罷
祀

英
謝拂拂薰
夏已時風
蝦鬚掛新茶
午猶香處烹
無恙紅
枝綠夜
春幾
發遊
勝
還

正
晴戲脫瑤
輕語笑環
賭輸贏贏得
荳幾縷心同
尋芳日
草閑行
踏莎
我催
光
晨

獨
吟閒倚紗
鶯小聽窓
繫金鈴護取
成子結花名
簡裙漫
雨紅明
記清
火新
來
乞

烟
散何處秋
慣習真千
墻頭見飛仙
現身全把故
傳蠟輕
宮漢斷
新折
垂垂
帶
柳

春
半撲蝶紅
亂影人橋
茜裙絆背郎
伴同尋笑合
社燕驚
盈盈面
秋水
閑還
鏡
匣

路
紆明月團
初夜照圓
笑相呼姊妹
姑紫問邀還
藝山關
近會稔
舞鶺
老鮑
成
演

玉
魚又把宜
書字兩春
整歡娛簫鼓
舒氣喜人留
妝釵顫
勝華蘇
酒熟
煮屠
宵
良

投
報擬頌椒
稿打頻花
藏鈎巧阿誰
妙中盤透柰
翠管爭
脂口峭
香寒
丁料
結
鈕

林
早畫虎懸
好節時螺
春先到一聲
曉門千竹爆
梅點
老綴園
零蓮
凋子
子
葵

漁家傲一調

選勝遊殘春幾夜，綠枝無恙紅英謝。拂拂薰風時已夏，蝦鬚掛，新茶烹處香猶乍。
祀罷先蚕人不暇，羅敷浸曉尋桑柘。野景清和宜入畫，烟光瀉，一番梅潤湘裙衩。

雙調憶王孫一調

柄摇紈扇曉風喧，又報天中佳節還。續命爭將彩縷懸，鼓聲喧，兩兩龍舟盪碧瀾。
許多幽興話人難，私乞檀郎半夏丸。浴罷蘭湯倦倚闌，整花冠，自摘緋榴結翠鬟。

漁家傲一調

亭外鬘華香吐雪，池邊荷葉光凝碧。玉骨氷肌涼似拭，聞薌澤，漫勞紈素輕相拍。
味轉清佳情轉逸，晝長獨卧青奴側。夢破桐陰釵墮席，紗窓白，月明如水秋先得。

雙調憶王孫一調

琿璪爲佩玉爲環，雅稱氷紈衫子單。睡起先將秋色探，月彎彎，此夕雙星注合歡。
神仙也苦會時難，何似頻將烏鵲煩。但許填橋不許還，永團圓，銀漢無情空作寃。

漁家傲一調

賡和坡仙明月句，早知又屬中秋序。同是瓊楼和玉宇，人相顧，緣窓無事喁喁語。
酒泛金甌花滿圃，多情未許銀蟾去。桂影婆娑如起舞，簫聲度，廣寒偷得霓裳譜。

雙調憶王孫一調

辭官陶令興偏豪，三徑歸來菊未凋。小苑疎花點寂寥，晚香飄，白白黄黄比瘦腰。
成群逐隊試登高，酒飲茱萸醉半消。簾捲西風落翠翹，漫相嘲，約伴仝飡小鹿餻。

漁家傲一調

乾鵲啼殘風瑟瑟，寒衣是處催刀尺。陽月還看春暗洩，鸚哥説，海棠開遍香無跡。
刻漏迢迢眠未得，玉壺爭訝氷花結。雲髻偷將通草摘，粧臺側，閒窺秘戲消今夕。

雙調憶王孫一調

凭欄遥遞水風寒，六出飛花絮作團。瑞炭氊爐灰半殘，夜漫漫，誰飲羊羔興未闌。
學描花樣繡雙鴛，針線新添笑自穿。煖閣深沉日欲閒，課青環，插棘重重護建蘭。

漁家傲一調

葵子凋零蓮子老，臘梅點綴園林早。畫虎懸螺時節好，春先到，一聲爆竹千門曉。
紐結丁香寒料峭，口脂翠管爭投報。擬頌椒花頻打稿，藏鈎巧，阿誰忝透盤中妙。

錢塘丁氏藏鈔本蘭湄幻墨前編

按刊本讀法『俱左旋』後，還有『如良宵起，至氣舒爲半調，又演成起至紫姑爲全調。其漁家傲，匣鏡起至同伴爲半調，又柳帶至身現爲全調。餘倣此』。『紈素』：圖文作『紈扇』

回文集卷十六　目錄

九宮

久坐應知漏永柳年當及不似渭城倥偬
來河微動簾開書凍初雲聲連山洞此情
時星黑幕誦寄赤冲歌橋白地種
幾夜金閒將雁聽石芳情
月缺控雙鈎誦離無用宛轉輾捧親尊種
詠重頭白首一片落花風送相肩香拍輕
起强共誰喃夢魂何猛軟立小湧徐潮重
試燕紫喃如睡黃栗倚日白紅珍
題獨語夢醒留明漫臉重
詩棲梁棟小如喚仲春鳴窓傾春甕膩珍
還把毫尖閒弄偷簫玉記猶覺心情懵懂
君埋青塚一雲目隴西流愁邀新寵錦惶
昭半綠曲擁斷碧暗開能白字恐
怨鬓琵雲蕭水惹苧巳惶
寫欲痛增琶擁郎金鞚樓外分咏殘成恐
冗都詞新怪却羨秦臺乘鳳孤頭釵斷敲

九宫　閨詞

如夢令九調。每宫爲一調。其一，白日起，右旋至相送止。其二，黑夜起，左旋至重詠止。其三，碧水起，右旋至乘鳳止。其四，緣鬟起，左旋至都冗止。其五黄栗起，右旋至風送止。其六，白石起，左旋至相送止。其七，赤鴈起，右旋至風送止，其八，白苧起，左旋至孤鳳止。其九，紫燕起，右旋至重詠止。立倚明窓等字俱合用。

如夢令九調

白日漫傾春甕，膩臉紅潮徐湧。小立倚明窓，猶覺心情懵懂。珍重，珍重，輕拍香肩相送。

黑夜星河微動，簾幙金鈎雙控。缺月幾時來，久坐應知漏永。閒誦，閒誦，一首白頭重詠。

碧水暗流西隴，目断蕭郎金鞚。楼外惹閒愁，猶記玉簫偷弄。雲擁，雲擁，却羡秦臺乘鳳。

緣鬟半埋青塚，一曲琵琶增痛。欲寫怨昭君，還把毫尖閒弄。雲擁，雲擁，却怪新詞都冗。

黄栗留鳴春仲，喚醒睡魂何猛。軟立倚明窓，猶記玉簫偷弄。如夢，如夢，一片落花風送。

白石橋連山洞，此地芳尊親捧。輾轉聽歌聲，不似渭城倥傯。情種，情種，輕拍香肩相送。

赤鴈冲雲初凍，書寄將離無用。宛轉聽歌聲，不及當年柳永。閒誦，閒誦，一片落花風送。

白苧能邀新寵，錦字已成殘咏。分外惹閒愁，猶覺心情懵懂。惶恐，惶恐，敲断釵頭孤鳳。

紫燕獨棲梁棟，小語喃喃誰共。强起試題詩，還把毫尖閒弄。如夢，如夢，一首白頭重詠。

菊英

菊英　　將建菊圃喜而拈此

七言絶一首，五言排律一首，六言絶三首。每瓣上用建除滿平定執破危成收開閉十二字。建圃句起，右旋至收取句止。中心呆耶兩字分爲口木耳阝四字，句尾以艿合木成栽，以赱合耳成趣，以音合阝成陪，是爲七言絶。其五言排律，建蘭句起至閉門句止。其六言絶，建瓻句起至閉簾句止，亦並右旋。

七言絶一首

建圃除將滿逕苔，平頭定解執花栽。破籬危步成佳趣，收取開榯閉户陪。

五言排律一首

建蘭花事了，除蠹養秋葩。滿盎清風颭，平階冷月斜。定交松是伴，執盞酒長賒。破蕋占霜傑，危枝傲物華。成叢吟紫艷，收種禁青蛙。開處剛重九，閉門興自遐。

六言絶

建瓻何如抱甕，除悶惟有尋閒。滿擬灌園新課，平時門亦常関。

定期冒雨相訪，執手如逢故人。破帽風來恋恋，危牆蝶過頻頻。

成就先生高節，收留刺史清尊。開晚足看一月，閉簾香捲黄昏。

刊本題作『將建菊圃喜拈』

三元

三元　閨怨

黄鶯兒一拍，小秦王一調，七言絶一首。上爲黄鶯兒，右爲小秦王，左爲七絶，俱會意讀。

黄鶯兒一拍

斜月入横窓，歎無人影帶凉，篆烟曲折風偏颺。重門草香，三更夜長，欲都撇去心中想。剔殘釭，分明夢短，反恨半空牀。

小秦王一調

木落秋殘年接年，情無一點日高眠。鏡分釵断心重憶，顛倒長吟頭白篇。

七言絶一首

草堂風細半簾斜，懊惱同心手反扠。散步横橋人不見，小池月照並頭花。

合璧聯珠

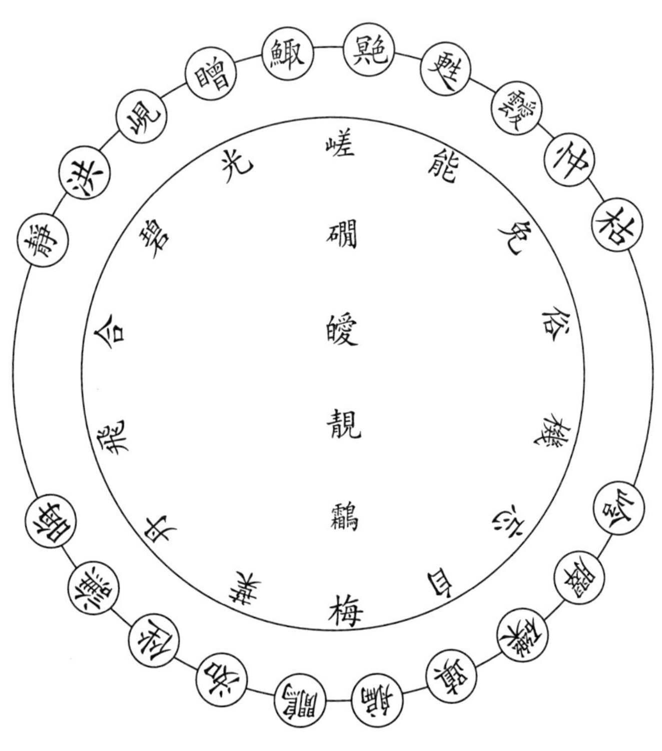

合璧聯珠　高隱吟

六言絶一首，五言絶二首。中行六字，合書分讀，從中出外，兩句爲聯，首愛閒句、次見鳥句、次白石句、次青霜句。上下二十字亦分四十字，並自右向左讀，古木至爭青爲一首，每日至含山爲一首。

六言絶一首

愛閒差能免俗，見鳥每自忘機。白石山光碧合，青霜木葉丹飛。

五言絶二首

古木心中愛，雲生更色冥。取魚曾目見，山水共爭青。
每日無言坐，人如水鳥閒。扁舟真足樂，石翠月含山。

外五行

漳坟
汗枯爥棕
相濛鋘熄汰釭
境濛渼鈺涳捞錄墡
洄機松銘洌滸坂材汎櫃
埱淰渢澐檜泚汩熇鋸沐柘烔
沖沁瀉楛柑鏘烘鍋梘瀨棚烺熺沮

外五行　感興

七言律一首。向左向右層折而下，文章起，心中止。俱除去金木水火土邊傍讀。

七言律一首

文章千古屬宗工，太息吳蒙目竟蒙。美玉空勞求善賈，凡才反許列名公。幾回長念風雲會，此日高居木石同。且喜良朋頻見過，共將甘苦寫心中。

藥方

雲母屏開　珍珠簾閉　防風吹散

沉香離情抑　鬱金縷織流　黃柏影

桂枝交映　從容起弄　水銀塘

連翹首驚過　半夏涼透　薄荷裳一

鈎藤上月尋　常山夜夢　宿沙場早心

輕粉黛　獨活空房欲　續斷絃未得

烏頭白最　苦參商　當歸也

茱萸酒　熟地老　菊花荒

藥方　靜夜思

滿庭芳一調。藥名連小字讀，前闋雲母屏開起，薄荷裳止。後闋一鉤藤上月起，菊花荒止。

滿庭芳一調

雲母屏開，珍珠簾閉，防風吹散沉香。離情抑鬱，金縷織流黃。柏影桂枝交映，從容起，弄水銀塘。連翹首，驚過半夏，涼透薄荷裳。一鉤，籐上月，尋常山夜，夢宿沙場。早心輕粉黛，獨活空房。欲續断絃未得，烏頭白，最苦參商。當歸也，茱萸酒熟，地老菊花荒。

同心結

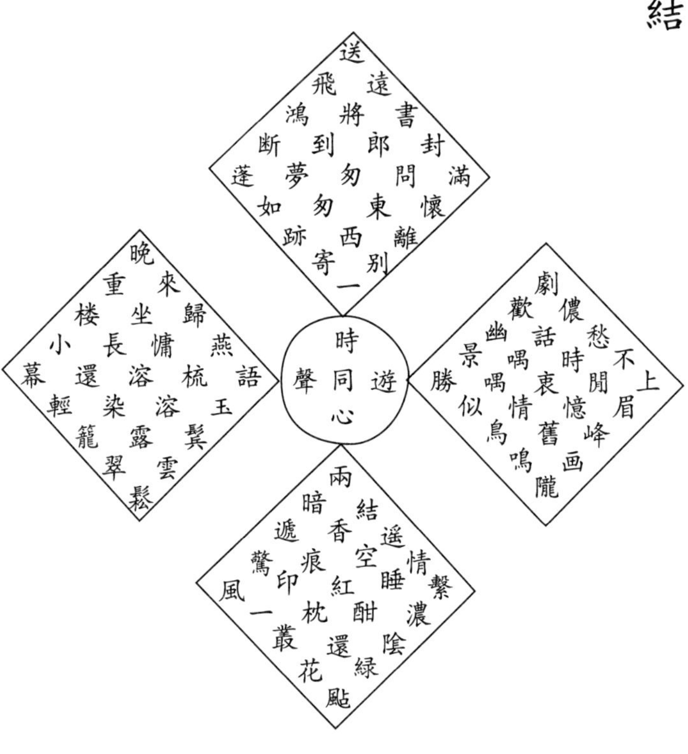
送
飛 遠
鴻 將 書
斷 到 郎 封
蓬 夢 匆 問 滿
如 匆 東 懷
跡 西 離
寄 別
一
晚
重 來
楼 坐 歸
小 長 慵 燕
幕 還 溶 梳 語
輕 染 溶 玉
籠 露 鬟
翠 雲
鬆
時
聲 同 遊
心
劇
歡 儂
幽 話 愁
景 喁 時 不
勝 喁 衷 閒 上
似 情 憶 眉
鳥 舊 峰
鳴 画
朧
兩
暗 結
遮 香 遙
驚 痕 空 情
風 印 紅 睡 繫
一 枕 酣 濃
叢 還 陰
花 綠
颭

同心結　閨思

臨江仙第一體四調。中同字，四調合用。同遊勝景起，左旋入內，復迴文至勝遊同爲一調。同心兩結起，左旋入內，復迴文至兩心同爲一調。同聲語燕起，右旋入內，復迴文至語聲同爲一調。同時一別起，右旋入內，復迴文至一時同爲一調。

臨江仙第一體四調

同遊勝景幽歡劇，儂愁不上眉峰。画隴鳴鳥似喁喁，話時閒憶舊情衷。衷情舊憶閒時話，喁喁似鳥鳴隴。画峰眉上不愁儂，劇歡幽景勝遊同。

同心兩結遙情繫，濃陰綠颭花叢。一風驚遞暗香空，睡酣還枕印痕紅。紅痕印枕還酣睡，空香暗遞驚風。一叢花颭綠陰濃，繫情遙結兩心同。

同聲語燕歸來晚，重楼小幕輕籠。翠鬆雲鬂玉梳慵，坐長還染露溶溶。溶溶露染還長坐，慵梳玉鬂雲鬆。翠籠輕幕小楼重，晚來歸燕語聲同。

同時一別離懷滿，封書遠送飛鴻。断蓬如跡寄西東，問郎將到夢匆匆。匆匆夢到將郎問，東西寄跡如蓬。断鴻飛送遠書封，滿懷離別一時同。

紙背

主去圓大立情前無
正陰出山沉舊新迷
彼聚醞糙實暗斷形
靜澀深下輕淡低知
短地早開畢慈茶莫

紙背　咏返照

五言律一首。字皆反書，意亦反讀。如主去圓大立，乃客來方小坐；晴前無正陰，乃雨後有斜陽。餘倣此。

五言律一首

客來方小坐，雨後有斜陽。入水浮新綠，迎人散好光。虚明連影動，清淺上軒凉。高唱長天暮，開尊喜酒香。

奇門八陣

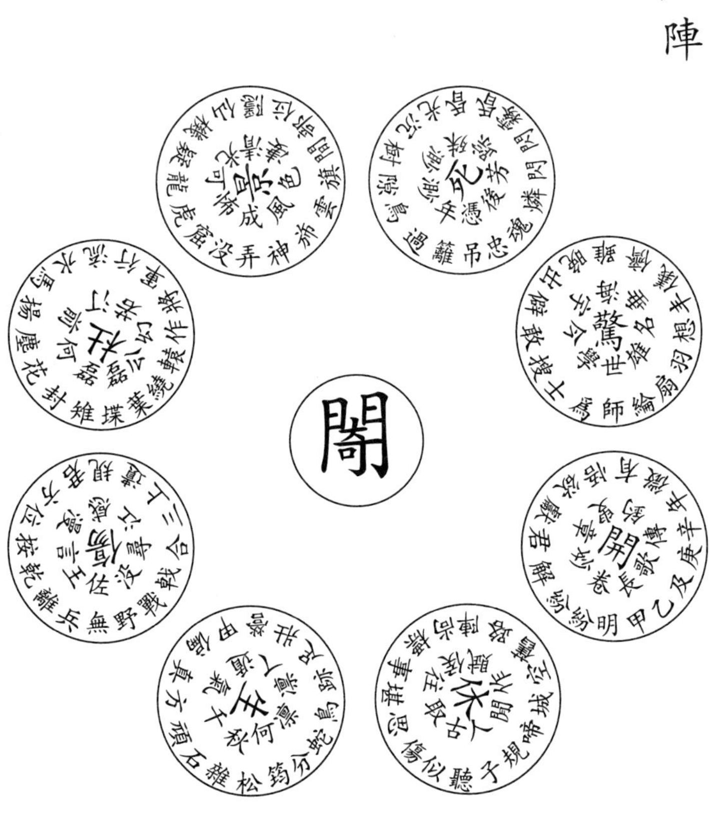

奇門八陣　觀武侯八陣圖

臨江仙四調。休生傷杜景死驚開八字領調，從内右旋而出，每次句借前句尾半字爲首，兩圖合成一調，前闋以中奇字煞，後闋以中門字煞。

臨江仙四調

休取古人閒作賦，武侯往事堪思。心傷似聽子規啼。帝城空舊路，各陣尚標奇。　生
氣千秋何凜凜，示人遁甲偏真。八方頑石雜松筠。均分蛇鳥跡，亦足壯營門。
傷感漫言王佐没，又尋江上遺規。見君方位按乾離。佳兵無野戰，戈戟合三奇。　杜
若汀前何磊磊，石公幻作將軍。車行流水馬揚塵。土花封雉堞，木葉繞轅門。
景色凄清光可怖，布成風旆雲旗。其間部位隱仙機。幾疑龍虎窟，出没弄神奇。　死
後芳踪殊渺渺，少年憑吊忠魂。鬼燐閃閃霧昏昏。日光沉樹隙，小鳥過籬門。
驚世雄名垂海宇，于今學士爲師。巾綸扇羽想丰儀。我儕雖晚出，山僻敢搜奇。　開
卷長歌傳釣叟，文章妙解紛紛。分明甲乙及庚辛。十年微有悟，吾欲獻君門。

井田

殘	笛	吹	寒	調	影	流	剛	半	秋
思			蟾			風			月
歌			挹			轉			晴
團	團	喜	素	魄	鏡	古	照	明	楼
扇			手			樹			滿
碧			怯			豔			晚
光	清	弄	自	好	爽	氣	露	西	山
鷩			捲			愛			佳
袖			簾			花			興
涼	夜	知	長	坐	桂	攀	吟	望	開

井田　咏秋月

五言絶八首。縱横讀，每兩行爲一首，俱廻文。秋楼山閒流古氣攀寒素自長殘團光凉十六字合用。

五言絶八首

秋月晴楼滿，晚山佳興閒。流風轉古樹，豔氣愛花攀。
攀花愛氣豔，樹古轉風流。閒興佳山晚，滿楼晴月秋。
寒蟾挹素手，怯自捲簾長。殘思歌團扇，碧光驚袖凉。
凉袖驚光碧，扇團歌思殘。長簾捲自怯，手素挹蟾寒。
秋半剛流影，調寒吹笛殘。楼明照古鏡，魄素喜團團。
團團喜素魄，鏡古照明楼。殘笛吹寒調，影流剛半秋。
山西露氣爽，好自弄清光。閒望吟攀桂，坐長知夜凉。
凉夜知長坐，桂攀吟望閒。光清弄自好，爽氣露西山。

刊本讀法『合用』後，還有『首秋月起，花攀止；次寒蟾起，至袖凉止；次秋半起，團團止；次山西至夜凉止。各廻文，亦四首。』

葫蘆

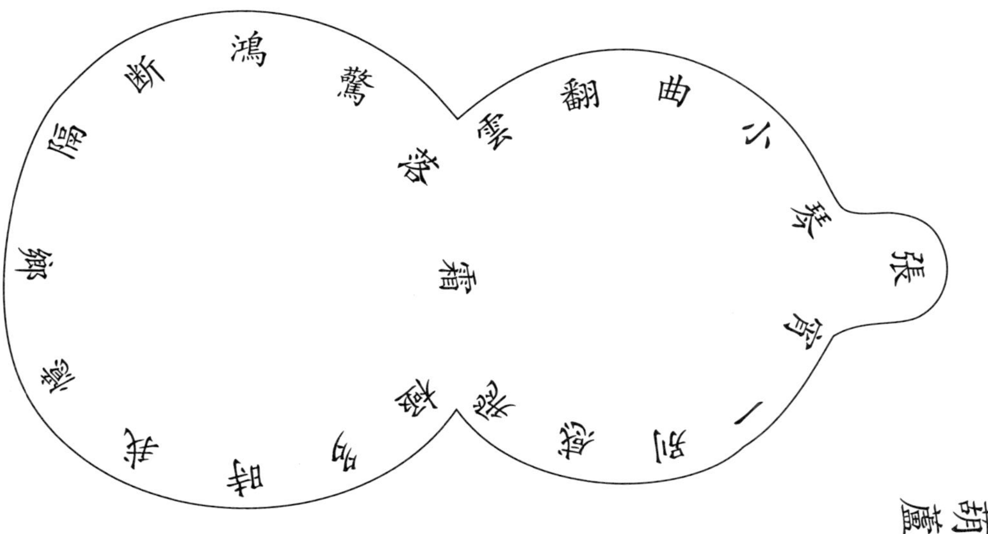

葫蘆　秋閨

七言絶二首。張字長張兩讀，鄉字郎鄉兩讀，霜字霜木目雨四讀。長宵至飛霜爲首句，木落至隔鄉爲次句，郎憶至極目爲三句，雨雲至琴張爲末句，廻文即爲二首。

七言絶二首

長宵一别感飛霜，木落驚鴻断隔鄉。郎憶我時多極目，雨雲翻曲小琴張。

張琴小曲翻雲雨，目極多時我憶郎。鄉隔断鴻驚落木，霜飛感别一宵長。

一垣星斗

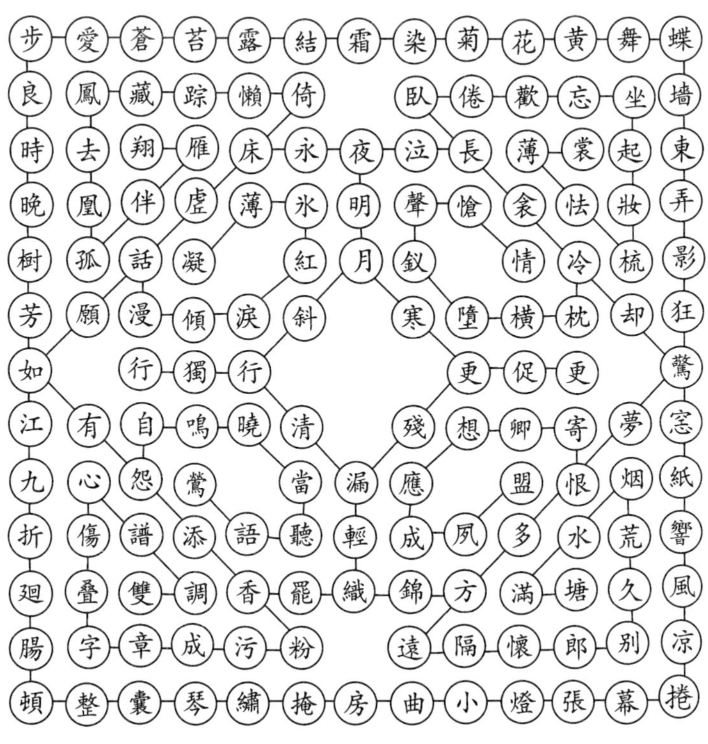
步愛蒼苔露結霜染菊花黃舞蝶
良鳳藏踪懶倚臥倦歡忘坐墻
時去翔雁床永夜泣長薄裳起東
晚凰伴虛薄氷明聲愴衾怯妝弄
樹孤話凝紅月釵情冷梳影
芳願漫傾淚斜寒墮橫枕却狂
如行獨行更促更驚
江有自鳴曉清殘想卿寄夢窓
九心怨鶯當漏應盟恨烟紙
折傷譜添語聽輕成夙多水荒響
廻疊雙調香罷織錦方滿塘久風
腸字章成污粉遠隔懷郎別凉
頓整囊琴繡掩房曲小燈張幕捲

一垣星斗　閨怨

南鄉子八調，長相思八調。南鄉子，上自霜字向右三角轉入内裳字止，即廻文至霜爲一調。自霜向左至翔亦然。下自房字右至塘、左至雙俱同。又從霜字至鶩字即接入下三角讀，廻文亦得一調。餘倣此。長相思，右從更字入内，上轉至情字作龜紋讀，廻文爲一調，自更字入内下轉至盟字亦然。左從行字、上至凝、下至鶩俱同。又從更字至夜字，即接入左，龜紋讀，廻文亦得一調。餘倣此。

南鄉子八調

霜染菊花黃，舞蝶墻東弄影狂。驚却冷衾長臥倦，歡忘，坐起粧梳怯薄裳。 裳薄怯

梳粧，起坐忘歡倦臥長。衾冷却驚狂影弄，東墻，蝶舞黃花菊染霜。

霜結露苔蒼，愛步良時晚樹芳。如願話虛床倚懶，蹤藏，鳳去凰孤伴鴈翔。 翔鴈伴

孤凰，去鳳藏蹤懶倚床。虛話願如芳樹晚，時良，步愛蒼苔露結霜。

房曲小燈張，幕捲涼風響紙窓。驚夢恨多方遠隔，懷郎，別久荒烟水滿塘。 塘滿水

烟荒，久別郎懷隔遠方。多恨夢驚窓紙響，風涼，捲幕張燈小曲房。

房掩繡琴囊，整頓腸廻折九江。如有怨添香粉污，成章，字叠傷心譜調雙。 雙調譜

心傷，叠字章成污粉香。添怨有如江九折，廻腸，頓整囊琴繡掩房。

霜染菊花黃，舞蝶墻東弄影狂。驚夢恨多方遠隔，懷郎，別久荒烟水滿塘。塘滿水
烟荒，久別郎懷隔遠方。多恨夢驚狂影弄，東墻，蝶舞黃花菊染霜。
霜結露苔蒼，愛步良時晚樹芳。如有怨添香粉污，成章，字疊傷心譜調雙。雙調譜
心傷，疊字章成污粉香。添怨有如芳樹晚，時良，步愛蒼苔露結霜。
房曲小燈張，幕捲涼風響紙窓。驚却冷衾長臥倦，歡忘，坐起粧梳怯薄裳。裳薄怯
梳粧，起坐忘歡倦臥長。衾冷却驚窓紙響，風涼，捲幕張燈小曲房。
房掩繡琴囊，整頓腸迴折九江。如願話虛床倚懶，踪藏，鳳去凰孤伴雁翔。翔雁伴
孤凰，去鳳藏踪懶倚床。虛話願如江九折，迴腸，頓整囊琴繡掩房。

長相思八調

更促更，寒月明。夜泣長衾冷枕橫，墮釵聲愴情。情愴聲，釵墮橫。枕冷衾長泣夜
明，月寒更促更。
更促更，殘漏輕。織錦方多恨寄卿，想應成夙盟。盟夙成，應想卿。寄恨多方錦織
輕，漏殘更促更。
行獨行，斜月明。夜永床虛話漫傾，淚紅冰薄凝。凝薄冰，紅淚傾。漫話虛床永夜
明，月斜行獨行。

行獨行，清漏輕。織罷香添怨自鳴，曉當聽語鶯。鶯語聽，當曉鳴。自怨添香罷織
輕，漏清行獨行。
更促更，寒月明。夜永床虛話漫傾，淚紅氷薄凝。凝薄氷，紅淚傾。漫話虛床永夜
明，月寒更促更。
行獨行，斜月明。夜泣長衾冷枕橫，墮釵聲愴情。情愴聲，釵墮橫。枕冷衾長泣夜
明，月斜行獨行。
更促更，殘漏輕。織罷香添怨自鳴，曉當聽語鶯。鶯語聽，當曉鳴。自怨添香罷織
輕，漏殘更促更。
行獨行，清漏輕。織錦方多恨寄卿，想應成夙盟。盟夙成，應想卿。寄恨多方錦織
輕，漏清行獨行。

鏡屏

陰陰柳徑小烟同
興遣幽尋且自停鍼繡閣晚歸禽一帶叢心
憶屏畫展西窓燭剪明風光艷簇羅香浮知
彈梅瘦影清長夜照光滿當酒對彩可
琴蒼杯酒把文論際此眼歌長舞醉晴霞人
秋似較橫枝帶韵芳追人愁淚點垂花暗魂
高遥望首回存過客歡送細雨飛度斷
剪村扃户煨香芋火温春歸斜燕嬾庭閒思
冷露花黃似莫留淹近社舊縈愁縷繫空殘
啾啾聽別話閨消

語頻勸來真意春
尊酒醇需醉夢驚分手親粉
痕露天雲簇鱗

鏡屏　春閨

南柯子二調，南鄉子二調，減字木蘭花二調，長相思二調。南柯子，陰陰柳逕起，至憶彈琴爲半調，廻文即成全調；啾啾做此。南鄉子，屏畫展西窓起，至帶韵芳爲半調，廻文即成全調；温火做此。減字木蘭花，歌當酒對起，至淚照垂爲一調；花飛雨細起，至醉舞長爲一調。長相思，春意真起，至醇酒尊爲半曲，廻文即成全曲；鱗簇雲做此。各調内俱有重讀互换字。

南柯子二調

陰陰柳徑小，烟叢帶一禽。禽歸晚閣綉鍼停，自且尋幽遣興憶彈琴。琴彈憶興遣，幽尋且自停。停鍼綉閣晚歸禽，一帶叢烟小徑柳陰陰。

啾啾聽別話，閨空繫縷愁。愁縈舊社近淹留，莫似黄花露冷剪高秋。秋高剪冷露，花黄似莫留。留淹近社舊縈愁，縷繫空閨話別聽啾啾。

南鄉子二調

屏畫展西窓，燭剪明光照夜長。光照夜長清影瘦，梅蒼，似較横枝帶韵芳。芳韵帶枝横，較似蒼梅瘦影清。梅瘦影清長夜照，光明，剪燭窓西展畫屏。

温火芋香煨，户扃村遥望首回。遥望首回存過客，歡追，此際論文把酒杯。杯酒把文論，際此追歡客過存。歡客過存回首望，遥村，扃户煨香芋火温。

減字木蘭花二調

歌當酒對，對酒當歌長舞醉。醉舞長歌，眼滿風光艷簇羅。光風滿眼，人送春歸斜燕嬾。嬾燕斜歸，春送人愁淚點垂。

花飛雨細，細雨飛花垂點淚。淚點垂花，暗度閒庭嬾燕斜。庭閒度暗，霞彩浮香羅簇艷。艷簇羅香，浮彩霞晴醉舞長。

長相思二調

春意真，來勸頻。頻語同心知可人，醉需醇酒尊。尊酒醇，需醉人。人可知心同語頻，勸來真意春。

鱗簇雲，天露痕。痕粉消殘思斷魂，夢驚分手親。親手分，驚夢魂。魂斷思殘消粉痕，露天雲簇鱗。

『鱗簇雲，天露痕』鈔句原作『雲簇鱗，天露痕』，據圖文改。

相思版

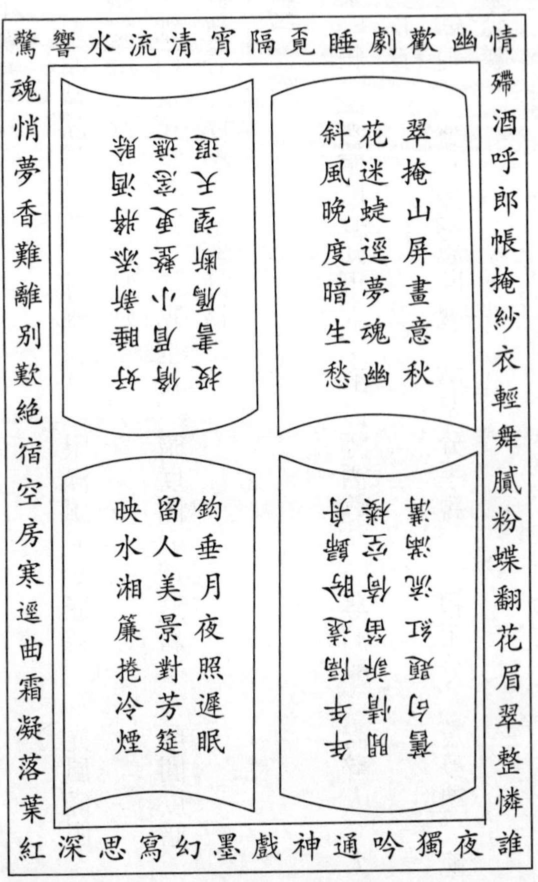
情幽歡劇睡覓隔宵清流水響驚
情㛹酒呼郎帳掩紗衣輕舞膩粉蝶翻花眉翠整憐誰
誰夜獨吟通神戲墨幻寫思深紅
驚魂悄夢香難離別歎絕宿空房寒逕曲霜凝落葉紅
翠掩山屏畫意秋
花迷蜨逕夢魂幽
斜風晚度暗生愁
好睡新添將酒餘
脩眉小整更窓遮
投書鴈斷望天遐
年年隔遠盼歸舟
閒情訴笛倚空樓
舊句題紅流滿溝
鈎垂月夜照遲眠
留人美景對芳筵
映水湘簾捲冷煙

相思版　秋晚

浣溪沙四調，十六字令八調。浣溪沙，順逆相間讀，翠掩起，生愁止爲半調，賖酒起，書投止成全調，餘三調倣此。十六字令，情殢酒起至蝶翻花，紗掩帳至隔宵清，香夢悄至劇歡幽，流水響至宿空房，紅葉落至別離難，寒逕曲至戲神通，眉翠整至寫思深，吟獨夜至舞輕衣，俱就韵蟬聯讀，共得八調。

浣溪沙四調

翠掩山屏畫意秋，花迷蝶逕夢魂幽，斜風晚度暗生愁。賖酒將添新睡好，遮窓更整小眉脩，遐天望断鴈書投。

好睡新添將酒賖，脩眉小整更窓遮，投書鴈断望天遐。秋意畫屏山掩翠，幽魂夢逕蝶迷花，愁生暗度晚風斜。

映水湘簾捲冷烟，留人美景對芳筵，鈎垂月夜照遲眠。溝滿流紅題句舊，楼空倚笛訴情閒，舟歸盻遠隔年年。

舊句題紅流滿溝，閒情訴笛倚空楼，年年隔遠盻歸舟。烟冷捲簾湘水映，筵芳對景美人留，眠遲照夜月垂鈎。

十六字令八調

情，殢酒呼郎帳掩紗。衣輕舞，膩粉蝶翻花。
紗，掩帳郎呼酒殢情。幽歡劇，睡覔隔宵清。
香，夢悄魂驚響水流。清宵隔，覔睡劇歡幽。
流，水響驚魂悄夢香。難離別，歎絶宿空房。
紅，葉落凝霜曲逕寒。房空宿，絶歎別離難。
寒，逕曲霜凝落葉紅。深思寫，幻墨戲神通。
眉，翠整憐誰夜獨吟。通神戲，墨幻寫思深。
吟，獨夜誰憐整翠眉。花翻蝶，粉膩舞輕衣。

算盤

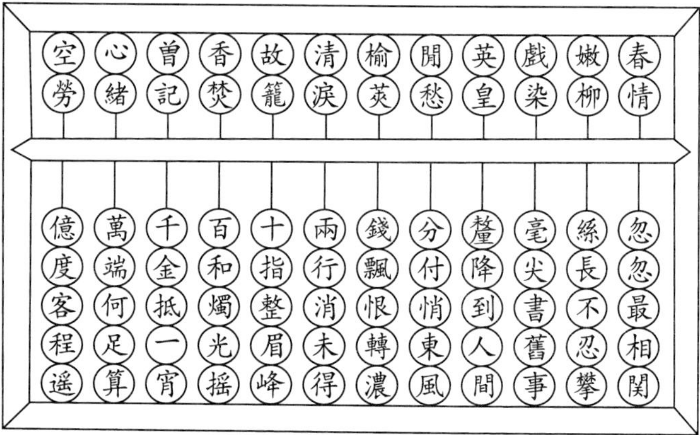
春情忽忽最相関
嫩柳絲長不忍攀
戲染毫尖書舊事
英皇鼇降到人間
閒愁分付悄東風
榆莢錢飄恨轉濃
清淚兩行消未得
故籠十指整眉峰
香焚百和燭光摇
曾記千金抵一宵
心緒萬端何足算
空勞億度客程遥

算盤　春景閨思

七言絶三首。每行上二下五七字聯讀，句中第三字即用數目次序爲識。

七言絶三首

春情忽忽最相関，嫩柳絲長不忍攀。戲染毫尖書舊事，英皇鳌降到人間。
閒愁分付悄東風，榆筴錢飄恨轉濃。清淚兩行消未得，故籠十指整眉峰。
香焚百和燭光摇，曾記千金抵一宵。心緒萬端何足算，空勞億度客程遥。

廿曲珠

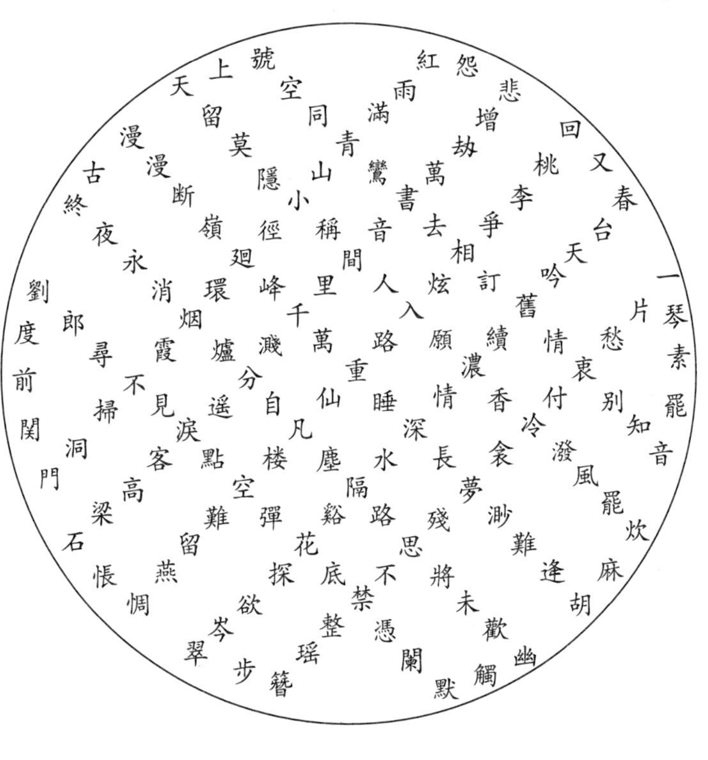

廿曲珠　　棃仙詞

浪淘沙一調，琴調相思引一調，長相思一調，生查子一調。斜行交加讀。浪淘沙，紅雨起，漫漫止。琴調相思引，断嶺起，情衷止。長相思，別知起，舊吟止。生查子，天台起，悲怨止。間分空重禁五字，平仄兩讀。

浪淘沙一調

紅雨滿青山，小徑廻環。烟霞不掃洞門関。前度劉郎尋不見，淚點空（平聲）彈。花底禁憑（去聲）闌，默觸幽歡。未將思路隔塵凡。自分（去聲）爐烟消永夜，終古漫漫。

琴調相思引一調

断巘廻峰千萬重（平聲）睡深長夢渺難逢。胡麻炊罷，風潑冷香濃。願入人間（平聲）稱小隱，莫留天上號空同。青鸞書去，相訂舊情衷。

長相思一調

別知音，罷素琴。一片愁衷付冷衾，夢殘思不禁（平聲）整瑶簪，步翠岑。欲探花谿隔水深，情濃續舊吟。

生查子一調

天台春又回，桃李爭相炫。入路重去聲仙凡，楼空去聲難留燕。惆悵石梁高，客淚遥分濺平聲。千里間去聲音書，萬刼增悲怨。

洛書

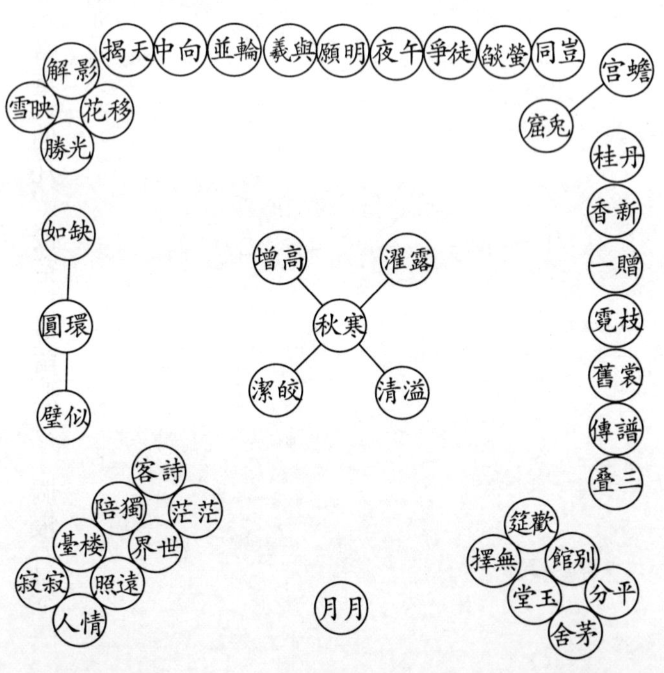

宫蟾
窟兔
豈同
螢燄
徒爭
午夜
明顧
與義
輪並
向中
天揭
影解
移花
映雪
光勝
如缺
圓環
壁似
桂丹
新香
贈一
枝覓
裳舊
譜傳
三疊
增高
濯露
秋寒
潔皎
清溢
客詩
陪獨
茫茫
臺楼
界世
寂寂
照遠
人情
月月
筵歡
擇無
館别
堂玉
分平
舍茅

洛書　咏月

一字至九字詩一首。隨数目挨次讀，一字句起，九字句止。

一字至九字詩一首

月，月。蟾宫，兎窟。缺如環，圓似璧。影解移花，光勝映雪。露濯溢清寒，秋高增皎潔。歡筵別館平分，茅舍玉堂無擇。丹桂新香贈一枝，霓裳舊譜傳三疊。茫茫世界遠照情人，寂寂樓臺獨陪詩客。豈同螢燄徒爭午夜明，願與羲輪並向中天揭。

照妖鏡

月虧初繫足
繩何處寶鏡閒偷
覷醉纔蘇扯破詩
箋猶作金聲一曲
驚天府籠中鴝鵒
呼情懷似轆轤把
骰子從頭数

只少箇圓光
脚跟無線分明打
箇照面改變了朱
顔是紙條兒鳴直
恁響喉嚨悶煞人
也麽哥心腸兒轉
閑始終不同

照妖鏡　閨詞

一江風一拍。右方内一江風，每句隱西廂曲一句，即在左鏡中，如月虧初乃只少箇圓光，繫足繩何處乃脚跟無線，餘倣此。

一江風一拍

月虧初只少箇圓光繫足繩何處脚跟無線寶鏡閒偷覰分明打箇照面醉纔蘇改變了朱顔扯破詩箋猶作金聲是紙條兒鳴一曲驚

天府直恁響喉嚨籠中鴝鴒呼悶煞人也麽哥情懷似轆轤心腸兒轉閧把骰子從頭数始終不同

骰子

伏	枕	春	情	花
如	疎		短	消
何	漏		催	盡
夜	玉		眠	尚
褪	未	寒	餘	覺

窺	鬟	影	数	月
花				風
菱	砂		宮	斜
對				柳
整	未	痕	眉	展

池	上	影	共	楚
徊	蕩			精
徘		鴛		神
羞			雙	侍
無	還	道	報	兒

較	穩	怯	粧	篇
風				離
來		梳		恨
曉				譜
書	腸	断	篆	寶

望	天	涯	孤	更
省	窓		烟	幽
再		紗		夢
愁	掩		冷	近
閒	把	漫	家	兒

思	舊	樣	清	顧
相	謗		減	花
得				叢
改	花		將	早
爭	釀	愁	春	把

骰子　春景閨情

女冠子一調，酒泉子一調，點絳唇一調。以骰子数目，藏各調前后闋首字。女冠子，六花消盡起，至玉漏疎爲半調，么篇離恨譜起，至怯粧梳止成全調。酒泉子、點絳唇倣此，俱左旋讀。

女冠子一調

六花消盡，尚覺餘寒未褪，夜何如。伏枕春情短，催眠玉漏疎。　么篇離恨譜，寶篆斷腸書。曉來風較穩，怯粧梳。

酒泉子一調

二月風斜，柳展眉痕未整。對菱花，窺鬓影，数宫砂。　五更幽夢近兒家，漫把閒愁再省。望天涯，孤烟冷，掩窓紗。

點絳唇一調

三楚精神，侍兒報道還無恙。徘徊池上，影共雙鴛蕩。　四顧花叢，早把春愁釀。爭攺得，相思舊様，清減將花謗。

八法

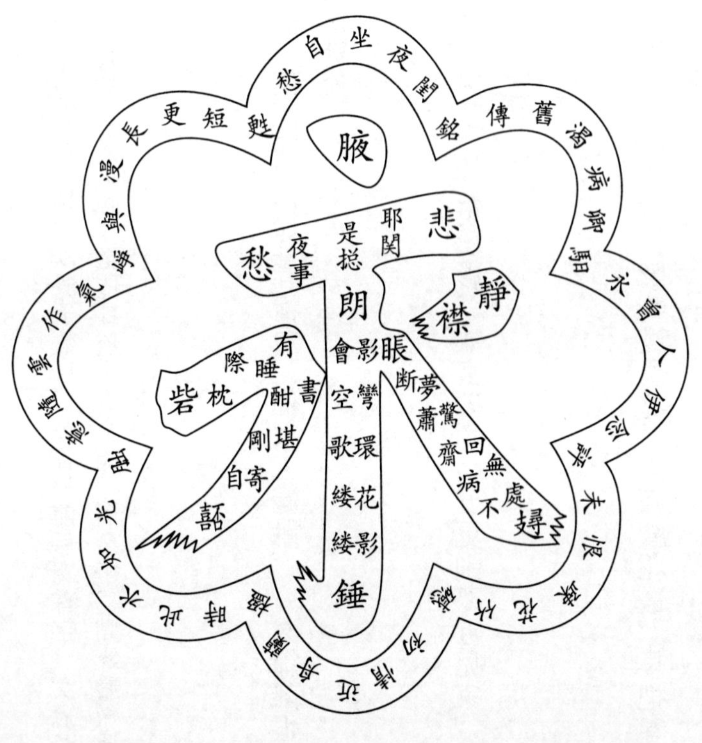

愁自坐夜闌銘傳舊渴病卿馹永胥人伊念誤未恨疎花竹礙初情近舟蘭檻時此水如光映戀隨雲作氣崢與漫長更短甦
腋
悲耶閑是揔夜事愁
靜襟
朗
有睡際書酣枕砦堪剛寄自囍
眼影會彎空環歌花縷影縷鍾
夢斷驚蕭回齋無病處不尋

八法　　月夜

南鄉子一調，七言律一首。永字爲南鄉子，月夜作題，愁悲朗錘砦豁靜襟睠譚十字首尾合書分讀。前闋，秋夜句起，次月影句，次此際句，次青衣句，次目斷句止；後闋，心事句起，次良會句，次石枕句，次爭禁句，次長夢句止。外圍爲七言律，銘甦崢朏楹礷評駬八字亦首尾合書分讀，金閨夜坐起，右旋至舊傳名止。

南鄉子一調

秋夜是耶非，月影彎環花影垂。此際有書堪寄否，青衣，目斷蕭齋病不支。　心事揔關心，良會空歌縷縷金。石枕睡酣剛自喜，爭禁，長夢驚回無處尋。

七言律一首

金閨夜坐自愁生，更短更長漫與爭。山氣作雲隨意出，月光如水此時盈。木蘭舟近情初感，石竹花疎恨未平。言念伊人曾永日，馬卿病渴舊傳名。

鴻來燕去

宿		蘆		叢		紗		窗		斜
	話		別		西		樓		鎖	
寒		落		霞		新		盼		欹
	情		思		社		近		恨	
江		平		東		散		人		字
	多		秋		繫		還		同	
逐		沙		南		影		驚		寄
	灑		剪		縷		將		伊	
亂		風		飄		夢		慣		長
	淚		羽		雙		低		自	
飛		花		封		書		遠		空

鴻來燕去　迎鴻送燕

相見歡二調，西江月一調。字順者咏鴻，相見歡，自斜欹起，左旋至南東止，又廻文共二調。字倒者咏燕，西江月，自淚洒起，左旋至縷繫止，復廻文爲一調。

相見歡二調

斜欹字寄長空，遠書封。花飛亂逐江寒宿蘆叢。　紗窓盻，人驚慣，夢飄風。沙平落霞新散影南東。

東南影散新霞，落平沙。風飄夢慣驚人盻窓紗。　叢蘆宿，寒江逐，亂飛花。封書遠空長寄字欹斜。

西江月一調

淚灑多情話別，西楼鎖恨同伊。自低雙羽剪秋思，社近還將縷繫。　繫縷將還近社，思秋剪羽雙低。自伊同恨鎖楼西，別話情多灑淚。

吟風弄月

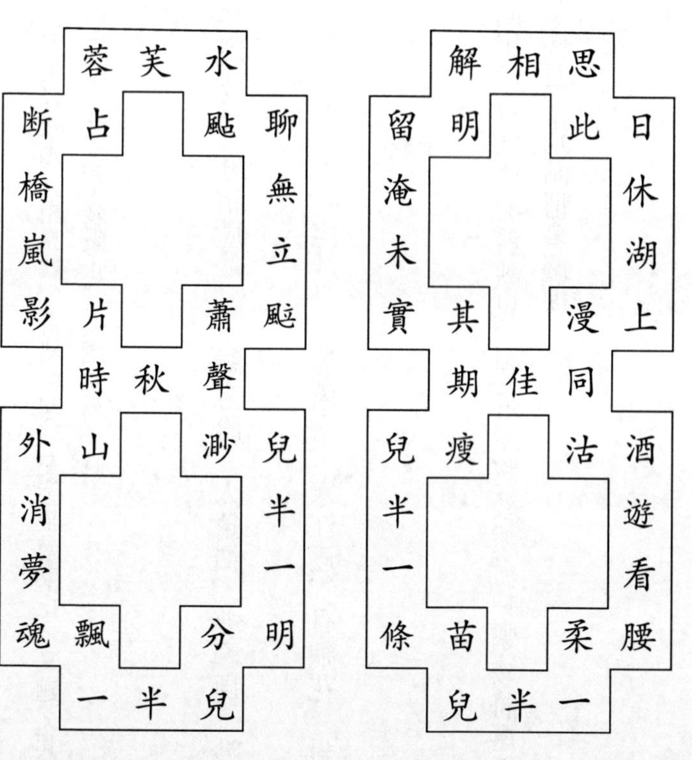
蓉芙水
斷占颭聊
橋無
嵐立
影片蕭颱
時秋聲
外山渺兒
消半
夢一
魂飄分明
一半兒
解相思
留明此日
淹休
未湖
實其漫上
期佳同
兒瘦沽酒
半遊
一看
條苗柔腰
兒半一

吟風弄月　遠歸

北一半兒二拍。左隱風字，秋聲蕭颮起，一半兒渺止。右隱月字，佳期其實起，一半兒瘦止。

北一半兒二拍

秋聲蕭颮立無聊，颮水芙蓉占断橋。嵐影片時山外消，夢魂飄，一半兒分明一半兒渺。

佳期其實未淹留，明解相思此日休。湖上漫同沽酒遊，看腰柔，一半兒苗條一半兒瘦。

蛛網

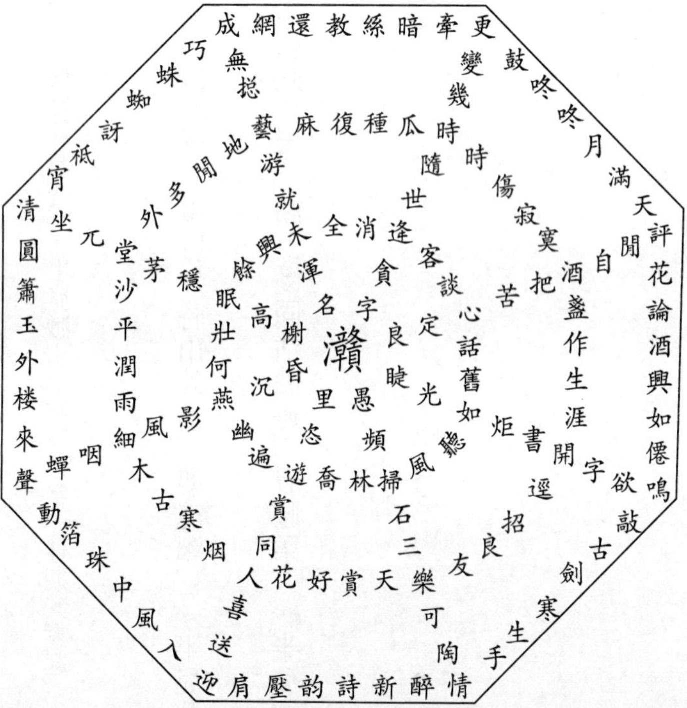

成網還教絲暗牽更鼓咚咚月滿天評花論酒興如僊鳴欲敲古劍寒生手情醉新詩韻壓肩迎入風中珠箔動聲來樓外玉簫圓清宵祇訝蜘蛛巧

無揔 變幾 閒自 字 陶可 送喜 蟬咽 坐兀

藝麻復種瓜時時傷寂寞酒盞作生涯開逕招良友樂天賞好花人烟寒古木細雨潤平沙堂外多閒地

游就 隨世 把苦 書炬 三石 同賞 風影 茅穩

全消逢客談心話舊如聽風掃林喬遊遍幽燕何壯眠餘興未

渾貪定光頻恣沉高

名字良睫愚里昏榭

瀟

蛛網　秋夜雜咏

五言排律一首，六言絶一首，五言律一首，七言律一首。五排，用中瀟字分作八字，自文字貪逢世起，縱行右旋至把酒自閒評止。六絶，逢客起，全消止。五律，時時起，種瓜止。七律，更鼓起，時牽止。俱横行左旋。

五言排律一首

文字貪逢世，隨時幾變更。立名渾未就，游藝揔無成。水榭高眠穩，茅堂兀坐清。日昏沉燕影，風細咽蟬聲。十里恣遊賞，同人喜送迎。八愚頻掃石，三樂可陶情。目光如炬，書開字欲鳴。工良定心苦，把酒自閒評。

六言絶一首

逢客談心話舊，如聽風掃林喬。遊遍幽燕何壯，眠餘興未全消。

五言律一首

時時傷寂寞，酒盞作生涯。開逕招良友，樂天賞好花。人烟寒古木，細雨潤平沙。堂外多閒地，藝麻復種瓜。

七言律一首

更鼓咚咚月滿天，評花論酒興如僊。鳴敲古劍寒生手，情醉新詩韻壓肩。迎入風中珠箔動，聲來楼外玉簫圓。清宵祇訝蜘蛛巧，成網還教絲暗牽。

闕文

昌 頁 歹 娫 門

共耒时諡偏夕闕斷笞戏

旬 仔 尺 朋 大

綸性菫不岦旦竜眭扄幾

云 品 眼 末 杣

黙邦冂壹肞佨二以田軍宅

元 天 戸 聿 及

日一𣌭乖厶烔散苌仓長畄冰

良 旬 來 昰 上

雪疒猖有達摩甶識北肖

又 王 言

將上宁箺心言

闕文　咏字畫不全

七言律一首。傍注昌頁等字，以一字分給兩字，湊成全字讀，異書起，忘言止。

七言律一首

異書耐讀偏多闕，斷簡殘編惜僅存。豈是龍睛虛幾點，却同蠹腹飽三番。揮毫早覺雲烟散，展卷長留冰雪痕。獨有達摩曾識此，肯將文字等忘言。

繡口

杳	謝	短	墻	還	足	拾	點	强
鷓	啼	遠	樹	恰	如	吁	破	躋
湖	嘉						禪	靈
頭	景						宮	鷲
踪	沿						面	呼
跡	塘						壁	猿
寄	儼						誣	問
懽	可	踏	歌	蒼	靄	記	崎	嶇
娛	圖	始	悟	舌	圓	言	語	活

臨	沼	亭	臺	呈	瀲	灩	尚	何
環	船	巖	壑	戀	吹	彈	許	當
湖	落						拈	啜
頭	拓						毫	茗
嬉	豪						話	知
戲	吟						古	詩
敝	占						歎	味
奇	石	擎	荷	吸	露	碧	裳	單
觀	壇	試	訪	望	祠	同	照	膽

吟	賞	倚	君	常	踴	躍	蹀	呢
嘯	歌	就	景	故	踟	躕	躞	喃
湖	名						蹄	語
頭	釀						誇	喜
凉	群						識	登
影	招						路	堂
落	過						駒	燕
高	客	敲	詞	欲	和	合	謹	呼
梧	沽	誰	向	隔	橋	彈	別	調

繡口　湖頭口號

七言律三首。每字俱藏口字，隨口字筆畫起止，雙行讀。其一，湖頭踪跡起，記崎嶇止。其二，湖頭嬉戲起，碧裳單止。其三，湖頭凉影起，合讙呼止。

七言律三首

湖頭踪跡寄懽娛，嘉景沿塘儼可圖。杏謝短牆還足拾，鵑啼遠樹恰如吁。强躋靈鷲呼猿問，點破禪宫面壁誣。始悟舌圓言語活，踏歌蒼靄記崎嶇。

湖頭嬉戲敞奇觀，落拓豪吟占石壇。臨沼亭臺呈瀲灩，環船巇壑戀吹彈。何當啜茗知詩味，尚許拈毫話古歡。試訪望祠同照膽，擎荷吸露碧裳單。

湖頭凉影落高梧，名釀群招過客沽。吟賞倚君常踴躍，嘯歌就景故踟躕。呢喃語喜登堂燕，蹀躞蹄誇識路駒。誰向隔橋彈別調，敲詞欲和合讙呼。

鴛鴦硯

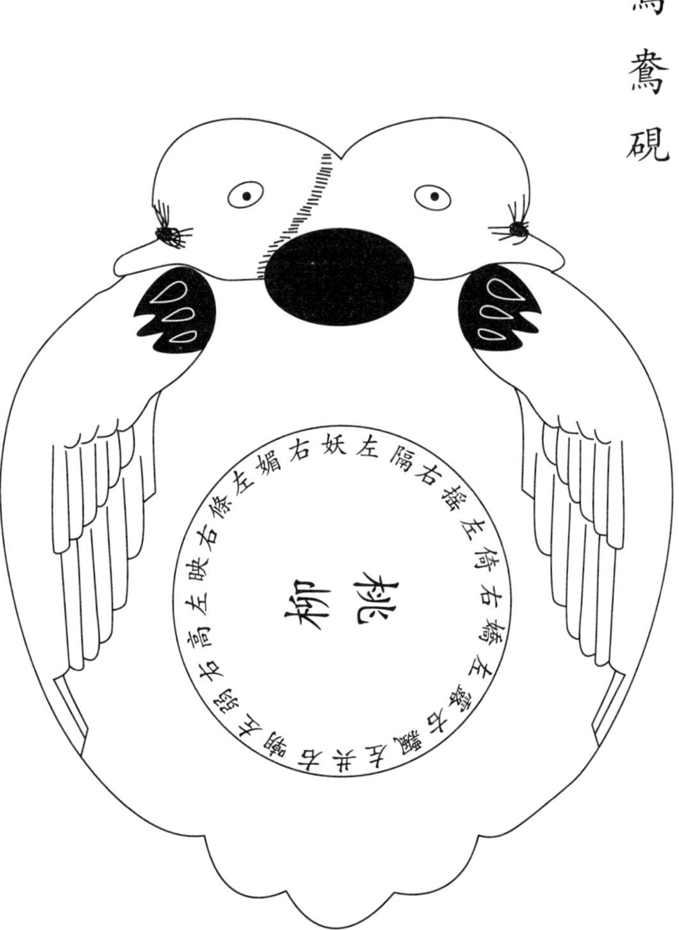

鴛鴦硯　桃柳詞

南鄉子七調。左爲柳，右爲桃，桃柳相間成文。妖柳隔桃摇起，至柳映桃條柳媚桃止爲半調，廻文即爲全調。餘六調，每退四字，讀法倣此。

南鄉子七調

妖柳隔桃摇，柳倚桃嬌柳露桃。飄柳共桃嘲柳弱，桃高，柳映桃條柳媚桃。　桃媚柳

條桃，映柳高桃弱柳嘲。桃共柳飄桃露柳，嬌桃，倚柳摇桃隔柳妖。

摇柳倚桃嬌，柳露桃飄柳共桃。嘲柳弱桃高柳映，桃條，柳媚桃妖柳隔桃。　桃隔柳

妖桃，媚柳條桃映柳高。桃弱柳嘲桃共柳，飄桃，露柳嬌桃倚柳摇。

嬌柳露桃飄，柳共桃嘲柳弱桃。高柳映桃條柳媚，桃妖，柳隔桃摇柳倚桃。　桃倚柳

摇桃，隔柳妖桃媚柳條。桃映柳高桃弱柳，嘲桃，共柳飄桃露柳嬌。

飄柳共桃嘲，柳弱桃高柳映桃。條柳媚桃妖柳隔，桃摇，柳倚桃嬌柳露桃。　桃露柳

嬌桃，倚柳摇桃隔柳妖。桃媚柳條桃映柳，高桃，弱柳嘲桃共柳飄。

嘲柳弱桃高，柳映桃條柳媚桃。妖柳隔桃摇柳倚，桃嬌，柳露桃飄柳共桃。　桃共柳

飄桃，露柳嬌桃倚柳摇。桃隔柳妖桃媚柳，條桃，映柳高桃弱柳嘲。

高柳映桃條，柳媚桃妖柳隔桃。搖柳倚桃嬌柳露，桃飄，柳共桃嘲柳弱桃。

桃弱柳

嘲桃，共柳飄桃露柳嬌。桃倚柳搖桃隔柳，妖桃，媚柳條桃映柳高。

條柳媚桃妖，柳隔桃搖柳倚桃。嬌柳露桃飄柳共，桃嘲，柳弱桃高柳映桃。

桃映柳

高桃，弱柳嘲桃共柳飄。桃露柳嬌桃倚柳，搖桃，隔柳妖桃媚柳條。

疎櫺

垂柳翠絲
枝　　齊
歸燕怯飛
迷　　低
離遠日遲
題　　思
詩記苦時

寒女繡更深殘秋感苦吟
依　　　　　　　　聲
丹葉亂飛林閒身怯夜臨
凄　　　　　　　　迢
圓月照孤衾傳書鴈断音
輕　　　　　　　　匆
彈淚且停鍼歡情夢訪尋

疎櫺　離情

阮郎歸四調。上層枝迷題及遠遲字，俱重讀。枝枝垂柳翠絲齊，齊絲翠柳垂，迷迷歸燕怯飛低，低飛怯燕歸，離遠遠，日遲遲，遲遲日遠離，題題詩記苦時思，思時苦記詩。又一調，思思時苦起，讀法倣此。下層依凄輕及照字俱重讀，依依寒女繡更深，殘秋感苦吟，凄凄丹葉亂飛林，閒身怯夜臨，圓月照，照孤衾，傳書鴈斷音，輕輕彈淚且停鍼，歡情夢訪尋。又一調，匆匆尋訪起，讀法倣此。

阮郎歸四調

枝枝垂柳翠絲齊，齊絲翠柳垂。迷迷歸燕怯飛低，低飛怯燕歸。離遠遠，日遲遲，遲遲日遠離。題題詩記苦時思，思時苦記詩。

思思時苦記詩題，題詩記苦時。低低遲日遠離迷，迷離遠日遲。飛怯怯，燕歸歸，歸歸燕怯飛。齊齊絲翠柳垂枝，枝垂柳翠絲。

依依寒女繡更深，殘秋感苦吟。凄凄丹葉亂飛林，閒身怯夜臨。圓月照，照孤衾，傳書鴈断音。輕輕彈淚且停鍼，歡情夢訪尋。

匆匆尋訪夢情歡，鍼停且淚彈。迢迢音断鴈書傳，衾孤照月圓。臨夜怯，怯身閒，林飛亂葉丹。聲聲吟苦感秋殘，深更繡女寒。

疊字

子子夜夜歌歌清清韻韻多多宛宛轉轉
闋闋心心曲曲未未和和重重把把冰冰
絃絃按按又又換換新新聲聲訴訴舊舊
愁愁腸腸断断絶絶征征鴻鴻書書寄寄
情情傷傷筆筆力力慵慵倚倚枕枕敲敲
釵釵鳳鳳楼楼空空還還邀邀明明月月
來來同同夢夢匆匆憶憶別別時時當當
曉曉雨雨吹吹香香淚淚滴滴紅紅燈燈
半半滅滅渭渭城城催催唱唱經經三三
疊疊玉玉驄驄嘶嘶去去步步猶猶遲遲
終終隔隔遠遠山山景景晚晚秋秋涼涼
入入夜夜聞聞消消遣遣依依弄弄玉玉
簫簫殘殘調調不不高高風風似似咽咽
人人自自惜惜翻翻思思牛牛女女期期
佳佳夕夕迢迢烏烏鵲鵲飛飛空空拍拍

疊字　子夜歌

七言古一首。每字兩遍讀，句法連環頂下。首一句，三字；次七句，皆七字；次一句，皆三字；次二十六句，皆七字。清絶匆山依人迢空拍九字，皆聯讀。

七言古一首

子夜歌，子夜歌清清韻多。韻多宛轉閑心曲，宛轉閑心曲未和。未和重把氷絃按，重把氷絃按又换。又换新聲訴舊愁，新聲訴舊愁腸斷。腸斷絶，絶征鴻。征鴻書寄情傷筆，書寄情傷筆力慵。力慵倚枕敲釵鳳，倚枕敲釵鳳楼空。楼空還邀明月來，還邀明月來同夢。同夢匆匆憶别時，憶别時當曉雨吹。當曉雨吹香淚滴，香淚滴紅燈半滅。紅燈半滅渭城催，渭城催唱經三疊。唱經三疊玉驄嘶，玉驄嘶去步猶遲。去步猶遲終隔遠，終隔遠山山景晚。景晚秋凉入夜閒，秋凉入夜閒消遣。消遣依依弄玉簫，弄玉簫殘調不高。殘調不高風似咽，風似咽人人自惜。自惜翻思牛女期，翻思牛女期佳夕。佳夕迢迢烏鵲飛，烏鵲飛空空拍拍。

太極圖

太極圖　閒思

七言絶四首。左旋陽春度曲起，生陰止。右旋陰生院落起，春陽止。以中陰陽二字互爲首尾，鈔悵媢三字合書分讀。外層，幃鶺依騑四字亦合書分讀，左旋韋編倦處起，欹巾止。右旋巾欹笑客起，編韋止。

七言絶四首

陽春度曲一敲金，少覺閒來事上心。長自恨多無伴女，霜飛鴈落院生陰。
陰生院落鴈飛霜，女伴無多恨自長。心上事來閒覺少，金敲一曲度春陽。
韋編倦處樂遊春，鳥唤低枝枊近人。衣染雨花新走馬，飛塵逐客笑欹巾。
巾欹笑客逐塵飛，馬走新花雨染衣。人近枊枝低唤鳥，春遊樂處倦編韋。

品字玦

淺雨新歌曲澗
目萍聽　難寒靜
極換浮更醒環處流
過聲軫月醉水幾無雲
飛中音玉湧步攢眉懷逐
鴈咽調孤栞廻時忽又訴日
早秋驚響断紋波蕩影窺絲鬓
許楼空寄錦澄碧柳傍池亂
矜　思織淚絲透間　愁
長深機墮輕挽窓桐頻
技心血痕啼破風望
巧比似催砧搗近

品字玦　閨意

虞美人三調，五言絶十二首。調以廻紋波三字爲領，厶字讀，廻文作一調。一廻紋錦織起，絲輕止。二紋波蕩影起，攢眉止。三波廻湧月起，孤音止。進皆右旋，廻文左旋。詩自巧字斜行入内，遇紋字即右旋，亦厶字讀，巧心起，空楼止爲一首。又自早字横行入内，遇紋字即左旋至思深爲一首。各廻文爲一首。鬢絲至間桐，近風至傍池，淺萍至醒難，澗寒至更聽，竝倣此。空思間傍醒更六字，平仄兩讀。

虞美人三調

廻紋錦織機心巧，比似催砧搗。近風窗透碧波澄，淚墮血痕啼破挽絲輕。

輕絲挽破啼痕血，墮淚澄波碧。透窗風近搗砧催，似比巧心機織錦紋廻。

紋波蕩影窺絲鬢，日逐雲流靜。澗寒環水步廻時，忽又訴懷無處幾攢眉。

眉攢幾處無懷訴，又忽時廻步。水環寒澗靜流雲，逐日鬢絲窺影蕩波紋。

波廻湧月浮萍淺，目極過飛鴈。早秋驚響斷紋琴，玉軫換聲中咽調孤音。

音孤調咽中聲換，軫玉琴紋断。響驚秋早鴈飛過，極目淺萍浮月湧廻波。

五言絶十二首

巧心機織錦，紋断響驚秋。早許矜長技，深思平聲寄空去聲楼。

楼空去聲寄思平聲深，技長矜許早。秋驚響断紋，錦織機心巧。

早秋驚響断，紋錦織機心。巧技長矜許，楼空平聲寄思去聲深。

深思去聲寄空平聲楼，許矜長技巧。心機織錦紋，断響驚秋早。

鬓絲窺影蕩，波碧透窓風。近望頻愁亂，池傍平聲柳間去聲桐。

桐間去聲柳傍平聲池，亂愁頻望近。風窓透碧波，蕩影窺絲鬓。

近風窓透碧，波蕩影窺絲。鬓亂愁頻望，桐間平聲柳傍去聲池。

池傍去聲柳間平聲桐，望頻愁亂鬓。絲窺影蕩波，碧透窓風近。

淺萍浮月湧，迴步水環寒。澗曲歌新雨，聽更平聲醉醒上聲難。

難醒上聲醉更平聲聽，雨新歌曲澗。寒環水步迴，湧月浮萍淺。

澗寒環水步，迴湧月浮萍。淺雨新歌曲，難醒平聲醉更去聲聽。

聽更去聲醉醒平聲難，曲歌新雨淺。萍浮月湧迴，步水環寒澗。

小錦片

彈	琹	試			音	繁	閒
玄		翻	新	譜	逸		居
談	客					處	隱
	到					深	
	尋					山	
繞	幽					晚	躋
溪		鶴	雲	烟	落		扳
看	還	飛			影	梅	寒

			香	楼			
	圃	菊	生	高	陽	夕	
	記	同	遊	倚	斜	照	
書	有	約	舊	遍	墮	反	窺
投	傷	鴈	遠	一	人	愁	窓
	心	飛	浦	秋	新	度	
	幾	行	晚	惜	久	別	
			光	流			

	風	閈	晚	驚	淚	垂	
凄	凄		霞	秋		通	徑
歸			飛	暮			斜
燕	玉	楼			中	度	橋
久	別	空			亭	小	立
苦			夢	痴			時
心	同		好	情		緘	書
	知	伊	想	寄	過	鴻	

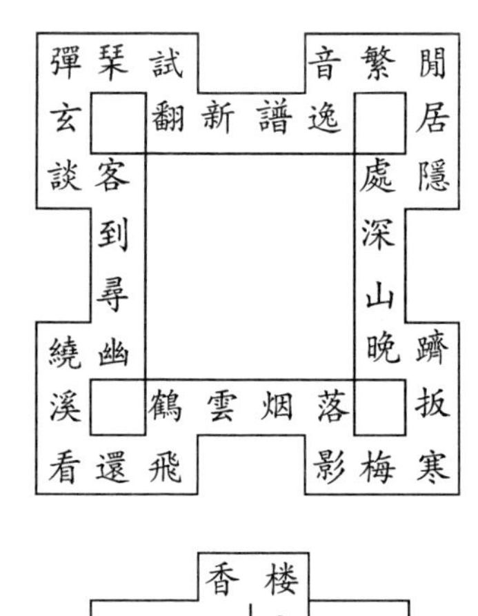

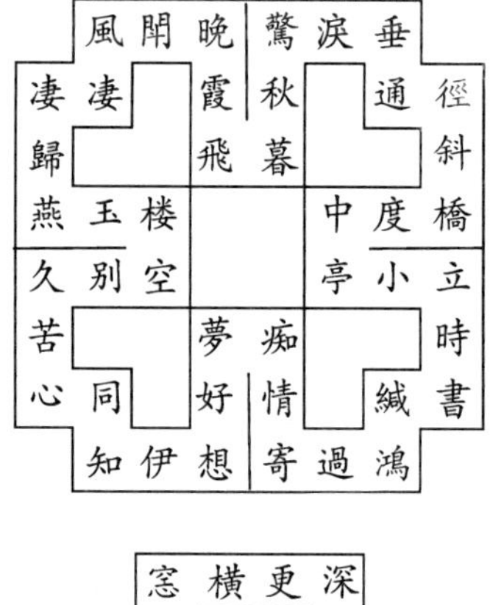

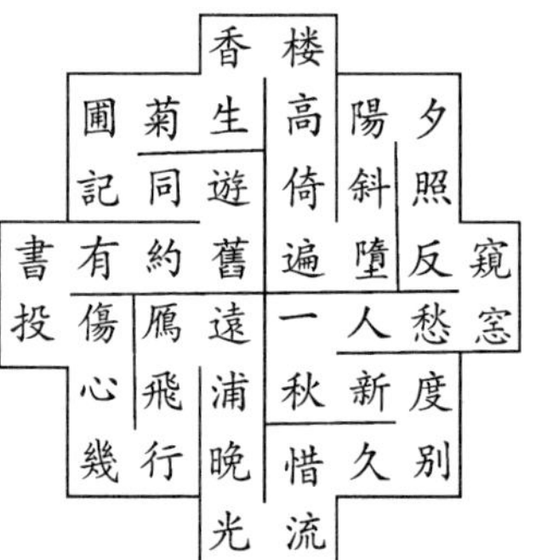

		窓	横	更	深		
		碧	影	雨	聽		
離	懷		人	殘		床	小
別	入	曉	清	燈	照	閒	睡
心	夢	月	缺	不	起	睡	還
知	杳		如	禁		覺	驚
		簾	鈎	風	吹		
		空	遠	墮	愁		

小錦片　雜感

相見歡二調，巫山一段雲二調，訴衷情二調，菩薩蠻二調。轉折讀。右一爲相見歡，閒居起，音繁止。左一爲巫山一段雲，通徑起，淚垂止。右二爲訴衷情，楼高起，生香止。左二爲菩薩蠻，更深起，窓横止。各廻文，共八調。

相見歡二調

閒居隱處深山，晚蹟扳。寒梅影落烟雲鶴飛還。看溪繞，幽尋到，客談玄。彈琴試

翻新譜逸音繁。

繁音逸譜新翻，試琴彈。玄談客到尋幽繞溪看。還飛鶴，雲烟落，影梅寒。扳蹟晚

山深處隱居閒。

巫山一段雲二調

通徑斜橋度，中亭小立時。書緘鴻過寄情痴，夢好想伊知。同心苦久别，空楼玉燕

歸。凄凄風閙晚霞飛，暮秋驚淚垂。

垂淚驚秋暮，飛霞晚閙風。凄凄歸燕玉楼空，别久苦心同。知伊想好夢，痴情寄過

鴻。緘書時立小亭中，度橋斜逕通。

訴衷情二調

樓高倚遍墮斜陽，夕照反窺窓。愁人一秋新度，别久惜流光。晚浦遠，鴈飛行，幾心傷。投書有約，舊遊同憶，圃菊生香。

香生菊圃憶同遊，舊約有書投。傷心幾行飛鴈，遠浦晚光流。惜久别，度新秋，一人愁。窓窺反照，夕陽斜墮，遍倚高樓。

菩薩蠻二調

更深聽雨殘燈照，閒床小睡還驚覺。睡起不禁風，吹愁墮遠空。簾鈎如缺月，夢杳知心别。離懷入曉清，人影碧窓横。

横窓碧影人清曉，入懷離别心知杳。夢月缺如鈎，簾空遠墮愁。吹風禁不起，睡覺驚還睡。小床閒照燈，殘雨聽深更。

『憶』：圖文及刊本作『記』

璇璣續錦

日月合璧五星聯珠頌 有序

雍正乙巳二月庚午，太史奏娵訾之次，辰象昭應，七曜呈祥，此古來所罕見覯也。時余方輯幻墨未竟，喜逢嘉會，因仿璇璣圖作日月合璧五星聯珠頌，七日脱稿，雖古拙不逮前人，而韻法較爲密緻，循環周諷，漸近自然，譬彼玉衡，名實宛稱。乃知千載上璇璣二字，若先爲斯圖設也，以示大方，應發一噱。

按此圖照舊設色，五縱五横及斜紋俱填紅，上下左右八方俱填藍，四隅四方俱填緑。中幅合四方爲一方，上下左右重光反景等六十四字俱填紫，四隅奇茹閹婺等四十八字，倦紅同轉步芳章句八字俱填黄。

五色分九圖。**紅**自外圍□形讀，十六句二首。遞卸一句讀，卅首。每四句讀，卅二首。中方□形讀，二首。遞卸一句讀，十四首。每四句讀，十六首。四隅□形讀，四句卅二首。**爲圖之一**。又縱横ш形讀，廿四句八首。螺紋回形讀，廿四句八首。八箇凹形讀，十二句廿四首。八箇凸形讀，十句廿首。四層ш形讀，九句十六首，每四句讀，九十六首。九箇□形讀，八句一百四十四首，每四句讀，二百五十六首。廿四箇凵形讀，八句三百八十四首。十二箇卍形讀，八句八十八首。歷級⺄形讀，八句八首，六句十六首，四句八首。廿四箇匚形讀，六句四十八首。十六箇□形讀，四句一百廿八首。九箇十形讀，四句七十二首，左右上下對舉，卅六首。大圍✢形讀，十六句卅二首，每四句讀，卅二首。八箇卍形讀，十六句一百九十二首，每四句讀，一百九十二首。十六箇 ⊡ 形讀，十四句卅二首。兩行 ▯ 形讀，一百六十首，每四句讀，一百六十首。八箇 ✙ 形讀，十二句一百七十六首，每四句讀，一百七十六首。**爲圖之二**。又斜方◇形讀，八句十六首，每四句讀，十六首。四箇 ≪ 形讀，八句六十四首。斜行╳形讀，四句二首，左右兩旋，八句十六首，彼此對舉十六首。四箇◇形讀，四句卅二首。斜折 w 形讀，四句十六首。四十箇 ㇄ 形讀，四句四十首。ㄟ 形讀，四句四十首。ㄟ 形讀，四句四十首。五箇 ⋊ 形讀，四句廿首。**爲圖之三**。又斜直相交，八箇◿形讀，十二句一百九十六首。五箇 ⋇ 形讀，八句四十首。十六箇◿形讀，九句二百八十八首。十六箇◿形讀，六句一百七十二首。十六個◿形讀，四句六十四首。十二箇◁形讀，四句四十八首。十六箇 Z 形讀，卅二首。並卅二箇 ㄥ 形讀、ㄣ 形讀、ㄣ 形讀、ㄣ 形讀、ㄣ 形讀、ㄣ 形讀、ㄣ 形讀、ㄣ 形讀，各四句，各六十四首。八箇 ㄣ 形讀，十六首，廿四箇 ㄣ 形讀，四句四十八首。**爲圖之四**。以上俱七言。若以李君在美舊圖讀法推之，如兩行相間、單排曲水等體，當更得詩千餘，兹不盡悉。**綠**自幽字起，通往來橫讀，亦可分讀，三言十二句八首，六言八首。四段共六十四首，**爲圖之五**。**藍**自中行借一字互用，四言，左右各十二句，四首；六言左右合讀，十二句四首；左右另讀，六句四首。四段共四十八首，**爲圖之六**。**紫**自重光起，五言，通徃來讀，四句四首。四段十六首。又重光至庭中，景反至氷靜，四句二首，四段八首。又重光至柳疎，景反至明翠，八句二首，四段四首，共廿八首。**爲圖之七**。**黄**自余聞起，四言，通徃來讀，四句四首，四段十六首。又余聞至木炁，左右對取，四句卅二首，共四十八首。**爲圖之八。紅黄**間方遊步等十六字，左右兩旋，遞卸讀，四言四句，卅二首。連中借用，倒正交互讀，五言八首，共四十首。**爲圖之九。**中璇璣續錦幻墨圖回文九字爲詩柄。

三四五六七言詩

貞元會運際清時，新傳世盛治咸熙。民權尊顯智臨宜，勤宣勞績近皇羲。人眠酣入想非非，春泉潤下宇涵輝。分躔加緯度宫移，頻填象舍次室危。真聯珠璧美如斯，聞前史稱推政齊。勳先欽協帝光披，雲連宵碧絢晴曦。輪旋規應頌閒追，陳編摩瑞大昌期。論年當學古鴻詞，臣賢遇聖占三師（遞卸一句及每四句讀仿此）

貞師三占聖遇賢，臣詞鴻古學當年。論期昌大瑞摩編，陳追閒頌應規旋。輪曦晴絢碧霄連，雲披光帝協欽先。勳齊政推稱史前，聞斯如美璧珠聯。真危室次舍象填，頻移宫度緯加躔。分輝涵宇下潤泉，春非非想入酣眠。人羲皇近績勞宣，勤宜臨智顯尊權。民熙咸治盛世傳，新時清際連會元（仝上）

身輕慙話佩金章，掄名才品肖奇芳。群鳴鶴和音諧商，純賡載叶歡拜颺。神明聰亶歆胡香，辰升平拱曜寒芒。匀停來合朔開陽，旬經親逢慶笑狂（遞卸一句及每四句讀仿此）

身狂笑慶逢親經，旬陽開朔合來停。匀芒寒曜拱平昇，辰香胡歆亶聰明。神颺拜歡叶

載賡，純商諧音和鶴鳴。群芳奇肖品才名，掄章金佩話慙輕仝上

貞元會運際清時，新延福庇叨恩施。身全堪辛比皋夔，臣賢遇聖占三師遞卸一句仿此

貞師三占聖遇賢，臣夔皋比幸堪全。身施恩叨庇福延，新時清際運會元仝上

陳圓鏡傍列枰碁，勻川遥浸曉露微。雲連霄碧絢晴曦，輪旋規應頌閒追。

陳追閒頌應規旋，輪曦晴絢碧霄連。雲微露曉浸遥川，勻碁枰列傍鏡圓。

勤宣勞績近皇羲，人眠酣入想非非。春船虚觸却知幾，羣仙留舞樂長思。

勤思長樂舞留仙，羣幾知却觸虚船。春非非想入酣眠，人羲皇近績勞宣。

神乾交坤見管窺，頻填象舍次室危。真聯珠璧美如斯，聞緣因德化洪禧。

神禧洪化德因緣，聞斯如美璧珠聯。真危室次舍象填，頻窺管見坤交乾以上圖之一

元會運際清時新，傳世盛治咸熙民。權尊顯智臨宜勤，宣勞績近皇羲人。眠酣入想非非春，船虚觸却知幾群。芳奇肖品才名掄，章金佩話慙輕身。全堪幸比皋夔臣，詞鴻古學當年論。天安有信稽初旬，兼成書綺題璇文。回機就綰凝絲純，何工女織通津分。躔加緯度宫移頻，窺管見坤交乾神。明聰亶歆胡香辰，昇平拱曜寒芒勻。碁枰列傍鏡圓陳，追閒頌應規旋輪。曦明絢碧霄連雲，披光帝協欽先勳。齊政推稱史前聞，斯如美璧珠聯真餘並仿此

元會運際清時新，傳世盛治咸熙民。權尊顯智臨宜勤，宣勞績近皇羲人。眠酣入想非

非春，泉潤下宇涵輝分。躔加緯度宫移頻，填象舍次室危真。聯珠璧美如斯聞，前史稱推政齊勳。先欽協帝光披雲，連霄碧絢晴曦輪。旋規應頌閒追陳，編摩瑞大昌期論。年當學古鴻詞臣，夔皐比幸堪全身。輕慙話佩金章掄，名才品肖奇芳群。鳴鶴和音諧商純，賡載叶歡拜颺神。明聰亶歆胡香辰，昇平拱曜寒芒匀。停來合朔開陽旬，兼成書綺題璇文（餘並仿此）

元會運際清時新，傳世盛治咸熙民。維星月日從君掄，筆把紅牋換墨文。續斷琴調按令辰，昇平拱曜寒芒匀。朞枰列傍鏡圓陳，編摩瑞大昌期論。天安有信稽初旬，經親逢慶笑狂身。全堪幸比皐夔臣，賢遇聖占三師貞（餘並仿此）

傳世盛治咸熙民，維星月日從君掄。筆把紅牋換墨文，續斷琴調按令辰。昇平拱曜寒芒匀，停來合朔開陽旬。初稽信有安天論，年當學古鴻詞臣。夔皐比幸堪全身，施恩叨庇福延新（餘並仿此）

元會運際清時新，延福庇叨恩施身。全堪幸比皐夔臣，詞鴻古學當年論。天安有信稽初旬，陽開朔合來停匀。朞枰列傍鏡圓陳，追閒頌應規旋輪，曦晴絢碧霄連雲（餘並仿此）

元會運際清時新，傳世盛治咸熙民。維星月日從君掄，筆把紅牋換墨文。璇題綺書成兼旬，初稽信有安天論。年當學古鴻詞臣，賢遇聖占三師貞（餘並仿此）

元會運際清時新，傳世盛治咸熙民。維星月日從君掄，筆把紅牋換墨文。璇題綺書成兼句，經親逢慶笑狂身。全堪幸比臯夔臣，賢遇聖占三師貞（餘並倣此）。狂笑慶逢親施恩叨庇福延新，時清際運會元貞。輕慙話佩金章掄，君從日月星維民。狂笑慶逢親經句，兼成書綺題璇文。全堪幸比臯夔臣，詞鴻古學當年論（餘並倣此）。師三占聖遇賢臣，夔臯比幸堪全身。狂笑慶逢親經句，兼成書綺題璇文。續断琴調按令辰，香胡歆亶聰明神。禧洪化德因緣聞，斯如美璧珠聯真（餘並倣此）。傳世盛治咸熙民，維星月日從君掄。名才品肖奇芳群，鳴鶴和音諧商純。何工女織通津分，躔加緯度宮移頻。

權尊顯智臨宜勤，思長樂舞留仙群。幾知却觸虗船春，泉潤下宇涵輝分。

施恩叨庇福延新，時清際運會元貞。師三占聖遇賢臣，夔臯比幸堪全身。輕慙話佩金章掄，君從日月星維民（餘並倣此）。

元會運際清時新，延福庇叨恩施身。全堪幸比臯夔臣，賢遇聖占三師貞（餘並倣此）。

全堪幸比臯夔臣，施恩叨庇福延新。輕慙話佩金章掄，狂笑慶逢親經句（餘並倣此）。

傳世盛治咸熙民，權尊顯智臨宜勤。思長樂舞留仙群，幾知却觸虗船春。泉潤下宇涵輝分，躔加緯度宮移頻。窺管見坤交乾神，禧洪化德因緣聞。前史稱推政齊勔，先欽協帝光披雲。微露曉浸遥川匀，碁枰列傍鏡圓陳。編摩瑞大昌期論，年當學古鴻詞

臣。夔皐比幸堪全身，施恩叨庇福延新（餘並仿此）

元會運際清時新，延福庇叨恩施身。輕慙話佩金章掄，君從日月星維民。權尊顯智臨宜勤，思長樂舞留仙群。鳴鶴和音諧商純，賡載叶歡拜颺神。明聰亶歆胡香辰，令按調琴断續文。璇題綺書成兼旬，陽開朔合來停勻。碁枰列傍鏡圓陳，編摩瑞大昌期論。年當學古鴻詞臣，賢遇聖占三師貞（餘並仿此）

施恩叨庇福延新，時清際運會元貞。師三占聖遇賢臣，詞鴻古學當年論。天安有信稽初旬，兼成書綺題璇文。墨換牋紅把筆掄，君從日月星維民。權尊顯智臨宜勤，宣勞績近皇羲人。眠酣入想非非春，泉潤下宇涵輝分。津通織女工何純，商諧音和鶴鳴群（餘並仿此）

元會運際清時新，傳世盛治咸熙民。權尊顯智臨宜勤，宣勞績近皇羲人。眠酣入想非非春，船虗觸却知幾群。芳奇肖品才名掄，章全佩話慙輕身。全堪幸比皐夔臣，賢遇聖占三師貞（餘並仿此）

傳世盛治咸熙民，維星月日從君掄。名才品肖奇芳群，鳴鶴和音諧商純。絲凝綰就機回文，續断琴調按令辰。昇平拱曜寒芒勻，停來合朔開陽旬。初稽信有安天論，年當學古鴻詞臣。夔皐比幸堪全身，施恩叨庇福延新（餘並仿此以上圖之二）

景照詩翁放歌身，濛雨杏林鷩伊民。懷無計較忘同群，空復燈殘韻遠分。淵田誌喜飛

龍神，華鬱耀重紀舊動。殊騐壘壁燈霞勻，河懸守歷垣中論（遞卸一句及每四句讀仿此）
景照詩翁放歌身，濛雨杏林鶩伊民。懷無計較忘同群，誰爲巧洩愛圖文。錦流花滿氣
爽神，華鬱耀重紀舊動。殊騐壘壁煙霞勻，河懸守歷垣中論。
幽抱自惜高楼身，余多玅物遊幻文。錦流花滿氣爽神，靈湘瑟咏夢曾真。
車馳徹滴銅壺勻，未若迴環碎璣文。圖愛洩巧爲誰群，毫揮絶冠英豪人。
景照詩翁放歌身，余多玅物遊幻文。璣碎環迴若未勻，河懸守歷垣中論。
幽抱自惜高楼身，歌放翁詩照景論。中垣歷守懸河勻，壺銅滴徹馳車輪。
幽抱自惜高楼身，余多玅物遊幻文。圖愛曳巧爲誰群，同忘較計無懷民。
景照詩翁放歌身，余多玅物遊幻文。圖愛曳巧爲誰群，同忘較計無懷民。
景照詩翁放歌身，余多玅物遊幻文。圖愛曳巧爲誰群，毫揮絶冠英豪人。
楼高惜自抱幽貞，濛雨杏林鶩伊民。余多玅物遊幻文，歌放翁詩照景論（餘並仿此以上圖之三）
幽抱自惜高楼身，余多玅物遊幻文。錦流花滿氣爽神，靈湘瑟咏夢曾真。危室次舍象
填頻，移宮度緯加躧分。輝涵宇下潤泉春，非非想入酣眠人。羲皇近績勞宣勤，宜臨
智顯尊權民。熙咸治盛世傳新，時清際運會元貞。
全堪幸比皋夔臣，楼高惜自抱幽貞。施恩叨庇福延新，濛雨杏林鶩伊民。輕慙話佩金
章掄，余多玅物遊幻文。狂笑慶逢親經句，歌放翁詩照景論。

幽抱自惜高楼身，余多玅物遊幻文。錦流花滿氣爽神，颺拜歡叶載賡純。商諧音和鶴鳴群，仙留舞樂長思勤。宜臨智顯尊權民，熙咸治盛世傳新，時清際運會元貞。

幽抱自惜高楼身，余多玅物遊幻文。墨換牋紅把筆掄，君從日月星維民。熙咸治盛世傳新，時清際運會元貞。

幽抱自惜高楼身，施恩叨庇福延新。時清際運會元貞，師三占聖遇賢臣。

元會運際清時新，傳世盛治咸熙民。伊驚林杏雨濛身，楼高惜自抱幽貞。

年當學古鴻詞臣，賢遇聖占三師貞。幽抱自惜高楼身，余多玅物遊幻文。墨換牋紅把筆掄，君從日月星維民。

幽抱自惜高楼身，輕槧話佩金章掄。君從日月星維民，熙咸治盛世傳新。

賢遇聖占三師貞，幽抱自惜高楼身。施恩叨庇福延新，傳世盛治咸熙民。

幽抱自惜高楼身，施恩叨庇福延新。傳世盛治咸熙民，懷無計較忘同群。

幽抱自惜高楼身，濛雨杏林驚伊民。維星月日從君掄，名才品肖奇芳群。

幽抱自惜高楼身，濛雨杏林驚伊民。權尊顯智臨宜勤，思長樂舞留仙群。

幽抱自惜高楼身，濛雨杏林驚伊民。權尊顯智臨宜勤，宣勞績近皇羲人。

楼高惜自抱幽貞，師三占聖遇賢臣。夔皐比幸堪全身，輕槧話佩金章掄。

伊驚林杏雨濛身，施恩叨庇福延新。傳世盛治咸熙民，懷無計較忘同群。

幻遊物玅多余身，狂笑慶逢親經旬。陽開朔合來停勻，未若廻環碎璣文。圖愛曳巧爲誰群，毫揮絶冠英豪人。

賢遇聖占三師貞，幽抱自惜高楼身。濛雨杏林鶩伊民，維星月日從君掄（餘並仿此 以上圖之四）

幽居客，瑞侈談。遊麟鳳，記抱嘶。倄何自，道天參。留遲惜，薄蝕嫌。毬圓測，漢高瞻。樓明倚，曜朗探。

談侈瑞，客居幽。嘶抱記，鳳麟遊。參天道，自何倄。嫌蝕薄，惜遲留。瞻高漢，測圓毬。探朗曜，倚明樓（餘並仿此）

幽居客，記抱嘶。倄何自，薄蝕嫌。毬圓測，曜朗探。

談侈瑞，鳳麟遊。參天道，惜遲留。瞻高漢，倚明樓。

陰陽合，德載車。音馳騄，兔逐烏。臨初吉，徹雙魚。參商整，滴漏珠。尋銅斡，繪球圖。欽司監，正挈壺。

車載德，合陽陰。烏逐兔，騄馳音。魚雙徹，吉初臨。珠漏滴，整商參。圖球繪，斡銅尋。挈壺正，監司欽。

陰陽合，兔逐烏。臨初吉，漏滴珠。尋銅斡，正挈壺。

車載德，騄馳音。魚雙徹，整商參。圖球繪，監司欽。

排顆磊，印纖毫。廻揮影，簇懸杓。台三列，絶清霄。開雲錦，冠魁高。才英發，玉衡搖。陪恒宿，動吟豪。

毫纖印，磊顆排。杓懸簇，影揮廻。霄清絶，列三台。高魁冠，錦雲開。摇衡玉，發英才。豪吟動，宿恒陪。

排顆磊，簇懸杓。台三列，冠魁高。才英發，動吟豪。

毫纖印，影揮廻。霄清絶，錦雲開。摇衡玉，宿恒陪。

靈憲轉，指樞機。星流盼，管湘題。停鼓瑟，矢傾葵。形摹咏，餙渾儀。青丹炫，醒夢迷。曾未得，獻階墀。

機樞指，轉憲靈。題湘管，盼流星。葵傾矢，瑟鼓停。儀渾餙，咏摩形。迷夢醒，炫丹青。墀階獻，得未曾。

靈憲轉，管湘題。停鼓瑟，餙渾儀。青丹炫，獻階墀。

機樞指，盼流星。葵傾矢，咏摹形。迷夢醒，得未曾以上圖之五

中天景福，維皇受多。長安久照，升恒若何。別有復旦，詩試重哦。風信考証，史翁摩娑。參稽漫問，海山放舸。厥初晨起，雙丸作歌厥初起同

景天中午，當陽未過。久安長垣，併度纖阿。復有別舘，歴落包羅。考信風遺，職守義和。漫稽參錯，羽林懸戈。晨初厥象，五老遊河晨初起同

景福維皇受多，中午當陽未過。久照升恒若何，長垣併度纖阿。復旦詩試重哦，別舘

歷落包羅。考証史翁摩挲，風遺職守羲和。漫問海山放舸，參錯羽林懸戈。晨起雙丸作歌，厥象五老遊河（厥象起同）

中午當陽未過，景福維皇受多。長垣併度纖阿，久照升恒若何。別舘歷落包羅，復旦詩試重哦。風遺職守羲和，考証史翁摩挲。參錯羽林懸戈，漫問海山放舸。厥象五老遊河，晨起雙丸作歌（晨起起同）

景福維皇受多，久照升恒若何。復旦詩試重哦，考証史翁摩挲。漫問海山放舸，晨起雙丸作歌。

中午當陽未過，長垣併度纖阿。別舘歷落包羅，風遺職守羲和。參錯羽林懸戈，厥象五老遊河。

懷維伊衛，分野蘢葱。有星夜驚，近布離宮。新月蟾影，林邊望窮。杲日朝旭，仙杏初烘。象從辰序，風恬雨濃。隱君仰視，繡錯鴻濛（隱君起同）

伊維懷古，天麻叠逢。夜星有無，景慶先容。蟾月新魄，計自昏中。朝日杲杲，彩較華蟲。辰從象正，氛祲忘踪。仰君隱然，琥玦形同（仰君起同）

伊衛分野蘢葱，懷古天麻叠逢。夜驚近布離宮，有無景慶先容。蟾影林邊望窮，新魄計自昏中。朝旭仙杏初烘，杲杲彩較華蟲。辰序風恬雨濃，象正氛祲忘踪。仰視繡錯鴻濛，隱然琥玦形同（隱然起同）

懷古天厤叠逢，伊衛分野龍葱。有無景慶先容，夜驚近布離宫。新魄計自昏中，蟾影林邊望窮。杲杲彩較華蟲，朝旭仙杏初烘。象正氛祲忘踪，辰序風恬雨濃。隱然琥玦形同，仰視繡錯鴻濛仰視起同。

伊衛分野龍葱，夜驚近布離宫。蟾影林邊望窮，朝旭仙杏初烘。辰序風恬雨濃，仰視繡錯鴻濛。

懷古天厤叠逢，有無景慶先容。新魄計自昏中，杲杲彩較華蟲。象正氛祲忘踪，隱然琥玦形同。

維向在漢，聚井如霞。治奏全盛，地滿烟花。江北河東，蓬壁成家。漸陸平看，疊玉簷牙。更西極騐，斗斛無差。舊閔殊遇，赤帝名諱舊閔起同。

在向維宋，聚奎有華。全奏治醇，民鮮欝嗟。河北江南，澤耀桑麻。平陸漸快，重離再誇。極西更紀，鉤鈐未斜。殊閔舊跡，真踪會嘉殊閔起同。

在漢聚井如霞，維宋聚奎有華。全盛地滿烟花，治醇民鮮欝嗟。河東蓬壁成家，江南澤耀桑麻。平看疊玉簷牙，漸快重離再誇。極騐斗斛無差，更紀鉤鈐未斜。殊遇赤帝名諱，舊跡真踪會嘉舊跡起同。

維宋聚奎有華，在漢聚井如霞。治醇民鮮欝嗟，全盛地滿烟花。江南澤耀桑麻，河東蓬壁成家。漸快重離再誇，平看疊玉簷牙。更記鉤鈐未斜，極騐斗斛無差。舊跡真踪

會嘉，殊遇赤帝名諱（殊遇起同）

在漢聚井如霞，全盛地滿烟花。河東蓬壁成家，平看壘玉簷牙。極驗斗斛無差，殊遇赤帝名諱。

惟宋聚奎有華，治醇民鮮鬱嗟。江南澤耀桑麻，漸快重離再誇。更紀鈎鈐未斜，舊跡真踪會嘉。

應何感召，三光騰空。神工化普，娵訾復隆。舞女歌徹，觀燈兆豊。鶯織柳帶，殘烟半叢。天通幽韻，律吹夾鐘。淵津遠鑒，恍在蒼穹（淵津起同）

感何應響，銅池躍龍。化工神契，華渚飛虹。歌女舞罷，燕喜呼嵩。柳織鶯啼，誌美時雍。幽通天田，默啟乾功。遠津淵映，乘槎路封（遠津起同）

感召三兆騰空，應響銅池躍龍。化普娵訾復隆，神契華渚飛虹。歌徹觀燈兆豊，舞罷燕喜呼嵩。柳帶殘烟半叢，鶯啼誌美時雍。幽韻律吹夾鐘，天田默啟乾功。遠鑒恍在蒼穹，淵映乘槎路封（淵映起同）

應響銅池躍龍，感召三光騰空。神契華渚飛虹，化普娵訾復隆。舞罷燕喜呼嵩，歌徹觀燈兆豊。鶯啼誌美時雍，柳帶殘烟半叢。天田默啟乾功，幽韻律吹夾鐘。淵映乘槎路封，遠鑒恍在蒼穹（遠鑒起同）

感召三光騰空，化普娵訾復隆。歌徹觀燈兆豊，柳帶殘煙半叢。幽韻律吹夾鐘，遠鑒應響銅池躍龍，神契華渚飛虹。舞罷燕喜呼嵩，鶯啼誌美時雍。天田默啟乾功，淵映恍在蒼穹。

來槎路封（淵映起同以上圖之六）

重光兼反景，珥抱成禎符。同晷書言永，擬將綺艷殊。
景反兼光重，符禎成抱珥。永言書晷同，珠艷綺將擬（殊艷起擬將起同）
朧朧就日炳，瑞彩縜望舒。中庭凝氷靜，翠明艷柳疎。
炳日就朧朧，舒望縜彩瑞。靜氷凝庭中，疎柳絲明翠（疎柳起翠明起同）
官星筆紀古，祝酒把長庚。闌斗紅霞舞，讀詩戩啟明。
古紀筆星官，庚長把酒祝。舞霞紅斗闌，明啟戩詩讀。
攢軫琴徽数，燭玉調水精。觀祥按宰輔，卜伊令智名。
数徽琴軫攢，精水調玉燭。輔宰按祥觀，名智令伊卜。
重光兼反景，永言書晷同。朧朧就日炳，靜氷凝庭中。
景反兼光重，同晷書言永。炳日就朧朧，中庭凝氷靜（符禎起珥抱起同）
疎柳絲明翠，瑞彩縜望舒。殊艷綺將擬，珥抱成禎符。
翠明絲柳疎，舒望縜彩瑞。擬將綺艷殊，符禎成抱珥（中庭起靜氷起同）
官星筆紀古，舞霞紅斗闌。攢軫琴徽数，輔宰按祥觀。

古紀筆星官，闌斗紅霞舞。数徽琴軫攢，觀祥按宰輔。
名智令伊卜，燭玉調水精。明啟戕詩讀，祝酒把長庚。
卜伊令智名，精水調玉燭。讀詩戕啟明，庚長把酒祝。
重光兼反景，珥抱成禎符。同晷書言永，擬將綺艶殊。朧朧就日炳，瑞彩縎望舒。中
庭凝冰靜，翠明絲柳疎。
景反兼光重，符禎成抱珥。永言書晷同，殊艶綺將擬。炳日就朧朧，舒望縎彩瑞。靜
冰凝庭中，疎柳絲明翠[疎柳起翠明起同]
官星筆紀古，祝酒把長庚。闌斗紅霞舞，讀詩戕啟明。攢軫琴徽数，燭玉調水精。觀
祥按宰輔，卜伊令智名。
古紀筆星官，庚長把酒祝。舞霞紅斗闌，明啟戕詩讀。数徽琴軫攢，精水調玉燭。輔
宰按祥觀，名智令伊卜[名智起卜伊起同以上圖之七]
余聞熒舍，忽退多奇。茹連竗化，物品燃藜。
舍熒聞余，奇多退忽。化竗連茹，藜燃品物[藜燃起物品起同]
星精降未，爛若浮丹。晴廻木烝，貫串循環。
未降精星，丹浮若爛。烝木廻晴，環循串貫[環循起貫串起同]
黄中奥洩，覿巧行遲。良爲識別，石公云誰。

洩奥中黄，遲行巧覻。别識爲良，誰云公石（誰云起石公起同）
花生纂組，象垂滿篇。華二氣五，爽目驚天。
組纂生花，篇滿垂象。五氣二華，天驚目爽（天驚起爽目起同）
余聞熒舍，未降精星。茹連玅化，烝木廻晴。
舍熒聞余，星精降未。化玅連茹，晴廻木烝（星精起未降起同）
奇多退忽，爛若浮丹。藜燃品物，貫串循環。
忽退多奇，丹浮若爛。物品燃藜，環循串貫（丹浮起爛若起同）
藜燃品物，貫串循環。茹連玅化，爛若浮丹。
物品燃藜，環循串貫。化玅連茹，丹浮若爛（環循起貫串起同）
茹連玅化，烝木廻晴。余聞熒舍，未降精星。
化玅連茹，晴廻木烝。舍熒聞余，星精降未（晴廻起烝木起同）
黄中奥洩，組纂生花。良爲識别，五氣二華。
洩奥中黄，花生纂組。别識爲良，華二氣五（花生起組纂起同）
遲行巧覻，象垂滿篇。誰云公石，爽目驚天。
覻巧行遲，篇滿垂象。石公云誰，天驚目爽（篇滿起象垂起同）
誰云公石，爽目驚天。遲行巧觀，象垂滿篇。

石公云誰，天驚目爽。覯巧行遲，篇滿垂象（天驚起爽目起同）

良爲識別，五氣二華。黄中奥洩，組纂生花。

別識爲良，華二氣五。洩奥中黄，花生纂組（華二起五氣起同以上圖之八）

遊步換芳，愛同機轉。流句断章，碎紅題倦。

步換芳愛，同機轉流。句断章碎，紅題倦遊。

換芳愛同，機轉流句。断章碎紅，題倦遊步。

芳愛同機，轉流句断。章碎紅題，倦遊步換。

愛同機轉，流句断章。碎紅題倦，遊步換芳。

同機轉流，句断章碎。紅題倦遊，步換芳愛。

機轉流句，断章碎紅。題倦遊步，換芳愛同。

轉流句断，章碎紅題。倦遊步換，芳愛同機（餘並仿此左旋同）

遊步換芳愛，倦幻墨圖同。流句断章碎，轉錦續璣紅。

愛芳換步遊，同圖墨幻倦。碎章断句流，紅璣續錦轉（碎章起流句起同）

遊倦題紅碎，步幻璇璣章。流轉機同愛，句錦回圖芳。

碎紅題倦遊，章璣璇幻步。愛同機轉流，芳圖回錦句（愛同起流轉起同以上圖之九）

回文集卷十七　目錄

古懽集

錦字沾愁淚
春風暖翠閨
枕痕霞黯淡
新月挂楼西

薄薄施鉛粉
粧成獨見時
却須深酌酒
傳語報佳期

粉凝空壁靜
香吐一燈分
隱映羅衫薄
花時此見君

碧昏朝合霧
深户映花閑
隔牖風驚竹
留歡卜夜開

腕搖金釧響
紅粉濕啼痕
半露胸如雪
憑欄幾蕩魂

遮香風細細
春服綺羅輕
麗藻終思我
同來看月明

野渡波搖月
纖纖白玉鈎
惹烟輕弱柳
窺鏡淡蛾羞

紫蘭秋露濕
香逕小船通
水引春心蕩
雙橋落彩虹

步步承羅襪
桃紅兩頰鮮
雨餘憐日嫩
春醉戴花眠

墜珥時流盻
多情識異香
醉圓雙媚靨
山枕隱濃粧

影搖雲外樹
微睇轉横波
永日常攜手
桐花識鳳過

綠苔行屧穩
雲雨半羅衣
玉趾迴嬌步
時羞欲掩扉

素腕漸新藕
溪邊水照人
袴花紅竹石
芳靄遠如塵

暗水流花逕
西楼送月沉
暫須迴步履
攜手本同心

掩笑須軟扇
傳香逐便風
臉横秋水溢
粧鏡晚窺紅

笑時花近眼
螢燄觸簾迴
照席瓊枝秀
餘香度酒杯

促筵交履舄
環佩響如何
綠擺揚枝嫩
嬌香發綺羅

轉盻如波眼
尋常不下簾
淺觴寧及醉
零露巳濡霑

破月斜天半
砧寒未擣綃
坐中灯泛酒
鸞鳳夾吹簫

翠匣開寒鏡
高楼照日初
淚痕銷夜燭
香露濕紅蘂

曉簾粧秀靨
花發夜來風
嬝嬝腰疑折
多嬌愛欹躬

泥泥花間露
聽琴月墮光
細風吹帳冷
煙泛破籠香

綠窗銷暗燭
春夢困騰騰
玉枕雙文簟
消魂別未曾

柳條紛起絮
眉黛看時顰
久雨巫山暗
花飛復戀人

弱幹紅粧倚
荷喧雨到時
落花疑悵望
長歎獨含悲

動水花連影
紅粧帶臉春
夢尋何處去
風景惜離晨

化蝶誠知幻
沉沉玉漏稀
下楼閒待月
看影試新衣

夜來常有夢
嬌甚却成愁
麝炷騰清燎
紅羅結綺楼

掬翠香縈袖
流鶯暗處喧
獨行看影笑
腸斷欲何言

字小書難寫
蘭燈燄碧高
翠攢千片葉
詞體近風騷

古懽集　閨詞有序

蓋聞鳥鳴空谷，雌雄叶下上之音；花映晴洲，離合寓淺深之色。是故錦裁八寸，宛轉皆通；環弄九連，始終莫解。然而思公子者，或闇默以無言；望美人兮，輒低徊其欲絕。尋閒得趣，何妨巧著新詞；把卷會心，不必別裁古調。借名流之佳什，抒我性靈；即高閣之陳編，翻他面目。譬若坐春風而鬬百草，居然按舊譜而得雙聲。倒之顛之，自爾句中有句；神矣變矣，誰云情外無情。

集唐五言絕六十首。順讀三十首，倒讀三十首，皆自上而下，錦字起，小字止。

集唐五言絕六十首

錦字沾愁淚，春風暖翠閨。枕痕霞黯淡，新月挂楼西。

袁暉　許景先　韓偓　楊夔

西楼挂月新，淡黯霞痕枕。閨翠暖風春，淚愁沾字錦。

薄薄施鉛粉，粧成獨見時。却須深酌酒，傳語報佳期。

毛文錫　劉希夷　李咸用　趙嘏

期佳報語傳，酒酌深須却。時見獨成粧，粉鉛施薄薄。

粉凝空壁靜，香吐一燈分。隱映羅衫薄，花時此見君。

錢起　裴説
權德輿　盧綸

君見此時花，薄衫羅映隱。分燈一吐香，靜壁空凝粉。

碧昏朝合霧，深户映花閴。隔牖風驚竹，留歡卜夜閒。

唐太宗　韓翃
王維　杜甫

閒夜卜歡留，竹驚風牖隔。閴花映户深，霧合朝昏碧。

腕摇金釧響，紅粉濕啼痕。半露胸如雪，憑欄幾蕩魂。

徐賢妃　岑參
白居易　羅隱

魂蕩幾欄憑，雪如胸露半。痕啼濕粉紅，響釧金摇腕。

遞香風細細，春服綺羅輕。麗藻終思我，同來看月明。

鄭谷　崔亘
耿湋　顧非熊

明月看來同，我思終藻麗。輕羅綺服春，細細風香遞。

野渡波摇月，纖纖白玉鉤。惹烟輕弱柳，窺鏡淡蛾羞。

方干　孟郊
王貞白　温庭筠

羞蛾淡鏡窺，柳弱輕烟惹。鉤玉白纖纖，月摇波渡野。

紫蘭秋露濕，香逕小船通。水引春心蕩，雙橋落彩虹。

楊巨源　許渾
白居易　李白

虹彩落橋雙，蕩心春引水。通船小逕香，濕露秋蘭紫。
步步承羅襪，桃紅兩頰鮮。雨餘憐日嫩，春醉戴花眠。
李羣玉　路德延
元稹　杜光庭
眠花戴醉春，嫩日憐餘雨。鮮頰兩紅桃，襪羅承步步。
墜珥時流眄，多情識異香。醉圓雙媚靨，山枕隱濃粧。
李羣玉　柳中庸
元稹　温庭筠
粧濃隱枕山，靨媚雙圓醉。香異識情多，眄流時珥墜。
影摇雲外樹，微睇轉横波。永日常携手，桐花識鳳過。
崔塗　楊師道
儲光羲　楊巨源
過鳳識花桐，手携常日永。波横轉睇微，樹外雲摇影。
緣苔行屐穩，雲雨半羅衣。玉趾廻嬌步，時羞欲掩扉。
司空圖　張祐
牛嶠　楊巨源
扉掩欲羞時，步嬌廻趾玉。衣羅半雨雲，穩屐行苔緣。
素腕漸新藕，溪邊水照人。袴花紅竹石，芳靄遠如塵。
鄭槩　岑參
白居易　温庭筠
塵如遠靄芳，石竹紅花袴。人照水邊溪，藕新漸腕素。

暗水流花逕，西楼送月沉。暫須廻步履，携手本同心。

杜甫　許渾
韓愈　王維

心同本手携，履步廻須暫。沉月送楼西，逕花流水暗。

掩笑須欹扇，傳香逐便風。臉横秋水溢，粧鏡晚窺紅。

張謂　錢起
吴融　王勃

紅窺晚鏡粧，溢水秋横臉。風便逐香傳，扇欹須笑掩。

笑時花近眼，螢燄觸簾廻。照席瓊枝秀，餘香度酒杯。

杜甫　許渾
李商隱　陶雍

杯酒度香餘，秀枝瓊席照。廻簾觸燄螢，眼近花時笑。

促筵交履舄，環佩響如何。縧擺楊枝嫩，嬌香發綺羅。

劉禹錫　温庭筠
韋莊　張説

羅綺發香嬌，嫩枝楊擺縧。何如響佩環，舄履交筵促。

轉眄如波眼，尋常不下簾。淺觴寧及醉，零露已濡霑。

温庭筠　王建
暢當　賈島

霑濡已露零，醉及寧觴淺。簾下不常尋，眼波如眄轉。

破月斜天半，砧寒未擣綃。坐中灯泛酒，鸞鳳夾吹簫。

簫吹夾鳳鸞，酒泛灯中坐。
（劉得仁 韓愈 耿湋 杜甫）
綃擣未寒砧，半天斜月破。

翠匣開寒鏡，高楼照日初。
（張仲素 韋應物 杜審言 武元衡）
淚痕銷夜燭，香露濕紅蕖。

蕖紅濕露香，燭夜銷痕淚。
初日照楼高，鏡寒開匣翠。

曉簾粧秀靨，花發夜來風。
（李賀 錢起 張祐 元稹）
嬝嬝腰疑折，多嬌愛斂躬。

躬斂愛嬌多，折疑腰嬝嬝。
風來夜發花，靨秀粧簾曉。

泥泥花間露，聽琴月墮光。
（耿湋 馬戴 邵士彥 元稹）
細風吹帳冷，煙泛破籠香。

香籠破泛煙，冷帳吹風細。
光墮月琴聽，露間花泥泥。

緣窓銷暗燭，春夢困騰騰。
（權德輿 韓偓 王維 釋皎然）
玉枕雙文簟，消魂別未曾。

曾未別魂消，簟文雙枕玉。
騰騰困夢春，燭暗銷窓緣。

柳條紛起絮，眉黛看時顰。
（元稹 鄭谷 杜甫 武后宮人）
久雨巫山暗，花飛復戀人。

人戀復飛花，暗山巫雨久。鬟時看黛眉，絮起紛條柳。
弱榦紅粧倚，荷喧雨到時。落花疑悵望，長歎獨含悲。

孫逖　温庭筠
張泌　唐太宗

悲含獨歎長，望悵疑花落。時到雨喧荷，倚粧紅榦弱。
動水花連影，紅粧帶臉春。夢尋何處去，風景惜離晨。

項斯　徐夤
釋齊己　李嶠

晨離惜景風，去處何尋夢。春臉帶粧紅，影連花水動。
化蝶誠知幻，沉沉玉漏稀。下楼閒待月，看影試新衣。

蔣防　羊士諤
韓翃　姚合

衣新試影看，月待閒楼下。稀漏玉沉沉，幻知試蝶化。
夜來常有夢，嬌甚却成愁。麝炷騰清燎，紅羅結綺楼。

岑參　劉禹錫
唐彦謙　張易之

楼綺結羅紅，燎清騰炷麝。愁成却甚嬌，夢有常來夜。
掬翠香縈袖，流鶯暗處喧。獨行看影笑，腸断欲何言。

趙嘏　陳通方
姚合　韋莊

言何欲断腸，笑影看行獨。喧處暗鶯流，袖縈香翠掬。

字小書難寫，蘭燈飲碧高。翠攢千片葉，詞體近風騷。

杜牧　元稹

公乘億　賈島

騷風近體詞，葉片千攢翠。高碧飲燈蘭，寫難書小字。

壽字

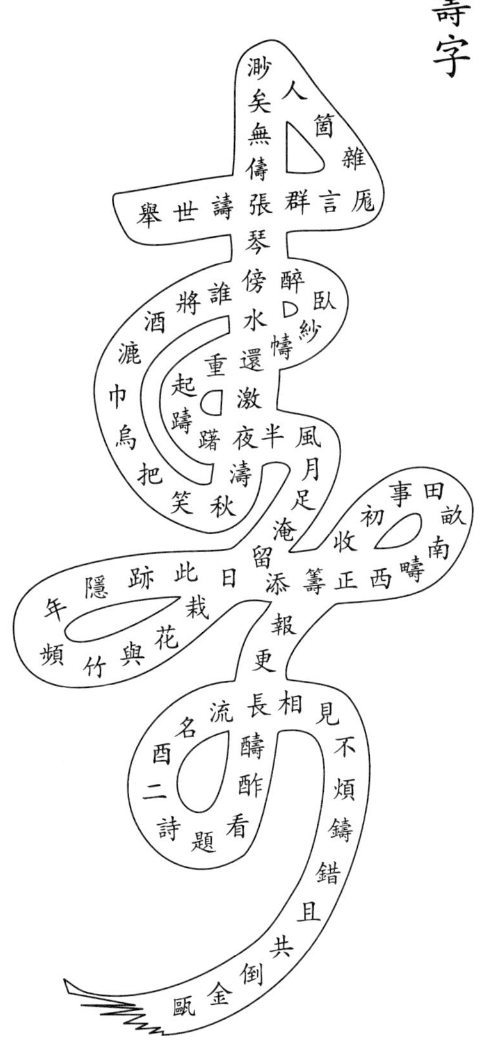

渺矣無儔張琴傍水還激夜
人箇雜尨言群
舉世譸張
醉臥紗幬
誰將酒漉巾烏把笑秋
重起躊躇
半風月足淹留添籌正西疇
事田畝南
初收
日此跡隱年頻竹與花栽
報更相見不煩鑄錯且共倒金甌
長流名酉二詩題看酢疇
濤

壽字　祝壽隱先生

滿庭芳一調。交加讀，舉世譸張起，倒金甌止。張傍還夜日籌長七字，縱橫兩讀，詞内凡隱九壽字。

滿庭芳一調

舉世譸張，群言厖雜，箇人渺矣無儔。張琴傍水，還激夜濤秋。笑把烏巾漉酒，將誰傍，醉卧紗幬。還重起，躊躇夜半，風月足淹留。日栽花與竹，頻年隱跡，此日添籌。正西疇南畝，田事初收。籌報更長疇酢，看題詩，二酉名流。長相見，不煩鑄錯，且共倒金甌。

按刊本讀法末爲「内凡隱九壽字，讀法隨字轉折」。此圖又載見於一九一五年上海掃葉山房文藝雜誌第十一期，稱壽世文章，『老顛戲摹』。

車輪

車輪　秋夜感懷

七言律二首，五言律二首。七律斜行讀，思歸寄字問飛鴻起，時來獨坐小亭中止。五律左旋讀，思苦爲多才起，時會舊心灰止。俱迴文，思斷眉袖等字合用。

七言律二首

思歸寄字問飛鴻，斷夢殘更漏轉銅。眉鎖青山瞻海上，袖縈紅淚灑橋東。離離樹亂風驚鳥，寂寂庭閒月映楓。詩賦漫敲横几石，時來獨坐小亭中。

中亭小坐獨來時，石几横敲漫賦詩。楓映月閒庭寂寂，鳥驚風亂樹離離。東橋灑淚紅縈袖，上海瞻山青鎖眉。銅轉漏更殘夢斷，鴻飛問字寄歸思。

五言律二首

思苦爲多才，斷紋琴操哀。眉勾柳影照，袖滿菊香偎。離別人酣酒，寂寥燈剪煤。詩成未夜半，時會舊心灰。

灰心舊會時，半夜未成詩。煤剪燈寥寂，酒酣人別離。偎香菊滿袖，照影柳勾眉。哀操琴紋斷，才多爲苦思。

梨園記

戲目

西園　紅杏
奈何天　玉蝶
懷香　幻影圓
橋浦　分釵
情不断　彩毫
題塔　想當然
四節　歌風
洒雪堂　繡襦
紅拂　舞霓裳
驚鴻　雙影
酣情眄　拜月
西廂　一瓣香

戲目

投筆　題紅
詩賦盟　西楼
鳴鳳　讀書聲
幽閨　還帶
宜男佩　雙串
連環　一種情
鮫綃　織錦
倒鴛鴦　桐葉
凌雲　五桂芳
種玉　灌園
廬夜雨　醉鄉
異夢　鬧高唐

梨園記　閨思

七言絶四首。順文連絡讀。其一，西園起，想當然止。其二，四節起，一瓣香止。其三，投筆起，一種情止。其四，鮫綃起，鬧高唐止。

七言絶四首

西園紅杏奈何天，玉蝶懷香幻影圓。橘浦分釵情不断，彩毫題塔想當然。
四節歌風洒雪堂，繡襦紅拂舞霓裳。驚鴻雙影酣情盻，拜月西廂一瓣香。
投筆題紅詩賦盟，西楼鳴鳳讀書聲。幽閨還帶宜男佩，雙串連環一種情。
鮫綃織錦倒鴛鴦，桐葉凌雲五桂芳。種玉灌園廬夜雨，醉鄉異夢鬧高唐。

十字架

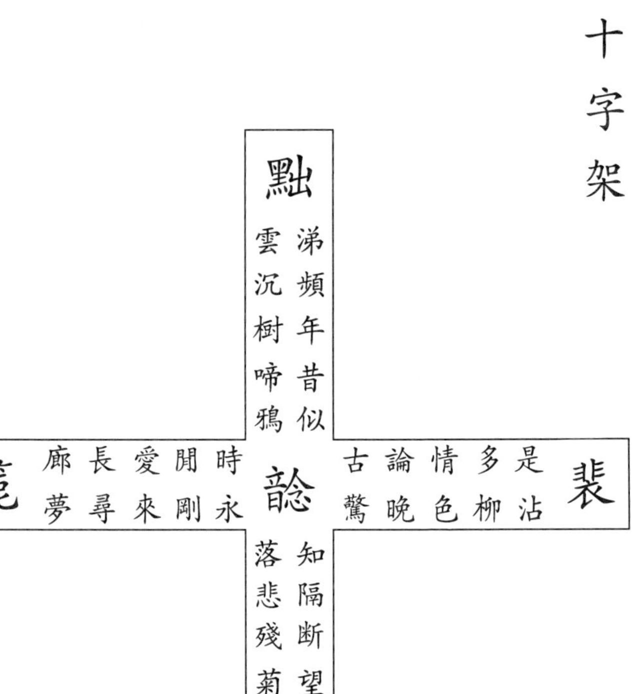

十字架　感舊

七言絶八首。韻字分作四字讀，黜鉁裴籠四字俱分作二字用。縱兩行自上至下爲一首，又廻文爲一首。横兩行自右至左爲一首，又廻文爲一首。再從今似起，次心知、次立鴉、次日落爲一首。從日落起，次立鴉、次心知、次今似爲一首。從今古起，次立時、次心驚、次日永爲一首。從日永起，次心驚、次立時、次今古爲一首。

七言絶八首

出涕頻年昔似今，心知隔断望横參。黑雲沉樹啼鴉立，日落悲殘菊褪金。
金褪菊殘悲落日，立鴉啼樹沉雲黑。參横望断隔知心，今似昔年頻涕出。
非是多情論古今，立時閒愛長廊竹。衣沾柳色晚驚心，日永剛來尋夢鹿。
鹿夢尋來剛永日，心驚晚色柳沾衣。竹廊長愛閒時立，今古論情多是非。
今似昔年頻涕出，心知隔断望横參。立鴉啼樹沉雲黑，日落悲殘菊褪金。
日落悲殘菊褪金，立鴉啼樹沉雲黑。心知隔断望横參，今似昔年頻涕出。
今古論情多是非，立時閒愛長廊竹。心驚晚色柳沾衣，日永剛來尋夢鹿。
日永剛來尋夢鹿，心驚晚色柳沾衣。立時閒愛長廊竹，今古論情多是非。

翠盤

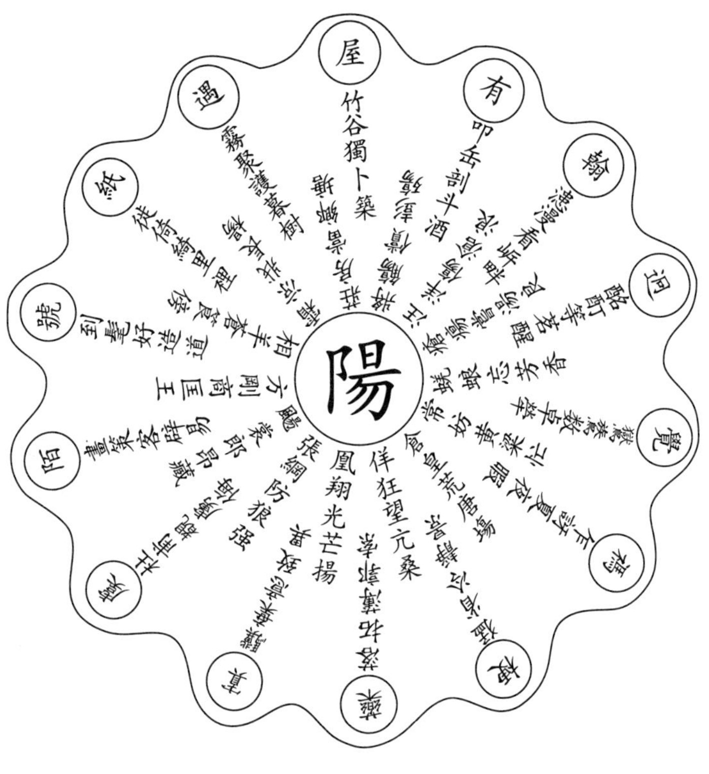

翠盤　隱居吟

叠韵體二十八句。平仄共十五韻，竹谷句起，次莊房句，右旋至將觴句止。

叠韵體二十八句

竹谷獨卜築，莊房當鄉塘。霧聚護暮樹，霜凉戕長楊。徙倚綺里裡，相羊蒼筤傍。到髦好造道，方剛商匡王。畫策客辟易，颺裳郎昂藏。杜甫覩虜侮，張綱防狼强。驥棄意致異，凰翔光芒揚。落拓薄郭索，佯狂望亢桑。猛省冷静景，倉皇荒唐塲。乍訝夏夜暇，常妨黄粱忙。鸑鷟数卓犖，蜣蜋忘芳香。酩酊等茗醒，瘖瘍嘗湯良。漶漫看岍畔，汪洋傷滄浪。叩缶剖斗酒，將觴償彭殤。

酒隱

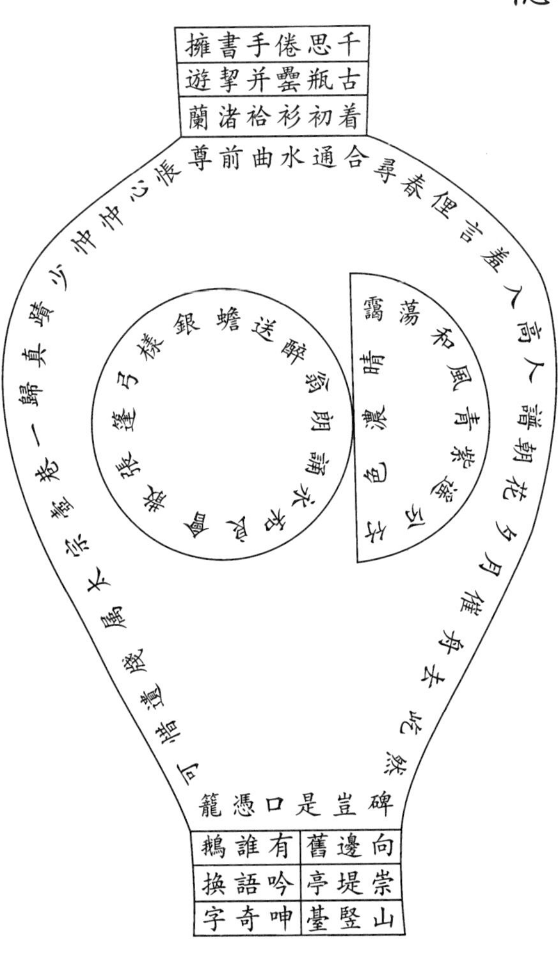

擁書手倦思千
遊挈并罍瓶古
蘭渚袷衫初着
尊前曲水通合尋春俚言羞入高人譜朝花夕月催舟去屹然碑豈是口憑籠
可惜遺蹤屬太宗臺巷一歸真蹟少中宇心悵
送醉翁朗誦永和良會散張筵弓樣銀蟾
竹色濃晴靄蕩和風青紫遙分
鵝誰有舊邊向
換語吟亭堤崇
字奇呻臺豎山

酒隱　蘭亭懷古

玉楼春一調，南鄉子一調。上爲乾，下爲坤，中爲日月。玉楼春，擁書手倦思千古起，横行遇着字，接合字，沿右邊順下，遇碑字，接向字，直行行至憑誰語止。内隱四字，皆雙合。南鄉子，奇字换鵝籠起，沿左邊逆上，遇通字，接晴字，即左旋，遇濃字，入朗字，亦左旋至送醉翁止，内隱六字，不須合。

玉楼春一調

擁書手倦思千古，瓶罍并挈遊蘭渚甕袷衫初着合尋春，俚言羞入高人譜裡　朝花夕月催舟去，屹然碑向崇山竪乾堤邊豈是舊亭臺，呻吟有口憑誰語坤

南鄉子一調

奇字换鵝籠，可惜遺棧属太宗大壺巷一歸真蹟少壺忡忡，心悵尊前曲水通中　晴靄蕩和風，青紫遥分竹色濃日朗誦永和良會散月張篷，弓樣銀蟾送醉翁長

龜紋

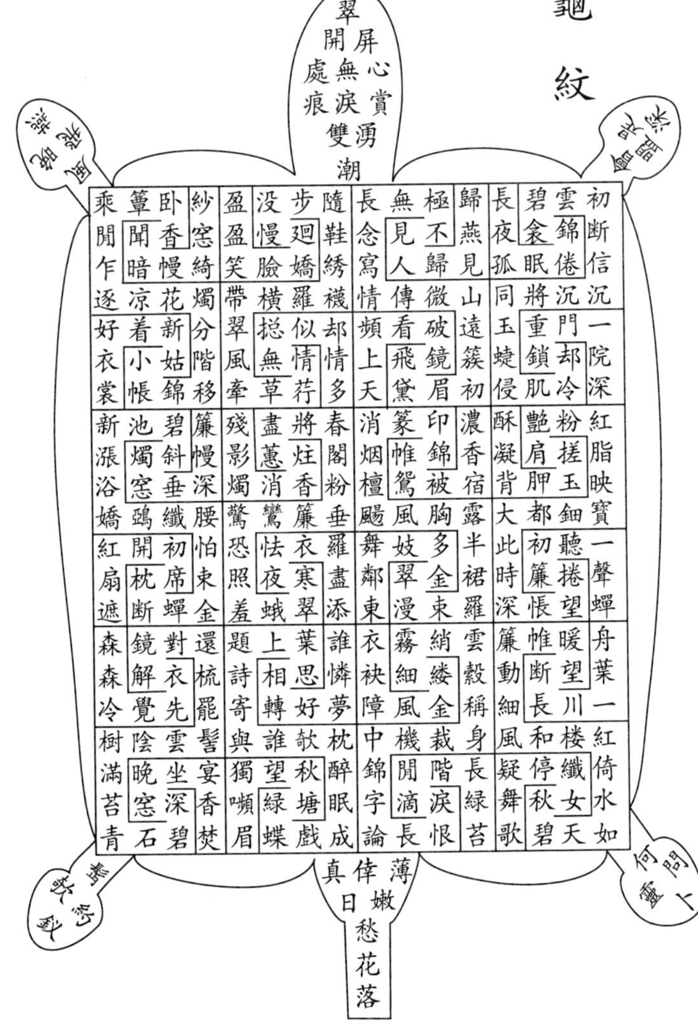
翠
開屏
處無心
痕淚賞
雙湧
潮
風晚飛燕
深閨夢
乘簞臥紗盈没步隨長無極歸長碧雲初
閒聞香窓盈慢迴鞋念見不燕夜衾錦断
乍暗幔綺笑臉嬌綉寫人歸見孤眠倦信
逐凉花燭帶横羅襪情傳微山同將沉沉
好着新分翠揔似却頻看破遠玉重門一
衣小姑階風無情情上飛鏡簇蝀鎖却院
裳帳錦移牽草荇多天黛眉初侵肌冷深
新池碧簾殘盡將春消篆印濃酥艷粉紅
漲燭斜幔影蕙炷閣烟帷錦香凝肩搓脂
浴窓垂深燭消香粉檀鴛被宿背胛玉映
嬌鵶纖腰鷩鸞簾垂飈風胸露大都鈿寶
紅開初怕恐怯衣羅舞妓多半此初聽一
扇枕席束照夜寒畫鄰翠金裙時簾捲聲
遮断蟬金羞蛾翠添東漫束羅深帳望蟬
森鏡對還題上葉誰衣霧綃雲簾帷暖舟
森解衣梳詩相思憐袂細縷縠動断望葉
冷覺先罷寄轉好夢障風金稱細長川一
樹陰雲髻與誰歆枕中機裁身風和楼紅
滿晚坐宴獨望秋醉錦閒階長疑停纖倚
苔窓深香嚬緑塘眠字滴淚緑舞秋女水
青石碧焚眉蝶戲成論長恨苔歌碧天如
薄倖真
嫩日
愁
花
落
何問卜
靈

深院一沉信断初紅脂映寶一聲蟬舟葉一紅倚水如
冷却門沉倦錦雲粉搓玉鈿聽捲望暖望川楼纖女天
肌鎖重將眠衾碧艷肩胛都初簾悵帷断長和停秋碧
侵婕玉同孤夜長酥凝背大此時深簾動細風疑舞歌
初簇遠山見燕歸濃香宿露半裙羅雲縠稱身長綠苔
眉鏡破微歸不極印錦被胸多金束綃縷金裁堦淚恨
黛飛看傳人見無篆帷鴛風妓翠漫霧細風機閒滴長
天上頻情寫念長消烟檀颺舞鄰東衣袂幃中錦字論
多情却襪繡鞋隨春閣粉垂羅畫添誰憐夢枕醉眠成
苻情似羅嬌迴步將炷香簾衣寒翠葉思好欹秋塘戲
草無揔橫臉漫沒畫蕙消鸞怯夜蛾上相轉誰望綠蝶
牽風翠帶笑盈盈殘影燭驚恐照羞題詩寄與獨嚬眉
移階分燭綺窗紗簾幔深腰怕束金還梳罷髻宴香焚
錦姑新花幔香卧碧斜垂纖初席蟬對衣先雲坐深碧
帳小着涼暗聞篁池燭窗鵶開枕断鏡解覺陰晚窗石
裳衣好逐乍聞乘新漲浴嬌紅扇遮森森冷樹滿苔青

（引刊本蘭湄幻墨）

龜紋　閨詞

菩薩蠻二調，集唐七言絶二十四首。頭尾四足爲菩薩蠻，一從翠屏二句起，次初會句、次如何句、次落花二句、次青鬟句、次乘風句止。一從長隨二句起，次飛燕句、次歆釵句、次論成二句、次靈卜句、次盟深句止。龜甲爲七言絶句，十二方隨紋轉折讀得十二首，各廻文得十二首。隨長乘青成論如初八字，詩詞合用，又長論兩字平仄兩讀。

菩薩蠻二調

翠屏開處無心賞，淚痕雙湧潮隨長。初會是深盟，如何問卜靈。落花愁日嫩，薄倖真成論。青鬟約釵歆，乘風晚燕飛。

長隨潮湧雙痕淚，賞心無處開屏翠。飛燕晚風乘，歆釵約鬟青。論成真倖薄，嫩日愁花落。靈卜問何如，盟深是會初。

集唐七言二十四首

天上頻看破鏡飛，黛眉初簇遠山微。傳情寫念長無極，不見人歸見燕歸。

趙　㫰　李康成　崔仲容　崔　魯

歸燕見歸人見不，極無長念寫情傳。微山遠簇初眉黛，飛鏡破看頻上天。

長夜孤眠倦錦衾，碧雲初断信沉沉。將同玉蝭侵肌冷，却鎖重門一院深。陳陶 劉禹錫 劉兼 李涉

深院一門重鎖却，冷肌侵蝭玉同將。沉沉信断初雲碧，衾錦倦眠孤夜長。

多情却似揔無情，荇草牽風翠帶横。羅襪繡鞋隨步没，慢廻嬌臉笑盈盈。杜牧 花蕊夫人 白居易 張泌

盈盈笑臉嬌廻慢，没步隨鞋繡襪羅。横帶翠風牽草荇，情無揔似却情多。

紗窓綺幔暗聞香，卧簟乘閒乍逐凉。花燭分階移錦帳，小姑新着好衣裳。崔顥 蔡瓌 張説 徐凝

裳衣好着新姑小，帳錦移階分燭花。凉逐乍閒乘簟卧，香聞暗幔綺窓紗。

東鄰舞妓多金翠，慢束羅裙半露胸。風颭檀烟消篆印，錦帷鴛被宿香濃。温庭筠 周濆 鄭谷 張泌

濃香宿被鴛帷錦，印篆消烟檀颭風。胸露半裙羅束慢，翠金多妓舞鄰東。

酥凝背胛玉搓肩，艶粉紅脂映寶鈿。都大此時深悵望，捲簾初聽一聲蟬。韓偓 張東之 來鵠 花蕊夫人

蟬聲一聽初簾捲，望悵深時此大都。鈿寶映脂紅粉艶，肩搓玉胛背凝酥。

添盡羅衣怯夜寒，翠蛾羞照恐驚鸞。簾垂粉閣春將盡，蕙炷香消燭影殘。

馮延己 薛逢
李建勳 花蕊夫人

殘影燭消香炷蕙，盡將春閣粉垂簾。鸞驚恐照羞蛾翠，寒夜怯衣羅盡添。

簾幔深垂窓燭斜，碧池新漲浴嬌鴉。纖腰怕束金蟬斷，枕席初開紅扇遮。

李約 杜牧
薛逢 閻立本

遮扇紅開初席枕，斷蟬金束怕腰纖。鴉嬌浴漲新池碧，斜燭窓垂深幔簾。

衣袂障風金縷細，霧綃雲縠稱身裁。機中錦字論長恨，淚滴閒階長綠苔。

和凝 羅虬
劉長卿 鄭谷

苔綠長階閒滴淚，恨長論字錦中機。裁身稱縠雲綃霧，細縷金風障袂衣。

歌舞疑停織女秋，碧天如水倚紅樓。和風細動簾帷暖，望斷長川一葉舟。

韋元旦 李益
白居易 羅鄴

舟葉一川長斷望，暖帷簾動細風和。樓紅倚水如天碧，秋女織停疑舞歌。

誰憐夢好轉相思，葉上題詩寄與誰。欹枕醉眠成戲蝶，綠塘秋望獨嚬眉。

韓偓 顧況
劉禹錫 唐彦謙

眉嚬獨望秋塘綠，蝶戲成眠醉枕欹。誰與寄詩題上葉，思相轉好夢憐誰。

焚香宴坐晚窓深，碧石青苔滿樹陰。雲髻罷梳還對鏡，解衣先覺冷森森。

森森冷覺先衣解，鏡對還梳罷髻雲。陰樹滿苔青石碧，深窓晚坐宴香焚。

白居易　李端　薛逢　韓偓

案菩薩蠻二調，原題下注云『改入金鎖』，故刊本龜紋圖無頭尾四足，并將上層板塊倒翻，使長隨與消春隣接，紋綫更加完美。

斑衣

臨南極
朗時慶

得萊衣
紛古有

袖翩翻
瞱悦堪

蹡酒進
許長庚

轂更誰
布陶然

饎親供
鮮飯白

燦爛
褕共
耀流

樂奏
商歌
翽千

筵開
果映
瓢七

鄙春
蹔酬
小草

璋金
郎換
漫去

飄紫
鳥添
自來

斑衣　蝦詞

七言排律一首。分十二方，每方得詩一句，自右至中直下，復自下至中向左。朗磤瞵耀翩瓢蘸璋跗轂鱠等字，合書分讀。

七言排律一首

月臨南極慶時良，分得萊衣有古香。舞袖翩翻堪悦目，翟褕燦爛共流光。羽商樂奏歌千歲，瓜果筵開映七襄。青鳥自來添紫氣，玉郎漫去换金章。甚慙小草酬春少，足許長庚進酒將。韋布陶然誰更及，魚鮮飯熟供親嘗。

『熟』：圖文及刊本作『白』

織女梭

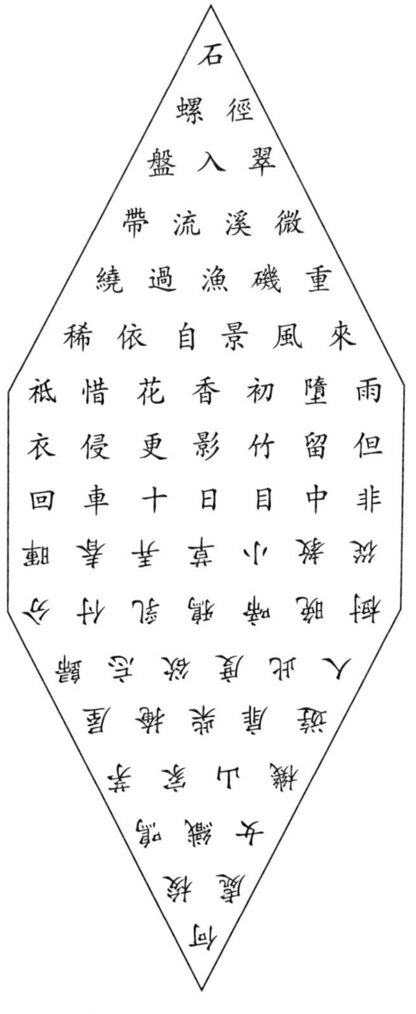
石
螺徑
盤入翠
帶流溪微
繞過漁磯重
稀依自景風來
祇惜花香初墮雨
衣侵更影竹留但
回車十日目中非
從教小草弄春暉
樹晚啼鴉乳付分
人此度欲忘歸
遊扉柴掩屋
機山家茅
女織鳴
處梭
何

織女梭　重過花林

浣溪沙二調。之字讀。其一石徑起，其二何處起，末句回車十日目中非七字倒正同形，兩調合用。

浣溪沙二調

石逕螺盤入翠微，溪流帶繞過漁磯，重來風景自依稀。祗惜花香初墮雨，但留竹影更侵衣，回車十日目中非。

何處梭鳴織女機，山家茅屋掩柴扉，遊人此度欲忘歸。分付乳鴉啼晚樹，從教小草弄春暉，回車十日目中非。

連枝方勝

門外大　古調凌　緣便識　輪紅丈
情　江　歌　凡　何　荆　月　夫
世逐流時笑歌響　跡浪傾誰向胆肝
　　日　名　　　　　盖　耻　　
難平夜深知己話　悲命不同心事此
恨　客　兩　新　徒　嫌　葵　間
有合歸　是原交論手握雙　道足安
　　　　　　試　袖　　　　　　
鯨共吸　君作賦自應剪燭　人無賴
邀　莫　玄　高　相　韻　送　滿
杯莫遮茅草過軒　天望頻金雨風帆
　　簾　似　　　　　敲　夜　　
吟興任偏勝滿握　東何計流連駐轉
肩　燕　抛　愁　西　然　情　蓬
壓巢來　未倦緘　在迹行　有我留

連枝方勝　晤友贈行

七言律三首。左旋廻環交加讀，丈夫肝胆向誰傾起，葵心恥向月輪紅止。

七言律三首

丈夫肝胆向誰傾，浪跡何緣便識荆。傾盖不嫌雙握手，論交原是兩知名。笑歌古調凌凡響，歌笑時流逐世情。門外大江流日夜，客歸合有恨難平。遮莫杯邀鯨共吸，莫遮簾任燕來巢。壓肩吟興任夜深知己話新交，試賦高軒過草茅。偏勝，滿握愁緘倦未抛。勝似草玄君作賦，自應剪燭韻頻敲。計然行迹在西東，何計流連駐轉蓬。留我有情連夜雨，送人無賴滿帆風。雨金頻望天相應，袖手徒悲命不同。心事此間安足道，葵心耻向月輪紅。

鳖甲

鼂甲　閨夜

三字令一調。中行颯休腋啾懜馱瀱㖄八字，兩邊分讀。右半調自上而下，風淅淅起，更寥寥止。左半調自下而上，山叠叠起，立摇摇止。

三字令一調

風淅淅，木蕭蕭，夜迢迢。秋黯黯，夢飄飄。犬狺狺，鵶喔喔，更寥寥。山叠叠，水滔滔，馬驕驕。心忽忽，口叨叨。月沉沉，人怯怯，立摇摇。

十二金釵

辰陽艷簇錦團花
靜理絲桐一曲新
淡味滋思相怕生
緋桃樹底點朱唇
輕縠霧凝初血淚
玉門遥望隔重城
憶郎檀被苦知應
兩字分離一片情
鸝黄数對對來閒
形影相憐更傍誰
解暫眉家兒付分
海棠無力冷臙脂

十二金釵　初別離

七言絶三首。向左向右相間讀，每句隱一美人名。

七言絶三首

花團錦簇艶陽辰(麗春)靜理絲桐一曲新(琴操)生怕相思滋味淡(無鹽)緋桃樹底點朱脣(紅紅)。

淚血初凝霧縠輕(紅綃)玉門遥望隔重城(関盼盼)應知苦被檀郎憶(念奴)兩字分離一片情(小青)

閒來對對数黄鸝(鶯鶯)形影相憐更傍誰(無雙)分付兒家眉暫解(莫愁)海棠無力冷臙脂(嬌紅)

對聯

溪西鷄齊啼
頭好將懷抱
頭嚬笑亦村姬子誰教換舞衣鶴同群識者稀眼迷聲喔喔
喔唳悽悽爭
抱付荒水正蒼茫日欲試掩虛齋養木暮烟倦飛山鳥又爭

屋北鹿獨宿
近千古興亡
近青山圍野竹窓風動敲寒玉過苔痕行断續相逐雲踏破
破歸盤谷流
亡悲社空勞瑣瑣分南達士勘明蕉覆耽幽閒來但枕清流

山居感興

對聯

雙調憶王孫一調，漁家傲一調。雙調憶王孫前闋五句以溪西雞齊啼爲首，後闋五句以溪西雞齊啼爲韵。漁家傲前闋五句以屋北鹿獨宿爲首，後闋五句以屋北鹿獨宿爲韻。

雙調憶王孫一調

溪頭嚬笑亦村姬，西子誰教換舞衣。鷄鶴同群識者稀，齊眼迷，啼聲喔喔唳悽悽。
好將懷抱付荒溪，水正蒼茫日欲西。試掩虗齋養木鷄，暮烟齊，倦飛山鳥又爭啼。

漁家傲一調

屋近青山園野竹，北窓風動敲寒玉。鹿過苔痕行断續，獨相逐，宿雲踏破歸盤谷。
千古興亡悲社屋，空勞瑣瑣分南北。達士勘明蕉覆鹿，耽幽獨，閒來但枕清流宿。

藕片

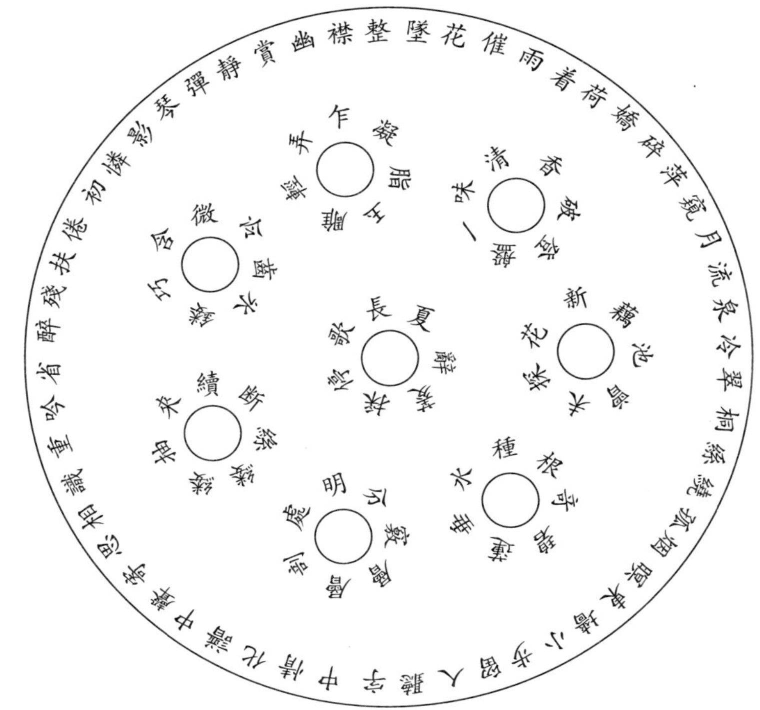
襟整墜花催雨着荷嬌碎萍窺月流泉冷翠桐絲繞孤烟暝東墻小步留人聽字中情化譜中聲寄思相識重吟省醉殘扶倦初憐影琴彈靜賞幽

藕片　聞琴擘藕

玉楼春二調，七言律二首。俱左右兩旋讀。外爲玉楼春，一從冷泉句起，暝烟句止；一從翠桐句起，碎萍句止。中爲七言律，一從池藕句起，辭夏句止；一從菱採句起，曾未句止。

玉樓春二調

冷泉流月窺萍碎，嬌荷着雨催花墜。整襟幽賞靜彈琴，影憐初倦扶殘醉。
相思寄，聲中譜化情中字。聽人留步小墻東，暝烟孤繞絲桐翠。
翠桐絲繞孤烟暝，東墻小步留人聽。字中情化譜中聲，寄思相識重吟省。
初憐影，琴彈靜賞幽襟整。墜花催雨着荷嬌，碎萍窺月流泉冷。

七言律二首

池藕新花探未曾，破香清味一盤登。脂凝乍弄輕雕玉，齒冷微含巧鏤氷。絲断續來抽
縷縷，竅分明處剖層層。奇根種水垂蓮碧，辭夏長歌停採菱。
菱採停歌長夏辭，碧蓮垂水種根奇。層層剖處明分竅，縷縷抽來續断絲。氷鏤巧含微
冷齒，玉雕輕弄乍凝脂。登盤一味清香破，曾未探花新藕池。

方位五行

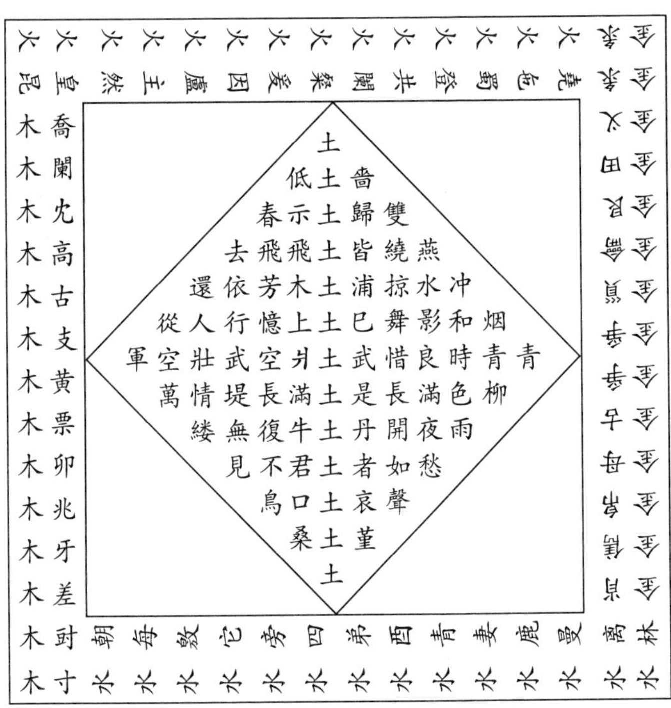

方位五行　閨情

七言律一首，三五七言古一首。外圍七律，寸對等字合五行邊傍成文，左旋讀，村樹起，海潮止。中方古風，土字起，土字止。墻社等字分書合讀。墻堦圯堤堵墐，土在左；社杜壯牡吐，土在右。第一層横向左，第二層横向右，三仍向左，四仍向右，下倣此。

七言律一首

村樹槎枒桃柳檦，横枝枯槁枕欄橋。焜煌燃炷爐烟煖，燦爛烘燈燭炧燒。鋒鋒釵鈿銀鑰鎖，錚錚鈷鉧錦鐫銷。淋漓漫漉淒清酒，涕泗滂沱激海潮。

三五七言古一首

土墻低，春社歸，雙燕繞堦飛。飛去還依芳杜浦，掠水冲烟和影舞。圯上憶行人，從軍空壯武。空壯武，惜良時，青青栁色滿長堤。滿長堤，情萬縷。無復牡丹開，夜雨愁如堵。君不見，鳥吐哀聲墐桑土。

寶鼎

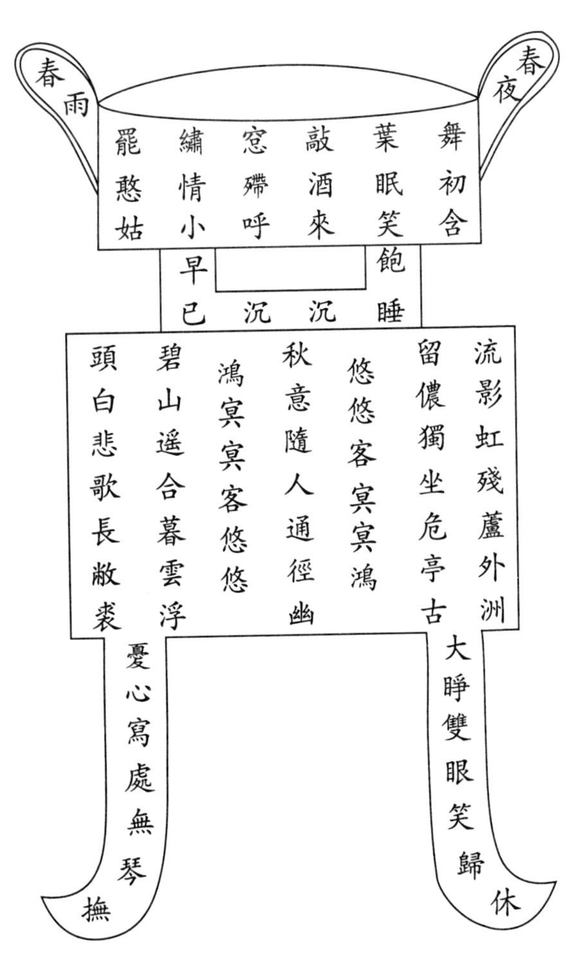
春夜
春雨
舞初含
葉眠笑
敲酒來
窗殢呼
繡情小
罷憨姑
飽睡
沉
沉
早已
流影虹殘蘆外洲
留儂獨坐危亭古
悠悠客冥冥鴻
秋意隨人通徑幽
鴻冥冥客悠悠
碧山遙合暮雲浮
頭白悲歌長敝裘
大睜雙眼笑歸休
憂心寫處無琴撫

寶鼎　閨坐山行

轉應曲二調，鷓鴣天二調。上爲轉應曲，春夜春雨四字重讀，笑含小姑四字三讀。一春夜春夜起，横行至姑小，接入早已句止。一春雨春雨起，横行至含笑，接入飽睡句止。下爲鷓鴣天，悠悠客寘寘鴻十二字，每調只用六字。一流影虹殘起，第三句下即接入秋意隨人句至敝裘止。一裘敝長歌起，第三句下即接入幽徑通人句至影流止。

轉應曲二調

閨坐

春夜，春夜，舞葉敲窓繡罷。憨情殢酒眠初，含笑來呼小姑。姑小，姑小，早已沉沉睡飽。

春雨，春雨，罷繡窓敲葉舞。初眠酒殢情憨，姑小呼來笑含。含笑，含笑，飽睡沉沉已早。

鷓鴣天二調

山行

流影紅殘蘆外洲，大睜雙眼笑歸休。留儂獨坐危亭古，秋意隨人通徑幽。鴻冥冥，客悠悠，碧山遥合暮雲浮。憂心寫處無琴撫，頭白悲歌長敝裘。

裘敝長歌悲白頭，撫琴無處寫心憂。浮雲暮合遥山碧，幽徑通人隨意秋。鴻冥冥，客悠悠，古亭危坐獨儂留。休歸笑眼雙睜大，洲外蘆殘虹影流。

雲版

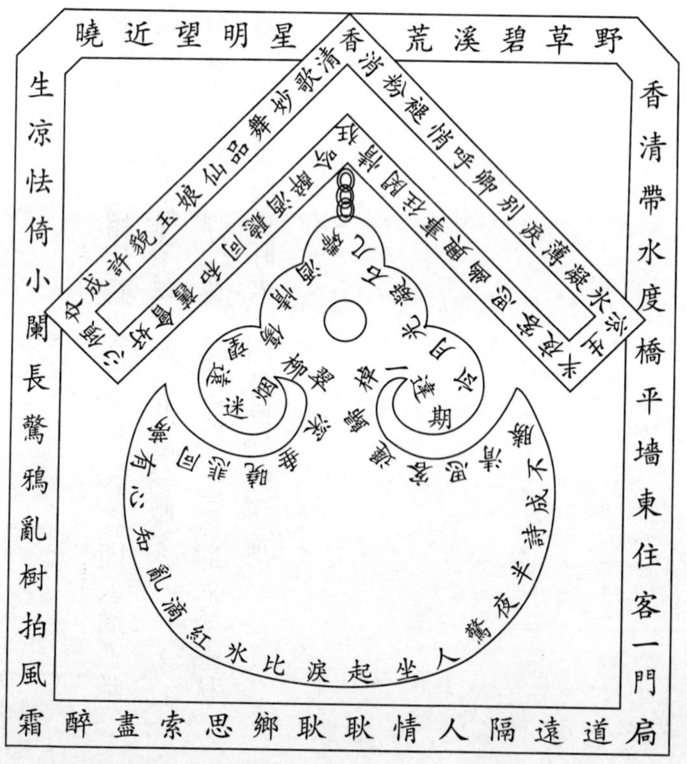
曉近望明星
荒溪碧草野
香清帶水度橋平墻東住客一門扃
霜醉盡索思鄉耿耿情人隔遠道扃
生涼怯倚小闌長驚鴉亂樹拍風霜

雲版　旅夜

月中行二調，眼兒媚二調，西江月二調。俱左右兩旋讀。月中行，荒溪起，明星止，星明起，溪荒止。眼兒媚，香消起，歌清止，清歌起，消香止。西江月，几石起，酒殢止，殢酒起，石几止。眼兒媚内思興聽和四字平仄兩讀。

月中行二調

荒溪碧草野香清，帶水度橋平。墻東住客一門扃，道遠隔人情。耿耿鄉思索盡醉，霜風拍樹亂鴉驚。長闌小倚怯涼生，曉近望明星。

星月望近曉生涼，怯倚小闌長。驚鴉亂樹拍風霜，醉盡索思鄉。耿耿情人隔遠道，扃門一客住東墻。平橋度水帶清香，野草碧溪荒。

眼兒媚二調

香消粉褪悄呼卿，別淚薄凝冰。涼生半夜，客思平聲幽興去聲事往関情。狂吟醉酒聽平聲同和去聲舊會好心傾。雙成許貌，玉娘仙品，舞妙歌清。

清歌妙舞品仙娘，玉貌許成雙。傾心好會，舊和平聲同聽去聲酒醉吟狂。情関往事興平聲幽思去聲客夜半生凉。氷凝薄淚，别卿呼悄，褪粉消香。

西江月二調

几石凝光月冷，期違一棹歸遲。客思清勝不成詩，半夜驚人坐起。淚比氷紅滴亂，
知心有夢同悲。曉垂深翠柳烟迷，遠望傷情酒殢。
殢酒情傷望遠，迷烟柳翠深垂。曉悲同夢有心知，亂滴紅氷比淚。起坐人驚夜半，
詩成不勝清思。客遲歸棹一違期，冷月光凝石几。

四聲譜

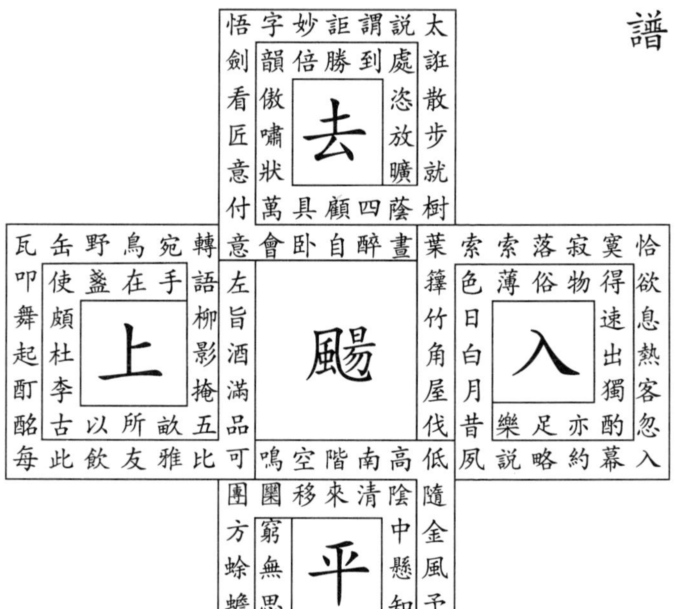

去
悟字妙詎謂説太
劍看匠意付
韻倍勝到處
傲嘯狀
恣放曠
萬具顧四蔭
誑散步就樹
上
瓦缶野鳥宛轉
叩舞起酊酩每
使盞在手
頗杜李古
以所畝五
語柳影掩
此飲友雅比
左旨酒滿品可
意會臥自醉晝
颺
入
葉索索落寂寞恰
欲息熱客忽入
色日白月昔
薄俗物得
速出獨酌
樂足亦
夙説略約幕
篺竹角屋伐低
平
鳴空階南高
團方蜍蟾桐梧
圞移來清陰
窮無思時
同人涯天
中懸知
隨金風予心長
摩衣披涼悲

四聲譜　擬古

五言古四首。中心颺字，分虽几旦勿四字，合平上去入四聲領首。其一，虽鳴起，無窮止，字俱平聲。其二，几左起，在手止，字俱上聲。其三，旦晝起，放曠止，字俱去聲。其四，勿伐起，足樂止，字俱入聲。並左旋讀。

五言古四首

虽鳴空階南，高低隨金風。予心長悲凉，披衣摩梧桐。蟾蜍方團圞，移來清陰中。懸知天涯人，同時思無窮。

几左旨酒滿，品可比雅友。飲此每酩酊，起舞叩瓦缶。野鳥宛轉語，柳影掩五畝。所以古李杜，頗使盞在手。

旦晝醉自卧，會意付意匠。看劒悟字妙，詎謂話太誑。散步就樹蔭，四顧具萬狀。嘯傲韻倍勝，到處恣放曠。

勿伐屋角竹，籜葉索索落。寂寞恰欲息，熱客忽入幕。約略説夙昔，月白日色薄。俗物得速出，獨酌亦足樂。

異布

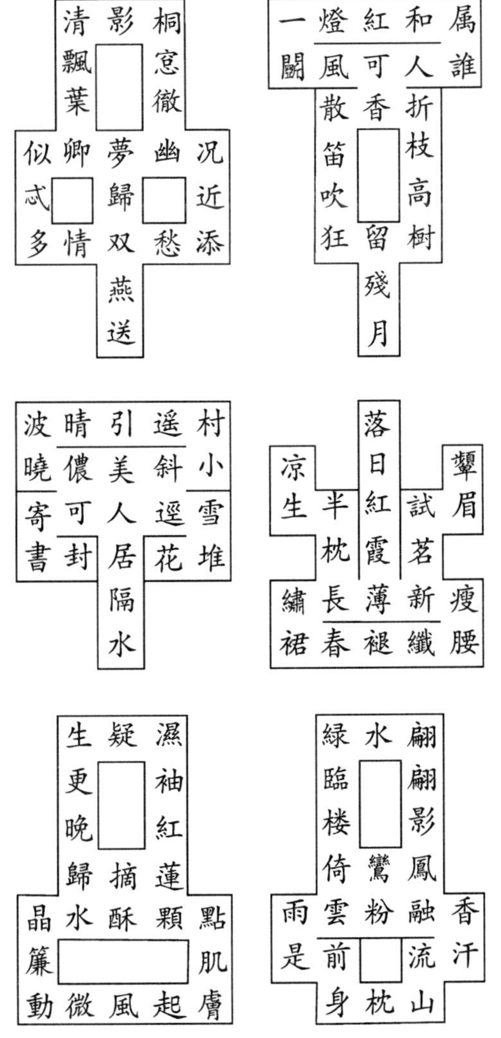

屬誰
和人折枝高樹
紅可香留殘月
燈風散笛吹狂
一闕
沉近添
桐窓徹幽愁
影夢歸双燕送
清飄葉卿情
似忒多
顰眉瘦腰
試茗新纖
落日紅霞薄褪
半枕長春
涼生繡裙
村小雪堆
遙斜逕花
引美人居隔水
晴儂可封
波曉寄書
香汗
翩翩影鳳融流山
水鸞粉枕
綠臨楼倚雲前身
雨是
點肌膚
濕袖紅蓮顆起
疑摘酥風
生更晚歸水微
晶簾動

異布　四時閨情

菩薩蠻四調，逐句廻文讀。其一，折枝高樹起，鬬風止。其二，瘦腰纖褪起，枕長止。其三，徹窓桐影起，似鄉止。其四，小村遥引起，可儂止。又集唐，其一，粉融香汗起，雨雲止。其二，水晶簾動起，晚歸止。

菩薩蠻四調

折枝高樹留殘月，月殘留樹高枝折。香散笛吹狂，狂吹笛散香。可人誰屬和，和屬誰人可。紅燈一鬦風，風鬦一燈紅。

瘦腰纖褪春裙繡，繡裙春褪纖腰瘦。新茗試眉顰，顰眉試茗新。薄霞紅日落，落日紅霞薄。長枕半生涼，涼生半枕長。

徹窓桐影清飄葉，葉飄清影桐窓徹。幽況近添愁，愁添近況幽。夢歸双燕送，送燕双歸夢。卿似忒多情，情多忒似卿。

小邨遥引晴波曉，曉波晴引遥邨小。斜逕雪堆花，花堆雪逕斜。美人居隔水，水隔居人美。儂可寄書封，封書寄可儂。

集唐菩薩蠻二調

粉融香汗流山枕，枕山流汗香融粉。雲雨是前身，身前是雨雲。倚楼臨綠水，水綠臨楼倚。鸞鳳影翩翩，翩翩影鳳鸞。

牛嶠　崔塗

顔胄　柳泌

水晶簾動微風起，起風微動簾晶水。酥顆點肌膚，膚肌點顆酥。摘蓮紅袖濕，濕袖紅蓮摘。歸晚更生疑，疑生更晚歸。

高駢　白居易

杜牧　王維

案第五十二圖鈔句散頁，有菩薩蠻四調，題下注云『集唐二調見金鎖』，即此。另二調詞爲『翠屏開處閒題品，戲游翻羨雙鴛錦。孤枕怯生塵，虛聲步覺真。落花燈暈曉，薄倖憑天老。魔是睡來情，何如想夢靈』。『錦鴛雙羨翻游戲，品題閒處開屏翠。真覺步聲虛，塵生怯枕孤。老天憑倖薄，曉暈燈花落。靈夢想何如，情來睡是魔』。兹從刊本移入金鎖下鎖。

會意迴文

隹离泣房露蟬系雲
欒鄉閒度亭品情悲
迴愁行訂戀園流

流園戀訂行愁迴
悲情品亭度閒欒鄉隹
雲系蟬露房泣离

會意廻文　　離情

七言絶四首。其一，分離反立泣空房至亭長止。其二，盟断情分悲白頭起，空水流止。各廻文，亦得二首。

七言絶四首

分離反立泣空房，篆靄横飄帶草香。雲断隔溪垂柳細，聞殘度曲小亭長。
盟断情分悲白頭，月圓斜望上心愁。行人遠去重言訂，横影花園空水流。
流水空園花影横，訂言重去遠人行。愁心上望斜圓月，頭白悲分情断盟。
長亭小曲度殘聞，細柳垂溪隔断雲。香草帶飄横靄篆，房空泣立反離分。

芙蓉褥

芙蓉褥　咏柳枝

諧聲桂枝香一拍，諧聲清江引一拍。每句首尾諧平仄二聲。桂枝香，從陽関風颺起，左旋至情根，即右旋至似玉郎止。清江引，自郎心願比起，左旋至含嚬狀止。郎香傍相四字合用。

諧聲桂枝香一拍

陽関風颺，章臺烟障。恨春歸濃鎖眉痕，長惹得游絲千丈。種情根意中，種愁根望中，相攀空想。方期重訪，傍誰旁。應嫌飛絮飄香影，浪説丰姿似玉郎。

諧聲清江引一拍

郎心願比做銀蟾朗，香閣低徊向。幸照影傍形，觴咏陪幽賞，常相我對楊花含嚬狀。

朝帶

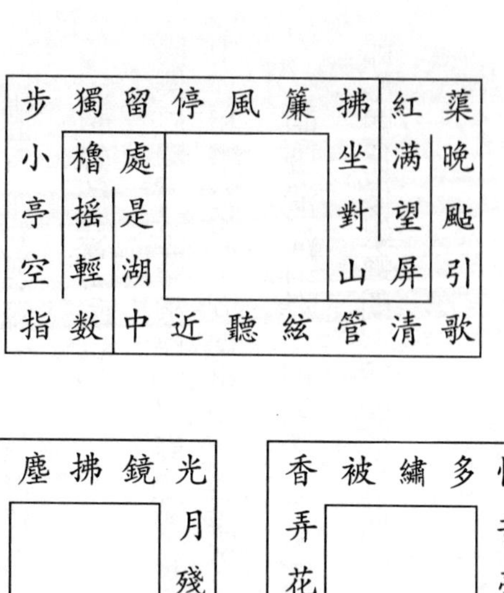
蘋晚颭引歌
紅满望屏清
拂坐對山管
簾絃
風聽
停近
留處是湖中
獨櫓摇輕数
步小亭空指

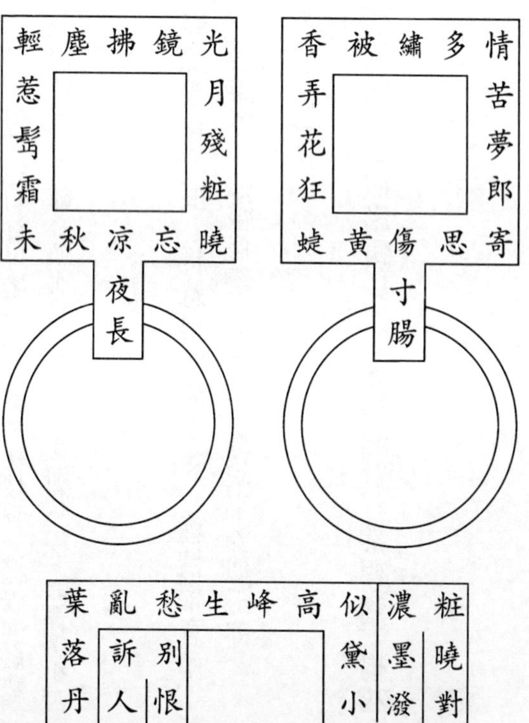
情苦夢郎寄
多思
繡傷
被黄
香弄花狂蜨
寸腸
光月残粧曉
鏡忘
拂凉
塵秋
輕惹髩霜未
夜長
粧曉對遠雲
濃墨潑青横
似黛小螺畫
高眉
峰飛
生翠
愁別恨重重
亂訴人情況
葉落丹楓近

朝帶　秋閨

思帝鄉四調，長相思二調。上下二方轉折讀。風簾起，留停止爲一調，峰高起，愁生止爲一調。各廻文爲一調。中間二鈎左右旋讀，一腸寸傷起，至狂蜨黄爲半調，廻文即成全調。一長夜凉起，至粧曉忘爲半調，廻文即成全調。

思帝鄉四調

風簾拂坐對山屏，望滿紅蕖晚颭，引歌清。管絃聽近中湖，是處櫓摇輕。数指空亭小步，獨留停。

停留獨步小亭空，指数輕摇櫓處，是湖中。近聽絃管清歌，引颭晚蕖紅。滿望屏山對坐，拂簾風。

峰高似黛小螺青，潑墨濃粧曉對，遠雲横。畫眉飛翠重重，恨別訴人情。況近楓丹落葉，亂愁生。

生愁亂葉落丹楓，近況情人訴別，恨重重。翠飛眉畫横雲，遠對曉粧濃。墨潑青螺小黛，似高峰。

長相思二調

腸寸傷，思寄郎。夢苦情多繡被香，弄花狂蝗黄。黄蝗狂，花弄香。被繡多情苦夢郎，寄思傷寸腸。

長夜凉，秋未霜。鬢惹輕塵拂鏡光，月殘粧曉忘。忘曉粧，殘月光。鏡拂塵輕惹鬢霜，未秋凉夜長。

配韻詩

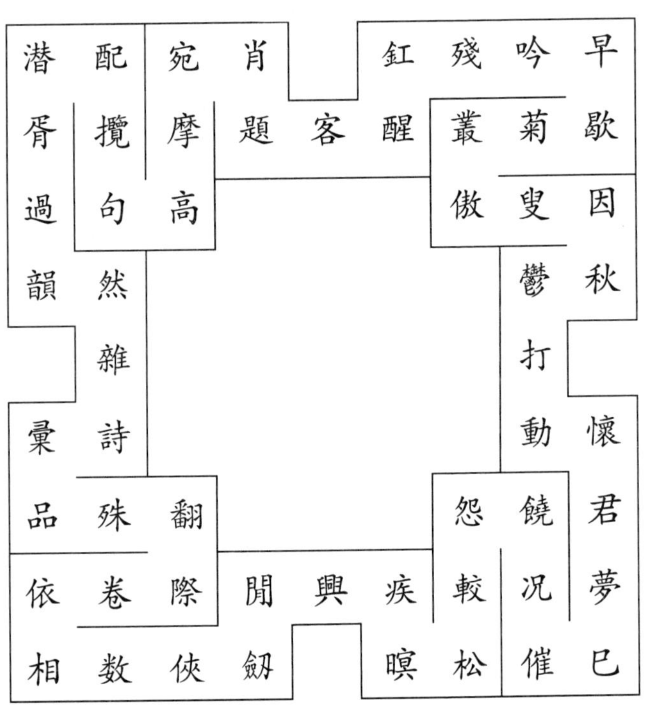
早歇因秋懷君夢巳
吟菊叟鬱打動饒况催
殘叢傲怨較松
釭醒疾暝
客興
肖題閒劍
宛摩高翻際俠
配攬句然雜詩殊卷数
潛胥過韻彙品依相

配韻詩　感遇

七言古二首。轉折讀，客醒釭殘起，宛肖題止爲一首。又客在陌韻、醒在迥韻、釭在江韻，殘在寒韻，字字相配，至末亦得古詩一首。

七言古二首

客醒釭殘吟早歇，菊叢傲叟因秋鬱。打動懷君夢已催，况饒怨較松暝疾。興閒劎俠数相依，卷際翻殊品彙詩。雜然韻過胥潜配，攬句高摩宛肖題。陌迴江寒侵皓月，屋東號有真尤物。馬董佳文送紙灰，養蕭願效冬青質。徑刪艷葉覺陽微，霰霽元虞寢未支。合先問箇魚鹽隊，感遇豪歌阮嘯齊。

河圖

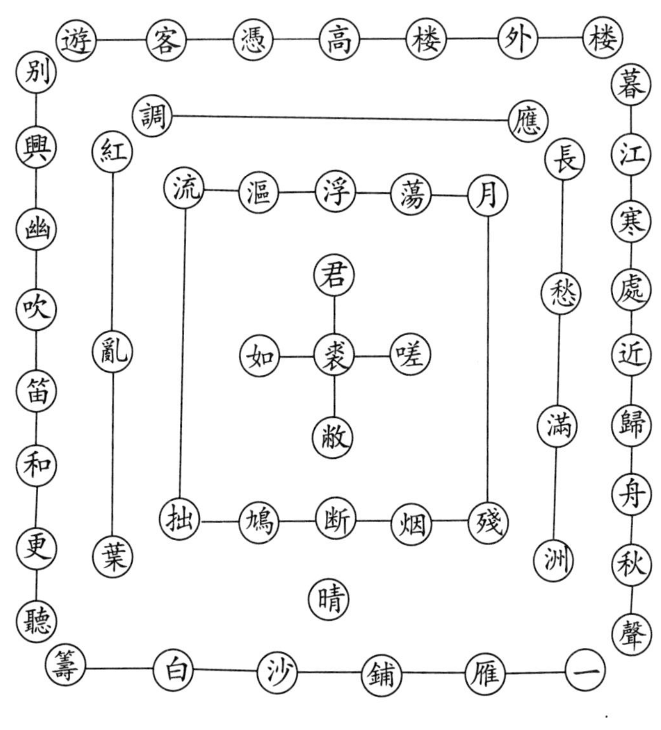

遊 客 憑 高 楼 外 楼
暮 江 寒 處 近 歸 舟 秋 聲
一 雁 鋪 沙 白 籌
聽 更 和 笛 吹 幽 興 別
調 應
長 愁 滿 洲
紅 亂 葉
流 漚 浮 蕩 月
殘 烟 断 鳩 拙
君 如 裘 嗟 敝
晴

河圖　與友人秋夜舟行

鷓鴣天二調。遊客憑高起，左旋入内，至嗟敝裘止。又從裘敝嗟君起，右旋出外，至憑客遊止。聽更和吹興調應長八字，平仄兩讀。

鷓鴣天二調

遊客憑高楼外楼，暮江寒處近歸舟。秋聲一鴈鋪沙白，籌聽（去聲）更和（並平聲）笛吹（去聲）幽。興（平聲）別調（去聲）應（去聲）長（平聲）愁，滿洲晴葉亂紅流。漚浮蕩月殘烟断，鳩拙如君嗟敝裘。

裘敝嗟君如拙鳩，断烟殘月蕩浮漚。流紅亂葉晴洲滿，愁長（上聲）應調（並平聲）別興（去聲）幽。吹（平聲）笛和，更（並去聲）聽（平聲）籌，白沙鋪鴈一聲秋。舟歸近處寒江暮，楼外楼高憑客遊。

漁阡

夕照臨香閣陽起尋歡噱無處問情魔限人愁幾何
然未會時宛滯玉驄歸遲送黃昏影飛啄殘花冷烏
轉眼燃銀燭蛾簇雙尖綠眉嫵欠三分能教脫墨痕
儂心忽驚怨聽報初更自覺涼生袖時度停針繡幾
治服頻加體容我明窓倚常向小簾窺照人月上遲
寒剛二更薄就夢中盟成箇羞無那真側還孤臥鏡
命嬋烹佳茗久睡呼難醒尋夢只空床思儂夜未央

取得金錢禱鬓影春風曉邊雁好書投絲絲萬縷愁
花淚染襟看去早傷心君問郎歸未請說難鳴矣見
斷續裁新句腸曲從誰數人恨五更平不知恨轉生
深月可憐夜際合無眠此首空相憶垂滿霜華白地
柳色今非昔青眼悲離別槐底夢無憑拂衣聞四更
腰圍帶長弱拍晚檀郎住晚陪歡飲春笛曾同品教
粧卸宜清坐楼上凄風墮翠被冷三更幌羅遮不勝

漁阡 春閨夜怨

集唐七言律一首，醉公子七調。上圖自右至左，下圖自左至右，皆順逆相間讀。大書五十六字爲七言律。醉公子，每句即大字領頭帶小字讀。其一，夕照起會時止。其二，轉眼起忽驚止。其三，冶服起二更止。其四，命婢起不勝止。其五，教笛起四更止。其六，地滿起轉生止。其七，見説起縷愁止。

集唐七律一首

夕陽無限鳥飛遲，宛轉蛾眉能幾時。自怨冶容常照鏡，真成薄命久尋思。粧樓翠幌教春住，弱柳青槐拂地垂。此夜斷腸人不見，請君看取鬢邊絲。

李郢　劉庭芝　李頎　王昌齡
沈佺期　盧照鄰　顧況　包何

醉公子七調

夕照臨香閣，陽起尋歡噱。無處問情魔，限人愁幾何。　鳥啄殘花冷，飛送黄昏影。
遲滯玉驄歸，宛然未會時。

轉眼燃銀燭，蛾簇雙尖綠。眉嫵欠三分，能教脱墨痕。　幾度停針繡，時覺凉生袖。

自聽報初更，怨儂心忽驚。
冶服頻加體，容我明窓倚。
成就夢中盟，薄寒剛二更。
命婢烹佳茗，久睡呼難醒。
翠被冷三更，幌羅遮不勝。
教笛曾同品，春晚陪歡飲。
槐底夢無憑，拂衣聞四更。
地滿霜華白，垂首空相憶。
人恨五更平，不知恨轉生。
見説雞鳴矣，請問郎歸未。
邊雁好書投，緜緜萬縷愁。

常向小簾窺，照人月上遲。鏡側還孤卧，真箇羞無那。
尋夢只空床，思儂夜未央。粧卸宜清坐，楼上凄風墮。
住拍睨檀郎，弱腰圍帶長。柳色今非昔，青眼悲離别。
此際合無眠，夜深月可憐。斷續裁新句，腸曲從誰数。
君去早傷心，看花淚染襟。取得金錢禱，鬢影春風曉。

一片石

硤⿰石岸硹⿰石無礉
碜磋硯砅碠
礍⿰石衣⿰石長碪⿰石爽
⿰石感⿰石念碮⿰石冬碃
其一
硐硌磴碻砬⿰石柴磉
⿰石果⿰石足碕碄磵硎⿰石最
⿰石適磌礫硬磎礙
其二
硪碏磳⿰石營⿰石利
硿磱碑碼⿰石争
磫磁⿰石盧⿰石室⿰石坐
⿰石雝⿰石慮碱⿰石皆砰
其三
砇⿰石史⿰石因矸砫
研磺⿰石業碇矼
磯碫⿰石金砐砡
砋⿰石付砒⿰石兒⿰石童
其四

一片石　贈石隱

五言絶四首。集石部字，除石傍讀。一夾岸至冬青。二同客至奚疑。三我昔至皆平。四文史至兒童。

五言絶四首

夾岸松無数，參差見水亭。葛衣長甚爽，感念是冬青。

同客登高立，柴桑果足奇。林間形最適，真樂更奚疑。

我昔曾營利，空勞車馬爭。從兹虛室坐，雜慮或皆平。

文史因干主，丹黄業定工。幾般金及玉，止付比兒童。

卦變圖

跡　江渚　人　浪遊
達　友別　接　鄰休
月　驢冷　霜　草秋
情　入夢　況　縈愁
壈　長策　戎　敝裘
山　霧豹　水　潛虬
識　烹貴　思　養優
沉　載卜　序　清謳

卦變圖　出門

五言排律一首。三十二卦爲遯臨隨復睽師晉比觀蹇履豐離恒旅漸坎困蒙解泰屯井震咸鼎益頤升需節損，即以卦名作字讀。遯跡臨江渚起，節序損清漚止。

五言排律一首

遯跡臨江渚，隨人復浪遊。睽違師友別，晉接比鄰休。觀月蹇驢冷，履霜豐草秋。離情恒入夢，旅況漸縈愁。坎壈困長策，蒙戎解敝裘。泰山屯霧豹，井水震潛虬。咸識鼎烹貴，益思頤養優。升沉需載卜，節序損清漚。

蕉葉

亭飛紫翠春意無多風
孤對愁散
尊空半醉何奈花魂香

疎簾捲月團扇敲窓紅
清影人涙
涼添素纈長夢驚殘啼

蕉葉　　花月吟

減字木蘭花二調。左右互換讀。亭飛紫翠，愁對孤尊空半醉，何奈花魂，香散風多無意春爲前闋；尊空半醉，愁對孤亭飛紫翠，春意無多，風散香魂花奈何爲後闋。又一調倣此。

減字木蘭華二調

亭飛紫翠，愁對孤尊空半醉。何奈花魂，香散風多無意春。尊空半醉，愁對孤亭飛紫翠。春意無多，風散香魂花奈何。

疎簾捲月，人影清涼添素纈。長夢驚殘，啼淚紅窓敲扇團。涼添素纈，人影清疎簾捲月。團扇敲窓，紅淚啼殘驚夢長。

斷紋琴

泉畬
塗龔
麥霸
崧棼
集忘
咢笅
哿篷

癡＝竚＝悵＝春＝炫＝輝＝射＝
拂＝謾＝凭＝卧＝錢＝破＝催＝
游＝飄＝何＝尋＝腸＝接＝愁＝
嵋＝明＝雖＝景＝帳＝歌＝響＝
怯＝江＝鯉＝磯＝種＝銷＝鍗＝
咫＝伴＝燈＝准＝音＝筭＝裳＝

雲野薈裴嫳汞薇罚昇鶩

覔嵸
覔巋

斷紋琴　　雜詩

七言絶五首。上方及邊行二首，泉畬等字，一字截分兩字讀。内絃三首，癡竚等字，每字借上半字讀。

七言絶五首

雨後入山探竹

白水余田流玉龍，共來夕雨對山松。林分佳木亡心品，石竹交加石竹逢。
雨沾野土莫言非，衣敝文工水艸微。竹引日升秋鳥小，見山從不見山歸。

閨晚

癡疑竚立悵長春，日炫玄輝光射身。拂手謾言凭几卧，卜錢金破又催人。
游子飄風何可尋，寸腸勿接妾愁心。嵋山明月雖佳景，小帳長歌欠響音。
怯心江水鯉魚磯，幾種重銷金餙希。咫尺伴人燈火准，佳音日筭弄裳衣。

移步换形

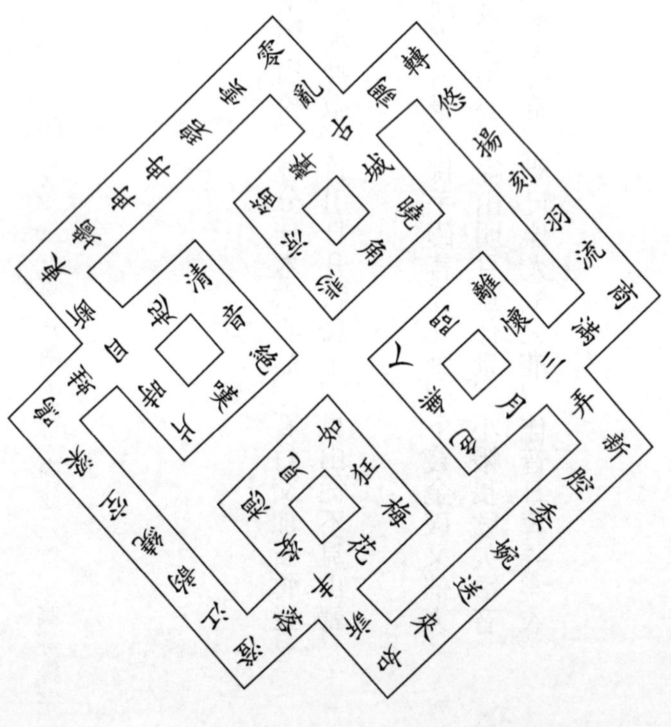

移步换形　聞笛

風入松第一體一調。交加讀，笛聲叶調轉悠揚起，古城曉角悲凉止，叶川卅四四字，隨文轉折爲古三丰目字。卅字從俗，作三十字讀。

風入松第一體一調

笛聲古調轉悠揚，刻羽流商。滿川月色無人問，離懷三弄新腔。委婉送來如訴，丰姿想見如狂。梅花三十落澄江，韵繞空梁。鳴蛙四起清音絶，嘆片時目断東墻。冉冉碧雲零亂，古城曉角悲凉。

百美屏

百美屏　戲擬青楼曲

南曲二套。分左右二幅，每幅四圍近邊兩字皆美人名，共計一百箇。右幅，步步嬌，花蓝爭春起，波轉止；山坡羊，轉紅橋鬓鴉初辨起，錦箋止；五更轉，趁曉晴起，遊倦止；江兒水，可意真清友起，開宴止；黃鶯兒，移坐畫欄邊起，青蓮止；琥珀貓兒墜，况肌膚勝雪起，流年止；尾聲，丰神宛若凌波現起，四絃止。左幅，自絳樹摧殘班姬老起，牌名句字俱與右同，至金屋分明貯阿嬌止。

南曲二套

〔步步嬌〕花蓝爭春春堪羨，到處韶華遍，尋芳拾翠鈿。恰柳隱梅嬌，掩映人面。客喚奈何天，怪阿儂多麗、秋波轉。

〔山坡羊〕轉紅橋鬓鴉初辨，步蒼苔釵鸞猶顫。論幽姿無言若蘭，妙常時門禁卑飛燕。弄玉錢，含羞倍覺妍。教人如夢如幻空迷戀，歸向蕭齋悵獨眠。拳拳，寄情思屬麗娟。玄玄，解愁懷索錦箋。

〔五更轉〕趁曉晴閒過遣，記兒家號絳仙。陽臺路隔，路隔欣相見。蝶引蜂呼，花芳草倩。倩桃枝紅拂水，開千片。還須珍重，珍重鶯聲囀。休被他桃葉桃根，也嗔人遊倦。

〔江兒水〕可意真清友，遭逢豈偶然。爲翩翩素帶，早受多才春。想星星淚眼，盼断檀郎遠。只圓圓月鏡，清照昭君怨。此日天留人便，纖手輕携，待子夜舒襟開宴。

〔黄鶯兒〕移坐畫欄邊，古池塘起暮烟，看飛紅晚翠朝雲變。笑鴛鴦睡聯，笑嫦娥影懸，會佳期人同紫玉無雙選。髀香肩，亭亭特立，韞秀小青蓮。

〔琥珀貓兒墜〕况肌膚勝雪，窈窕復纏綿。悄不覺並立空階話夙緣，箅從來合德合歡傳。意堅堅，高瑩從良，切莫浪擲流年。

〔尾聲〕丰神宛若凌波現，怎辜負香温玉軟，好再奏一曲清商理四絃。

前調

〔步步嬌〕絳樹摧殘班姬老，洛浦巫山杳，何時把恨消。聽錦瑟新聲，破我長嘯。白雪曲彌高，想嫣然樊素，朱唇巧。

〔山坡羊〕笑盈盈櫻桃顆小，翠生生芭蕉聲悄。吐清音抛殘絲珠，試鶯啼宛轉迷幽草。碧玉簫，低吹念四橋。引將史鳳滿願先傾倒，鏤扇流風香暗飄。蕭騷，懊儂詞付薛濤。妖嬈，要娘歌比舜韶。

〔五更轉〕院宇深更初報，且徘徊整翠翹。太真妙舞，妙舞霓裳縞。鳳翥霞晴，燕輕雲曉。暈含春江柳樣，腰肢嫋。教坊翻出，翻出重新套。未数他皎皎驚鴻，恰翠盤名譟。

〔江兒水〕午夜來明月，持觴勸酒豪。况青青紫紫，景點園林好。便斜斜整整，字檢相思稿。更憐憐惜惜，琴操文君調。賤却驕奢多少，久擅才華，敢道韞崔徽爭耀。

〔黃鶯兒〕隨意露丰標，種名花伴寂寥，向醉桃風柳脩容貌。看羅巾淚鮫，看湘裙盪潮，最難傳神涵秋水非烟罩。儘苗條，夢酣魂適，倩女莫愁遥。

〔琥珀貓兒墜〕願絲纏寸趾，絲綺好招邀。長圖取殢雨殢雲暮復朝，喜相將麗質永新交。甚紅綃，許負郎情，不覺俠氣干霄。

〔尾聲〕燈籠蟬翼銀花照，合消受珠圍翠繞，煞强似金屋分明貯阿嬌。

錢塘丁氏藏鈔本

蘭湄幻墨後編

十二龍賔

蓬門罕塵事逢暇輙焚香
欄杆倦亦倚木落生秋光
淡蕩烟華迴炎飇隔水藏

媚景芙蓉静女郎貌未强
拗花清露脆手指挹餘芳

默然思我友犬吠短籬傍
填詞願招隱真覺世相忘
嶺東客忽到山芋試煨將
冀君聊一飽北牖話荒唐

休嫌鬼太
妄人間日頗長飄
飄凌雲想風流共激
昂薪米幸無慮艸
艸歷星霜

籠燈探敝篋竹
簡半模糊濵海無書
借水亭聽鷓鴣

叶調悲歌壯口吟風韵孤
天籟發清響人境俗緣疎
芊芊望南浦艸色入平蕪
栢枝留古艶木槿空樵蘇

貨奇行自貴貝錦詎能誣
謝他餘子擾討論舊黃虞

閶左頻游戲口頭詩未
删信哉古達士人生好是閒雅
歌聊適意牙慧亦奇觀

借杯澆傴僂昔事
已長拚昨夢一何杳
日出過湖山諸僊快
酬對言論非凡間

姑以墨詒我古色鬱斑斕
跳躑忽狂喜足躡晴雲端

鴻飛渺無際鳥
啼驚睡殘樺燭
烟猶吐木榻香廻環

淋灕寫新詠水月鏡
花般彩毫如可
假采譜問蘇蘭

十二龍賔　幻墨跋辭

五言古三首，四言古一首。每詩一首内隱八字離合體讀。其一，蓬門起星霜止。其二，籠燈起黄虞止。其三，閒左起蘇蘭止。所隱二十四字，即四言古一首。

五言古三首

蓬門罕塵事，逢暇輙焚香（離艹字），欄杆倦亦倚，木落生秋光（離闌字艹闌合成蘭）。淡蕩烟華迴，炎飈隔水藏（離氵字）。媚景芙蓉靜，女郎貎未强（離眉字氵眉合成湄），拗花清露脆，手指挹餘芳（去扌成幻不須合）。默然思我友，犬吠短籬傍（離黑字），填詞願招隱，真覺世相忘（離土字黑土合成墨）。嶺東客忽到，山芋試煨將（去山成領不須合）。冀君聊一飽，北牖話荒唐（去北成異不須合）。休嫌鬼太妄，人間日頗長（離木字）。飄飄凌雲想，風流共激昂（離票字木票合成標）。薪米幸無慮，艸艸歷星霜（去艹成新不須合）。

籠燈探敝篋，竹簡半糢糊（去竹成龍不須合）。濵海無書借，水亭聽鷓鴣（去氵成賔不須合）。叶調悲歌壯，口吟風韵孤（去口成十不須合）。天籟發清響，人境俗緣疎（去人成二不須合）。芊芊望南浦，艸色入平蕪（去艹成千不須合）。栢枝留古艷，木槿空樵蘇（去木成百不須合）。貨奇行自貴，貝錦詎能誣（去貝成化不須合）。謝他餘子擾，討論舊黄虞（去討成身不須合）。

閒左頻游戲，口頭詩未刪（去口成問不須合）。信哉古達士，人生好是閒（離言字）。雅歌聊適意，牙慧亦奇觀（離隹字言隹合成誰）。借杯澆傀儡，昔事已長捹（離亻字）。昨夢一何杳，日出過湖山（離乍字亻乍合成作）。諸僊快酬對，言論非凡間（去言成者不須合）姑以墨詒我，古色黷斑斕（離女字）跳躑忽狂喜，足躡晴雲端（離兆字女兆合成姚）鴻飛渺無際，鳥啼驚睡殘（去鳥成江不須合）樺燭烟猶吐，木榻香廻環（去木成華不須合）淋漓寫新咏，水月鏡花般（離林字）彩毫如可假，采譜問蘇蘭（離彡字林彡合成彬）

四言古一首

蘭湄幻墨，領異標新。龍賓十二，千百化身。問誰作者，姚江華彬。錢塘丁氏藏鈔本蘭湄幻墨書後圖

案：讀法『每詩一首内隱八字』，刊本改作『每墨一錠内隱二字』，餘同。

分器圖

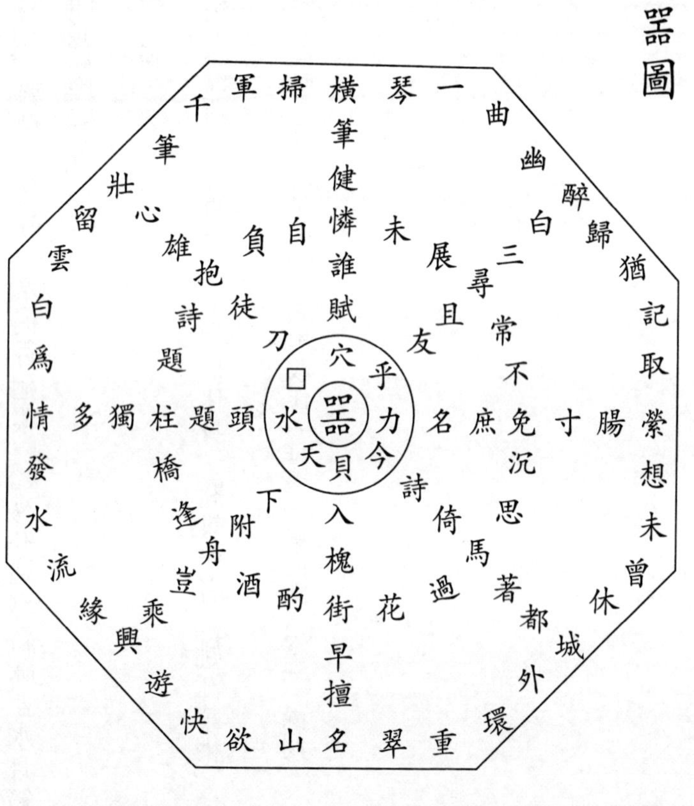

軍 掃 橫 琴 一
千 曲
筆 筆 幽
壯 心 健 醉
留 雄 負 自 憐 未 白 歸
雲 抱 誰 展 三 猶
尋
白 詩 徒 賦 且 常 記
爲 題 刀 穴 友 不 取
□ 乎
情 多 獨 柱 題 頭 水 器 力 名 庶 免 寸 腸 縈
發 橋 天 貝 今 沉 想
下 詩
水 逢 附 入 倚 思 未
舟 馬
流 豈 酒 槐 過 著 曾
緣 乘 酌 街 花 都 休
興 城
遊 早 外
擅
快 欲 山 名 翠 重 環

失名

分噐圖

七律吟字起，六言馬字起，五言城字起。水合工爲江字，餘仿此。

七律

吟詩倚馬著都城，貢入槐街早擅名。吳下附舟豈乘興，江頭題柱獨多情。□刀徒抱雄心壯，空賦誰憐健筆横。呼友且尋三白醉，功名庶免寸腸縈。

六言

馬過花街酌酒，舟逢橋柱題詩。抱負自憐未展，尋常不免沉思。

五言

城外環重翠，名山欲快遊。興緣流水發，情爲白雲留。壯筆千軍掃，横琴一曲幽。醉歸猶記取，縈想未曾休。

北京大學藏揚州江氏栢香堂本璇璣碎錦卷上

太極圖

結篆絲烟裊裊呴傳壺箭漏沉沉
奏聽鶯鳴曲院剪拋看燕掠深塘
金香徑野花飛上下芳
香斟滿酒觴浮夜月琴
春應由一彈
晴半日靜春
陰
陽

太極圖

順回讀四絶

七絶四首

陰晴半日靜春芳，下上飛花野徑香。金奏聽鶯鳴曲院，剪抛看燕掠深塘。

塘深掠燕看抛剪，院曲鳴鶯聽奏金。香徑野花飛上下，芳春靜日半晴陰。

陽春應曲一彈琴，月夜浮觴酒滿斟。香結篆絲烟裊裊，响傳壺箭漏沉沉。

沉沉漏箭壺傳响，裊裊烟絲篆結香。斟滿酒觴浮夜月，琴彈一曲應春陽。

環錢圖

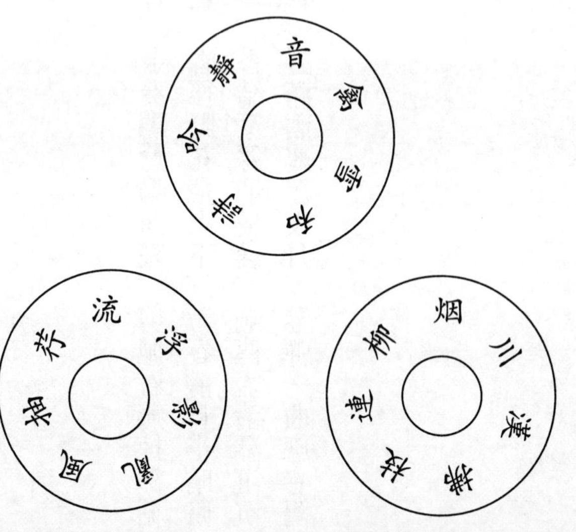

環錢圖

每退一字讀成七絶二首

七絶三首

音靜吟詩和雪禽，靜吟詩和雪禽音。吟詩和雪禽音靜，詩和雪禽音靜吟。
烟柳連枝拂漢川，柳連枝拂漢川烟。連枝拂漢川烟柳，枝拂漢川烟柳連。
流荇抽風亂影浮，荇抽風亂影浮流。抽風亂影浮流荇，風亂影浮流荇抽。

北京大學藏揚州江氏栢香堂本璇璣碎錦卷下

案此三幅非萬氏圖，未題著者姓氏，疑係江昱所作。昱（一七〇六—一七七五）原名旭，字才江，改字賓谷，一字松泉，安徽歙縣人，寓居揚州。乾隆間廩生。家富藏書，考訂金石，尤稱精審，著有松泉詩集六卷。

玉連環

愛新覺羅弘曆

用

堅　大

美　體

最　至

中

右觀象唐硯

古硯銘梁邱遲體

玉連環

内府藏硯甚夥，向未經品題。今年冬幾餘偶暇，選其材良而製古者，得唐硯三、宋硯六、元硯一，皆真舊物也。遲任有言，人惟求舊，器非求舊，惟新。夫人之惟舊，千古不易，而器之惟新，獨於硯不然，今端溪歙石非乏良材，而沐浴詩書，黝然光澤，則古硯實有足珍者。爰課實而錫之名，并各爲之銘刻之。乾隆己巳長至記。

四言

美最中全，體大用堅。最中全體，大用堅美。
中全體大，用堅美最。全體大用，堅美最中。
體大用堅，美最中全。大用堅美，最中全體。
用堅美最，中全體大。堅美最中，全體大用。
堅用大體，全中最美。用大體全，中最美堅。
大體全中，最美堅用。體全中最，美堅用大。
全中最美，堅用大體。中最美堅，用大體全。
最美堅用，大體全中。美堅用大，體全中最。

御製文初集卷二十七

西清硯譜卷七唐觀象硯：『硯首側鐫唐硯二字，硯背上方鐫觀象二字，俱隸書。中環鐫御題迴文銘一首，楷書。中心鈐寶一，曰乾隆御玩』。

畫中詩

徐繼穉

畫中詩

豐樂箴

共九十六爻，得五言絶句一章。從大有卦起，至師卦止，每四卦得詩一句。

五言絶句

大有恒豐益，同人咸解頤。晉觀未濟困，既濟節需師。

繡經

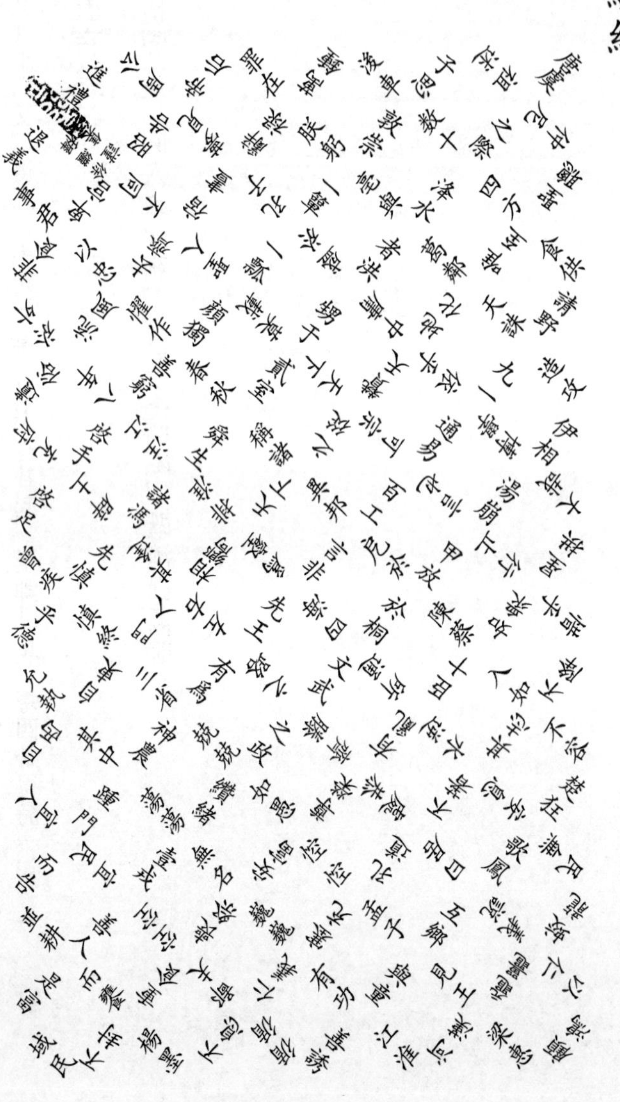

繡經　聖統編集四書

計三百三十六言，共四十二韵。自唐虞之際讀起，至聖人不同止。

四言

唐虞之際，洚水者洪。甥于貳室，舜生諸馮。先慎乎德，允執其中。蕩蕩無名，巍巍有功。江淮河漢，黿鼉蛟龍。民無安息，水逆所通。四海爲壑，排淮注江。八年於外，菲食卑宮。昭告帝后，罪在朕躬。亳與葛鄰，天誅造攻。伊相湯崩，甲放於桐。文武之政，纘緒壹戎。善人是富，域民不封。重食喪祭，安富尊榮。有亂臣十，如衆星拱。大哉博學，依乎中庸。盛於孔子，夢見周公。進禮退義，事君以忠。懼作春秋，稱諸異邦。戹於陳蔡，入如不容。楚狂歌鳳，互鄉與童。善誘循循，鄙夫空空。宜民宜人，自西自東。門人相嚮，天下之從。贊天地化，唯至聖聰。仲尼祖述，子思敦崇。一簞一瓢，顏獨善窮。啟手啟足，曾疾慎終。三省兢兢，如愚悾悾。孟子見王，梁惠顧鴻。以仁義説，曰居處恭。齊滕之路，左右其逢。辟土充府，遺俗流風。去齊宿晝，辭祿萬鍾。後車數十，四方食供。請野九一，通易百工。言非先王，有爲神農。踵門而告，竝畊而饔。楊墨不息，仁義塞充。孔道不著，其志不降。惜乎行止，言也可宗。天下莫載，聖人不同。

浮圖京峙

王　聖
巡狩　恭處
山東登　居中國
發政施仁　風流俗遺
焉心歸下天　百世之師也
繼禹之道好善　中執言之堯誦
民之海四如皞皞　循循然互鄉與童

浮圖京峙　一揆頌

集四書兩章，每句成對。以聖字起，俱左旋右轉而下；王字起，皆右旋左轉而下。

一字至七（集四書成對叶韵）

聖，處恭。居中國，遺俗流風，百世之師也。誦堯之言執中，循循然互鄉與童。

王，巡狩。登東山，發政施仁，天下歸心焉。繼禹之道好善，皡皡如四海之民。

金鑑

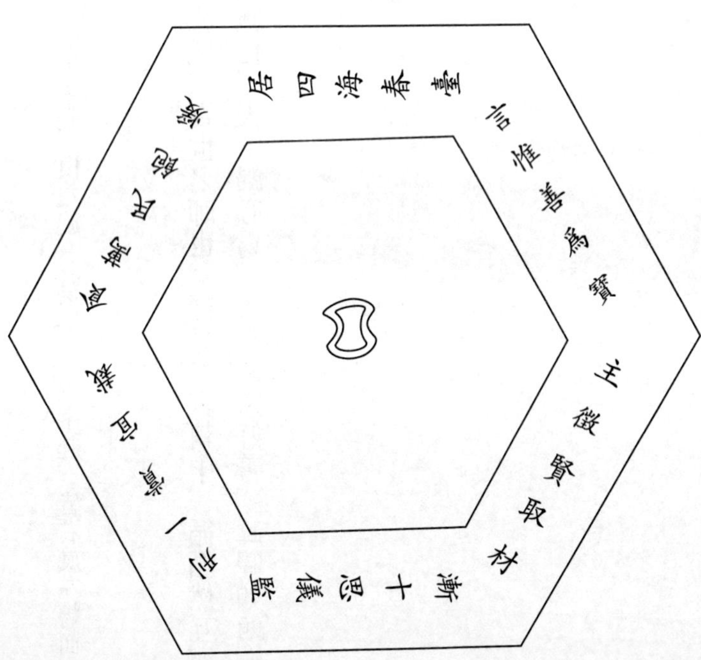

金鑑　寶善吟

至言惟善爲寶起，至字借臺字下至字，次句人主借上寶字下人字讀，下餘倣此。

六言一首

至言惟善爲寶，人主徵賢取材。十漸十思儀監，一刑一賞宜裁。衣食萬民飽煖，爰居四海春臺。璇璣分錦圖

卍字

楊凌霄

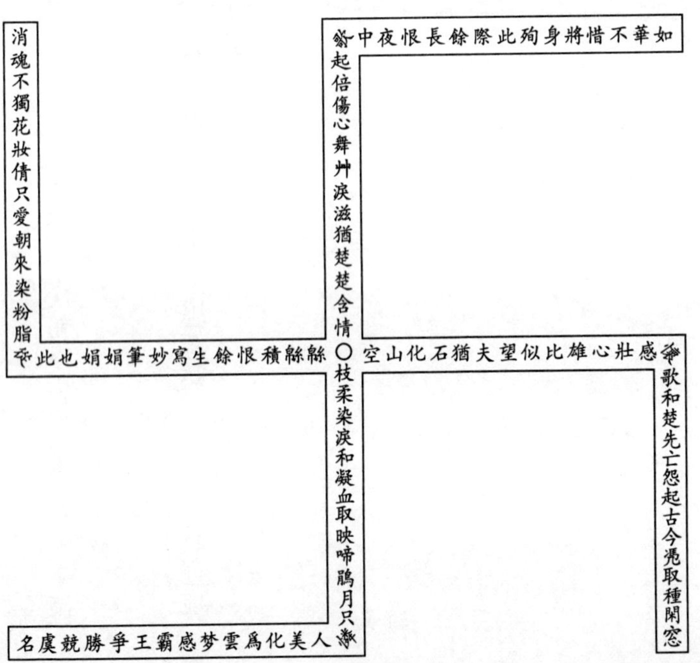
中夜恨長餘際此殉身將惜不華如
起倍傷心舞艸淚滋猶楚楚含情
消魂不獨花妝倩只愛朝來染粉脂
此也娟娟筆妙寫生餘恨積緜緜
〇
空山化石猶夫望似比雄心壯感
枝柔染淚和凝血取映啼鵑月只
名虞競勝爭王霸感梦雲爲化美人
歌和楚先亡怨起古今凴取種閑窓

卍字　題虞美人畫

虞美人四調

如花不惜將身殉，此際餘長恨。夜中歌起倍傷心，舞草淚滋猶楚楚含情。

和凝血，取映啼鵑月。只憐人美化爲雲，夢感霸王爭勝競虞名。

名虞競勝爭王霸，感夢雲爲化。美人憐只月鵑啼，映取血凝和淚染柔枝。

猶滋淚，草舞心傷倍。起歌中夜恨長餘，際此殉身將惜不花如。

消魂不獨花妝倩，只愛朝來染。粉脂從此也娟娟，筆妙寫生餘積恨緜緜。

猶夫望，似比雄心壯。感懷歌和楚先亡，怨起古今憑取種閒窗。

窗閒種取憑今古，起怨亡先楚。和歌懷感壯心雄，比似望夫猶石化山空。

餘生寫，妙筆娟娟也。此從脂粉染來朝，愛只倩妝花獨不魂消。

枝柔染淚

情含楚楚

空山化石

緜緜恨積

回心珠淚

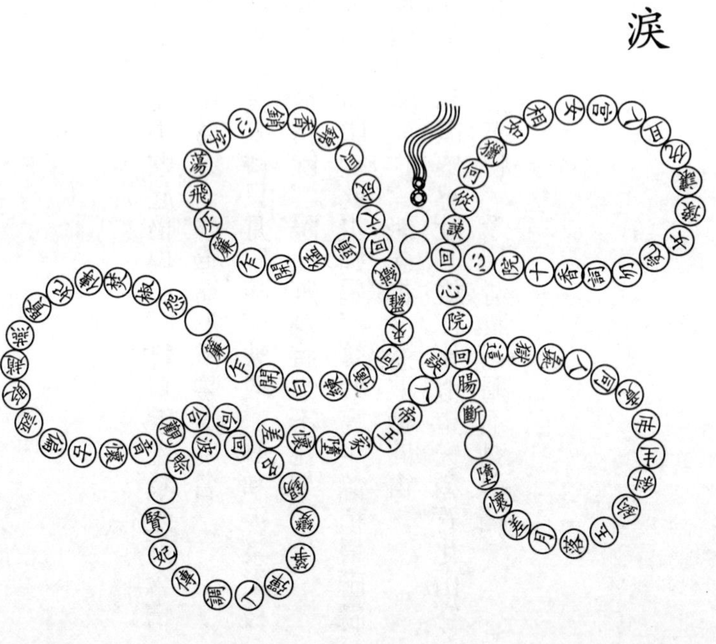

回心珠淚　題焚椒錄

回心院詞四首

回心院，十香詞勿亂。女豫讓仇且入宮，女相如獵何從諫。回心院，回腸斷。

墮懷差，月落玉鈎斜。生世竟同人燒獄，這回誤入帝王家。墮懷差，回波賒。

賢妃傳，調入彈箏變。錫名回向合觀音，懷古偏誣貶趙燕。賢妃傳，焚椒怨。

簾乍開，白練適何來。羅織回文成貝錦，香銷心字蕩飛灰。簾乍開，猛頭回。

端陽文勝

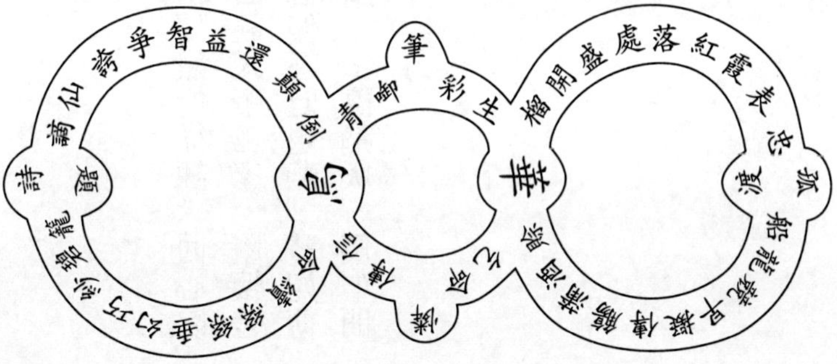

詩詞仙誇爭智益還顛倒青啣筆彩生榴開盛處落紅霞表忠孤船龍競早擬傳觴蒲酒懸之命憐傳信命續絲絲垂幻巧紗碧籠

題 鳥 華 渡

端陽文勝　午日辭

七言絶四首

花生彩筆啣青鳥，命續絲絲垂幻巧。紗碧籠詩題謫仙，誇爭智益還顛倒。

倒顛還益智爭誇，仙謫題詩籠碧紗。巧幻垂絲絲續命，鳥青啣筆彩生花。

鳥信傳憐命乞花，榴開盛處落紅霞。表忠孤渡船龍競，早擬傳觴蒲酒賒。

賒酒蒲觴傳擬早，競龍船渡孤忠表。霞紅落處盛開榴，花乞命憐傳信鳥。

雲母屏

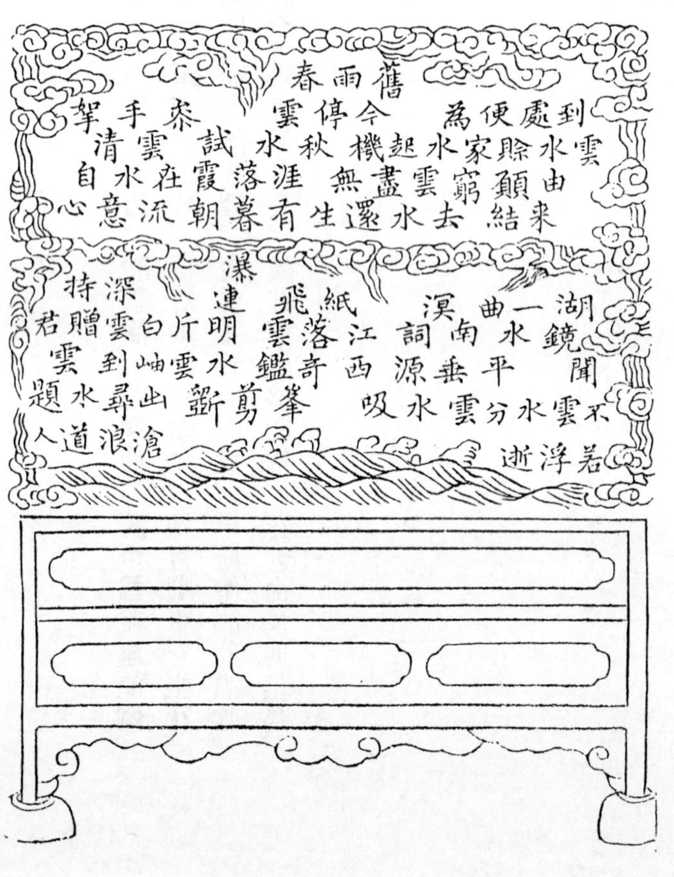
舊雨春
挐手忝　雲停今　爲便處到
清雲　試　水秋機起水家賒水雲
自水在霞落涯　無盡雲窮顏　由
心意流朝暮有生還水去　結来
瀑
持深　連　飛紙　溟曲一湖
君贈雲白片明　雲落江　詞南水鏡
雲到岫雲水鑑奇西源垂平　聞
題水尋出　斷剪峯　吸水雲分水雲不
人道浪滄　逝浮若

雲母屏

雲水相逢詩

七言律二首

雲水由來結願賒，水雲到處便爲家。水窮雲起機無盡，雲去水還生有涯。秋水雲停今舊雨，春雲水落暮朝霞。試參雲在水流意，心自水清雲手拏。

逝水雲浮若不聞，鏡湖一曲水平分。雲垂南溟詞源水，水吸西江紙落雲。飛瀑連雲明水鑑，奇峯翦水斵雲斤。白雲岫出滄浪水，尋到雲深持贈君。

雕墻

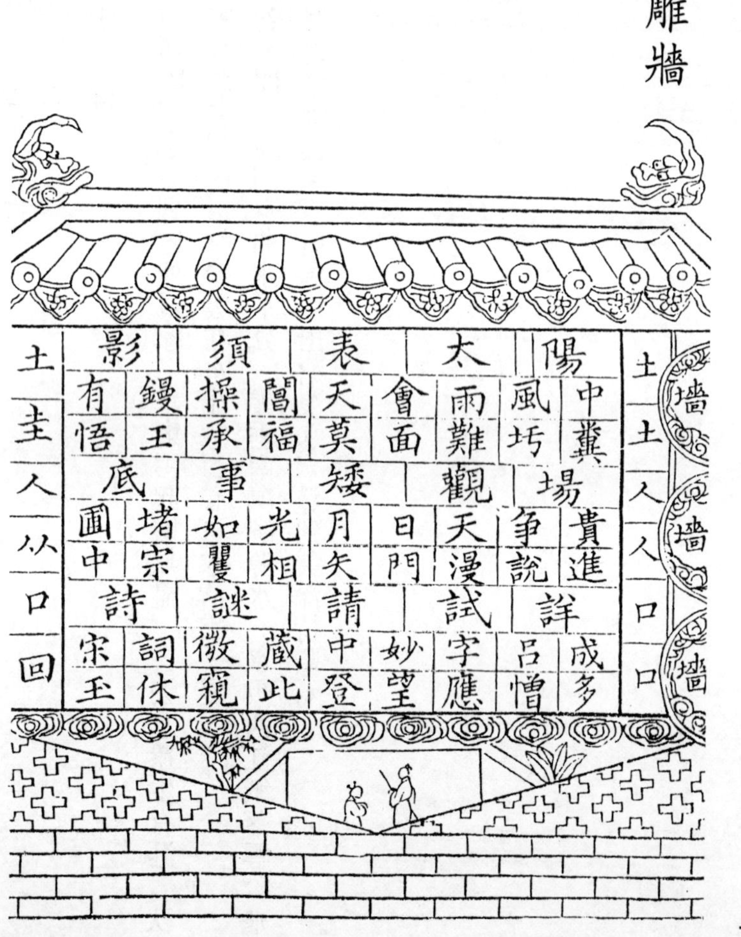
影 須 表 太 陽
有 鏝 操 閶 天 會 雨 風 中
悟 王 承 福 莫 面 難 坧 糞
底 事 矮 觀 場
圃 堵 如 光 月 日 天 争 貴
中 宗 矍 相 矢 門 漫 説 進
詩 謎 請 試 詳
宋 詞 徵 蔵 中 妙 字 吕 成
玉 休 窺 此 登 望 應 憎 多
土 圭 人 从 口 回
土 土 人 人 口 口
墻 墻 墻

雕牆　離合體牆字詩

七言絶三首

圭土影須表太陽，土中風雨會天閶。操鏝有悟王承福，莫面難圬糞土牆。

从人底事矮觀場，人貴爭天日月光。如堵圜中宗矍相，矢門漫説進人牆。

回口詩謎請試詳，口成吕字妙中藏。微詞宋玉休窺此，登望應憎多口牆。

心字團香

香
長嬌色映時烟似篆挑燈照影菊花黃
長嬌姿豈意合踈影挑戰詩殘題菊黃
黃昏乍到聽吹簫長愁破得幸基挑久
長夜消難酒醉盡焚
長才擅處何曾也盟
水嬌色泥時霑露雨
縷嬌怯最憐當坐久
禁傾兩耳頻
何筆玉倚教

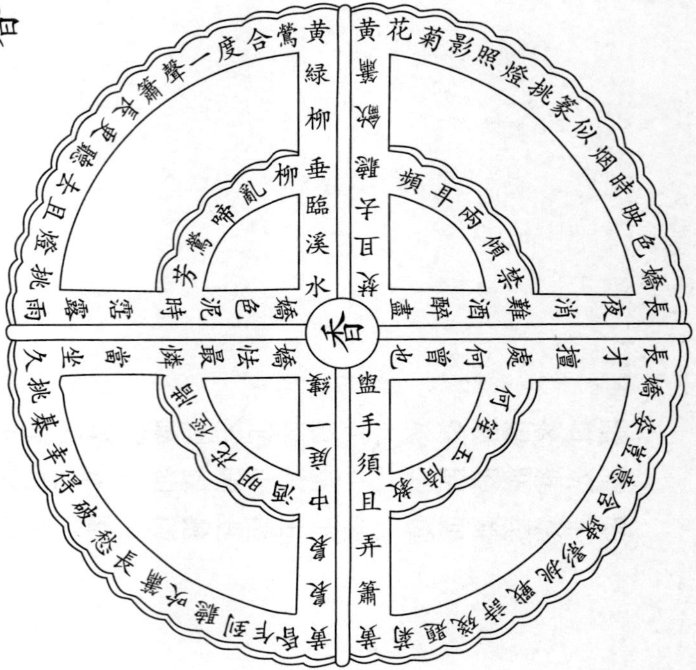

心字團香　閨情

回文疊韻七言絶八首

簫聲一度合鶯黄，絲柳垂臨溪水香。嬌色泥時霑露雨，挑燈且去聽更長。

長更聽去且燈挑，雨露霑時泥色嬌。香水溪臨垂柳絲，黄鶯合度一聲簫。

簫吹聽到乍昏黄，裊裊中庭一縷香。嬌怯最憐當坐久，挑棋幸得破愁長。

長愁破得幸棋挑，久坐當憐最怯嬌。香縷一庭中裊裊，黄昏乍到聽吹簫。

簫弄且須手盥香，也曾何處擅才長。嬌姿豈意含疎影，挑戰詩殘題菊黄。

黄菊題殘詩戰挑，影疎含意豈姿嬌。長才擅處何曾也，香盥手須且弄簫。

簫吹聽去且焚香，盡醉酒難消夜長。嬌色映時煙似篆，挑燈照影菊花黄。

黄花菊影照燈挑，篆似煙時映色嬌。長夜消難酒醉盡，香焚且去聽吹簫。

又七言絶一首

芳時憐惜徑花明，酒中且教倚玉笙。何處難禁傾兩耳，頻聽垂柳亂啼鶯。

藥籠

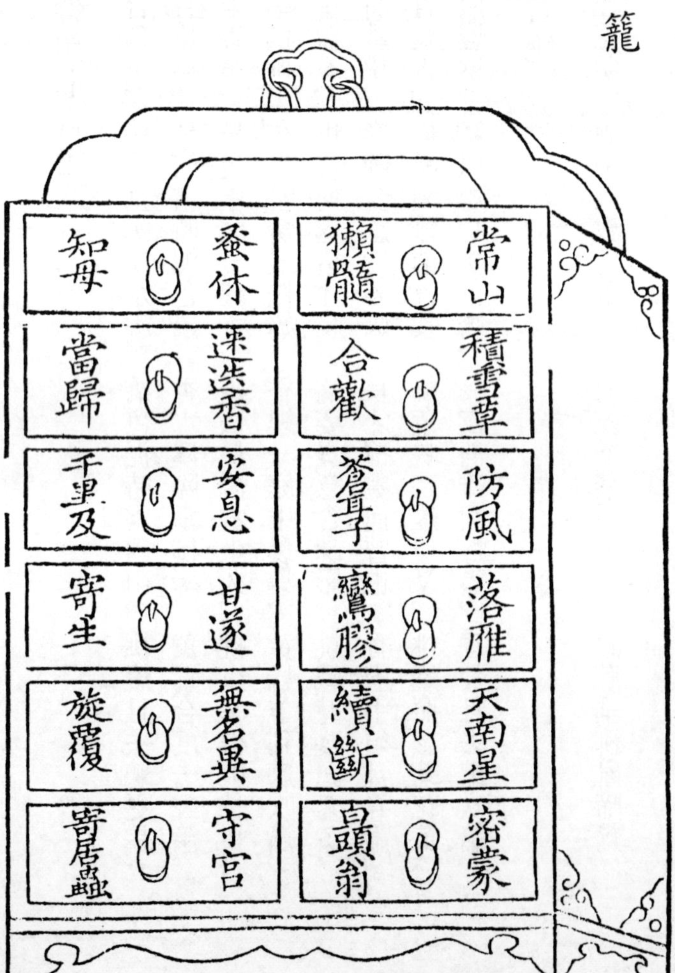

藥籠　藥名詩

七言律一首

常山積雪草防風，落雁天南星密蒙。獺髓合歡蒼耳子，鸞膠續斷白頭翁。蚤休迷迭香安息，甘遂無名異守宮。知母當歸千里及，寄生旋覆寄居蟲。

練裙棐几

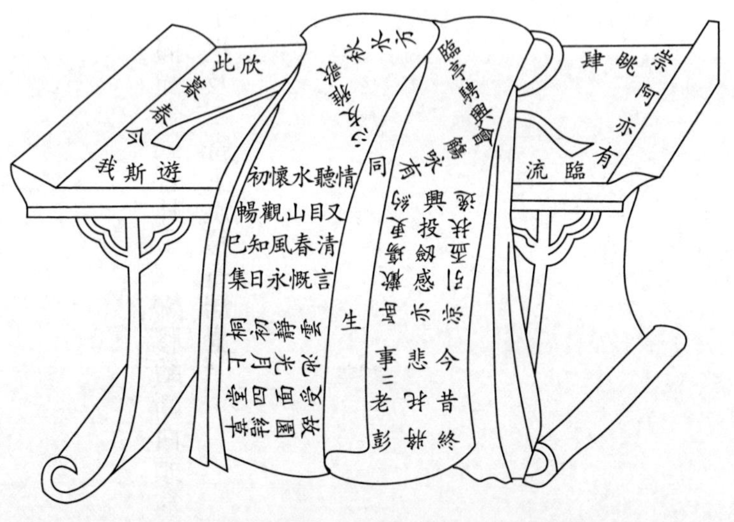

練裙棐几　集王右軍法帖

四言絶一首集蘭亭詩句

肆眺崇阿，亦有臨流。欣此暮春，今我斯遊。

謝萬　孫綽　王羲之　王肅之

五言律一首集蘭亭叙字

臨亭騁興會，觴詠有同情。聽水懷初暢，觀山目又清。春風知已集，日永慨言生。事事悲今昔，終將托老彭。

又五言律一首集千字文字

故園結草堂，四面受池光。月上桐初靜，雲生岫亦涼。引杯扶逸興，投劒感歡場。更約同心友，雅歌秋水方。

衍波箋

開綴瓦鏤文迴樹倚
簾霜院淚槐井颯時
忲簷小隙霧幾風看
對隂牕氷斂驚寒瘦
曉陰閒擁衷心瑟影
寒雨雪點庭階瑟棋
嚴篆裊香爐獸炭添

衍波箋

擬韋貫宫中曉寒詩

七言絶四首

開簾怯對曉寒嚴，篆裊香爐獸炭添。梅影瘦看時倚樹，迴文鏤瓦綴霜檐。

陰陰雨雪點庭階，瑟瑟寒風颭井槐。深院小窗閒擁袖，心驚幾處凟冰釵。

釵冰凟處幾驚心，袖擁閒窗小院深。槐井颭風寒瑟瑟，階庭點雪雨陰陰。

檐霜綴瓦鏤文迴，樹倚時看瘦影梅。添炭獸爐香裊篆，嚴寒曉對怯簾開。

烏絲曲欄

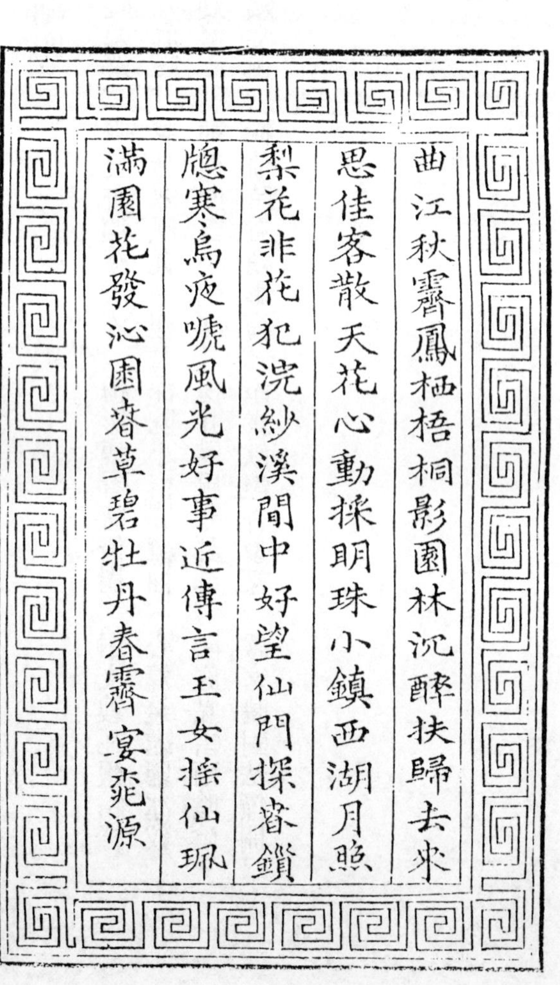
曲江秋霽鳳栖梧桐影園林沉醉扶歸去來
思佳客散天花心動採明珠小鎮西湖月照
梨花非花犯浣紗溪間中好望仙門探春鎖
憁寒烏夜啼風光好事近傳言玉女揺仙珮
滿園花發沁園春草碧牡丹春霽宴蓬源

烏絲曲欄　詞名詩

七言絕三首

曲江秋霽鳳棲梧，桐影園林沉醉扶。歸去來思佳客散，天花心動採明珠。

小鎮西湖月照梨，花非花犯浣紗溪。閑中好望仙門探，春瑣窗寒烏夜啼。

風光好事近傳言，玉女摇仙佩滿園。花發沁園春草碧，牡丹春霽宴桃源。

碎錦補圖

釋名

曲江秋　秋霽　鳳棲梧　梧桐影
園林沉醉　醉扶歸　歸去來　思佳客
散天花　花心動　採明珠
小鎮西　西湖月　月照梨花　花非花
花犯　浣紗溪　閑中好　望仙門
探春　春瑣窗　瑣窗寒　烏夜啼
風光好　好事近　傳言玉女　玉女摇仙佩
滿園花　花發沁園春　沁園春　春草碧
碧牡丹　牡丹春　春霽　宴桃源

藏頭析字詩

金孝維

可談欲竹　　轉
　　　風　　院
　　　窗　　深
苦調秋藏是鳥號
　　　載
　　　繁
歌　　華一夢過

日幾纔梅　　深
　　　看　　徑
　　　約　　一
柳垂前欄掩春風
又　　蘭
成　　花
陰　　上語幽禽

樓畫倚書　　休
　　　拋　　中
　　　倦　　雨
山雲暮春分花事
千　　風
里　　懷
隔　　遠不勝愁

殘秋已老　　寒
　　　落　　應
　　　芙　　夢
入無院梢頭宿鳥
獨　　色
倚　　滿
欄　　庭風動竹

藏頭析字詩

昔孔北海有自隱姓名之作，潘黄門二謝多有繼聲，謂之離合詩，近代因之爲藏頭析字體，亦自可觀。暇日偶戲倣之，以當博奕，得四首。

三分花事雨中休，人倦抛書倚畫樓。日暮雲山千里隔，春風懷遠不勝愁。

木芙蓉老已秋殘，小院無人獨倚欄。月色滿庭風動竹，梢頭宿鳥夢應寒。

高秋景物動悲歌，十載繁華一夢過。又是鳥嘑深院静，敲窗風竹奈愁何。

木蘭花上語幽禽，門掩春風一徑深。柬約看梅纔幾日，欄前垂柳又成陰。有此盧詩鈔

孝維字仲芬，浙江嘉興人。禮部主事金潔女，同邑户部郎中錢豫章室，錢儀吉世母。著有此盧詩鈔（道光二十二年刻本）。

迴文

朱棟

飛 輝

色 神 靄 津

浮 留 浮 留

津 靄 神 色

輝 飛

迴文　硯銘

銘詞逐字可迴讀

四言

浮色飛神，留墨輝津
飛神留墨，輝津浮色
留墨輝津，浮色飛神
輝津浮色，飛神留墨
津輝墨留，神飛色浮
墨留神飛，色浮津輝
神飛色浮，津輝墨留
色浮津輝，墨留神飛

又

浮墨輝津，留色飛神倣前

硯小史卷四

色飛神留，墨輝津浮
神留墨輝，津浮色飛
墨輝津浮，色飛神留
津浮色飛，神留墨輝
輝墨留神，飛色浮津
留神飛色，浮津輝墨
飛色浮津，輝墨留神
浮津輝墨，留神飛色

棟（一七四六—一八〇八後）字木東，一字蘭蓀，號二垞，先世居婺源月潭，後遷干巷鎮，遂爲江蘇金山人。諸生。善詩詞，著有二垞詩稿四卷、硯小史四卷（嘉慶十一年刻本）。